本书为国家社科基金项目《中州士人与东汉文学嬗变研究》（10BZW033）最终成果

中州士人与东汉文学嬗变

刘德杰 著

中国社会科学出版社

图书在版编目（CIP）数据

中州士人与东汉文学嬗变／刘德杰著．—北京：中国社会科学出版社，2014.6

ISBN 978－7－5161－4087－1

Ⅰ.①中…　Ⅱ.①刘…　Ⅲ.①中国文学－古典文学研究－东汉时代　Ⅳ.①I206.2

中国版本图书馆 CIP 数据核字（2014）第 056673 号

出 版 人　赵剑英
责任编辑　宫京蕾
责任校对　张依婧
责任印制　李　建

出　　版　中国社会科学出版社
社　　址　北京鼓楼西大街甲 158 号（邮编 100720）
网　　址　http：//www.csspw.cn
　　　　　中文域名：中国社科网　　010－64070619
发 行 部　010－84083685
门 市 部　010－84029450
经　　销　新华书店及其他书店

印刷装订　北京市兴怀印刷厂
版　　次　2014 年 6 月第 1 版
印　　次　2014 年 6 月第 1 次印刷

开　　本　710×1000　1/16
印　　张　19.5
插　　页　2
字　　数　286 千字
定　　价　58.00 元

序　　一

刘跃进

十多年前，我曾根据《汉书》的《儒林传》与《艺文志》、《后汉书》的《文苑传》与《郡国志》以及《隋书·经籍志》等文献记载，对秦汉八个文化区域作了一番统计，结果是，秦汉文化的中心在齐鲁与河洛地区。根据《汉书·儒林传》、《汉书·艺文志》所列200位学者的184种著作统计，齐鲁地区数量居第一，占西汉学者总数的55%，河洛地区屈居第三。可见，齐鲁区域文化在西汉时期占据了绝对的优势。又根据《后汉书·儒林传》所列56位学者和《后汉书·文苑传》27位学者统计，河洛地区遥遥领先，上升到第一位，齐鲁地区则降为第二位。再根据《隋书·经籍志》综括的秦汉著作总量，共计297种，占第一位的是河洛地区，约占这个时期著作总量的33%，齐鲁地区占据第二位。这个统计无可争辩地说明，西汉文化中心在齐鲁，东汉则在河洛地区。

既然齐鲁文化与河洛文化有如此丰富的历史积淀可供研究，而我却无从下手。资料匮乏，研究自然无从说起，而资料太多，又有剪不断、理还乱的困惑。其他六个地区，我都有综合性论述，唯有齐鲁文化与河洛文化，想用几篇文章说清楚，还真不容易。而这两个地区，又有不同。齐鲁地区文化，我还曾抓住“鲁学”与“齐气”两个概念加以论述，而河洛文化则找不到抓手。研究秦汉区域文化，缺了中原部分，显然不成体统，于是，我只是就梁孝王文人集团的构成以及后人对于这一集团的文学想象作一描述，权作“中原文学一瞥”。

明明知道这个领域有很多“富矿”值得开采，而我却无能为力，内心一直惴惴不安，总想找机会对此缺憾做一弥补。恰好这个时候，来自中原的刘德杰以高分考入文学系攻读博士研究生。在考虑选题的时候，我建议她今后用一段相当长的时间，对东汉时期的中原文化作深入的研究。这部《中州士人与东汉文学嬗变》就是其中一个阶段性的成果。

首先，作者从文士的“地域意识”及其外化行为入手来研究汉代地域文学，找到了一条可操作的古代地域文学研究路径。第一章以“中州意识”为主线，深入讨论了“中州意识”在东汉皇族、中州功臣、流寓士人等各类人群身上的外在表现，论述了他们带有故土意识的政治文化行为是怎样具体而深刻地影响着中州的建设与发展、影响着士大夫群体对中州的认知与接受。由于东汉皇族有浓厚帝乡情结与京畿优先观念，朝廷对中州给予了种种政策优待。在良好的人文地理环境中，中州在政治、经济、文化、社会各方面都得到了快速而稳定的发展，这正是中州成为东汉文学创作中心的前提和基础。第七章第四节论述东汉关中外戚幕府“关中色彩”的盛衰，同样是以“故土意识”为内在主线展开论述的。东汉关中外戚幕主具有深浅不同的“关中意识”，他们的政治行为（如辟举幕僚、举荐士人）、文化行为、经济行为也就表现出了不同程度的地域倾向。东汉关中士人地域意识的变化也不同程度地反映在关中外戚幕府文士的文学创作中，关中外戚幕府文学的“关中色彩”也就随之浓浓淡淡。

其次，作者突破以往孤立研究作家作品的模式，从地域文化角度研究文学大家，挖掘本土人文传统与文学家的思想、性格、思维习惯、审美倾向及社会交往之间的复杂联系，揭示文学家的故土情结与其文学创作间的内在逻辑。本书对张衡和蔡邕的研究即是如此。张衡是汉晋清畅文风的先导者，在促使张衡文风形成的诸因素中，故乡荆楚文化的熏陶浸染是根本性的。清代戏剧名家孔尚任说得好——“盖山川风土者，诗人性情之根抵也。”作者综合分析了有关汉代南阳的典籍记载、民间传说、南阳汉画像石、南阳歌谣等各类文献，从多个角度详细地考察了南阳文化传统与张衡的淡静性情、天文爱好、清远审美、诗性神性思维之间的内在联系，认为“张衡清灵简畅的文风与南阳汉画像石的风格非常一致”，“包括神巫文化、楚辞文化、占星术在内的南阳文化是张衡文化心理的基因”。关于蔡邕研究，本书的视角有二：一是相对静态的地域文化视角，即探究蔡邕的文学创作与本土人文环境之间的各种关联；二是动态的文学创作地理与传播地理，主要论述蔡邕流亡吴会期间的文学活动以及这些活动对促进南北文化交流及吴会文化发展的作用。如“故土情深：笔系陈留兖州间”一节，作者将蔡邕置于东汉兖州这个特殊地域文化环境中，全面分析了他的政治活动、社会交游及文学创作活动，发现蔡邕对兖州人事特别关注，以翔实的史料和“同情的理解”充分展示了作为一方名士的蔡邕在宗法社会中的真实形象和复杂心态。

从上述介绍可以看出，作者在学术实践中已逐渐形成自己的研究理念和研究特色。本书的研究理念主要体现为以下几点：

第一，整体观照与具体考察相结合。全书以东汉中州文学为中心，把所有问题都置于汉魏历史文化背景下予以整体观照。从结构布局而言，第一章和第二章分别从纵向时间维度和横向空间维度对东汉中州文学做了时空定位，属于宏观整体性考察；《余论》既是对主体部分的总结，也是对主体内容的延展，仍属整体研究；中间章节分别研究中州本土文士群体、流入中州的文士群体、皇族文士群体以及外戚幕府文士集团，对每类文士群体的论述都采用了点面结合、宏观微观结合及时空融合的方式，既突显了各类文士群体的文化特征，又在一定程度上展现了时代文化风貌。

第二，文献考实与文化阐释相结合。文献学功底体现的是研究态度与学术积累，对文献的合理阐释则是理论素养与学术识见的集中体现。可以看出，作者在这两方面都做了积极有效的努力。流寓文士扶风班固和南郡王逸都在东观任职，作者解读了二人在东观创作的文学理论文章之后，总结说：“班、王对屈原的评价看似针锋相对，实则一致，都是遵守‘忠臣之德’，只是一个强调要婉顺于君，一个强调要敢于直言劝谏，尽忠方式不同罢了。更重要的是，王逸衡量屈原作品的价值标准是‘依经立义’，这正与东汉朝廷褒崇‘五经’的思想完全一致，体现的正是文学创作应以经义为准则的国家意识，这是作为国家代言人的东观文士的观点，而不仅是个人看法。”这一论断体现出了作者对全局问题的深入思考和独到见解。在论述汉章帝“以文学取士”、采取“左右艺文”的文化平衡政略时，作者利用了一切可以利用的文献，诸如经书、史书、总集、别集、子书、古注、杂考、现代研究成果等，皆在其中，而所用材料无不仔细考辨，所下论断亦颇为审慎，文中结论大体信而可征，显示了作者良好的文献学功力与文化阐释能力。

第三，在解读文本中发显大义。文学研究必须细读文本，吃透文本，把文本放回诞生它的历史时空中进行解读，体味其内在涵义，领悟其时代特质与文化意蕴。作者自觉实践了这一学术理念。关于张衡诗文风格的研究就是从文本解读开始的。作者不仅深入细致地解读了张衡的诗文作品，还将其与班固、傅毅、蔡邕等东汉文学家的同类作品做了对比性解读，深入而细致地分析了它们的个体差异，同时揭示了时代主流文化、不同的地域文化性格以及个人审美倾向对文学家创作风格的影响。对关中文士的关中意识和关中情结的研究，对中州本土文学家族的家族文学特色的研究等，均是在文本解读中发现问题，从细微处发显大义。

中原文化博大精深，《中州士人与东汉文学嬗变》还只是初步的研究成果。我相信，德杰会以此为新的起点，突破自我，取得更大的成绩。对此，我充满期待。

二〇一四年仲春撰于京城爱吾庐

（本文作者简介：刘跃进，教授，博士生导师，中国社会科学院文学研究所党委书记兼副所长，中华文学史料学会会长，主要从事秦汉及六朝文学研究）

序　　二

陈江风

十四年前，德杰报考河南大学文学院古代文学硕士研究生，来到我的师门之下。初次见面，印象极深。德杰是南阳唐河人，有气质，有悟性。南阳地灵人杰，造就了她的灵动聪慧、勤学好问，使她成为一个很有学术潜质的学生。南阳在两千多年里区划稳定，文化底蕴丰厚，悠久的尚文传统浓缩成了南阳人强烈的文化情结，故乡涵养了她对民族文化的灵敏感觉，一旦条件成熟，便可驾轻就熟地形成自己的学术风格。南阳具有厚重的传统文化生态，造就了她仁爱大气、豁达坚韧的性格。细想来，人之成人原来与自然、与社会有如此密切的关系！

河南大学对研究生教学实行导师制。记得第一次给德杰上课，不外乎讲一些做人做学问的道理，谈到文学研究，我要她下"诗外工夫"：一是培养发现问题的习惯，练就一双发现问题的眼睛；二是文献、理论要比翼齐飞；三是文学研究要有大视野，不分文史哲；最后，也是最重要一点，做学问要不断自我超越。没承想，她竟将此书于座右，在后来十几年的学术生涯与教学研究中一直敦行不懈！

德杰的硕士阶段读得很苦。凭着坚强的毅力，中师毕业后，她从自学考试一路走来，读学位要下的工夫可以想见。那是一段寒窗苦读、焚膏继晷的日子。她刻苦努力获得了很好回报，硕士毕业时，学术发展势头已初见端倪。博士阶段经刘跃进先生名师指点，她在学术上实现了从量的积累到质的飞跃，登上了基于文学地理研究和东汉中原文学研究的学术平台，并成功实现国家社科基金项目《中州士人与东汉文学嬗变研究》的立项、结项。《东汉皇帝的帝乡意识及帝乡意识下的文学活动》（《文学评论》2012 年第 3 期）、《蔡邕研究百年回眸与展望》（《文学遗产》2011 年第 4 期）、《汉章帝与东汉文学发展》（《河北师范大学学报》2014 年第 2 期）等一系列扎实的学术论文的发表，国家项目的顺利结项与即将出版，都可看到她自我超越的学术品格，看到南阳文化情结潜移默化的作用。

德杰令人欣慰的学术成果的取得实属不易。如不是亲历，我很难相信，在若许年的日子里，她弱肩担三代，却依然实现了自我超越的梦想。上有八旬老母，下有黄口小儿，在远离故乡的郑州，她把一家人调和得其乐融融、蒸蒸日上，竟还有如此精力拿下国家项目，撰写大块文章，成就教学科研的一个个梦想。这大概就是中国传统女性“桃夭其华、宜其室家”的现代版写照吧。

这本书是她国家社科基金项目的最终成果。该书给我印象最深的一点就是：研究视角的选择颇具匠心。概要言之，约有其三。一是全书以“中州”为视窗，用文学地理学和地域文学研究的理论和方法，将活跃在中州的各类文士群体整个纳入研究视野，注重人口流动所产生的动态文学事象的考察，不仅拓展了地域文学研究思路，在理论和方法上也多有创新。二是善于“管中窥豹”，通过对具体问题的研究考察宏观整体性问题。如第二章，通过对现存东汉文学作品创作地的详细考察和统计，论述了东汉文学创作地理整体格局的变迁轨迹，不仅抓住了东汉中州文学的基本特点——荟萃天下文豪、引领时代文学主潮，且揭示了文学演变与政局变迁之间的基本规律，即《文心雕龙·时序》所云“枢中所动，环流无倦”。三是善于从多个视角做对比研究。如关于南阳、颍川、汝南三郡文学家族家族文学特色的研究，对流寓士人的地域意识和文化心理的对比论述，对汉明帝、汉章帝、汉灵帝的文化好尚和文化政略之间的继承与新变的研究等。

仅以上简述，已可见出作者自觉的学术意识和敏锐的学术眼光。至于本书体现出的理论意识，史料考辨评述中所透出的对历史与社会人生的洞察与体悟，以及行文中所呈现或提示的文学地理研究及汉代文学研究的潜在学术空间，等等，当然，也包括某些不尽完美之处，相信读者自有高见。

2014年4月书于郑州“三榆堂”

（本文作者简介：陈江风，教授，现任郑州轻工业学院副院长、中国汉画学会副会长、河南省民间文艺家协会副主席，主要从事汉画、民俗、文化学研究）

目　录

前　言

以今河南省为主体的中原地区，汉时习称“中州”，这是中华文明的主要发祥地，也是历时最久的全国性政治文化中心。东汉时期，中州首次成为统一帝国国都所在地，以绝对优势引领全国政治、经济、文化的发展。自光武帝建都洛阳到汉献帝迁都许昌，再到汉末曹操父子以邺城为魏国国都，两百年间，文坛领袖与著名文士或是中州人，或长年生活在中州，中州一直是雄冠天下的文学创作中心。而且，汉安帝时，中州文士群体崛起，成为东汉文学创作的主力，并主导了此后汉魏文化主潮的发展方向。

本书以东汉时期“在中州”的文学之士的文学创作与文学活动为中心，运用多维文学地理视角，考察“在中州”的士人群落的文学贡献，解读、比较他们创作于中州的作品所内蕴的故土意识、国家意识及其冲突与融合，系统论述了以洛阳为中心的中州地区的文学生态及整体风貌，深入揭示了中州士人与东汉文学发展之间的内在联系，也勾勒出了东汉士人对洛都礼乐治国模式的接受、认同、弘扬的文化心路。

论著共七章，另有余论一节。

前两章重在对东汉中州文学作宏观整体研究。第一章从两汉文化大背景观照中州文化的意义，以确定中州在文化坐标上的纵向历时点。第二章从创作地理角度确定中州在东汉文学创作地理整体格局中的横向空间点。东汉文学创作地理中心经历了从“一”到“多”的变迁，这是东汉王朝从统一稳定到分崩离析的历史状况的真实反映，从一个侧面见证了文学与世推移、文学格局常随政治格局的变迁而变迁的规律。

第三、四章研究中州本土文士的文学创作与东汉整体文学嬗变间的关系。

第三章以中州文学家族最为集中的南阳、颍川、汝南三郡为重点，兼及陈留、河南等郡，论述了中州本土著名文学家族的文学成就及其特点，同时关注家族异代成员的文学创作在时运推移中的变化，进而从历时与横向比较的双向维度考察中州文学家族的文学创作与全国文学嬗变间的关系。整体上看，在东汉中州本土文学史上，宗室或功臣出身的南阳文学家族要先人一步；其余诸郡的文学家族稍晚一些，约出现于章、和之际，有的在桓灵之际，他们凭借“经明行修”，通过郡国察举或公府辟除而入仕，又以累世经学而累世官宦，最终成长为新兴文学家族。安帝以后，这些文学家族逐步进入政治文化高层，成了汉魏文学创作的主要力量。

东汉是家学和士族的肇兴期，文学家族的家学家风，既受地域文化传统与时代文化氛围的影响，也受家族创基人对文化价值取向的影响。中州本土文学家族的成长正是如此。

第四章以南阳张衡、陈留蔡邕两代文学宗师为例，考察地域文化与文学家的文化行迹（或者说文化的空间变动）对文学创作及地域间文化交流的影响。张衡文风，清灵简畅，肇启汉晋文学“清”风，其文风之形成与荆楚文化地理及其人文传统密切相关。一代文学宗师的活动，往往会产生文化蝴蝶效应，带来多个地域间的文化传播和文化交流，甚至为所历之地播撒下文化新生的种子。为此，在研究中州文学家对东汉整体文学演进的影响时，我们着重研究了汉末文坛宗师蔡邕的政治文化活动及其影响。这部分有两个层面。第一个层面将蔡邕定位于“陈留兖州政治文化势力”的代表，着重论述他在陈留兖州地区的家族式、地域式的文化活动。第二个层面，将蔡邕定位于南北文化交流的使者，抓住“蔡邕流亡吴会”这一典型事件，以文献的挖掘和阐述为主，尽可能“复原”蔡邕流亡期间在中州、在吴会的文学活动状貌，通过具体可感的文学艺术活动展现他的文坛地位，以及对吴会文学发展的积极影响。

第五、六章转换视角，论述流寓中州的东汉文学名家在中州的文学活动及其意义。以班固、崔骃、傅毅、王逸等人为代表的流寓文士对东汉文学贡献不菲。他们在京洛的文学活动往往受国家意志支配，文学主张主要是其国家意识的反映，他们在中州的文学创作与时政变革、文化制度乃至国运兴衰息息相关，其作品也借京畿这个典型的文化集散平台得以快速传播。这一点正好体现出东汉中州京畿文化的特色，即集中反映国家意志，引导文化主流。

东汉中州的文学繁荣是由中州本土士人和长期寓居中州的士人共同创造的。东汉前七八十年里，以三辅士为主的流寓文士是活跃在中州的文学创作主力。和帝永元年间，三辅文学名家相继去世，关中文学力量明显衰微，与此同时，中州文士群体登场，张衡、蔡邕、曹操三代文宗相继出现，引领了汉魏主流文风的发展演变。

第七、八章再度转换视角，从外戚幕府文学和皇族文学的角度论述中州文学的特殊性。

东汉大多数文学名家都与外戚幕府有关。外戚幕主的地域文化性格往往会对整个幕府产生影响，如幕府的人员构成，幕府文学创作的题材、主题、风格、文体使用等。外戚幕府文士的聚散离合也是章帝以后东汉政治文化局势的一面镜子。自章帝始，东汉有八个外戚先后开设“三公”级幕府，但辟举人才的侧重点有阶段性差异：章帝、和帝之世，马防幕府、窦宪幕府所辟多文学名士；安帝、顺帝、桓帝时期，邓骘幕府、梁商幕府及梁冀幕府辟除的多是“经明行修”的儒士；灵帝、献帝时期，窦武、何进唯“名士”是举。东汉外戚幕府辟举重点的变化是士大夫、外戚、宦官三种政治力量消长变化的晴雨表。

东汉皇族学养深厚，多能文之士。本书将东汉皇族的文学活动放在国家政治文化视野下做深度剖析，揭示了以明、章、灵三帝为代表的东汉皇族与汉魏文学发展之间的联系。汉明帝重经学，轻文学，晚年始广征文学名士入宫。章帝爱好文学，承明帝晚年之制，采取“左右艺文”的文化平衡政略，以文学取士，鼓励文学创作，这不仅促进了章和之际的文学繁荣，且对东汉中后期文学产生了积极影响。汉灵帝以俗文艺取士，助推汉末文风从典重渊雅向轻巧俗丽转变。

秦汉地域文学研究和秦汉文学地理研究都很少有人涉足。首要原因是史料严重匮乏，特别是有明显地域特色的作品流传太少。另外，传统的研究理论和研究方法难于把研究推向新的高度或引向新的领域。但是，学术发展需要我们不断地积极探索。为此，本书对秦汉文学地理与秦汉地域文学做了多方面新的尝试。

地域文学的独特处在于作品有鲜明的地域特色，地域文学研究的意义首先也是发现和揭示作家、作品的地域特色。然而，流传下来的秦汉文学作品数量极少，文学性较强的诗歌、辞赋、小说、杂体散文中具有鲜明地方色彩的作品更是少之又少。史料显示：秦汉人的乡土观念非常强，强烈的乡土观念不仅自觉不自觉地表现在日常生活习惯、人际交往、家族联姻等社会生活方面，也渗透在政策制定、经济发展、国家认同、民族认同等重要领域，有时甚至影响到国家战略性区域布局。文学家的地域观念，尤其是故土意识或故土情结，必然会以多种方式反映到文学创作中。如何从极少量的作品和极其有限的史料中发现和揭示秦汉文学的地域文化特色，这就具有非常重要的历史价值与学术价值。

本课题的地域文学研究，主要采用了以下三种思路：

一、以“故土意识”为中心，从其外化行为与文学表述两个角度，研究某些重要文化区的文学风貌。故土意识经常外化为某些带有地域倾向性的具体行为，表现在人际交往、政治生活、经济活动、文化活动诸方面，由此切入，可以考察某些地域文士群的共同特点，进而发现其故土文化性格，在此基础上，可以进一步探究这种故土意识和故土文化性格对其文学创作的影响。比如，第一章第五节先探究了东汉皇族的帝乡意识在帝乡政策、皇族婚姻、文化生活等多个领域的具体表现，进而发掘了皇族的帝乡意识及其外化行为对南阳及周边地区的具体而又深远的影响，从一定程度上对东汉江汉文化的较快发展做出了比较合理的解释，也从源头上揭示了江汉文学在汉唐间繁荣的地域文化原因。第六章第一节着重研究了东汉关中外戚幕府文士的关中情结如何通过人事行为影响其政治文化生活，第三节具体分析了东汉关中外戚幕府文士在文学创作中表现出的“关中色彩”，在解读作品的过程展现了关中文士的故土情怀，也从一个侧面展示了关中政治文化地位的变迁。第五章第四节从家族文学的角度研究了马援家族和班固家族在中州的文化活动与创作情况，分析了这两个望族殊途同归的关中文化性格。第四章第一节论述张衡的诗文风格时，顺便探究了荆楚文化的跳跃性思维和好尚灵动的风气在张衡文学创作中的生动表现；同章第二节论述了蔡邕对兖州人事的特别关注，揭示了他的故土情结及其文学创作在汉魏文化传承中的桥梁作用。

二、从地域文化与文学家族的角度，研究某些地域的文学生态与文化特色。第三章关于中州本土文学家族的论述就是遵循这一思路展开的。东汉时，中州名郡，京都洛阳之外，还有南阳、汝南、颍川三郡。这三郡文学家族群的兴起各依托本郡独特的人文地理环境与地域文化风习，在汉魏文学嬗变中，三郡文士群也表现出了风格各异的地域文化性格。

三、从文学主张、文学题材及文体入手，论述京畿文学的独特之处：反映国家意识，引领文化主潮。在东汉，以兰台文士、东观文士为首的京官文士群是京都文学创作的主要力量，这个群体的文学创作很有特点：题材以都邑、巡狩、祥瑞、治政、荐士为主；常用主要文体是奏疏、辞赋、箴铭，章帝以后，连珠体也很盛行；文学主张主要是国家意识的反映。也就是说，京官文士群体（包括太学生）兼有“文士”和“朝官”双重性质，其创作往往围绕治国理政展开，宣扬国家意识，传播以儒家伦理为核心的价值观，很少表露个体情感，文风典正温雅，代表着主流文学的发展方向。第五章即以流寓文士的创作为例论述了东汉京都文学的上述特色。

方兴未艾的文学地理研究拓展了文学研究的视阈，但研究理论和研究方法尚需大大拓展，研究实践也还很不够。从空间上说，与文学创作关系密切的人文地理环境主要是文学家籍贯地和创作地，文学家成年以后长期生活的地方（通常称为“第二故乡”）也很重要。如果生长地、“第二故乡”和创作地重合为一，该地人文环境对其文学创作的影响就会远大于籍贯地。东汉时期，那些累世生活在洛阳的文学之士或文学家族的情况正是如此。为此，本书侧重从创作地理角度做了两方面的尝试：首先，从宏观上考察了东汉文学创作地理的整体格局及其演变轨迹（见第二章），其次，具体考察了流寓文学家在中州的文学活动与创作情况（见第五章）。研究结果显示：1. 东汉时期，以洛阳为中心的中州是文学创作最集中、最活跃、最繁盛的地区，也就是说，中州是东汉二百年间的文学创作地理中心，成就突出的文学家多是兰台文士、东观文士或外戚幕府文士；2. 东汉文学创作中心随京都的迁移而转移，但始终在中州地区；3. 东汉中州文学的繁荣是由本土文士与流寓文士共同创造的，汉安帝之前，活跃在中州的最富创作活力的文学力量以关中文士为主，之后以中州本土文士为主；4. 东汉大多数文学名士长期生活在中州，其文学创作也主要是在中州完成的。综上所述，可以得出这样的结论：与东汉文学创作关系最为紧密的文化空间不是文学家籍贯地，而是其主要创作地——中州。

本书还探讨了文学家的流动（或可称为“动态文学地理”）与其文学创作和文化传播之间的关系，见第四章第二节与第二章第四节。

总之，本书是第一部从地域文化和文学创作地理角度系统研究东汉中州文学的专著，也是第一部从局部地域观照东汉整体文学嬗变的著作，对东汉时期的文学创作地理、皇族文学、外戚幕府文学、中州本土文学家族、京畿文学的特色等问题，都有一些独立的思考和心得，希望能为相对冷淡的东汉文学研究和方兴未艾的中原文化研究增添一些新的元素。

关于本书的薄弱之处和有待延伸的论题。东汉经学鼎盛，中州为其腹心，经学与文学在中州经历了怎样的离合，本书的论述较为简略。东汉中州本土文学家族非常活跃，本书的个案研究还很不够。东汉在洛阳设立的文化机构很多，有太予乐署、黄门鼓吹署、太学、鸿都门学、公卿幕府等，这些机构拥有庞大的文士群，其文学创作也是中州文学的重要组成部分，因为种种原因，本书未予论述。东汉皇族作为一个博学好文的特殊文化群体，关于皇族文士群的整体研究和个案研究也还有很大空间。

限于著者学力浅陋，时间仓促，文中定有不少欠妥之处，还望方家批评教正！

第一章

东汉中州政治文化中心的建设与认同

中州，地处黄河中下游，大体是指以洛阳为中心的中原地区，覆盖今河南全省，延及周边地区。东汉时期，“中州”是个习称，地理范围大致如下：西至秦函谷关，西北到太行山东麓，北到漳河沿岸（赵国以南），东北至泰山，东至泗水，东南至淮河，南到汉水，从政区上说，包括司隶所属之河南、河内、弘农，豫州之颍川、汝南、陈留、梁国、沛国的西部与北部（今徐州—淮北以西），兖州之济阴、山阳、任城、东平国、东郡，还有荆州之南阳与冀州之魏郡南部。

中州地区，气候温暖湿润，土地肥美，物产丰饶，是中华民族和华夏文明的重要发源地。夏、商、周三代，中州就是中原王朝的政治文化中心。秦与西汉时期，政治中心西迁关中，中州政治文化地位有所衰落。汉光武帝建都洛阳，中州很快便以其政治、经济、文化、地理等诸方面绝对优势成为全国政治文化中心。此后，历魏晋南北朝，又经隋唐北宋，虽政权更迭，国都屡迁，但是，中州一直是中原割据政权或全国的政治文化中心。① 可以说，汉宋间中州的政治文化地位正是在东汉确立的。

秦与西汉二百余年间，关中一直是全国的政治经济文化中心，它早已固化成一种习惯性文化认同，并不因政治中心的空间变迁而即时转换。东汉之初，洛阳成为全国政治中心，但文化中心的确立却经历了较长时

① 谭其骧认为，中国古代建都史可分作前后两期，“从殷周到北宋这二千四百年是为前期，其时一统政权和统治北半个中国的大地区性政权的京都殷、长安、洛阳、开封都在中原地区。……所以，这前期又可以叫做中原期”。谭其骧：《长水集续编》，人民出版社1994年版，第29—30页。

段。经过建武、永平近半个世纪的全面建设，洛阳逐渐显现出政治、经济、文化等诸方面的独特优势，真正成了矗立中原而统领四方的政治文化中心，并得到了广泛的文化认同。在洛阳之南，帝乡南阳以其多重优势迅速崛起，成为仅次于京都的政治文化重地。二百年间，宛、洛两大都市南北呼应，相映生辉，成为中州地区两颗璀璨的文化明珠。

第一节　东汉以前中州的政治文化地位

远在上古时代，华夏先民便生活在中原这片神奇的土地上，将其建设成了中华文明最主要的发祥地。[①] 秦以前，中原乃夏商周的政治中心，是都城所在地。司马迁《史记·货殖列传》说："昔唐人都河东，殷人都河内，周人都河南。夫三河在天下之中，若鼎足，王者所更居也，建国各数百千岁……"[②] 西汉之河东、河内、河南三郡，正是黄河与洛水交汇地带，此即中原腹地。夏、商、周三个王朝的都城虽多次迁徙，但基本上都在中原地区。夏初具国家形态，没有留下什么确切的文物文献，关于夏的政治文化详情不得而知。不过，夏的建都位置大致可考，早期都城经历了从颍汝河流域到伊洛河流域的变迁，后期在偃师二里头一带。[③] 商先后建有六都，除了奄在今山东外，其余均在河南境内，安阳殷墟就是殷商历时最久也最为繁华的最后一个京都。20 世纪，殷墟的发掘让世人见证了商王朝的强盛霸气和灿烂文化。殷墟出土的甲骨文是世界上成熟最早的文字之一，它记录了

① 笔者按：近代以来，长江流域也有早期文明的痕迹被发现，但是，有种共识并未改变，即中原是中国早期文明的主要发源地，中国最早的城市文明和最早的系统的文字都诞生于中原。

② 司马迁：《史记·货殖列传》，中华书局 1959 年版，第 3262—3263 页。本书所用《史记》都是这一版本，不再一一注明。

③ 考古学家杜金鹏说："虽然在以往的考古发现中，有比二里头还早的龙的形象，如距今 7000 年辽河流域的红山文化的猪龙等，但它们跟秦汉以来的文化没有直接联系。只有中原地区发现的龙，从夏、商、周到秦汉一脉相承。从这个意义上讲，发现于二里头的龙形器是中华民族龙图腾最直接、最正统的源头。"见《豫发现中华最古老龙图腾》，《文汇报》2005 年 10 月 21 日。

殷商政治、军事、祭祀以及社会生活的各个方面，仅祭祀名就有200多种，这说明，中州大地上的殷商文化已经非常发达。殷墟发掘的司母戊鼎是迄今发现的最大青铜器，它典雅厚重，气势恢弘，无声地彰显着殷商的强盛。商亡周建，武王迁都镐京，殷都遂成丘墟，“麦秀”之感由此产生，政治中心亦随之西入关中。但是，早在西周初，周公姬旦就在洛阳营建成周王城，将其作为镇抚东土的大本营，周天子常亲临驻守。《左传·昭公三十二年》：“昔成王合诸侯，城成周，以为东都，崇文德焉。”[①] 钱穆论西周政治地理形势，云：“鲁齐诸国皆伸展东移，镐京与鲁曲阜，譬如一椭圆之两极端，洛邑与宋则是其两中心。”[②] 西周后期，犬戎乱华，平王东迁，洛邑成为天子之都，大批王族、关中诸侯以及宫廷知识人亦随之迁居，河洛地区成了周王朝的政治文化中心。河洛乃中州腹心，在中国早期国家发展史上占据了核心位置。

春秋战国，周室衰微，王官四散，中原诸国在东齐、西秦、南楚、北晋的夹缝之中谋求生存，却始终是人才最为密集之地。中州名士庄周、墨翟、商鞅、范雎、苏秦、张仪、韩非、李斯等人在战国的思想、文学、政治舞台上纵横驰骋，竞争风流，中原文化呈现出山岳蒸腾、江河奔跃的局面。战国中原文化之繁茂富盛在著名史学家严耕望的研究中得到了证明。严氏指出：“先秦学术兴盛，大抵在大河中流（三门峡以下）之南北、河淮平原中北部，东北逾泰山至海滨一带，此即三晋核心地带与宋、陈、鲁、齐地区也；长江流域盖荆楚核心之较小地区而已。至于东南吴越地区，已无盛国，地近荒芜。东北之燕，与赵之西境（太行山以西），地处边陲，文化落后；惟晚期燕国颇受阴阳家之影响耳。渭水流域之秦，则政主专制，民尚武勇，宜无学者之产生矣。……学术人才之外，其他各方面人才之国籍亦略可知。就传主与附传所见，包括学者言之，大抵太行东南、河济南北之三晋核心及周卫地区最密；泰山南北之齐鲁、颍汝地区之宋及陈楚次

① 《十三经注疏》本，上海古籍出版社1997年版，第2127页。

② 钱穆：《国史大纲》，商务印书馆1996年版，第42页。

之；两区合计，土地面积仅约当七国总面积五分之一，而人才几居四分之三。”① 先秦学术兴盛之地——“大河中流之南北、河淮平原中北部”正是中原，战国人才最为密集的“太行东南、河济南北之三晋核心及周卫地区”及较为密集的“宋及陈楚”也在中原。一句话，中原是先秦时期文化最发达、人才最密集之地。先秦诸子中，老子和庄子都是春秋战国时代陈楚（即河南商丘、周口一带）人，我国道家文化的创始人和集大成者。在中国文化体系中，孔孟之儒与老庄之道并驾齐驱，影响之深非其他任何一个学术流派所能比拟。而庄子文学之浪漫奇谲不仅是先秦文学之奇葩，在中国文学史上也自开一门。

先秦文学属《诗经》与《楚辞》最具华采。《诗经》“十五国风”中，“召南”的大部分诗歌及“邶风”、“鄘风”、“卫风”、“王风”、“郑风”、“魏风”、“陈风”、“郐风”、“曹风”，均为中州地区的诗歌，具有鲜明的地域色彩。“小雅”中有少数篇目为王畿之乐，即洛阳的朝廷之音。“商颂”较为复杂，传统认为乃春秋宋国（地在今河南商丘市）的音乐，近代研究者普遍认为是商朝的宗庙之乐，但经过宋人的加工。

秦灭六国，定都咸阳，而秦国人才大多是来自中州的客卿，其中，吕不韦和李斯影响最著。② 秦代文学未盛，今存文章几乎都是李斯所作。李斯《谏逐客书》乃古代政论散文的典范，李斯刻石文也是秦代文学天空难得的点缀。

高祖立汉，仍都长安。汉初功臣，能文者罕，故而，西汉早期文人的籍贯分布仍旧是战国格局，智谋之士多出中原，如留侯张良来自

---

① 严耕望：《严耕望史学论文选集》，中华书局 2006 年版，第 53—54 页。

② 李斯《谏逐客书》论客卿对秦国的贡献，说：“孝公用商鞅之法，移风易俗，民以殷盛，国以富强，百姓乐用，诸侯亲服，获楚、魏之师，举地千里，至今治强。惠王用张仪之计，拔三川之地，西并巴、蜀，北收上郡，南取汉中，包九夷，制鄢、郢，东据成皋之险，割膏腴之壤，遂散六国之从，使之西面事秦，功施到今。昭王得范雎，废穰侯，逐华阳，强公室，杜私门，蚕食诸侯，使秦成帝业。此四君者，皆以客之功。”（清吴楚材、吴调侯编，葛兆光、戴燕注解：《古文观止》，中华书局 2008 年版，第 84 页。）笔者按：商鞅、张仪、范雎和李斯一样，都是中州人。

韩（今许昌），郦食其来自陈留（今开封），陆贾来自楚（今徐州一带）。当然，个体精英的多少尚难以充分说明某个区域的文化地位，区域文化典籍的流传和保存情况当更有说服力。班固《汉书·儒林传》所传共199人，河洛地区有32人，如《易》学名家有周王孙、丁宽、田王孙、京房等，《书》家学者晁错、贾谊孙贾嘉、钦等，《礼》学名家戴德、戴圣、满昌等，《左氏春秋》学名家贾谊、张苍、尹咸等。这些中原士人都是西汉学术的领军人物，对推动汉代学术文化的发展发挥了重要作用。《汉书·艺文志》载作品181种，其中河洛著作28种；《隋书·经籍志》载著作294种，河洛有85种。秦与西汉时期，河洛地区文化发展状况由此可见一斑。从西汉区域文化地位而言，文化中心在关中，齐鲁次之，河洛位居第三。①

自文学言，汉初三大名家都是中原人——贾谊出自洛阳，晁错和贾山来自颍川。稍后的景、武之际，诸侯国文学兴盛，盖过京师。梁孝王刘武、淮南王刘安、吴王刘濞之国济济多士。而梁王最亲，国最富，乃“招延四方豪杰，自山东游士莫不至”，当时文学大家司马相如、枚乘、邹阳等齐集于梁，梁国辞赋文章雄冠天下。梁孝王时代的梁国，“居天下膏腴地，北界泰山，西至高阳，四十余城，多大县。孝王，太后少子，爱之，赏赐不可胜道。于是孝王筑东苑，方三百余里，广睢阳城七十里，大治宫室，为复道，自宫连属于平台三十余里”。梁国辖地正在中州，其中心区域就在今河南省的开封市与商丘市之间。

汉高祖以来，持续实行迁天下豪族于关中的移民政策，豪族多战国以来的名士之家。西汉前期的移民政策实为一项宏大的建设京畿的人才工程。汉武帝即位后，中央集权加强，诸侯势力大衰，王国与郡平级乃至更下，天下才士悉归京师，三辅豪族在文化上始占优势，关中乃集政治中心与文化中心为一体，而中原的文化优势迅速下降，发展滞缓。这

① 西汉沛国与梁国接壤，同在江淮地区，文化亦相近相通，汉人习称“梁楚”，故而，沛人也是中原人。如将沛国划入中原文化区，那么，班固《汉书·儒林传》所载儒士人数以齐鲁最多，中原次之。参见刘跃进先生《秦汉文学论丛·秦汉区域文化的划分及其意义》，凤凰出版社2008年版，第291—342页。

一局面的改变要等到汉光武帝定都洛阳之后。

秦汉时期，洛阳的战略地位依旧非常重要。“秦王朝曾经把洛阳看作统治东方的政治重心所在”[①]。汉武帝曾以洛阳是“天下冲阸”、“天下咽喉”的理由拒绝封诸侯于洛阳。汉元帝时，东海人翼奉也曾上疏劝帝迁都于成周（即洛阳），所举理由涉及地理、经济因素以及政治军事利弊。《汉书·翼奉传》说：“臣愿陛下徙都于成周，左据成皋，右阻黾池，前向嵩高，后介大河。建荥阳，扶河东，南北千里以为关，而入敖仓。地方百里者八九，足以自娱。东厌诸侯之权，西远羌胡之难……”“东厌诸侯之权”正道出了洛阳对于制衡关东诸侯以稳定政局的重要性。西汉后期，洛阳的经济地位已是举足轻重。王莽在长安及“五都”立五均官。“五都”，即洛阳、邯郸、临菑、宛、成都，而“洛阳居中”，王莽甚至有“即于土中居洛阳之都焉”[②] 的想法。两汉之际，三河地区相对安定，较少兵乱。范晔《后汉书·光武帝纪上》云：“更始将北都洛阳，以光武行司隶校尉，使前整修宫府。”随后，三辅吏士就在洛阳从容迎接更始帝君臣进城。由此推测，更始入洛之前，洛阳宫府并没有遭到严重破坏，这也增加了洛阳成为东汉京都的砝码。

当然，整个中州地区在西汉时期的经济地位也是比较高的，这也有力支撑了它的政治地位，保障了其文化上的稳步发展。中州地处黄淮平原，南跨南阳盆地，农耕文明自古发达，秦汉时是朝廷财赋重地。汉初分封诸侯，而中州之河南、河内、东郡、颍川、南阳诸郡皆为“天子自有”，沃土平川，人口密集，是比较富庶的地区。[③] 汉武帝之后，中州发展更快，有着深厚文化积淀的中原又获得了文化发展良机。总之，西汉后期，在政治、经济、文化、社会发展诸方面，中原地位明显回升，综合实力几与关中相埒。这应当是新莽政权意欲迁都洛阳的真正原因。

---

① 王子今：《秦汉时期的天下之中》，《光明日报》2004 年 9 月 22 日。

② 班固《汉书·诸侯王表序》：“天子自有三河、东郡、颍川、南阳，自江陵以西至巴蜀，北自云中至陇西，与京师内史凡十五郡，公主、列侯颇邑其中。”中华书局 1962 年版，第 394 页。笔者按：本书所用《汉书》都是这一版本，行文中出现的《汉书》专指班固《汉书》。

③ 班固：《汉书·王莽传中》，中华书局 1962 年版，第 4133 页。

第二节　东汉中兴功臣的中州意识与京都定位

光武中兴，建都洛阳，政治中心自关中转移到了中州。两汉之际，南阳刘氏家族中的刘玄和刘秀先后称帝，二帝都有定都洛阳的想法，更始帝最终选择了长安，光武帝则选择了洛阳。京都位置的确立，固然有政治、经济、军事等方面的多重考虑，但中州士的本土意识也在有意无意之间起到了不小作用。

《后汉书·郑兴传》曰："更始立，以司直李松行丞相事，先入长安，松以兴为长史，令还奉迎迁都。更始诸将皆山东人，咸劝留洛阳。兴说更始曰：'陛下起自荆楚，权政未施，一朝建号，而山西雄杰争诛王莽，开关郊迎者，何也？此天下同苦王氏虐政，而思高祖之旧德也。今久不抚之，臣恐百姓离心，盗贼复起矣。《春秋》书"齐小白入齐"，不称侯，未朝庙故也。今议者欲先定赤眉而后入关，是不识其本而争其末，恐国家之守转在函谷，虽卧洛阳，庸得安枕乎？'"[①] 此处之"山东"是指崤山以东地区，即以河洛为中心的中州，"山西"即秦汉时习称的"关中"。当时，以长安为中心的关中地区是普通民众心中理所当然的京畿要地，因此，郑兴认为，定都长安将是稳定天下民心、巩固更始政权的根本。然而，更始诸将生长"山东"，均非关中人，[②] 他们更愿意定都洛阳。这说明，关中与中州具有某种文化心理上的地域对抗性，是文化差异悬殊的两个地区。的确，在历史上，南阳与颍川同属于夏文化区，崤山以西地区（即关中）则以秦文化为主。

---

① 范晔：《后汉书》，中华书局1965年版，第1217—1218页。本书所用《后汉书》均是这一版本，行文中出现的《后汉书》专指范晔之作。行文中若出现其他诸家《后汉书》，一律采用这样的体例：作者姓名在前，书名在后。

② 更始诸将有南阳刘氏宗室及其姻亲、同乡，还有平林与新市将帅及颍川将帅。其中，南阳宗室有刘良、刘祉、刘歙、刘茂、刘赐、刘庆、刘顺、刘嘉、刘隆等，宛人李通、李佚、李松兄弟，新野邓晨，颍川王常，及下江军中将帅成丹等。见《后汉书》之《宗室四王三侯列传》、《李王邓来列传》等。

秦地以关中为主，“其界自弘农故关以西，京兆、扶风、冯翊、北地、上郡、西河、安定、天水、陇西，南有巴、蜀、广汉、犍为、武都，西有金城、武威、张掖、酒泉、敦煌，又西南有牂柯、越嶲、益州，皆宜属焉”。(《汉书·地理志》) 贾谊论秦地风俗，说：

> 商君遗礼义，弃仁恩，并心于进取，行之二岁，秦俗日败。故秦人家富子壮则出分，家贫子壮则出赘。借父耰锄，虑有德色；母取箕帚，立而谇语。抱哺其子，与公併倨；妇姑不相说，则反唇而相稽。其慈子耆利，不同禽兽者亡几耳。……曩之为秦者，今转而为汉矣。然其遗风余俗，犹尚未改。今世以侈靡相竞，而上亡制度，弃礼谊，捐廉耻，日甚，可谓月异而岁不同矣。逐利不耳，虑非顾行也，今其甚者杀父兄矣。盗者掇寝户之帘，搴两庙之器，白昼大都之中剽吏而夺之金。矫伪者出几十万石粟，赋六百余万钱，乘传而行郡国，此其亡行义之尤至者也。①

《史记·货殖列传》载，天水、陇西、北地、上郡与关中同俗。《汉书·地理志下》言秦地风俗，云：“（长安）郡国辐凑，浮食者多，民去本就末，列侯贵人车服僭上，众庶放效，羞不相及，嫁娶尤崇侈靡，送死过度。”②“天水、陇西，山多林木，民以板为室屋。及安定、北地、上郡、西河，皆迫近戎狄，修习战备，高上气力，以射猎为先。”③ 秦人刚健尚武，《诗经·秦风》多有描述，如《无衣》、《驷驖》、《小戎》或写战事，或写狩猎，展现出秦人临战而勇的雄武气概。秦汉有“关西出将，关东出相”的流行语，说明中原地区和关中地区具有“崇文”、“尚武”两种不同的文化传统。

中原地区崇尚敦朴之风。《史记·货殖列传》说：“颍川、南阳，夏人之居也。夏人政尚忠朴，犹有先王之遗风。颍川敦愿。秦末世，

---

① 班固：《汉书·贾谊传》，第2244页。

② 班固：《汉书》，第1642—1643页。

③ 同上书，第1644页。

迁不轨之民于南阳。南阳西通武关、郧关，东南受汉、江、淮。宛亦一都会也。俗杂好事，业多贾。其任侠，交通颍川，故至今谓之‘夏人’。”[①] 在司马迁看来，尽管南阳民风受到秦末外来移民的影响，但敦朴任侠的华夏风气仍是主流。《汉书·地理志》也将南阳与颍川视为同一风俗文化区。

光武帝集团的核心成员以南阳士和颍川士为主，河北诸将如寇恂、耿纯、邳彤等均出身儒士而豪侠仗义，文化认知与南阳诸将相近，接受的都是中州夏文化。光武集团选择洛阳定都，不仅出于对洛阳战略地位和经济实力的考虑，也有本土文化认同因素。蔡邕《告迁都祝暇辞》说："世祖复帝祚，迁都洛阳，以服中土。""以服中土"正道出了中州的战略地位和地域自豪感。张衡《南都赋》说"据彼河洛，统四海焉"，也同样反映了东汉中州士对国都建在河洛的认同。汉末，董卓秉政，欲迁都长安，太仆黄琬驳议说："昔周公营洛邑以宁姬，光武卜东都以隆汉，天之所启，神之所安。大业既定，岂宜妄有迁动，以亏四海之望？"黄琬之言，固然有反对董卓挟制献帝之意，但也反映了"京洛"在人们文化心理中已根深蒂固，为民望所归。纵观整个东汉一代，政治、经济、文化上的领袖人物始终是以中州士为主，经济上所仰赖的区域也是中州各郡及齐鲁地区，中州成了名副其实的政治、经济、文化中心，光武帝定都洛阳"以服中土"的政治愿望得以实现。

当然，光武定都之时，长安与洛阳在综合实力上的强弱对比也占了重要权重。西汉定都长安，在经济上可以依托关中"沃野千里"、"天府之国"，又有渭河、泾河可以通航。然而，王莽末年，长安成为战乱中心，关中地区频遭兵乱，百姓涂炭，经济严重衰败，直到建武十二年前后，仍处于混乱破败之中。东汉初年，梁统描述关中情状，说："间者三辅从横，群辈并起，至燔烧茂陵，火见未央。其后陇西、北地、西河之贼，越州度郡，万里交结，攻取库兵，劫略吏

---

① 司马迁：《史记·货殖列传》，第3269页。

人，诏书讨捕，连年不获。”[1] 长安作为国都的优势已经丧失。然而，以洛阳为中心的中州地区的战略性优势非常明显——“处乎土中，平夷洞达，万方辐辏”[2]，便于交通；洛阳东有虎牢之固，西有函谷之险，南有方城、鲁关之要，北有黄河天堑，自古为“天下咽喉”，便于防卫；洛阳盆地与南阳盆地南北呼应，中州的东部和东南部是黄淮大平原，东北部与华北平原相连，经济有保障；两汉之际的动乱中，洛阳和中州大部都没有遭到根本破坏。如此看来，洛阳的建都优势自非他处可以争锋。

总之，光武帝最终定都洛阳，一方面可以获得中州地区源源不断的人力物力支持，另一方面也能够使自己与后方根据地（包括南阳、颍川、汝南、河内等地，这是光武故乡及元勋故里）之间的联系更为便捷有利，而功臣群体对中州的文化认同和情感接受也使得东汉政权更容易得到巩固。

第三节　东汉前期士人对“两都”的认知变化

——以地域意识的文学表述为视角

洛阳成为东汉王朝的政治中心，但并未马上成为广为认同的文化中心。这一历史性嬗变最终是由中州优胜的经济、文化地位决定的。人们对中州的接受，经历了一个较为长期的理性认知和情感接受过程，经历了地域意识的心理博弈与文化实力的较量。

两汉之际，三辅遭到了严重破坏，但是，三辅士人依然具有强烈的地域优势心理。王莽后期，“三辅盗贼麻起，乃置捕盗都尉官，令执法谒者追击长安中，建鸣鼓攻贼幡，而使者随其后”。[3] 后来，三辅又遭遇延岑、更始、赤眉之兵乱，民饥饿相食，死者数十万，长安为虚，城中无人行。尽管如此，三辅吏士仍以京都人惯有的优越心理

① 范晔：《后汉书·梁统传》，第1169页。

② 班固：《东都赋》，见《文选》卷一，上海古籍出版社1986年版，第39页。

③ 班固：《汉书·王莽传下》，第4167页。

审视其他地区的人们。袁宏《后汉纪》卷一云："更始欲北之洛阳，以世祖为司隶校尉。初，三辅官府吏东迎者，见更始诸将数十辈，皆冠帻而衣妇人衣，大为长安所笑，智者或亡入边郡。及司隶官属至，衣冠制度皆如旧仪。父老、旧吏见之，莫不垂涕悲喜曰：'何幸今日又见汉官威仪！'"三辅吏士以从容审视的目光看待来自南阳的新一代君臣，笑看新帝是否具有天子威仪，是否具备统治天下的文化资质，地域心理优势显现无遗。三辅人的心理优势，源于他们有文化底气，熟知汉朝礼仪制度，具有积淀深厚的文化优势。

东汉三辅士人的文化优势心理存续甚久，突出表现在对关中地理优势和人文优势的炫夸姿态，同时，还表现出对洛阳人文地理隐微的鄙睨态度。剖析杜笃、班固的都邑赋，可以看到这种地域意识的顽强力量。

班固《西都赋》代西土耆老立言，"盛称长安旧制，有陋洛邑之议"(《两都赋序》)，又自叙写作心理："抒怀旧之蓄念，发思古之幽情。"夸赞西都之前，班固将河洛与长安作了个巧妙比较，他说："盖闻皇汉之初经营也，尝有意乎都河洛矣。辍而弗康，实用西迁，作我上都。"班固将"上都"长安视为"我"之家乡，以亲切的怀念心态铺叙长安的地理形胜与往昔的繁华富庶。该赋先夸长安土地膏腴，地利防御，具有天然的经济地理和军事地理上的优势："华实之毛，则九州之上腴焉。防御之阻，则天地之隩区焉。是故横被六合，三成帝畿。周以龙兴，秦以虎视，及至大汉受命而都之也。"又赞长安富庶安乐："于是既庶且富，娱乐无疆，都人士女，殊异乎五方，游士拟于公侯，列肆侈于姬姜。……名都对郭，邑居相承，英俊之域，绂冕所兴，冠盖如云，七相五公。与乎州郡之豪杰，五都之货殖，三选七迁，充奉陵邑。盖以强干弱枝，隆上都而观万国也。封畿之内，厥土千里，卓跞诸夏，兼其所有。"此段以下，则所写三辅之山川之胜，物产之富，交通之便利，宫殿之巍峨华丽，图书文籍与文章之盛，天子娱游之壮观，游猎之豪放威武等，莫不充满"上都人"的自豪与优越感。

值得注意的是，班固《东都赋》的写作姿态与《西都赋》有很大不同。《东都赋》的重点在于颂扬东都洛阳的一切都合乎礼乐典制、王朝统治者具有节俭的美德，所歌颂的大都是“虚美”的人文资源，而对洛阳“实在”的人文地理优势却很少描述。在赋的末尾，班固再度比较东西两都说：“险阻四塞，修其防御。孰与处乎土中，平夷洞达，万方辐凑？秦岭九嵕，泾渭之川，曷若四渎五岳，带河溯洛，图书之渊？建章甘泉，馆御列仙，孰与灵台明堂，统和天人？太液昆明，鸟兽之囿，曷若辟雍海流，道德之富？游侠逾侈，犯义侵礼，孰与同履法度，翼翼济济也？子徒习秦阿房之造天，而不知京洛之有制也；识函谷之可关，而不知王者之无外也。”①《两都赋》对洛阳地理资源的描写不过“处乎土中，平夷洞达”二句，所谓“盛称洛邑制度之美”乃是就国都而言。班固在《两都赋》中流露出的关中优越感为南阳人张衡视破。在《二京赋》中，张衡褒扬洛都“宅中而图大”，“改奢从俭”而“惠风广被”，贬斥西都“臣济侈以陵君，忘经国之长基”，表露出了中州士强烈的地域优越感和对中州政治文化地位的由衷赞美之情。

建武十八年，光武帝西巡，修建长安宫室。“是时山东翕然狐疑，意圣朝之西都，惧关门之反拒也。”② 就杜笃认为，“关中表里山河，先帝旧京，不宜改营洛邑”，乃上奏《论都赋》，“故因为述大汉之崇，世据雍州之利”，假借客主之口，从政治地理角度贬洛都、扬长安，谓之“洛邑之渟瀯，曷足以居乎万乘哉？咸阳守国利器，不可久虚，以示奸萌”。杜笃是关中人，且不论该赋地域褒贬的对错，至少可以说，杜笃潜意识里存在仰视关中、睥睨洛阳的心理倾向，而且，杜笃当时还没有把洛阳看作王朝合适的政治中心和文化中心。另一方面，山东“惧关门之反拒”也反映了中州人强烈的眷恋故土、排拒关中的地域意识。这种文化心理的微妙博弈反映了中州人和关中人对洛都的政治文化地位的认同感存在较大分歧。

汉明帝之时，洛都的政治中心和文化中心地位得到了广泛认同。

---

① 《文选》卷一班固《东都赋》，上海古籍出版社 1986 年版，第 39 页。

② 杜笃：《论都赋》，载于《后汉书·文苑列传》，第 2598 页。

这一点，比较集中地反映在永平年间的赋颂里。傅毅《洛都赋》以国士之眼光描述洛都，从地理形势、宫殿台观、文化建筑、山川之美、校猎之盛等方面描述洛都繁华富庶，文化昌明。傅毅，扶风茂陵人，主要生活在明帝、章帝时期，建初中以文才出众拜兰台令史。涿郡安平人崔骃，永平中，作《西巡颂》歌颂永平三年明帝秋巡禾稼之事；元和中，又献《四巡颂》赞美章帝巡狩四方，文辞典美，为章帝所叹赏。崔骃有《反都赋》，其《序》述创作主旨说："客有陈西土之富，云洛邑褊小，故略陈祸败之机，不在险也。"崔骃以"国士心态"褒美洛都文物制度，赞其独一无二的人文优势，驳斥了长安富庶而洛邑褊小的论调。傅毅也有《反都赋》，今仅存"因龙门以畅化，开伊阙以达聪"两句，当与崔骃《反都赋》主旨相近。《后汉书·循吏列传·王景传》说："先是杜陵杜笃奏上《论都赋》，欲令车驾迁还长安。耆老闻者，皆动怀土之心，莫不眷然伫立西望。景以宫庙已立，恐人情疑惑，会时有神雀诸瑞，乃作《金人论》，颂洛邑之美，天人之符，文有可采。"王景，乐浪人。显然，《金人论》与当时诸《反都赋》一样，都以盛赞洛阳人文制度之美为主旨。王景仕于明帝时，以成功修筑汴渠而著称。永平十七年，神雀出现于洛阳，王景乘机作《金人论》。从王景《金人论》的创作动机可以知道，活动在洛阳的关中耆老有很强的社会影响力，同时也有相当多士人已经接受洛阳作为京都的事实，并愿意维护它的京都地位。崔骃作有《河南尹箴》，文曰："茫茫天区，画冀为京。商邑翼翼，四方是营。爰作卿士，以尹皇州。风化攸兴，万国承流。唐、虞、商、周，河、洛是居。成王郏鄏，以处鹑墟。诸夏劲强，是从是横。"箴文颂扬河洛"风化"令"万国承流"，以河洛为中心的华夏民族"劲强""纵横"于天地之间。崔骃对河洛文化的礼赞反映了一个基本事实：河洛作为政治文化中心已得到了士阶层的高度认同。

永初以后，三辅处境日趋恶化，主要原因是羌人东侵，三辅频遭劫掠，加之螟灾、旱灾等自然灾害，三辅旧族纷纷迁居中州，中州成了三辅文士的避难所和创作基地。自安帝永初二年至汉末，三辅羌乱不断，旷日持久。《后汉书》诸帝本纪多有记载。如：

《安帝纪》：永初二年十一月，“先零羌滇零称天子于北地，遂寇三辅，东犯赵、魏，南入益州，杀汉中太守董炳。”永初四年正月，安帝下诏说：“三辅比遭寇乱，人庶流冗，除三年逋租、过更、口算、刍稿，禀上郡贫民各有差。”元初元年十月，安帝再次下诏免除三辅三岁田租、更赋、口算。元初二年正月，又诏“禀三辅及并、凉六郡流冗贫人”。这些史料显示：永初、元初年间，因为羌乱，三辅遭受了重创。元初二年二月以后，朝廷采取措施稳定三辅局势，下诏修理旧渠水道以灌溉农田，又派中郎将任尚屯兵三辅，三辅地区暂得安宁。延光三年，安帝为安抚三辅还亲自巡狩长安，会见三辅守令，祭祀高庙及十一陵。

《顺帝纪》：永和元年十月，顺帝巡狩三辅，会见三辅郡守、都尉及官属，赏赐作乐，祭祠陵庙。然而，永和五年，三辅又遭羌乱。次年，西羌大寇三辅，围安定（《皇甫规传》亦载）。同年十一月，顺帝以执金吾张乔行车骑将军事屯驻三辅。

《桓帝纪》：延熹四年五月，“零吾羌与先零诸种并叛，寇三辅”。永康元年正月，“先零羌寇三辅，中郎将张奂破平之”。同年四月，“先零羌寇三辅”。十月，“先零羌寇三辅，使匈奴中郎将张奂击破之”。当时情状，皇甫规在上疏中描述说：“四年之秋，戎丑蠢戾，爰自西州，侵及泾阳，旧都惧骇，朝廷西顾。”三辅在羌乱中遭受了严重的惊慌恐惧，以致朝廷为人震撼。

《献帝纪》：中平二年三月，“北宫伯玉等寇三辅，遣左车骑将军皇甫嵩讨之，不克”。中平四年四月，“扶风人马腾、汉阳人王国并叛，寇三辅”。中平元年、中平四年，三辅还两度遭遇严重螟虫害。兴平元年四月至七月，三辅大旱。

自永初到汉末，羌人占据了关陇及周边大片地区。《后汉书·段颎传》载：“而东羌先零等，自覆没征西将军马贤后，朝廷不能讨，遂数寇扰三辅。其后度辽将军皇甫规、中郎将张奂招之连年，既降又叛。”桓帝末年，段颎《应诏上言讨先零东羌术略》言：“计东种所余三万余落，居近塞内，路无险折，非有燕、齐、秦、赵从横之势，而久乱并、凉，累侵三辅，西河、上郡已各内徙，安定、北地复至单危，自云中、五原，西至汉阳，二千余里，匈奴、种羌，并擅其地，是为痈疽伏疾，留滞胁下，如不加诛，转就滋大。”汉末三辅地区的严重危机几乎到了无力回天的境地。

羌乱导致关陇旧族纷纷逃离，迁居他地，京畿一带成为官宦世家的首选之地。永初中，马融拒绝大将军邓骘辟请，“客于凉州武都，汉阳界中。会羌虏飙起，边方扰乱，米谷踊贵，自关以西，道殣相望。融既饥困，乃悔而叹息……故往应骘召”。扶风马氏为关中著姓，东汉外戚。马融迫于故乡饥乱，不得不应大将军征辟。其他关中士人的状况也大略可以推知了。窦融玄孙窦章也在永初年间“避难东国，家于外黄”。三辅文士避乱中州成了常事。与此相伴的是，永初以后，三辅文士的作品中再也见不到夸赞三辅的内容了。马融元初年间在故郡扶风作有《长笛赋》，他在该赋《序》中流露出的不是对故土的眷恋，而是对“去京师愈年”而产生的“甚悲”之情。京兆文学家赵岐在《三辅决录》中描述三辅旧俗，其间流露的故土之思已是无奈的惋惜与伤感。中州不仅成了三辅文士的生命避难所，也成了其创作基地。

第四节　洛阳蝉蜕：从政治中心到政治文化中心

东汉之初，洛阳成为名副其实的全国文化中心不是一蹴而就的。经过建武、永平长达半个世纪的文化建设，洛阳的文化中心地位才得以确立。概而言之，东汉前期在洛阳的文化建设主要是以下几方面。

一　退功臣进文吏　以儒治国

光武好儒，朝廷尊经，京师一确定，洛阳的“兴文”工程迅即启动。

首先，光武帝对中央官僚制度做了重大调整，即“退功臣而进文吏”。建武之初，光武用人尤重功臣，如司徒邓禹、司空李通、司马吴汉都是南阳功臣。建武初，官场悄然流传着这样一句话——“洛阳帝城多近臣，南阳帝乡多近亲”。这种局面引起了有识之士的忧虑，扶风郭伋和河南郑兴遂以此劝谏光武帝。建武七年，郑兴因日食上疏，说：“今公卿大夫多举渔阳太守郭伋可大司空者，而不以时定，道路流言，咸曰‘朝廷欲用功臣’，功臣用则人位谬矣。愿陛下上师唐、虞，下览齐、晋，以成屈己从众之德，以济群臣让善之功。”“书奏，帝多有所纳。”① 建武十一年，扶风郭伋拜并州刺史，过京师谢恩，光武设宴送行，郭伋“因言选补众职，当简天下贤俊，不宜专用南阳人。帝纳之”。② 陇蜀平，全国统一，光武帝开始对中央官吏的任用做了重大调整，此即史家艳称的“退功臣而进文吏”。从史籍记载看，这一调整是从南阳功臣贾复和邓禹开始的。《后汉书·贾复传》云：“（贾）复知帝欲偃干戈，修文德，不欲功臣拥众京师，乃与高密侯邓禹并剽甲兵，敦儒学。帝深然之，遂罢左右将军。”③ 同书《邓禹传》载：“天下既定，常欲远名势。有子十三人，各使守一艺。修整闺门，教养子孙，皆可以为后世法。”④ 邓禹、贾复、李通三人辞去三公，以特进身份参与朝政，其他功臣或辞官，或任职地方，同时，一批著名儒士进入了中央公卿的行列。据《后汉书·光武帝纪》载，建武三年闰正月，司徒邓禹免，同年三月，以大司徒司直伏湛为大司徒，此后，建武中任司徒的依次是河南侯霸、南阳韩歆、乐安欧阳歙、汝南戴涉、河内蔡茂、京兆玉况、魏郡冯勤、东莱李䜣，皆为名儒。大司空的调整也大体如此：建武十三年前，担任大司空的分别是王梁、宋弘、李通、马成，除了宋弘，其余都是功臣；建武十三年三月，窦融代马成为大司空，此后，继任者依次是沛郡朱浮、扶风杜林、京兆张纯、南阳冯鲂，亦皆儒士。从位居权力中心的司徒与司空的任职人员看，光武帝“偃武兴文”的用人思想在建国之初已经产生，全国统一之后则予以全面落实。值得注意的是，建武功臣原本就是儒士或尚儒之士，辞去中央官职后，他们纷纷以家族文化教育的形式带头尊尚经学，那些任地方官的功臣，如颍川太守上谷寇恂、琅邪太守南阳陈俊等则在郡中兴学敬儒。这项自高层官吏开始的“兴文”工程正是洛阳成为全国文化中心的坚固支柱。

---

① 《后汉书·郑兴传》，第 1221 页。

② 《后汉书·郭伋传》，第 1092 页。

③ 《后汉书·贾复传》，第 666 页。

④ 《后汉书·邓禹传》，第 605 页。

二　强化经学取士　完善礼乐制度

强化以经学取士的选官制度，完善礼乐制度，这也是洛阳文化建设非常重要的制度性保障。今存光武帝《四科取士诏》，云："方今选举，贤佞朱紫错用。丞相故事，四科取士：一曰德行高妙，志节清白；二曰学通行修，经中博士；三曰明达法令，足以决疑，能按章覆问，文中御史；四曰刚毅多略，遭事不惑，明足以决，才任三辅令，皆有孝悌廉公之行。自今以后，审四科辟召，及刺史二千石察茂才尤异孝廉之吏，务尽实核……不如诏书，有司奏罪名，并正举者。"①这道取士诏本是重申西汉取士制度，但诏中说到"方今选举，贤佞朱紫错用"，这说明，西汉后期，四科取士制度并未得到很好落实，光武帝强调"自今以后，审四科辟召"，并强调了严惩措施。后来，汉章帝又重申了这道诏书。由于光武帝尊经重儒，继位的明、章二帝又加以弘扬，经学在东汉真正确立了一统天下的地位，"经明行修"的取士原则也比西汉落实得更好。

礼乐是儒家治国思想的核心，是国家文化体系的主干。光武、汉明二帝为此采取了一系列有效措施，保障了国家礼乐法度的建设。建武后期，光武完善了宗庙祭祀、封禅礼等礼乐制度，并建造了"三雍"。明帝即位后，继续完善礼乐制度。班固《东都赋》描述永平中的礼乐建设情况，说："至于永平之际，重熙而累洽，盛三雍之上仪，修衮龙之法服。铺鸿藻，信景铄，扬世庙，正雅乐。人神之和允洽，群臣之序既肃。乃动大辂，遵皇衢，省方巡狩，穷览万国之有无，考声教之所被，散皇明以烛幽。然后增周旧，修洛邑。扇巍巍，显翼翼。光汉京于诸夏，总八方而为之极。……若乃顺时节而蒐狩，简车徒以讲武，则必临之以王制，考之以风雅。"② 这里提到了三雍礼、舆服礼、宗庙礼乐祭祀礼、巡狩礼及狩猎礼，这些礼乐制度的建设使得洛阳作为文明之都、文化之都有了

① 严可均：《全上古三代秦汉三国六朝文》之《全后汉文》卷二，中华书局 1958 年影印本。本书行文中出现的《全后汉文》专指严可均辑录之作。

② 萧统等：《文选》，上海古籍出版社 1986 年版，第 32—33 页。

坚实的根基和鲜明的旗帜。在面貌一新的京师建筑的映衬下，永平之际的洛阳，“光汉京于诸夏，总八方而为之极”，成为四海仰望的皇皇大都。

三　建太学　集图书　博征鸿儒文彦

建太学，置五经博士，汇集全国名儒于京师，搜集整理国家图书，这些举措加速了洛阳成为全国文化中心的进程。

《后汉书·儒林列传》记录建武、永平中洛阳的儒文化建设状况，曰：“及光武中兴，爱好经术，未及下车，而先访儒雅，采求阙文，补缀漏逸。先是，四方学士多怀协图书，遁逃林薮。自是莫不抱负坟策，云会京师，范升、陈元、郑兴、杜林、卫宏、刘昆、桓荣之徒，继踵而集。于是立《五经》博士，各以家法教授，《易》有施、孟、梁丘、京氏，《尚书》欧阳、大小夏侯，《诗》齐、鲁、韩，《礼》大小戴，《春秋》严、颜、凡十四博士，太常差次总领焉。建武五年，乃修起太学，稽式古典，笾豆干戚之容，备之于列，服方领习矩步者，委它乎其中。……飨射礼毕，帝正坐自讲，诸儒执经问难于前，冠带缙绅之人，圜桥门而观听者盖亿万计。其后复为功臣子孙、四姓末属别立校舍，搜选高能以受其业，自期门羽林之士，悉令通《孝经》章句，匈奴亦遣子入学。济济乎，洋洋乎，盛于永平矣！”① 安帝永初中，南阳樊准上书奏请邓太后复兴儒学，也曾满怀激情地描述当初光武、汉明积极倡导经学之状。② 安帝时的将作大匠翟酺亦云：“光武初兴，愍其荒废，起太学博士舍、内外讲堂，诸生横巷，为海内所集。明帝时辟雍始成，欲毁太学，太尉赵憙以为太学、辟雍皆宜

---

① 《后汉书》，第2545—2546页。

② 樊准《上疏请兴儒学》：“及光武皇帝受命中兴，群雄崩扰，旌旗乱野，东西诛战，不遑启处，然犹投戈讲艺，息马论道。至孝明皇帝……而垂情古典，游意经艺，每飨射礼毕，正坐自讲，诸儒并听，四方欣欣。……又多征名儒，以充礼官……其余以经术见优者，布在廊庙。故朝多皤皤之良，华首之老。每宴会，则论难衎衎，共求政化。详览群言，响如振玉。朝者进而思政，罢者退而备问。小大随化，雍雍可嘉。期门羽林介胄之士，悉通《孝经》。博士议郎，一人开门，徒众百数。化自圣躬，流及蛮荒，匈奴遣伊秩訾王大车且渠来入就学。八方肃清，上下无事。是以议者每称盛时，咸言永平。”见严可均《全后汉文》卷二十七。

兼存，故并传至今。”①

在太学建设的同时，光武帝还着手国家图书的建设。史载，“初，光武迁还洛阳，其经牒秘书载之二千余辆，自此以后，三倍于前”。②光武帝还征集饱学之士入宫校对图书，南阳尹敏就在其中。永平后期，汉明帝博征文学名士入宫，从事国家图书整理与国史《东观汉记》的写作，东观自此成了整个东汉一代文学领袖汇集之所。③

四　皇室尊经尚学　引导全民习经

光武帝以好读书、爱与群臣讲论经学而著称，后世诸帝又光大了光武好学之德，大力倡导经学，尊经好学成了东汉皇家文化传统，对洛阳文化建设、全国文化普及文学创作都影响极深。④袁宏《后汉纪》卷一载：“初，军旅间贼檄日以百数，上犹以余暇讲诵经书，自河图洛书、谶记之文，无不毕览。”《后汉书》卷一《光武帝纪》也记载了光武好学之事，云：“初，帝在兵间久，厌武事，且知天下疲耗，思乐息肩。自陇、蜀平后，非儆急，未尝复言军旅。……每旦视朝，日仄乃罢。数引公卿、郎、将讲论经理，夜分乃寐。皇太子见帝勤劳不怠，承间谏曰：‘陛下有禹、汤之明，而失黄、老养性之福，愿颐爱精神，优游自宁。’帝曰：‘我自乐此，不为疲也。’”光武帝甚至因为读书入迷而染疾。⑤马援初次到洛阳拜见光武帝，对光武帝

① 《后汉书·翟酺传》，第1606页。

② 《后汉书·儒林列传》，第2548页。

③ 事见《后汉书》之《班固传》、《杨终传》等。王充《论衡·佚文》曰：“孝明世好文人，并征兰台之官。文雄会聚。今上即位，令诏求亡失，购募以金。安得不有好文之声？”关于东观文士的汇集及东观文学创作情况，本书第二章第二节和第八章第二节也有论述。关于东汉东观学术活动的影响，刘跃进先生《东观著作的学术活动及其文学影响研究》论述甚详，文载《文学遗产》2004年第1期；又见刘跃进《秦汉文学论丛》，凤凰出版社2008年版，第119—145页。

④ 东汉经学之发展实与帝室的积极努力分不开。对此，清人皮锡瑞《经学历史》论述颇详，可以参见。

⑤ 《后汉书·光武帝纪》李贤注引《东观记》：“（建武十七年），上以日食避正殿，读图谶多，御座庑下浅露，中风发疾，苦眩甚。”中华书局1965年点校本，第68页。

博学高才敬佩不已，由衷赞其“经学博览，政事文辩，前世无比”。①光武帝的好学尊经为东汉皇帝树立了楷模，汉明帝、汉章帝之好学有过之而无不及，他们不仅自己好学，还敦促子弟、外戚、京师官吏一起习经，加之利禄诱导，好学之风盛于洛阳，延及四方，“全民习经”② 乃成东汉文化之大观。东汉文学富有浓厚经学气息。刘勰论其缘由说：“然中兴之后，群才稍改前辙，华实所附，斟酌经辞。盖历政讲聚，故渐靡儒风者也。”可谓一语中的。

文化中心自然是人才中心，文化教育中心，图书中心。建武、永平中的太学建设，图书建设，以皇帝为首推广的持续的经学普及工作，使得全国优秀的文化人才与重要文化资源都汇集京师，这不仅为洛阳建造了文化大厦，还为洛阳营造了浓厚的文化氛围，洛阳的文化地位日渐提升，至永平、建初之际，“京师翼翼，四方是则”成为事实，洛阳的文化中心地位得到了广泛认可。

这一点，在永平、建初之际的京都赋对洛阳礼乐制度的礼赞中可以得到印证。这些都邑赋以班固《两都赋》最著名，与班固同时的傅毅、王璟的京都赋创作亦旨在赞美洛阳文化制度之美与文明之昌盛。参见本章第三节的论述。

第五节　帝乡南阳：位居中州南部的亚政治文化中心

京都洛阳之南，帝乡南阳与之遥相呼应。以光武帝为首的东汉皇帝有比较强烈的帝乡意识，南阳因此获得政治、经济、文化等方面诸多特殊优待。东汉皇帝又多次巡行帝乡，以实际行动带动和促进了帝乡及周边郡国的较快发展。帝乡文化区很快成为京都之外最为重要的政治文化中心，京洛政治文化中心地位也因帝乡的“藩屏”而更加

---

① 刘珍等撰，吴树平校注：《东观汉记校注》，中华书局2008年版，第10页。本书所用《东观汉记校注》都是这一版本，不再一一注明。

② 参见王子今《东汉的“学习型”社会》，《读书》2010年第1期。

稳固。

一　帝乡意识与帝乡典制

光武帝帝乡意识表现得很突出，他确立了一系列针对帝乡的典制，既有公开的优待政策，也有不成文的皇家规矩。东汉诸帝多沿用光武旧制，南阳乃至整个王朝都深受影响。

概括而言，光武帝的帝乡典制，主要是以下几方面。

第一，重用南阳士。光武帝一生，南阳士一直是心腹股肱。光武朝公卿将相，主要由两批士人组成，一是追随他征战的功臣，二是建武初征辟的名儒。功臣主要来自三个区域：南阳郡、颍川郡、河北地区，南阳功臣最多，画像于南宫云台的32位功臣，有13人来自南阳。光武朝官至“公”者共26人，南阳占10人，比例高达38.5%。南阳士的显贵地位引起了士大夫的不满。扶风郭伋和河南郑兴都曾劝谏光武帝不能专任南阳人。但是，在光武帝心中，南阳功臣始终是心腹。全国统一后，列侯退出朝廷，唯有南阳的邓禹、李通、贾复三侯与公卿同议朝政。建武中元元年，光武帝封禅泰山，泰山刻石文提到的从臣只有赵熹和邓禹，二人都是跟随光武帝起兵的南阳人。光武、明、章、和四朝“三公”，南阳士比重保持在30%以上；[①] 担任刺史太守者，南阳士比例亦远在其他郡国之上；[②] 六百石以上的中高级官吏，也以南阳最多。[③] 皇室和南阳士的私交也很有意思。比如，和帝与宦官南阳郑众谋除窦宪，和熹邓后与南阳尹勤、周章定策立安帝，安帝最宠信湖阳冯石，灵帝后期重用南阳安众宗室。东汉皇室的帝乡意识根深蒂固，倚重南阳士似乎成了皇家传统。

第二，联姻南阳。除了追封的非正式皇后，东汉有15位皇后，南阳占5位，即光武阴后、和帝阴后与邓后、桓帝邓后、灵帝何后。

---

① 笔者在博士论文《东汉文化演进中的南阳文学研究》（中国社会科学院研究生院，2011年6月）中对东汉各朝“三公”的地理分布做了比较详细的论述。

② 参见严耕望《两汉刺史太守表》，上海古籍出版社2007年版。

③ 参见李泉《东汉官吏籍贯分布之研究》，《秦汉史论丛》第5辑，法律出版社1992年版。

明帝的两位贵人——章帝生母贾贵人和梁节王畅生母阴贵人，皆南阳人。刘秀先娶新野阴丽华为妻，征战河北时又娶真定郭圣通，即位后，先立郭氏为后。建武十七年十月，光武废郭后，改立阴后。两年后，又废除太子郭后子刘强，改立阴后子刘庄。这种废立举措与光武帝对南阳士的倚重密不可分。东汉的选妃制度无形中也对南阳人有利。史载“汉法常因八月算人，遣中大夫与掖庭丞及相工，于洛阳乡中阅视良家童女……”居住洛阳的都是贵戚公卿，南阳显贵众多，居洛阳者自然也多。这种看似没有地域差别的政策实质上有所偏向。东汉皇帝还将皇女皇妹嫁到南阳。光武帝有五女，小女嫁于新野。明帝有十一女，四个女儿嫁到南阳。和帝有四女，一女嫁南阳。新野来定和新野岑熙均娶安帝妹为妻。从皇家女婿的地域分布看，南阳高居榜首。皇室本可联姻天下，却偏爱南阳，这说明，皇室对帝乡特别眷顾和信赖。

第三，提高南阳礼法级别，委派贤士任郡守。张衡《大司农鲍德诔》说：“昔我南都，惟帝旧乡。同于郡国，殊于表章。命亲如公，弁冕鸣璜。”意思是说，南阳是帝乡，礼乐法度高于一般郡国，南阳太守都是皇帝亲信大臣，可以直接向皇帝呈奏章表，在礼制上高于一般郡守。东汉南阳郡守往往是皇家亲信或贤能名吏。南阳太守如虞延、桓虞、韩棱、陈球、赵戒、杨彪等，皆一代名相；杜诗、鲍德、第五访、刘宽等，名在循吏，位至公卿。即使那些贪赃弄权的南阳太守，如永元初年的高丹、满殷（窦宪宾客），延熹年间的张彪（桓帝旧交）等，也都是当朝显贵。据严耕望研究，东汉南阳郡守中，有史可考的共40位，其中至少有25位是良吏，占总数的62.5%。《后汉书·杜诗列传》载，杜诗为南阳太守，吏民呼为“杜母”，他多次上疏请求“退大郡，受小职”，“帝惜其能，遂不许之”。光武帝“顾怀”帝乡之情亦可见一端。

第四，扩大南阳辖地，予以经济优待。东汉南阳郡有37城，528551户，2439618人，是全国城邑最多、人口最多的大郡 。丹水和析两县，汉初属南阳，后归弘农，建武十五年，两县划归南阳。《后汉书·光武帝纪上》载，建武六年，“改春陵乡为章陵县，世世复徭役，比丰、沛，无有所豫”。同书《刘隆传》载，建武十五年前后，朝廷大规模度田，当时有句流行语——“河南帝城多近臣，南阳帝乡多近亲。田宅逾制，不可为准”。建武二十二年，南阳地震，光武帝下诏免除一年田租刍稿。正如史学家王子今先生所言——“与帝王有某种特殊关系的地区，往往还因这种特殊关系，享有并不著于明文的特权”①。

南阳众多的皇亲国戚、功臣、故旧家族，与皇族有着千丝万缕的关系，封赏，擢用，受教育等，均能享受特别优待。东汉南都“既丽且康”(张衡《南都赋》)，号称“乐都”，实从帝乡典制中受益良多。

二　帝乡情结与帝乡巡行

皇帝出巡郡国，祭祀山川、祖宗、圣贤，考察民情，察访地方吏治，朝野上下为之牵动，皇帝巡狩实为综合性政治文化行为。东汉诸帝出巡郡国，通常走三条路线：东巡至泰山、鲁国一带，南巡至南阳、南郡江陵一带，西巡至三辅，三个地区均有文化象征意味。泰山为自古帝王封禅之地，鲁国为孔子家乡；南阳为帝乡，章陵有皇家旧宅园庙；三辅长安为西汉都城，有高庙和西汉十一座皇陵。在此，我们根据《后汉书》诸帝纪及相关史料对东汉诸帝巡行情况概述如下。

除了征战时经历各地，光武帝出巡郡国共13次：南巡至南阳6次，其中5次至章陵，每次都祠园庙、置酒会见故人父老。其中，建武十七年四月，光武帝是带着6个儿子一起回乡的；同年十月，光武帝再度返乡，与宗室诸母宴饮谈笑，并为舂陵各宗修建祠堂。这两次回乡探亲，《后汉书》记录很详细，其社会影响可想而知。光武东巡至鲁、泰山一带4次。其中，建武中元元年是封禅泰山。西巡至长安3次，皆祠陵庙。北行至河内1次，历时很短。除了正式巡狩，光武帝还曾多次回南阳。据《后汉书·樊宏传》载：“十八年，帝南祠章陵，过湖阳，祠重（光武外祖樊重）墓，追爵谥为寿张敬侯，立庙于湖阳。车驾每南巡，常幸其墓，赏赐大会。”光武在建武十八年十

① 王子今：《秦汉区域文化研究》，四川人民出版社1998年版，第389页。

月祠章陵及此后巡行南阳的情况以后，《后汉书》并未记录，应属漏载。

明帝出巡郡国7次。其中3次是正式巡狩：永平二年，西巡狩，至长安，祠高庙十一陵，历览馆邑，会见郡县吏，劳赐作乐；永平十年闰月甲午，南巡狩，至南阳，祠章陵，召校官弟子作雅乐，奏《鹿鸣》，帝自御埙篪和之，以娱嘉宾。又至汝南南顿、平舆，梁国睢阳等地；永平十五年二月，东巡狩，至鲁，祠孔子，令皇太子与诸王说经。汉明帝还出巡郡国4次：永平三年十月，车驾从皇太后至章陵，步行观旧庐；永平五年十月，至邺；永平六年，至鲁，还，至阳城，祠中岳；永平十三年四月，至荥阳，东巡河渠。这几次出巡规模可能较小，史籍记录不详。汉明帝七次巡行郡国，其中两次是回帝乡，停留时间也较长。

章帝出巡郡国共8次：西巡狩，至长安，祠陵庙；东巡狩，至泰山、鲁等地，柴告岱宗，大会内外群臣，祠孔子；南巡至南阳，祠章陵，见宗室故人，又南行至江陵；北巡狩，至常山等地，祠光武帝、明帝于元氏，北出长城；南巡狩，至梁、沛、彭城、寿春等地；另有3次出巡，至河内、河东、邺、陈留、梁等地。

和帝出巡郡国2次：永元三年西行至长安，祠陵庙。永元十五年，南巡狩，至章陵，祠旧宅园庙，会见宗室于旧庐，劳赐作乐。和帝这次南巡，临汉水而还。

安帝出巡郡国3次：延光三年二月，东巡狩至泰山，柴告岱宗，又巡行至东郡、魏郡、河内等地；延光三年十月，至长安，祠陵庙；延光四年，南行至宛，病，令大将军耿宝行太尉事祠章陵园庙，病逝于返京途中。

顺帝出巡郡国只有1次：永和二年十月，至长安，会见三辅郡守、都尉及官属，劳赐作乐。十一月，祠高庙和十一陵。

桓帝2次出巡郡国：延熹二年十月，至长安，祠高庙和十一陵。延熹七年十月，南巡狩，至章陵，祠旧宅、园庙，南行至云梦，临汉水，还，至新野，祠湖阳、新野公主、鲁哀王、寿张敬侯庙。

灵帝不曾巡行郡国，献帝则无力巡狩。

综上所述，东汉出巡郡国的有7帝，巡行36次，一般都有祭祠先祖活动。到过南阳的有6帝，共计12次，章帝与和帝还从南阳南行，至南郡江陵、云梦一带；到长安祠高庙的有7帝，9次；至鲁、泰山一带的有4帝，8次；北巡至黄河以北的有3帝，4次，明帝、安帝到过邺，只有章帝北行至常山，且出长城。除三河与近京诸郡外，其他地区很少有皇帝行迹。另外，和帝皇后邓绥临朝称制达15年之久，曾回南阳新野为母守丧，公卿随行，也有巡狩意味。总之，从帝后出巡地点与巡行次数看，占据显赫地位的首属帝乡。东汉皇帝巡行中的祭祖地点，还有汝南南顿、陈留济阳、常山之元氏和高邑等地。这是因为，光武帝生于济阳、少时曾在南顿生活、初即位于高邑，明帝生于元氏。光武、明、章、安四帝巡行到鲁，必祭孔子，明帝和章帝甚至亲登讲堂，令太子、诸王与诸儒说经。[①] 这些活动反映了东汉皇室浓厚的尊儒观念，折射出特有的时代文化风貌。

比较诸帝巡行活动，发现几个有意思的问题：(1) 光武帝和明帝在南阳停留时间较其他地方更长。如建武十七年，光武帝携诸子在章陵停留长达40余天（十月甲申至十二月）；永平三年，明帝陪母后回南阳，停留68天（十月甲子至十二月戊辰）。这两次均属探亲。(2) 诸帝在南阳的活动带有较多"私人"色彩。如修祠园庙，观览旧庐（明帝曾徒步观览），在旧庐会见宗室，与故旧酣宴欢娱，气氛亲切随和。如建武十七年冬，光武帝回章陵，与酒酣中的诸婶母谈笑风生。光武出巡，还多次令邓禹、邓晨、赵熹等南阳功臣随行。永平十年，明帝在章陵，亲自吹奏埙篪，演奏《鹿鸣》以娱嘉宾。诸帝回南阳，还到湖阳、新野、宛等地看望姻亲故旧。[②] 桓帝巡狩帝乡，擢拜南阳士甚至超越了典制。据《后汉书·杨震传》载，延熹七年，

---

① 见《东观汉记》卷二、卷三，中华书局吴树平校注本，第57页、第77页。

② 《后汉书·樊宏传》："车驾每南巡，常幸其（光武外祖樊重）墓，赏赐大会。"同书《李通传》云："（光武）每幸南阳，常遣使者以太牢祠通父冢。""永平中，显宗幸宛，诏诸李随安众宗室会见，并受赏赐，恩宠笃焉。"袁宏《后汉书》卷二："（永平三年）十月，上与皇太后幸南阳陵，周观旧庐，召见阳、邓放人。"中华书局2008年版，第56页，吴树平校注本。

桓帝南巡“及行至南阳，左右并通奸利，诏书多所除拜”。(3) 巡行南阳的皇帝亲自过问吏治的记录较他处为多。《后汉书·郭贺传》载，永平中，郭贺拜荆州刺史，政绩卓异，“显宗巡狩至南阳，特见嗟叹，赐以三公之服、黼黻、冕旒”。同书《方术列传·谢夷吾传》载，谢夷吾迁荆州刺史，政化大行。李贤注引《谢承书》曰：“夷吾雅性明远，能决断罪疑。行部始到南阳县，遇孝章皇帝巡狩驾幸鲁阳。有诏‘勅荆州刺史入传录见囚徒，诫长吏勿废旧仪，朕将览焉’。上临西厢，南面，夷吾处东厢，分帷隔中央。夷吾所决正一县三百馀事，事与上合。而朝廷叹息曰：‘诸州刺史尽如此者，朕不忧天下。’常以励群臣。”东汉皇帝巡狩过问吏政之事，《后汉书》及李贤注仅此两次。看来，皇帝对帝乡似乎远比他郡看重，这也是乡土情结的自然表现。

关于光武帝的帝乡情结，张衡《南都赋》描述说：“帝王臧其擅美，咏南音以顾怀。其君子弘懿明叡，允恭温良，容止可则，出言有章，进退屈伸，与时抑扬。”李善注曰：“帝王，光武也。顾怀，过章陵祠园庙之时也。”[①] 该赋自“其君子”至“抑扬”一段，描绘了光武帝会见南阳群士时彬彬有礼的和洽景象。东汉皇帝巡行郡国，回南阳的意味却与他处不同，如果用一个字概括，那就是“亲”——亲人相随，祭亲祖，见亲旧，会见父老乡亲，乐涛涛，情融融，一派亲和景象。这种亲切感，不是别的，它来自诸帝对帝乡的情感认同。可以说，诸帝巡行南阳是其帝乡情结的最佳释放途径。

三　帝乡周边郡国的较快发展

凭借政治、经济和文化上的多重优势，帝乡南阳远比周边地区发展更快。这一点，可以从南阳周边地区的名士及其成名时间上得到证实。

以南郡为例。江陵一带，本是楚国旧都。元封五年冬，汉武帝巡行南郡，自江陵而东，登潜县天柱山（时号“南岳”）行祭祀礼。遗憾的是，汉武帝此行并未为南郡带来多少好处。西汉二百年间，南郡

① 《六臣注文选》，中华书局 1987 年版，第 89 页。

竟然没有出现过一个载入正史的名士。到了东汉，南郡的政治、经济、文化状况明显改善，安帝以后出现了大批名士，如黄尚[①]、王逸、王延寿、胡广、庞德公、蒯越、蒯良、庞统、蔡瑁等。到了汉末，襄阳一带出现了冠盖云集的景象。[②] 东汉南郡名士中，王逸、王延寿父子为楚辞名家。王逸于元初中举上计吏，为校书郎。顺帝时为侍中，著《楚辞章句》行于世，作赋、诔、书、论及杂文凡二十一篇，又作《汉诗》一百二十三篇。王延寿现存三篇赋，一篇碑文，其中，《鲁灵光殿赋》为两汉名赋。胡广历侍六帝，奏疏文章为当世名作，其子孙亦为显宦。[③] 蒯越、庞统均为汉末著名智谋之士，庞统号称“凤雏”，为蜀汉先主刘备所倚重。蒯越，字异度，南郡人，才智深广，深得曹操赏识。曹操平荆州，与荀彧书曰：“不喜得荆州，喜得异度耳。”[④] 南郡文化能够快速发展，一个重要原因就在于毗邻帝乡，尤其是地接光武故乡章陵县。东汉时，凌跨汉水两岸的襄阳实为护卫帝乡、南控江南的水路要塞。南郡的地理优势使它在政治、经济和文化等多个方面都接受了帝乡的光辉。东汉诸帝南巡帝乡，往往南行至南郡。如建武十八年十月，光武帝驾临宜城，然后还祠章陵；元和元年十月，章帝在章陵祠祖后，又南行到江陵；永元十五年十月，和帝在章陵祭祖后南行至云梦，临汉水而还；延熹七年十月，桓帝自章陵南行至云梦，临汉水而还。东汉二百年间，南郡北中部地区如襄阳、宜城、江陵、云梦一带，常在朝廷视野之内，皇帝巡行为之带来了全方位的提升。从人口数量也可看出南郡在东汉时的发展状况。《汉书·地理志》载，南郡，县十八，户十二万五千五百七十九，口七十

---

① 《后汉书·孝顺帝纪》：“大司农南郡黄尚为司徒。”李贤注：“黄尚，字伯河，南郡邔人也。”

② 习凿齿《襄阳耆旧记》说：“汉末，尝有四郡守、七都尉、三卿、两侍中、一黄门侍郎、三尚书、六刺史，朱轩高盖会（冠盖）山下。”黄惠贤校补本《校补襄阳耆旧记》，中州古籍出版社 1987 年版，第 58 页。笔者按：冠盖山在襄阳境内。

③ 《后汉书·胡广传》李贤注引《谢承书》曰：“广有雅才，学究五经，古今术艺皆毕览之。”第 1505 页。刘勰《文心雕龙章·章表》曰：“胡广章奏，天下第一。”

④ 《后汉书·刘表传》李贤注引《傅子》，第 2420 页。

一万八千五百四十。《后汉书·郡国志四》载，南郡，十七城，户十六万二千五百七十，口七十四万七千六百四。南郡户数、人口数在东汉明显增加，文化人自然也增加不少。

南郡东邻的江夏郡，虽然也与南阳接壤，但和章陵相距较远，加之交通不便，经济、文化各方面都受到相当大的限制。终东汉一代，江夏郡未有帝王行迹。东汉时，“江夏大邦，而蛮多士少”[①]，文学上惟安陆黄香、黄琼、黄琬祖孙名闻当世。从户口与人数看，江夏郡在两汉变化不大。《汉书·地理志》载，江夏郡，县十四，户五万六千八百四十四，口二十一万九千二百一十八。《后汉书·郡国志四》载，江夏郡，十四城，户五万八千四百三十四，口二十六万五千四百六十四。从户数上看，江夏郡在东汉增加了一千六百户，即使按每户五口人算，增加人数不足八千，与所记人口数不一致，《后汉书》关于江夏郡户数与人口数的记载或有讹误。

东汉时，汝南和颍川是京畿近郡，颍川功臣亦多，两郡士人又与南阳士多有交往。汉末党人与宦官的斗争中，南阳、汝南、颍川三郡的名士往往结为同盟，成为中州政治文化集团的主力军。事见范晔《后汉书·党锢列传》。

东汉时期，南阳郡人口 244 万，是全国人口第一大郡，汝南次之，有 210 万人，京都所在的河南尹人口也不过 101 万。[②] 南阳郡治宛，人口繁多，“士之渊薮”[③]，商业发达，是位居南北交通要道上最为繁华富庶的城市，京都之外最大的都邑。作为地理上的南北分水岭，作为具有政治文化象征意义的皇室园陵所在地，南阳郡不仅是阻隔南蛮入侵中原的重要军事藩屏，[④] 也是扛鼎东汉政局、推动王朝文化发展的亚政治文化中心。

---

① 司空盛允语，见《后汉书·黄琬传》，第 2040 页。

② 各郡人口数采用范晔著，司马彪补《后汉书·郡国志》（中华书局点校本）的说法。

③ 桓帝时宛令下邳人吴树语，见《后汉书·梁统传》，第 1183 页。

④ 笔者在博士论文《东汉文化演进中的南阳文学研究》（中国社会科学院研究生院，2011 年 6 月）里，曾详细考察了东汉南蛮北侵的情况：一直被控制在南阳之南的汉水一带，甚至连南郡也没有越过。

第二章

东汉文学创作地理整体研究

第一节　东汉文学创作地理整体格局

近些年，文学地理受到学界重视，不过，大多数研究都是从文学家籍贯的角度研究本土文学地理，对文学家的活动地与创作地的文学地理关注很少。相对于籍贯地，文学家生长活动之地及创作地的人文环境与其创作的关系更为直接。文学创作的活跃之地往往是文学家云集之地，或国都，或区域文化中心，它们对周边地区的文学发展具有很强的辐射力和带动性。一个时代的文学创作地理整体格局往往是政治格局的缩影。

东汉文学作品之汇总，首推清代严可均的《全上古三代秦汉三国六朝文》之《全后汉文》，次有逯钦立《先秦汉魏晋南北朝诗》之《全汉诗》，但二者在建安文学的收录上有差异。严可均《全后汉文》将建安文学家之文几乎全部收录，却将曹操之文抛入《全三国文》。逯钦立《全后汉诗》收录了孔融和蔡琰的诗歌，其余建安诸子之诗全部归入《全三国诗》。为全面客观地反映汉魏文学演变的特征，本书以汉魏易代为限，力争将成于汉代的现存文学作品一网打尽，考索的范围除了严可均《全后汉文》和逯钦立《全汉诗》的东汉部分外，曹操的诗文、“建安七子”和繁钦、邯郸淳的诗歌及曹丕、曹植兄弟创作于建安年间的作品亦网罗在内，同时检索高文的《汉碑集释》及严氏漏辑的东汉遗文，并借助刘跃进先生《秦汉文学编年史》、张可礼《三曹年谱》与俞绍初《建安七子年谱》等今人关于东汉文献的研究成果，最大限度地呈现东汉文学的全貌，以期所得结论更为客观切实。

严可均《全后汉文》共录后汉文章2300篇，其中5篇系作者误辑，即仲长统《尹文子序》、关羽《封还曹公所赐告辞书》、王阜《老子圣母碑》、高诱《道贤论》、冯衍佚《书》一则。严可均认为，《尹文子序》"非（仲长）统作，曹魏人作"，而关羽之书纯粹为"后人所依托"。据刘屹《老子圣母碑考论》,[①] 王阜《老子圣母碑》实为唐碑。另外三篇皆系严氏误辑：高诱《道德序》乃东晋人王修的作品，而冯衍佚《书》实为田邑的《报冯衍书》。上述5篇文章之外，另有8篇的创作时间在西汉及新莽时。它们是：桓谭《仙赋》（作于西汉成帝时）、《答扬雄书》（新莽时）、申屠刚《举贤良方正对策》（西汉平帝元始六年）、张纯《奏加王莽九锡》（西汉孺子婴时）、范升《奏记王邑》（新莽地黄三年）、冯衍《说廉丹》、《复说廉丹》（新莽地黄三年）。《曹操集》中,[②] 创于建安时期的文章共153篇；检索《汉碑集释》，得《全后汉文》之外的东汉碑文10篇；检索赵幼文《曹植集校注》，得植创作于建安时期的文章80篇；检索张可礼《三曹年谱》，得曹丕作于汉魏易代之前者39篇，另得曹植作于建安时的文章2篇、曹操建安时佚文4篇；检索俞绍初《建安七子集》及《建安七子佚文存目》，得七子建安时所作佚文49篇；检索《后汉书》帝后诏令，共得《全后汉文》之外的佚文32篇，其中安帝诏令12篇，顺帝诏令7篇，桓帝诏令6篇，冲帝、献帝诏书各1篇，顺帝梁皇后诏令5篇；检索袁宏《后汉纪》，新得光武帝诏令1篇，明帝诏令5篇，公卿奏议教令6篇；从易闻晓《马融文章考》得融佚文及存目6篇,[③] 从孙文青《张衡年谱》得衡佚文一篇[④]。另据《后汉书》、袁宏《后汉纪》、《东观汉记》、刘跃进《秦汉文学编年史》等书新得非诏书佚文存目187篇，以上合计共2865篇，创作地

① 刘屹：《老子圣母碑考论》，《首都师范大学学报》（社会科学版）1998年第4期。

② 《曹操集》，中华书局1974年版。以下同书版本同。

③ 易闻晓：《马融文章考》，《古籍整理研究学刊》2011年第6期。

④ 孙文青：《张衡年谱》，商务印书馆1956年版。

点可考证者共2242篇。

相对于全后汉文的检索考察，全后汉诗的数量和规模要微型得多。在逯钦立《全汉诗》中，姓名可考的东汉文人诗83首，无名氏诗77首，杂歌谣辞67首，谚语91首，四者相加共计318首。作为两汉诗歌主体的乐府诗，因创作时间难以定夺，故逯钦立《全汉诗》将西汉、东汉二代乐府诗作为一个整体看待，分为郊庙歌辞、鼓吹曲辞、相和歌辞、舞曲歌辞、杂曲歌辞、琴曲歌辞六种，共计178首。据萧涤非《汉魏六朝乐府文学史》可知，两汉民间乐府诗可以断定创作于东汉的仅有28首，创作时间可以确定的只有一首——《雁门太守行》，该诗也是东汉民间乐府诗歌创作地唯一可考者。检索《全三国诗》，得创作于建安年间的诗作有：繁钦诗7首，邯郸淳诗1首；检索《曹操集》，得操诗26首；检索赵幼文《曹植集校注》，得植作于建安时期诗歌16首；检索俞绍初《建安七子集》，得孔融之外“建安七子”诗歌36首，另据《建安七子佚文》，得佚诗5首。此外，检索《三曹年谱》，曹丕创作于建安时期的诗作有8首。上述可考的创作于东汉的诗歌共计419首，创作地可考者291首。①

东汉政区分州、郡、县三级，早期的州没有行政功能，桓帝之后，州牧权力大增，集军政、行政为一身。东汉有十三州，相对稳定，建安以后，郡县颇多调整。在此我们以司马彪《后汉书·郡国志》为依据，分州郡把东汉文学创作地可考的作品数量统计如下：

	郡名	文	诗	郡名	文	诗
司隶	河南	1185	123	河内	17	1
	河东	无	无	弘农	17	1
	京兆	59	14	冯翊	4	无
	扶风	13	无			

① 本章关于东汉诗文总数及创作地可考的作品数目的统计，主要是由洛阳师范学院文化与传媒学院李建华副教授完成的。

续表

	郡名	文	诗	郡名	文	诗
豫州	颍川	85	6	汝南	40	无
	梁国	6	无	鲁国	15	1
	沛国	16	无	陈国	3	无
冀州	魏郡	347	56	巨鹿	3	1
	常山	17	无	中山	2	无
	安平国	2	无	河间	6	2
	清河	4	1	赵国	2	无
	勃海	无	无			
兖州	陈留	46	5	东郡	6	无
	东平	7	无	任城	5	无
	泰山	6	无	济北	0	无
	山阳	24	无	济阴	7	2
徐州	东海	5	1	琅邪	1	无
	彭城	1	无	广陵	3	无
	下邳	7	1			
青州	济南	2	1	平原	4	1
	乐安	1	无	北海	25	1
	东莱	无	无	齐国	8	无
荆州	南阳	24	6	南郡	23	9
	江夏	2	无	零陵	1	无
	桂阳	2	无	武陵	3	2
	长沙	4	无			
扬州	九江	8	1	丹阳	2	1
	庐江	7	1	会稽	13	1
	吴郡	4	3	豫章	1	1
益州	汉中	12	1	巴郡	4	9
	广汉	6	3	蜀郡	18	7
	犍为	5	4	牂牁	0	无
	越巂	无	无	益州	无	无
	永昌	1	1			

续表

	郡名	文	诗	郡名	文	诗
凉州	陇西	11	7	汉阳	24	5
	武都	11	无	金城	5	无
	安定	1	无	北地	2	无
	武威	3	无	张掖	3	无
	酒泉	无	无	敦煌	5	1
并州	上党	3	无	太原	7	无
	上郡	无	无	西河	无	无
	五原	6	无	云中	无	无
	定襄	无	无	雁门	无	无
	朔方	无	无			
幽州	涿郡	14	5	广阳	6	无
	代郡	1	无	上谷	2	无
	渔阳	2	1	右北平	2	无
	辽西	1	无	辽东	1	无
	玄菟	无	无	乐浪	无	无
交州	南海	1	无	苍梧	4	1
	郁林	无	无	合浦	无	无
	交阯	5	2	九真	1	无
	日南	无	无			
其他	西域	5	无	匈奴	6	无

从上表不难看出，东汉文学的创作地高度集中在河南郡，其次是以魏郡为中心的邺城，再次为以许昌为中心的颍川和以长安为中心的京兆（按：上表中创作地理在河南的几乎全部集中在洛阳）。洛阳自光武帝建武元年至献帝初平元年为东汉京都所在地。献帝登极之后，政治中心屡次播迁，先是被董卓逼迫迁都长安，五年后又艰难返回洛阳，两个月后献帝又被曹操迎到许。建安九年，曹操攻下邺城，曹魏统治中心旋即由许转移到邺，许只是作为名义上的汉都。从刘玄称帝至汉魏禅让，共历 197 年，洛阳、长安、许昌、邺城作为政治中心的

时间分别为165年、7年、8年、16年，依照作品创作数量而言，东汉文学创作地的排名依次为洛阳、邺城、许昌、长安，与它们作为政治中心的时间长短几乎成正比。在影响文学创作地理的各种因素中，政治无疑是首要因素。京师作为文学创作地理中心的绝对优势是不言而喻的。比如，创作于洛阳的文章共1160篇，帝后诏令有494篇，占总数的40%，其中大臣奏疏比重最大。作为国家政治文化生活的重要内容，诏令策命与奏疏朝论数量庞大，郡国文章数量无法与之相比。

洛阳、邺城、许昌、长安之外，文学创作繁盛之地应推桓帝以后的陈留郡。陈留文学崛起于桓帝之世。桓帝中，陈留浚仪人边韶在东观任职，后拜陈相。边韶以后，陈留籍文学家风起云涌，桓、灵时有张升、边让、蔡质、蔡邕、申徒蟠，献帝时有潘勖、阮瑀、路粹及邕女蔡琰等，云蒸霞蔚，几乎占据汉末文坛半壁江山。

陈留之外，东汉文学创作地理分支中心尚有荆州北部，即南阳、襄阳一带。南阳为光武帝故乡，号称“南都”，是皇室宗亲和功臣集聚地，也是张衡、刘珍、延笃、左雄等东汉中后期文学名家的故乡。襄阳是连接中原与江汉地区的咽喉要冲，濒临帝乡，受帝乡特区优势的光照，东汉时发展很快。献帝初平元年，刘表为荆州牧，州治由武陵郡汉寿县北迁至襄阳，建安十三年刘表之子琮归降曹操。在刘表统治荆州的二十余年里，大批中州士人集聚襄阳，襄阳也因此成为当时著名的区域文化中心。

上述七地之外，东汉文学较为发达的区域还有司隶的河内、弘农，豫州的汝南，冀州的常山，益州的蜀郡、广汉，凉州的汉阳，兖州的山阳，青州的北海，幽州的涿郡。上述诸地，河内与洛阳隔河相望，弘农处于二京之间，常山、蜀郡、广汉、汉阳、山阳皆为州治所在地（益州州治原在广汉雒县，灵帝末移至绵竹，献帝兴平中又移至蜀郡成都），汝南、涿郡和北海三郡文学发达，实受当地儒学润泽。今文《尚书》博士欧阳歙于建武九年至十八年为汝南太守，教授数百人。汝南南顿蔡玄，屡拒招辟，居家讲学，门徒常数千人，著录者万六千人。汝南浓厚的学风和崇尚儒学的传统为当地学术兴盛和文学繁荣打下了良好基础。经学家许慎和名士范滂也是汝南人，年轻的应顺当建武、永平之际，亦匆匆行走于汝南的乡间，暮夜孜孜于青灯之下，带出了一个七世著名的文学大家族。自和帝起，应顺为河南尹。应顺十子皆有才学，至曾孙奉，尤攻文章，奉子劭、劭子玚皆为文学名家。涿郡文学在幽州独树一帜，领军人物即崔骃家族，汉末又有卢植、郦炎等文学名士。新莽之际，涿郡崔发母师氏通经学、百家之言，发、篆兄弟为新莽时名儒。自师氏起，崔氏世传儒学，至篆孙骃，尤善辞章，骃子瑗、瑗子寔，皆以文章显名。汝南应氏与涿郡崔氏“世擅雕龙”，传为佳话。由于郡有文学名族，汝南、涿郡的文学创作在东汉中后期相当活跃。有汉一代，北海国儒学兴盛，代有鸿儒。北海安丘甄阜及子普、孙承，自光武初至章帝时，祖孙三代居家授学，传授《严氏春秋》，门徒常数百人。甄阜乡人周泽，亦精通《严氏春秋》，建武中“隐居教授，门徒常数百人”。北海高密郑玄集今古文经学之大成，晚年居家授学，广纳门徒，助推汉末北海儒风。此外，归附曹操前，孔融长期为政北海，今存创作于北海的文学作品几乎全部出自孔融与郑玄之手。其余多数郡国也有为数不多的文学作品出现，但并州、幽州、交州所辖郡国几乎没有留下什么作品，这些地区均为边地，常常遭遇外族侵扰，地广人稀，修习战备，人尚武力，文雅难兴。

从上表可以看出，除京师洛阳外，文学大家、名家的故乡多为当时文学繁荣之地。如冯衍、杜笃之故乡京兆，张衡、延笃之故乡南阳，赵壹、徐淑夫妻之故乡汉阳，仲长统之故乡山阳，蔡邕之故乡陈留。不过并非所有著名文学家的籍贯地皆为区域文学创作中心，如东汉班彪、班固、傅毅、马融四位大家出现，但扶风并非区域文学中心。东汉关中文学家多出身官宦世家，籍贯地既非出生地，也非成长地。如班彪，早年投靠陇右军阀隗嚣，后归附汉朝，并终老于洛阳。班彪文今存 14 篇，创作地可考者 9 篇，其中 6 篇作于洛阳，2 篇成于陇右。班彪子固出生于洛阳，一生绝大多数时间都在洛阳度过，他的文章今存 32 篇，创作地可考者 24 篇，其中 20 篇作于洛阳。马融和傅毅皆长期在洛阳任职，尤其是傅毅，入职兰台后几乎没有离开京都，二人今存作品创作地可考者，也以洛阳比重最大。[①] 再者，汉代文人作品大多亡佚，布衣时的作品亡佚更甚。如梁国蒙人夏恭“著赋、颂、诗、励学凡二十篇”，恭子牙“著赋、颂、赞、诔凡四十篇”，[②] 今无一存者。沛国龙亢桓麟，据挚虞《文章志》载，“麟文见在者十八篇，有碑九、诔七”，[③] 今仅有《太尉刘宽碑》和《七说》佚文。服虔“著赋、碑、诔、书记、《连珠》、《九愤》，凡十余篇”[④]，今不存一。冯衍“著赋……五十篇”，唐李贤注范晔《后汉书》时，尚有28篇，今大多亡佚。颍川荀悦除了史学名著《申鉴》、《汉纪》外，又著“《崇德》、《正论》及诸论数十篇”[⑤]，今仅存《审鉴》及《汉纪》，且有残缺。北海王刘睦“作《春秋指意始终论》及赋、颂数十篇”，[⑥] 今无一存者。东汉中期著名文学家李尤，奉和帝诏，“作《东观》、《辟雍》、《德阳》诸观赋铭，《怀戎颂》百二十铭，著《政事论》七篇”，今存李尤作品除《七款》创作地不可考外，其余五篇赋、一篇颂，铭八十六篇，全创作于洛阳。李尤入洛前在故乡的作品及顺帝时为乐安相时的作品，无一传世。汝南应奉，今仅存奏疏二篇，其居家时所作的《悼骚赋》30篇，无一存者。奉子劭著有《驳议》30篇，今仅存《追驳尚书陈忠活尹次、史玉议》，赖《后汉书》得以保存，其余全部亡佚。

东汉文学创作地理格局与当时的人口分布和经济状况表现出惊人的一致性。据司马彪《后汉志·郡国志》，顺帝永和五年，全国总人口共4915万，[⑦] 高度集中在黄河下游的南北两岸及南阳盆地、成都平原及冀州、豫州、兖州的全境，以及新函谷关以东的司隶属地及青州的西部。上述州郡共有人口约2500万，占全国人口总和的一半。这

① 班固家族和马融家族在洛阳的活动与创作，本书第六章第一节做了详细考证。

② 《后汉书》（李贤注），第2610页。

③ 同上。

④ 同上书，第2583页。

⑤ 同上书，第2063页。

⑥ 袁宏撰，李兴和集校：《后汉纪集校》，云南大学出版社2008年版，第128页。

⑦ 采用葛剑雄《中国人口发展史》（福建人民出版社1991年版）的观点。

些人口稠密的地区全为文化相对发达地区，众多边远郡县人口稀少，一郡人口仅相当于中原地区一小县的人数。如并州九郡，有县、邑、国九十八，除太原郡（人口二十万）、上党郡（人口十二万七千）、雁门郡（人口二十五万）人口稍多外，上郡、西河、五原、云中四郡平均人口不过两万余，定襄郡才一万三千余人，朔方郡仅有七千八百人。并州九郡人口总数共计60万，不及冀州一郡人口数（冀州九郡，平均每郡人口65万），朔方郡五县，平均每县仅有一千余人。凉州的河西四郡情况与之类似。交州全境、幽州大部、益州南部情况稍好，但和中原地区相比，人口密度不及十分之一。以洛阳、长安为中心的两京自周秦以来便是人口稠密的经济发达区，这一优势在东汉仍很明显。东汉时期，经济中心在黄河以南，颍川、汝南成为经济发达区。刘秀起兵于南阳，发迹于颍川，东汉颍川功臣与南阳功臣人数相当。建安之际，曹操以颍川、汝南为根据地，横扫北方，颍、汝二郡发达的经济和稠密的人口为其提供了充分保障。东汉中期兴起的颍、汝优劣论则是二郡人才辈出的一个明证。汉顺帝时约有四千九百多万人，中原地区的河南、颍川、汝南、陈郡、河内、弘农、南阳、东郡、魏郡、陈留、梁国十一郡人口共约一千二百万，约占当时全国人口四分之一。人口稠密，农业经济发达，又是政治中心，这不仅使中原成为学术中心和文学作品的主要产地，也使洛阳成为文化输出的枢纽。

第二节　洛阳：东汉文学创作地理中心

京都作为国家政治中心，拥有丰厚政治资源、图书资源及优渥的教育资源，这是郡国无法比拟的，黄河中下游平原农业发达又为它提供了坚实的经济保障。政治、经济、教育资源的绝对优势使京都拥有绝对的文化优势。自周公营建洛邑以来，洛阳作为东周的京都、西周与西汉的陪都，城市地位仅次于长安。光武定都洛阳，又使其成为全国的政治经济文化中心，全国各地的经师、儒生、文学之士及大量文吏都聚集到洛阳，洛阳也就很自然地成了雄视天下的文学创作中心。

一 京师文学创作队伍的形成

东汉文学的繁荣和儒学的兴盛密切相关，京师洛阳作为最高学府——太学所在地，汇集了最优秀的师资，也吸纳了天下才俊。师徒交锋，同学唱和，讥弹政治，品评人物，经师的练达和儒生的壮志落根在京师的泥土里，滋养成洛阳绚丽的文学之花。

东汉政府对儒学的重视肇启于光武帝，之后绵延不绝，崇儒之风长盛不衰，学术之盛，远超西汉。《后汉书·儒林传》曰："新莽、更始之际，礼乐分崩，典文残落。及光武中兴，爱好经术，未及下车，而先访儒雅，采求阙文，补缀漏逸。先是四方学士多怀协图书，遁逃林薮。自是莫不抱负坟策，云会京师。"① 光武崇尚儒学与其曾入太学求学有关，更与其喜好学问有关。南阳樊准谓光武"虽东西诛战，不遑启处，然犹投戈讲艺，息马论道"。② 非但光武尊尚儒学，其开国功臣也多近儒。赵翼《廿二史札记》云："西汉开国功臣，多出于亡命无赖，至东汉中兴，则诸将帅皆有儒者气象，亦一时风会不同也。"③ 天下初定，当时名儒便悉集京都，皇家、外戚和勋贵竞相尊崇聘用，尚学尊师翕然成风。光武帝的重教之风为其子孙树立了良好榜样。明帝即位，亲临辟雍，执鞭教授；章帝大会诸儒于白虎观，考论五经异同，连月方罢；和帝、顺帝虽乏政绩可言，但对教育皆躬亲力为。灵帝在熹平四年刻石经于太学的举动亦为美谈。史云："熹平四年蔡邕，与五官中郎将堂溪典、光禄大夫杨赐、谏议大夫马日磾、议郎张驯与韩说、太史令单飏等奏求正定六经文字，灵帝许之，邕乃自书丹于碑，使工镌刻，立于太学门外，于是后儒晚学，咸取正焉。及碑始立，其观视及笔写者，车乘日千余辆，填塞街陌矣。"④ "五经"以名家书法作品的形式呈现，显示出朝廷对太学教育的重

① 《后汉书》（李贤注），第2545页。本章所引人物传记，除注明外，均出自《后汉书》。

② 《后汉书》（李贤注），第1125页。

③ 赵翼：《廿二史札记》，凤凰出版社2008年版，第60页。

④ 郦道元著，陈桥驿校证：《水经注校证》，中华书局2007年版，第401页。

视，对儒学的推广亦不失为新颖而有效的手段。非但帝王，和熹邓后与顺帝梁皇后以女主称制，亦重视对家族子弟及官员子弟的教化。元初六年，邓太后在宫内为皇族和邓氏子弟开办专门学校。史载，刘氏皇族四十余人、邓氏家族三十余人皆入学，邓太后还亲自教学经书。① 本初元年夏四月，“（梁太后）令大将军以下至六百石遣子诣太学，试受业，满岁课试，以高第五人补郎，次第五人太子舍人”。② 朝廷不仅对皇族实以教化，对外戚亦融化圣意。永平九年，明帝为四姓小侯立五经师，四姓小侯即光武帝舅族南阳樊氏，皇太后郭氏与阴氏，明帝皇后马氏。历代废太子鲜有善终者，而东汉有废太子四人，悉得保全。究其原因，清人赵翼认为，一方面，废太子“善处废黜，小心谨畏”；另一方面，“光武及明、章二帝皆崇儒重道，子弟习于孝友之训者深”。③

普及儒学离不开经师，东汉帝王对帝师的尊重为天下树立了榜样。会稽包咸是明帝当太子时的经师，明帝登基，赏赐恩宠，礼遇甚高。咸病，明帝御辇亲视。咸子福继为和帝师。颍川鄢陵张兴精通《梁丘易》，永平十年为太子少傅，明帝屡屡访问经术。桓荣为光武太子刘庄（即汉明帝）之师，荣子郁为明帝太子炟及和帝之师，郁子焉又为安帝及顺帝师。桓荣祖孙三代，为东汉五代帝师，门第之荣，亘古未有。焉孙典，复传家业，广授门徒于颍川，故《后汉书·桓荣丁鸿传》论曰：“中兴而桓氏尤盛，自荣至典，世宗其道，父子兄弟代作帝师，受其业者皆至卿相，显乎当世。”④ 帝师与太子师之外，还有更多经师汇聚于洛阳，有任职于太学者，有著史于东观者，亦有开门授徒者。东汉居洛讲学的名儒甚多。比如：

楼望，陈留雍丘人。自明帝永平初入京，侍讲宫内，和帝永元初卒于洛阳，授业生涯长达四十余年，著录弟子多达九千余人，世号

---

① 《后汉书·皇后纪上》（李贤注），第428页。

② 李兴和：《后汉纪集校》，云南大学出版社2008年版，第244页。

③ 赵翼：《廿二史札记》，凤凰出版社2008年版，第65页。

④ 《后汉书·桓荣丁鸿列传》（李贤注），第1261页。

“儒宗”。望卒，“会葬者数千人，儒家以为荣”。

樊儵，南阳湖阳人，光武舅樊宏子。删定《公羊严氏春秋》章句，世号“樊侯学”，教授门徒前后三千余人。弟子颍川李修、九江夏勤，皆官至三公。

牟长，乐安人。曾为博士，后来主政河内，“诸生讲学者常数千人，著录前后万人”。

董钧，犍为资中人。博通古今，朝廷礼仪多从其议，居洛，“常教授门生百余人”。

任末，蜀郡人。少习《齐诗》，“游京师，教授十余年”。

张兴，颍川鄢陵人，精《梁丘易》，永平十年后居洛讲授，弟子自远至者，著录且万人，为《梁丘易》宗师。

除名儒外，京师官吏亦有执教于太学者。

司徒府掾班彪：会稽王充，到京师，受业太学，师事扶风班彪。（《后汉书·王充传》）

京官第五元先：北海郑玄，造太学受业，师事京兆第五元先，始通《京氏易》、《公羊春秋》、《三统历》、《九章算术》。（《后汉书·郑玄传》）

太尉李固：南阳董班，少游太学，宗事李固，才高行美，不交非类。（《后汉书·李固传》引《楚国先贤传》）

郧令申君：济北戴封年十五，诣太学，师事郧令东海申君。（《后汉书·戴封传》）

少府李膺：陈留符融辞吏职，游太学，师事少府李膺。（《后汉书·符融传》）

光禄大夫杨厚：广汉董扶、任安少游太学，俱事同郡杨厚，学图谶。（《后汉书·董扶传》）

京师优越的教育环境吸引了来自全国各地的青年才俊，他们意气风发，志向高远，希望自己能经纶满腹，博古通今。《后汉书·儒林传》所载东汉名儒，受业于太学而成一代名儒者有京兆杨政、广汉任安、陈留杨伦、任城魏应、巴郡杨仁、扶风李育、荥阳服虔、济阴张驯、北海郑玄等。东汉文学名家多数有求学太学的经历，如涿郡崔骃、崔瑗、崔琦，扶风贾逵、班固、傅毅、梁鸿，陈留申屠蟠，蜀郡杨终，颍川刘陶，南阳张衡，吴郡高彪，会稽王充等。天下英才云集洛阳太学，东汉中期以后的清议之风又使太学成为培养名士的场所，如颍川李膺、贾彪、陈寔，南阳朱晖、岑晊、何颙，汉中李郃，鲁国孔僖，弘农杨震，京兆朱宠，东平戴封，太原郭泰，北海苑康，广陵臧洪，皆一时之俊杰。他们指点江山，激扬文字，成为诸生效仿的楷模。

东汉太学大幅扩招，桓帝时太学生多达三万余人。天下宿儒耆学、精英青年云集京师，无论是思想交锋，还是学问切磋，都成为东汉帝国京师文学的重要组成部分。东汉时，在洛阳的经师传下来的作品很少，仅存桓荣《上疏谢皇太子》、桓郁《上疏皇太子》、董钧《驳三老答天子拜议》，三文皆作于洛阳。相对于经师的典雅厚重，负笈入洛的青年才俊在京师锋芒初显，个性始张。贾逵作《神雀颂》而获明帝赏识，由此入仕；崔骃于太学专心典籍，作《达旨》以明其志，献《四巡颂》歌颂汉德，获章帝垂青；孔僖因《上书自讼》免除牢狱之灾，还因此进入兰台；王充观天子临辟雍，作《六儒论》而渐显思辨之能；高彪访马融不得，作《复刺遗马融书》而赢得名士敬重；刘陶观时政之艰而作《上疏陈事》，因朱穆系狱而作《诣阙上书讼朱穆》，穆因之而免；崔琦"少游学京师，以文章博通称"（《后汉书》本传）。清议之风使得太学生的议政热情空前高涨，参议朝政也成为顺、桓时期特有的文化景象。桓帝永兴三年，"有人上书言人所以贫困者，货轻也，欲更铸钱。事下群臣及太学之士"，刘陶上《改铸大钱议》，帝纳其奏。桓帝延熹五年冬，皇甫规遭到宦官徐璜陷害，太学生张凤三百余人诣阙讼之，规因之免罪。京师庞大的儒生队伍不仅是一支重要的政治力量，也是文学创作的主力军，东汉文学名家多出其间。

二　东观：文学之士骋才之场

作为东汉宫廷馆藏档案、典籍以及校书著述的场所，东观名声甚高，时人誉为"老氏臧室，道家蓬莱山"一流文学之士接踵而至，汇聚于此。他们一面校雠经史，一面从事文学创作，无论是宫廷应制之作，还是文人间的往来之篇，帝国的锦绣文章大多诞生于此。

建安之前，东汉出色的文学家多数有任职东观的经历，班固、傅毅、贾逵、李尤、马融、张衡、崔寔、边韶、延笃、蔡邕、朱穆、杨终、高彪、李胜、窦章、刘珍、刘毅、刘騊駼、伏无忌、卢植等均曾任职东观，其他东观文士还有很多，见著于史而不以文章名者就有班超、陈宗、尹敏、孟异、孔僖、马日磾、韩说、杨彪等，尚有杜矩、展隆、郗萌、刘洪、孔丰等人，诸史未传，仅存其名。

对绝大多数文学之士来说，入职东观是踏上仕途第一站，京师的雄伟壮丽，帝王的知遇之恩，人生宏伟蓝图的初展，都为他们注入了无限的热情和活力，文学灵感也喷薄而出。班固因私撰国史而入狱，后以才出任校书郎，任职东观，完成《汉书》的撰写工作，名声大振。“及肃宗（章帝）雅好文章，固愈得幸，数入读书禁中，或连日继夜。每行巡狩，辄献上赋颂，朝廷有大议，使难问公卿，辩论于前，赏赐恩宠甚渥。”[①] 彪、固父子两代学问深厚，然官位终不过郎，班固因作《答宾戏》以自嘲。章帝立，固又奉命作《白虎通德论》。据郑鹤声《汉班孟坚固先生年谱》，[②] 固于明帝永平五年（62 年）入东观，直至章帝建初三年（78 年）迁玄武司马，任职东观长达 16 年。班固今存作品 33 篇，创作地可考者 22 篇，其中作于任职东观者 8 篇，代表作《两都赋》和《答宾戏》皆作于任职东观期间。傅毅与班固齐名，但入仕甚晚，“建初中，肃宗博召文学之士，以毅为兰台令史，拜郎中，与班固、贾逵共典校书。毅追美孝明皇帝功德最盛，而庙颂未立，乃依《清庙》作《显宗颂》十篇奏之，由是文雅显于朝廷”。[③] 傅毅传世文章（包括存目）22 篇，《显宗颂》便有 10 篇规模。东汉一朝，蜀地文学高产者首推李尤，“和帝时，侍中贾逵荐尤

① 《后汉书·班固传》（李贤注），第 1373 页。

② 郑鹤声：《汉班孟坚固先生年谱》。王云五主编：《新编中国名人年谱集成》第 9 辑（台湾商务印书馆中华民国六十九年版）。

③ 《后汉书·文苑列传》（李贤注），第 2613 页。

有相如、杨雄之风，召诣东观，受诏作赋，拜兰台令史”。[①] 据常璩《华阳国志》，李尤入东观后，才情高涨，“召作东观、辟雍、德阳诸观赋铭、《怀戎颂》百二十铭，著《政事论》七篇，帝善之”。[②] 李尤长寿，安帝时升迁谏议大夫，顺帝时主政郡国。李尤作品今存90篇，绝大多数作于在东观任职之时（仅有三篇不能确定是否作于任职东观时）。吴郡高彪“校书东观，数奏赋、颂、奇文，因事讽谏，令帝异之”[③]。李尤同郡李胜，“亦有文才，为东观郎，著赋、诔、颂、论数十篇”[④]。杨终今存文四篇，其中三篇作于任职兰台时。据司马彪《续汉志》，东观任职人数通常十数人，“兰台令史六人，秩百石，掌书劾奏及印主文书”。[⑤] 蔡质《汉官仪》与《后汉书·百官志》记载相同。文学之士汇聚东观，校雠撰史之余，奉制作文，切磋文艺，甚是活跃。东汉明、章二帝喜好文艺，文坛雅事也多有流传。《论衡·佚文篇》曰：“永平中，神雀群集，百官颂上，文皆瓦石，惟班固、贾逵、傅毅、杨终、侯讽五颂金玉，孝明览焉。”神雀群集洛城，百官献赋颂汉德，事在明帝永平十七年，时班固、贾逵、杨终皆在兰台，百官同题作赋，班、贾之文独占鳌头。兰台作为文人渊薮，名不虚也。连珠体的兴盛也是东观文士力推所致。傅玄《连珠序》曰：“所谓连珠者，兴于汉章之世，班固、贾逵、傅毅三子受诏作之……班固喻美辞壮，文章弘丽，最得其体。贾逵儒而不艳，傅毅文而不典。”[⑥] 班固、傅毅为东汉前期最出色的文学家，贾逵则兼有经学大师和文学大家的双重身份，班、傅之才，曹丕谓之“伯仲之间”。此类文坛风雅，于东汉一朝为数不少。

东观为文士骋才之所，但亦有因文招灾者。马融就是一例。《后汉书·马融传》曰：“时邓太后临朝，骘兄弟辅政。而俗儒世士，以

① 《后汉书·文苑列传》（李贤注），第2616页。

② 常璩撰，刘琳校注：《华阳国志校注》，巴蜀书社1984年版，第750页。

③ 《后汉书·文苑列传》（李贤注），第2650页。

④ 《后汉书·文苑列传》（李贤注），第2616页。

⑤ 《后汉书·班超传》（李贤注），第1572页。

⑥ 欧阳询编：《艺文类聚》，上海古籍出版社1982年版，第1035页。

为文德可兴，武功宜废，遂寝蒐狩之礼，息战陈之法，故猾贼从横，乘此无备。融乃感激，以为文武之道，圣贤不坠，五才之用，无或可废。元初二年，上《广成颂》以讽谏。”“颂奏，忤邓氏，滞于东观，十年不得调。”①《广成颂》为马融代表作，《后汉书·马融列传》全文载录。实际上，骋才文坛、失意政坛者，非独马融，任职东观的东汉文学大家，无一在政治上飞黄腾达者，这或许是东汉一代文学家的悲哀。

第三节　从许昌到邺城:汉末文学创作地理中心的转移

献帝播迁，文学蓬转，东汉文学创作中心也随之分蘖：献帝所在之许都，荆州牧刘表所在之襄阳，魏王曹操所在之邺城，还有中州士人避难的交阯与吴会地区，皆为一时文学创作的分支中心。然而，以所聚集文学名家的人数及所产作品之数量质量而言，以政治文化的影响而言，上述诸地相差悬殊，建安前期之许都、建安后期之邺城，实为汉末文学创作最为繁盛之地，或可称之一时之中心。

一　许昌:建安前期的文学创作中心

许昌原本称许，自秦以来为颍川郡属县。东汉功臣出自颍川者最多，但无一人来自许县。在汉献帝移都许昌之前，许地最可称道的文学之士应是陈寔、陈纪父子。史称陈寔“有志好学，坐立诵读。县令邓邵试与语，奇之，听受业太学”。陈寔今存《异闻记》残篇，载于葛洪《抱朴子·内篇·对俗》。陈纪“及遭党锢，发愤著书数万言，号曰《陈子》”②。《陈子》只字无存，盖子书之流。东汉一朝，文学之士马融和桓麟曾任许县令。据《全后汉文》及《全汉诗》，建安之前创作于许昌的文学作品唯有马融《延光四年日蚀上书》传世（见

① 《后汉书·马融列传》，第1970页。

② 《后汉书·陈寔传》，第2067页。

《后汉书·五行志》注引《马融集》)。东汉帝国的政治文化中心在离开洛阳五年后重回中州。曹操“惟才是举”的诏令使得天下才俊汇集许下，文学创作中心也随之转移到了许昌。

曹操迎接献帝建都许昌，汉廷重树威仪，曹氏的开明政治也使广大士大夫获得了济世豪情。颍川陈群、荀彧、荀悦、荀攸、钟繇、赵俨、杜袭、繁钦、邯郸淳等，河内司马朗、赵稚长、南阳谢该、鲁国孔融、弘农杨修、平原祢衡等名士齐集许下。史称“是时许都新建，贤士大夫四方来集”[①]。除了四方才俊，追随献帝侥幸逃过劫难的汉廷臣子如谋略之士陈留董昭、著名学者谯国、桓典亦到许昌。一时之间，许昌俊才云蒸，文学创作甚是活跃，而荀悦、孔融最为有名。《后汉书》曰：

> (荀悦)初辟镇东将军曹操府，迁黄门侍郎。献帝颇好文学，悦与彧及少府孔融侍讲禁中，旦夕谈论。累迁秘书监、侍中。[②]
>
> 及献帝都许，征融为将作大匠，迁少府。每朝会访对，融辄引正定议，公卿大夫皆隶名而已。[③]

蔡邕卒后，王粲初露锋芒，孔融则以前朝名士、文坛宿将身份驰骋于文坛，其狂放不羁的豪情、壮志驰展的雄心与技压群彦的才思为许都增添了不少名士气和才子气。俞绍初《建安七子集》载融文45篇、诗7首，其中作于许昌者有文19篇、诗2首。孔融、荀悦之外，入许文学名士尚有繁钦、杨修、祢衡等。杨修的文学才干主要显现于入邺城之后，但许都新气象很能激发他的才情。杨修作品今存七篇，其中《许昌宫赋》和《司空荀爽述赞》作于许昌。祢衡恃才傲物，很快被曹操送于刘表，实为许昌匆匆过客。建安诸文士中唯繁钦的文学创作盛期在许都。曹丕《典略》曰：“以文才机辩，少得名于汝、

① 《后汉书·祢衡传》，第2653页。

② 《后汉书·荀悦传》，第2058页。

③ 《后汉书·孔融传》，第2264页。

颍。钦既长于书、记，又善为诗、赋。其所《与太子书》记喉转意，率皆巧丽。为丞相主簿。建安二十三年卒。”① 繁钦作品在南北朝时已亡佚严重，今存诗 8 首，文 22 篇，创作地可考者仅有三文，全作于邺城。此外，建安前期，曹操率军亲征，常由荀彧负责处理朝廷政务，荀彧今存文 5 篇，其中，《迎驾都许议》、《报曹公书》、《报赵俨书》作于许都。

除汇聚许都的四方文士外，定都许昌的决策者、建安时期实际统治者曹操不仅为政治霸主，亦为文坛霸主。建安前期，曹操忙于征伐，尤其是建安九年攻下邺城之前，但曹操“雅好诗书文籍，虽在军旅，手不释卷”。②《曹操集》载操诗 26 首，文 153 篇，据张可礼《三曹年谱》，又有佚文 4 篇，大多数作品能系年，创作地理可考者更多，其中作于许昌者有诗 2 首，文 27 篇，在今存许都文学中，以曹操数量最多。

二 邺城：建安后期的文学创作地理中心

邺城乃魏郡郡治所在，为冀州门户。汉末邺城文学分两个时期。献帝初平二年七月，袁绍从韩馥手中接管冀州，到建安九年十月曹操攻破邺城，此为袁氏邺城文学时期；曹操攻下邺城之后，丞相府迁于此地，汉献帝时期的实际政治中心也随之转移至此，直至建安二十五年曹丕称帝，此为曹氏邺城文学时期。曹氏主政邺城时，邺城不仅是北方政治中心，也是名家云集的北方文学中心。

献帝初平二年，袁绍为冀州刺史，势力迅速膨胀，青、并、幽三州陆续归其所有，邺城作为袁氏政治中心，一时间人物兴盛，追逼洛、许。袁绍入主邺城之前，当地文学状况如何，绍幕僚陈琳在写给张纮的信中有记述：“自仆在河北，与天下隔。此间率少于文章，易为雄伯，故使仆受此过差之谈，非其实也。”③ 陈琳受袁绍器重，虽

① 陈寿：《三国志·王卫二刘傅传》裴松之注，中华书局 1959 年版，第 603 页。本书所用《三国志》都是这一版本，不再一一注明。

② 陈寿：《三国志·魏武帝纪》（裴松之注），第 90 页。

③ 陈寿《三国志·张纮传》（裴松之注），第 1246 页。

有自谦成分，但从今存诗、文的创作地来看，陈琳所言不虚。陈琳名作《为袁绍檄豫州》、《武军赋》皆作于袁绍幕府。《全后汉文》署名袁绍的三篇奏折书信，俞绍初疑为陈琳所作。兴平元年，应劭入邺，其名作《汉官仪》十卷，《风俗通》三十卷，《追驳尚书陈忠活尹次史玉议》等驳议三十篇，《奏上删定律令》及《风俗通序》全作于入邺之后。不仅文学之士，隐居不仕的海内大儒卢植和郑玄也被袁绍请至邺城，但二人未有邺城时期的作品传世。除上述四人外，谋略之士沮授、田丰、审配等也聚集于袁氏麾下，沮授存文五篇，全为呈给袁绍的奏议。

建安九年，曹操攻陷邺城，将丞相府迁移至此，邺城从此成为建安中后期的实际政治中心。曹氏入邺，曹丕、曹植兄弟也登上文坛。曹操父子雅好辞赋，受其感召，四方文学之士云集邺城。当时文学盛况，钟嵘《诗品》描述道："降及建安，曹公父子，笃好斯文；平原兄弟，郁为文栋；刘桢、王粲，为其羽翼。次有攀龙托凤，自致于属车者，盖将百计。彬彬之盛，大备于时矣。"①天下才子群集邺城，开邺城古今未有之文学盛况。邺下文学创作，以三曹、七子成就显著。

曹操一生戎马倥偬，横槊赋诗显其雄武，直率教令表其真情，曹操建安九年之后的作品大部分作于邺城。曹氏父子雅好文学，登高必赋，游猎常歌，典籍有载。如：

> 邺铜爵台新成，太祖悉将诸子登台，使各为赋。植援笔立成，可观，太祖甚异之。②
>
> 建安中，魏文帝从武帝出猎，命陈琳、王粲、应玚、刘桢并作赋。琳为《武猎》，粲为《羽猎》、玚为《西狩》、桢为《大阅》。③

建安时，曹操父子征战四方，壮别与迎归成为邺下文士的生活常

---

① 钟嵘著、曹旭集注：《诗品序》，上海古籍出版社1994年版，第17页。

② 陈寿：《三国志·魏志·陈思王曹植传》，第557页。

③ 《古文苑》卷七章樵注引挚虞《文章流别论》，文渊阁四库全书本。

态。在感慨与苍凉之中，建安文学“梗慨多气”的整体风貌得以生成。如建安十三年曹操折戟赤壁，北归邺城，徐干作《序征赋》；建安十七年，曹操西征马超，植与诸弟随从出征，出发前，植作《离思赋》；丕留守邺，作《感离赋》；徐干“载笔而从”，归来后作《西征赋》。建安十九年，曹操欲率军征吴，适逢霖雨，作《征吴教》、《原贾逵教》。此次征吴，曹植守邺，操又作《戒子植》，植作《东征赋》。陈琳、阮瑀擅长书、记，“太祖并以琳、瑀为司空军谋祭酒，管记室，军国书檄，多琳、瑀所作也”。[①] 阮瑀代表作《为曹公作书与孙权》及《为曹公作书于刘备》、《与韩遂书》二檄，陈琳《檄吴将校部曲》皆为曹操征伐前夕成于邺城之作，二人亦以此传名。

丕、植兄弟雅好文学，王粲、徐干、陈琳、应玚、刘桢、阮瑀身经乱离而安居名都，且享尊荣，邺城文学氛围空前浓郁。丕、植兄弟以王子之尊，七子以贵宾之属，饮酒高会，讲文赋诗，闲游畅怀，建造了一段绚丽的文化风光。对此，史籍多有记载：

> 每念昔日南皮之游，诚不可忘。既妙思六经，逍遥百氏，弹棋间设，终以六博，高谈娱心，哀筝顺耳；驰骋北场，旅食南馆，浮甘瓜于清泉，沉朱李于寒水。白日既匿，继以朗月，同乘并载，以游后园。舆轮徐动，参从无声，清风夜起，悲茄微吟，乐往哀来，怆然伤怀。余顾而言，斯乐难常，足下之徒，咸以为然。[②]
>
> 始文帝为五官将，及平原侯植皆好文学。粲与北海徐干字伟长、广陵陈琳字孔璋、陈留阮瑀字元瑜、汝南应玚字德琏、东平刘桢字公干并见友善。[③]
>
> 昔年疾疫，亲故多离其灾，徐、陈、应、刘，一时俱逝，痛何可言邪！昔日游处，行则同舆，止则接席，何尝须臾相失！每至觞酌流行，丝竹并奏，酒酣耳热，仰而赋诗。当此之时，忽然

① 陈寿：《三国志·魏志·王卫二刘傅传》，第600页。

② 陈寿：《三国志·魏志·王卫二刘傅传》（裴松之注），第608页。

③ 陈寿：《三国志·魏志·王卫二刘傅传》，第599页。

不自知乐也。[①]

（曹丕）为太子时，北园及东阁讲堂，并赋诗，命王粲、刘桢、阮瑀、应场等同作。[②]

丕、植兄弟与王粲等人的《公谦诗》、《斗鸡诗》、《射鸢诗》、《侍五官中郎将建章台诗》等，皆邺下游宴之作。文人相处，常鸿雁传书，吟诗唱和，此类作品在刘桢诗文中表现最为显著。刘桢存诗十三首（按：失题诗十四首不计在内），赠答诗有《赠五官中郎将诗》四首、《赠从弟诗》三首、《赠徐干诗》、《又赠徐干诗》，占刘桢存诗的69%；刘桢散文存8篇（按：佚文四则不计算在内），书信有《谏平原侯植书》、《与曹植书》、《与临淄侯书》、《答曹丕借廓落带书》，占存文的63%。史籍关于曹氏父子与王粲等人的同题创作亦常见记述。如：

建安中，家父魏王乃命有司造宝刀五枚，三年乃就，以龙、虎、熊、马、雀为识。太子得一，余及余弟饶阳侯各得一焉，其余二枚家王自杖之。

——曹植《宝刀赋序》。[③]

笔者按：曹操因之作《百辟刀令》，植作《宝刀赋》、《宝刀铭》，而王粲亦奉命作《刀铭》。

马脑，玉属也，出自西域，……余有斯勒，美而赋之，命陈琳、王粲并作。

——曹丕《马脑勒赋序》[④]

文昌殿中槐树，盛暑之时，余数游其下，美而赋之。王粲直

① 陈寿：《三国志·魏志·王卫二刘傅传》（裴松之注），第608页。

② 徐坚：《初学记》引《魏文帝集》，中华书局2004年版，第230页。

③ 赵幼文：《曹植集校注》，人民文学出版社1998年版，第159页。

④ 李昉等：《太平御览》卷三百五十八，中华书局1960年版，第1647页。

登贤门小阁外，亦有槐树，乃就使赋焉。

——曹丕《槐赋序》①

王粲、应玚、陈琳、曹植之《车渠椀赋》、《迷迭香赋》、《鹦鹉赋》当亦属此类。

邺中宴游之外，曹氏兄弟与王粲诸子对妇女命运也很关心。平虏将军刘勋休妻，丕、植兄弟与粲各作《出妇赋》，丕又作《代刘勋妻王氏诗》。邺城生活并非只有阳光，阴霾也偶尔出现。建安十九年，阮瑀卒，据曹丕《寡妇赋序》，丕作《寡妇》诗、《寡妇赋》，并"命王粲并作之"，曹植、丁仪（一作丁廙妻）亦有同作。据曹丕《悼夭赋序》，丕族弟文仲年十一卒，丕、应玚、杨修共作《悼夭赋》。曹植女金瓠卒，植作《行女哀辞》，而挚虞《文章流别集》曰："建安中，文帝、临淄侯各失稚子，命徐干、刘桢等为之哀辞。"② 曹丕子仲雍卒，曹植、徐干、刘桢又并作《仲雍哀辞》。

当时汇集邺城的文学家除了"建安七子"外，还有繁钦、路粹、杨修、邯郸淳、仲长统、丁仪、丁廙、荀纬、卫觊、刘廙、潘勖，苏林、韦诞、夏侯惠、孙该、杜挚等人，"并著文赋，亦以文采驰名"。天下才士汇聚邺城，缔造了邺城文学的辉煌，对于邺城来说不仅空前，而且绝后。邺下文学开创了中国文学前所未有的群体文学创作的繁荣。当然，这一文学局面，随着汉魏易代、魏国移都洛阳而星流云散。

第四节　汉末中州士人南迁与荆州、江东、交州的文学兴衰

春秋时期，荆州属楚，江东属吴、越，交州则属百越。与中原、关中地区人烟稠密、经济繁荣相比，荆州、扬州人烟稀少，经济落后，交州更等而下之。对比一下《后汉志·郡国》所载南方各州的

① 欧阳询编：《艺文类聚》卷八十八，上海古籍出版社1982年版，第1518页。

② 李昉等：《太平御览》卷五百九十六，中华书局1960年版，第2687页。

人口，就不难发现这一点。荆州七郡共有526.4万人，仅南阳一郡就有244万人，南郡、江夏、长沙、零陵、桂阳、武陵六郡（包括今湖南全境及湖北绝大部分地区）人口总和仅282.4万，也就是说，荆州人口近半集中在狭小的南阳盆地，广大的湖湘汉沔地区人口稀少。扬州六郡有433.9万人，人口相对比较均衡，但九江、庐江、丹阳、吴四郡（今淮南与长江下游沿江两岸）人口密度比会稽（今浙江全境）、豫章（今江西全境）多一倍。交州七郡（包括今广东、广西、海南及越南的北部地区），除郁林、交阯二郡人口没有统计外，余五郡33县共有人口111.4万，郁林、交阯共有23县，以平均数推算，交州大约有人口189万，仅及中原一个大郡的人口。荆州南部六郡、江东、交州经济落后，文化凋敝，这一局面在东汉后期仍未有大的改变。桓帝时，陈蕃、胡广举荐名士，帝因问蕃曰："徐稺、袁闳、韦著谁为先后?"蕃对曰："闳出生公族，闻道渐训。著长于三辅礼义之俗，所谓'不扶自直，不镂自雕。蓬生麻中，不扶自直'也。至于稺者，爰自江南卑薄之域，而角立杰出，宜当为先。"[①] 东汉末期，北方的战乱迫使中原士女南迁，他们首选荆州，次入江东，少数浮海播越至交州。汉末人口南迁是有史以来第一次自发的大规模迁移，中原的先进文化也随之传播到荆州、江东，乃至交州地区。荆州襄阳的文学成就在汉末最为耀眼，成为当时文学创作地理的分支中心之一。

一　襄阳:汉末文学创作地理之分支中心

从南阳盆地至五岭山脉，南北纵横千里，横跨湖湘汉沔，此即古荆州。两汉时，荆州共有七郡，长江以北三郡（南阳、南郡、江夏），长江以南四郡（武陵、长沙、零陵、桂阳）。初平元年，从南阳郡析出章陵，从南郡和南阳析出部分区域设襄阳，故有"荆襄九郡"[②] 之说，州治也由武陵郡汉寿县迁至襄阳城。对于荆州当时情形，东晋史家干宝曰："时天下尚乱，豪杰并争：曹操事二袁于河北；

① 《后汉书·徐樨传》，第1747页。

② 参见周振鹤《东汉政区地理》，人民出版社1987年版，第199—205页。

孙吴创基于江外；刘表阻乱众于襄阳，南招零、桂，北割汉川，又以黄祖为爪牙，而祖与孙氏为深仇，兵革岁交。”① 刘表曾师从南阳太守山阳王畅受学，其为荆州牧，在政治上虽无大作为，却勤于政务，崇尚儒术。献帝初年，北方军阀混战之际，荆州晏然无事，为天下乐土，“关中、兖、豫学士归者盖有千数”，② 从此至建安十三年的十八年间，襄阳成为汉末重要的学术文艺中心。

为躲避董卓之乱，献帝初平、兴平间，中原士人纷纷南下荆襄。其中，行迹可考者有：文学之士平原祢衡、山阳王粲、颍川繁钦、邯郸淳，书法家安定梁鹄，雅乐郎河南杜夔，著名经师南阳宋衷、陈国颖容，谋略之士颍川之赵俨、杜袭、徐庶、司马徽，汝南和洽，南阳韩嵩、韩暨，河内司马芝，河东裴潜，京兆杜畿，琅邪诸葛亮，北地傅巽等。避难襄阳的王粲称“士之避乱荆州者，皆海内之俊杰也”③。当时人物之盛，由此可见。除了主动南迁者，荆州本土人士中，有辞京官还乡者，如南阳春陵人蒯越，有为官荆州滞留不归者如赵岐，亦有情况特殊者如祢衡。兴平中，祢衡避乱荆州，建安中游于许都，孔融荐之于曹操，因狂傲不羁而为曹氏不容，送之于襄阳刘表，表亦视之为烫手山芋，转送于江夏军阀黄祖，祢衡最终命丧于江夏。

中原才子南聚荆襄，襄阳的学术和文学呈现出前所未有的繁荣。建安元年，“（刘）表乃起立学校，讲明经术”④，“乃命五业从事宋衷新作文学，延朋徒焉，宣德音以赞之，降嘉礼以劝之，五载之间，道化大行。耆德故老綦毋闿等，负书荷器自远而至者，三百有余人……和化音畅，休徵时叙。品物宣育，百谷繁芜。勋格皇穹，声被四宇”。⑤ 王粲赞美刘表治荆政绩，虽有誉美之辞，亦大致反映了实情。宋衷在荆州，与綦毋闿等人共同撰写了《五经章句后定》，该书成为汉魏学术转型的标志。

---

① 《后汉书·五侍志》，第 3317 页。

② 《后汉书·袁绍刘表列传》，第 2421 页。

③ 《三国志·魏志·王粲传》。

④ 司马光：《资治通鉴》，中华书局 1956 年版，第 1993 页。

⑤ 王粲：《荆州文学记官志》，见俞绍初《建安七子集》，中华书局 2005 年版，第 137 页。

魏晋玄学与汉末荆州学派关系甚密。魏晋玄学宗师王弼、西晋经学家王肃都与汉末荆州学派渊源颇深。《三国志·王肃传》记载："(王肃字子雍) 年十八，从宋衷 (字仲子，或作"忠") 读《太玄》，而更为之解。"蒙文通解读这条史料说："则子雍之学本自宋衷。子雍善贾、马之学而不好郑玄，仲子之道然也。"[①] 王粲在荆州从宋衷研习经学，治经思路亦同于宋衷而异于郑玄，所以，王粲集中有驳难郑玄《尚书》的文章。有学者总结魏晋六朝南学北学之渊源，说："仲宣 (王粲字) 亦传宋衷之业者，南学盖源于仲子之《后定》，而大于子雍也。"[②] 王肃承袭师说，突破杂糅今古文经学的郑玄"易学"，以注重义理之辨肇启魏晋玄学。王弼玄学祖述王肃。清张惠言说："王弼注《易》，祖述肃说，特去其比附象象者。由此而论，则由首称仲子 (宋衷)，再传子雍 (王肃)，终有辅嗣 (王弼)，可谓一脉相传者也。"[③] 汤用彤也说："远有今古学之争而近有荆州章句之后定。王弼之学与荆州盖有密切之关系。"[④]

汉末荆襄文学最璀璨的华章是由王粲创作的，王粲的文学名作大都作于荆襄。刘表为王粲祖父王畅之门生。初平三年，十六岁的王粲与从兄凯一起南依刘表。粲文才出众，但容貌丑陋，身体羸弱，到荆州后，没有受到刘表的重视。然而，王粲的文学天赋却如一道流星，照亮了荆州文学的苍穹。王粲诗歌代表作《七哀诗》其一"西京乱无象"记述避乱途中所见，作于赴襄阳途中或初到襄阳时；其二"荆蛮非我乡"作于滞留襄阳时；抒情小赋代表作《登楼赋》也作于滞留襄阳时 (所登之楼在今襄阳市西北)。王粲在荆州，著作甚富。梁元帝萧绎《金楼子》云："王仲宣昔在荆州，著书数十篇。荆州坏，尽焚其书。今存者一篇，知名之士咸重之，见虎一毛不知其

① 蒙文通：《经史抉原》，巴蜀书社 1995 年版，第 80 页。

② 同上书，第 81 页。

③ 转引自蒙文通《经学抉原》，见《蒙文通文集》第三卷《经史抉原》，巴蜀书社 1995 年版。

④ 汤用彤：《魏晋思想的发展》，见《中国现代学术经典·汤用彤卷》，湖北教育出版社 1996 年版。

斑。"[①] 据俞绍初《建安七子年谱》，王粲依靠刘表时所作诗文还有《赠士孙文始》、《赠蔡子笃》、《赠文叔良》、《杂诗》其四、《三辅论》、《荆州文学记官志》、《为刘荆州谏袁谭书》、《为刘表与袁尚书》等。与王粲同在荆州的文友流传作品却很少。在荆州，王粲、蔡睦、士孙萌、文颖、司马芝、裴潜等人，交游甚繁，偶有作品传世。在荆州的诸葛亮与庞德公、徐庶、司马徽、石广元等人，过从甚密，吟诗作文，切磋交流，妙言隽语，传为雅事。这些流寓文士共同襄举了一道荆州文学景观。

建安元年，曹操迎献帝都许，中原士人南迁潮流渐息，新建的许都对士人产生了强大的磁石效应。在刘表的平庸守成和曹操的深谋远虑之间，在异乡失志和故乡思归的痛苦中，颍川士人最早选择了北归。建安二年，颍川赵俨、繁钦潜归曹操。[②] 建安十三年，刘表病亡，曹操挥师南下，寄寓荆州的以中原士为主体的北方士人大多数回徙许都，东汉末年襄阳文学的光辉也随之暗淡。[③]

二 汉末中州文士的南徙与江东文学的发展

东汉扬州六郡，九江、庐江居江淮间，丹阳、吴、会稽居江东，豫章居江西。九江毗邻中原，文化最为繁荣。新莽、光武之际，博士沛郡桓荣以《欧阳尚书》教授于此，郡人胡宪、鲍俊从其学，桓氏家法有名于东汉一代。沛郡寿县召驯世传儒学，有名于东汉明、章之

① 《太平御览》卷六百二引，四库全书本。

② 《三国志·魏志·赵俨传》："避乱荆州，与杜袭、繁钦通财同计，合为一家。太祖始迎献帝都许。俨谓钦曰：'曹镇东应期命世，必能匡济华夏。吾知，归矣。'建安二年，年二十七，遂扶持老弱诣太祖。太祖以俨为朗陵长。"

③ 《三国志·魏志·王粲传》曰："表卒。粲劝表子琮令降太祖。太祖辟为丞相掾，赐爵关内侯。太祖置酒汉滨，粲奉觞贺曰：'方今……刘表雍容荆楚，坐观时变，自以为西伯可规。士之避乱荆州者，皆海内之俊杰也。表不知所任，故国危而无辅。明公定冀州之日，下车即缮其甲卒，收其豪杰而用之，以横行于天下。及平江汉，引其贤俊而置之列位，使海内回心望风而愿治。"由此可知，曹操平定荆州，流寓荆州的士人大多跟随曹操回到中原并得到任用，王粲、祢衡均于此时入许。《三国志·魏志·荀彧传》注引《平原祢衡传》云，祢衡"建安初，自荆州北游许都"。按：建安初，曹操挟献帝都于许昌。

时。安帝时，沛郡夏勤从著名经师南阳樊儵学，位至三公。庐江周荣明经出身，章帝时以忠直显，为庐江望族，显于江淮。东汉后期，周荣孙景及景子忠皆至太尉。丹阳、吴、会稽三郡偏居东南，为吴、越故地。吴、越虽在春秋后期称霸中原，但经济文化与中原各国相去甚远。中原各国视楚人为“蛮人”，而楚人视吴越为“封豕长蛇”。

从西汉起，中原人士陆续迁移吴越，带去先进的生产技术，促进了当地农业经济的发展，北来的移民也逐渐成为当地望族。江东望族几乎都是中原后裔。如“吴四姓”“顾、陆、朱、张”，“会稽四姓”“虞、魏、孔、谢”，以及“周、沈”二族，东吴十大名族中，只有顾姓为江东土著，其余全为入西汉以后南迁的中原后裔。对此，史籍多有记载。如：

秦有虞香，香十四代孙意，自东郡徙余姚，五代孙歆，歆生翻。

——《元和姓纂》卷二

臣（虞翻）高祖父故零陵太守光，少治孟氏《易》，曾祖父故平舆令成，缵述其业，至臣祖父凤为之最密。臣亡考故日南太守歆，受本于凤，最有旧书，世传其业，至臣五世。

——《三国志·吴书·虞翻传》注引《翻别传》

孔愉字敬康，会稽山阴人也。其先世居梁国。曾祖潜，太子少傅，汉末避地会稽，因家焉。祖竺，吴豫章太守。父恬，湘东太守。从兄侃，大司农。俱有名江左。

——《晋书·孔愉传》

虞氏于东汉前期自东郡移居会稽余姚，孔氏于东汉末年由梁国移居会稽山阴，二姓来自中原。虞氏世传儒学，主政州县，在文化相对落后的江东地区，开门授徒，受到乡邻顶礼膜拜，至汉末，由外迁之族成为“会稽四姓”之冠。孔潜以太子师身份定居会稽，诸子皆主政郡国，孙吴时位列“会稽四姓”，家族地位上升之快，为江东士族所罕见。会稽人包咸新莽时求学于长安，光武时以《论语》授学太子刘庄（即明帝），咸子福也以《论语》授和帝。包氏父子之后，江东无名师巨儒。江东学子求学，只好远行，甚至跋涉数千里之遥。王充和赵晔即有此种艰难的求学经历：

> 充少孤，乡里称孝。后到京师，受业太学。……家贫无书，常游洛阳市肆，阅所卖书，一见辄能诵忆，遂博通众流百家之言。①
>
> （赵晔）到犍为资中，诣杜抚受《韩诗》，究竟其术。积二十年，绝问不还，家为发丧制服。抚卒乃归。②

王充到洛阳，师事班彪，博览群书，遂通古今。赵晔入蜀，师从《韩诗》名家杜抚，抚长期在东观任职，赵晔从杜抚游学长达二十年，相当长时间当在洛阳度过，晔之学艺实源自中原。

王充、赵晔做官不过郡县小吏，二人看淡功名，潜心学术。《论衡》的创作肇于京都洛阳，“主体部分的完成，是王充返乡后的十余年时间”③，章帝章和二年，《论衡》定稿。④ 赵晔不仅著有杂史《吴越春秋》，还著有《诗细历神渊》。王充、赵晔生前影响有限，著作所传仅限江东一隅。袁山松《后汉书》曰：“充所作《论衡》，中土未有传者，蔡邕入吴始得之，恒秘玩以为谈助。”⑤ 葛洪《抱朴子》亦曰：“时人嫌蔡邕得异书，或搜求其帐中隐处，果得《论衡》，抱数卷持去。邕丁宁之曰：‘唯我与尔共之，勿广也。’”⑥ 王充《论衡》成于汉章帝章和年间，蔡邕入吴在灵帝光和之后，距离《论衡》已九十余年。王充、赵晔才秀人微，而江东儒学不彰，文化落后，不为中原所重也是必然。然王充祖籍魏郡元城，西汉末年南迁会稽，王充实乃中原之后。

① 《后汉书·王充传》，第1629页。

② 《后汉书·儒林列传》，第2575页。

③ 岳宗伟：《王充〈论衡〉引书研究》，复旦大学博士论文，2006年，第24页。

④ 参见钟肇鹏《王充年谱》，齐鲁书社1983年版。

⑤ 《后汉书·王充传》李贤注，第1629页。

⑥ 同上。

汉桓帝以后，避乱江东的中州士人逐渐增多，江淮文士也纷纷南下，集于江东。文坛宗师蔡邕浪迹吴会更为江东文学艺术之兴贡献不菲。桓帝时，山阳度尚为会稽太守，年未弱冠的邯郸淳随师至此，因撰《曹娥碑》而声名鹊起。灵帝光和元年，蔡邕浪迹吴会，长达十二载。蔡邕为江东文学的发展作出了开拓性的贡献，不仅将《论衡》、《诗细历神渊》等书推广到中原，而且开门授徒，传播中原前沿学术文化。焦尾琴、《曹娥碑》因蔡邕而广为传播，少年书生顾雍因其叹赏而改名。蔡邕之后，董卓之乱使更多的中原士人避乱江东。据今人宋超统计，"《三国志·吴书》中记载的著名吴臣共有60余位，其中因东汉末年动乱，……来自中原者共有19人"。①（按：宋文的"中原"一词采用的是广义概念，泛指整个黄河中下游地区。宋文统计时将江淮之间的九江、庐江二郡士人视为吴人，若将此二郡排除在外，江东本土人士在东吴政权所占比例不及一半。文官领袖张昭、武将领袖周瑜皆非江东人士）宋文所说的19人多为谋臣武将。汉末大乱之际，避乱江东的主要是南下的徐州士人，中原士人尚在其次。中原士人缘何避乱江东者不及徐州？一方面在于距离较远，更重要的是崛起于社会底层的孙氏政权立足未稳，对不合作士族进行杀戮，为躲避战乱而逃避至此的中原士人只好浮海远渡交州，今文献所见避乱交州的中原士人几乎都是经此途径而至者。广陵张纮为汉末江东地区存留作品最多的文学家，今存五篇，作于江东者四篇：《瑰材枕赋》、《为孙会稽责袁术僭号书》、《临困授子靖留》、《环材枕箴》。汉末中原士人避乱江东而作品可考者仅桓俨一人，他的《遗陈业书》作于会稽。

汉末江东接纳了来自中州及江淮地区的大批才俊，不仅成就了东吴霸业，也为此后三百年本土文化的繁兴打下了人才基础。

三　汉末中州士人的南迁与交州文学的昙花一现

交州地处五岭与南海间，距中原数千里。汉交州七郡，包括今广

① 宋超：《东汉末年中原士民迁徙扬荆交三州考》，《齐鲁学刊》2000年第6期。

东、广西、海南全境及越南北部地区。经济文化较荆、扬二州南部诸郡更为落后。新莽之际，扬雄作《交州箴》，曰：“交州荒裔，水与天际。越裳是南，荒国之外。爰自开辟，不羁不绊。”① 东汉末年，交州依旧闭塞偏荒，汉献帝《赐士燮玺书》曰：“交州绝域，南带江海，上恩不宣，下义壅隔。”②

汉末中原大乱，中原士人大批南迁，南迁江东的士人主要是投奔扬州刺史刘繇和会稽太守王朗，而繇为袁术所逼，朗为孙策所困，加之久闻交阯太守士燮“体器宽厚，谦虚下士”，南迁士人乃纷纷渡海南下，依附士燮，史称“中国士人往依避难者以百数”③。其中著名者有汝南许靖、袁忠、袁元长、程秉，沛郡薛综、桓邵、桓晔（又作“俨”），陈国袁沛、袁徽，南阳许慈，北海刘熙，零陵刘巴，其他稍有名气的还有邓小孝、徐元贤、张子云等。上述诸人除刘熙和刘巴外，全部来自中原。刘熙本北海人，官南安太守，南奔交州原因失载，或许也是避乱来至。刘巴本零陵人，随刘琮归附曹操，赤壁战败，受曹操派遣招纳荆州南部三郡，荆州旋为刘备所得，刘巴无奈，南遁交州，后又奔蜀投刘备。避乱交州的士人以汝南许靖名气最大。袁忠为汉末党人名士，与元长、沛、徽皆出自东汉名门汝南袁氏，簪缨世家，当具备较高文化素养。桓邵、桓晔皆汉明帝师桓荣之后，晔父鸾、祖良、曾祖郁皆为当世名儒，至晔五世，家业不坠。④ 刘熙出自东汉皇族，为著名经师，以《释名》一书闻名，寄寓交州之际，晚生程秉、薛综、许慈皆从其学，《三国志》曰：

> （许慈）南阳人……师事刘熙，善郑氏学，治《易》、《尚书》、

---

① 《艺文类聚》，上海古籍出版社 1982 年版，第 116 页。

② 陈寿：《三国志》（裴松之注），中华书局 1959 年版，第 1192 页。

③ 同上书，第 1191 页。

④ 虞预《会稽典录·陈业传》：“沛国桓俨，当世英俊，避地会稽。闻业高节，欲与相见，终不获。后俨浮海，南入交州。临去，遗书于业。”《鲁迅全集》（二十卷本）第八卷《会稽郡故书杂集》，人民文学出版社 1973 年版，第 39 页。

《三礼》、《毛诗》、《论语》。建安中，与许靖等俱自交州入蜀。[①]

汝南南顿人也。逮事郑玄，后避乱交州，与刘熙考论大义，遂博通五经。[②]

沛郡竹邑人也……少依族人避地交州，从刘熙学。[③]

程秉、薛综、许慈在三国时期皆位居高官。士燮曾入太学受业，精通儒学，礼贤才士。士燮兄弟据有交州各郡，燮以遂南中郎将身份总领交州军事兼交阯太守，陈国袁徽称颂其德云："交阯士府君既学问优博，又达于从政，处大乱之中，保全一郡，二十余年疆场无事，民不失业，羁旅之徒，皆蒙其庆，虽窦融保河西，曷以加之?""官事小阕，辄玩习书传，《春秋左氏传》尤简练精微，吾数以咨问《传》中诸疑，皆有师说，意思甚密。又《尚书》兼通古今，大义详备。闻京师古今之学，是非忿争，今欲条《左氏》、《尚书》长义上之。"[④] 士燮后来归附东吴。《隋书·经籍志》载，萧梁时，士燮有集五卷，隋时已亡。燮还著有《春秋经注》十三卷。南迁士人久历播越之苦，亦互通声气，许靖举荐贤良不遗余力，其《与曹公书》云："又张子云昔在京师，志匡王室，今虽临荒域，不得参与本朝，亦国家之藩镇，足下之外援也。"[⑤] 许靖宽厚仁爱，袁徽《与尚书令荀彧书》称其"自流宕以来，与群士相随，每有患急，常先人后己，与九族中外同其饥寒"。[⑥] 中原士人远徙交州，交阯太守士燮乐儒好客，宾主相聚，其乐融融，颠沛之苦、思乡之痛因之舒缓。南国热带风情迥异于中原，宾主唱和，朋友往来，期间必有佳作。流寓交州的士人虽以百数，但仅有许靖的《与曹公书》和袁徽的《与尚书令荀彧书》流传。

---

① 陈寿：《三国志》（裴松之注），中华书局1959年版，第1022—1023页。

② 同上书，第1248页。

③ 同上书，第1250页。

④ 同上书，第1191—1192页。

⑤ 同上书，第965页。

⑥ 同上书，第964页。

建安时，交州先后被曹操、刘表、刘备、孙权争夺。袁忠、桓邵因得罪曹操而南遁交州，仍为曹所不容，终被交阯太守士燮奉曹命诛杀。孙权据有江东，士燮兄弟归附，程秉、薛综受命入仕，而许靖、许慈、刘巴则入蜀投奔刘璋，其余几乎全殁于交州。中原士人因董卓之乱而避乱江东，因孙策寇江东而浮海南走交州，至交州归附江东而离别南国，前后仅数年时间。交州文学在汉末如璀璨的流星照亮了南国的天空，但旋即归于沉寂。交州文学的落后局面要等永嘉之乱后才有质的改变。

在交州文化史上，东汉是启蒙时代。范晔《后汉书·南蛮传》说："光武中兴，锡光守交趾，任延守九真，于是，教其耕稼，制为冠履，初设媒聘，始知婚娶，建立学校，导之礼仪。"这是交州地区（今大部分在越南）接受汉字、汉化的开始。士燮时代是交州前所未有的名儒云集、文学繁荣的时代，虽然短暂，却浸润深远。越南《大越史记全书》记载说："我国通诗书，习礼乐，为文献之邦，自士王（即士燮）始。"①

东汉时期文学创作中心长期安居洛阳，直到汉末诸雄争霸才分散流播。文学创作地理中心经历了从一到多的变迁，这是东汉王朝从统一稳定到分崩离析的历史状况的真实反映，也是文学与世推移、文学格局常随政治格局的变迁而变迁的一个见证。

---

① 转引自刘正《图说汉学史》，广西师范大学出版社2005年版，第53页。

第三章

中州本土文学家族与东汉文学发展

西汉末年，士族大姓在政治、经济方面已占主导地位，在文化提升方面亦具自觉意识，东汉政权正是借着大批“近儒”士族大姓的辅佐而建立起来的。[①] 东汉绝大多数文学名家都出自累世官宦的大姓儒士家族，即使如王充、高彪、王符之类的单门寒族之士也是借了高门名士的奖拔才得以扬名。文学家族都是当地名望士族，本土文学的发展在很大程度上仰赖于他们的引领与推动。因此，研究东汉文学，必须关注士人文学家族。

东汉中州文学家族的数量、影响与中州诸郡的政治、经济、文化的总体实力几乎呈正比，文学家族集中之地往往或是政治经济力量雄厚之地，或文化积淀深厚之地。当然，文化发展往往滞后于政治、经济的发展。东汉中州的文学家族，各郡都有，但南阳、汝南、颍川家数众多，对汉魏政治文化的影响也远非其他各郡可以比肩。为此，本章以这三郡文学家族为重点，兼及他郡，以探究中州文学望族与东汉文学演变之间的关系。

东汉一代，最突出的文化特征就是经学笼罩一切。这一时代特色的形成首先取决于光武帝君臣的“创业垂统”思想，他们把经学思想树为国家意识形态，组建了儒士主导的官僚机构，并大力推广普及经学教育，引导了整个社会的尊经习经风尚。东汉中兴功臣大多是来自南阳、颍川的儒士。建武之初，功臣鼎足，积极参与国家典制建设，为东汉基业奠定了坚实基础。全国统一后，以南阳邓禹和贾复为

---

① 余英时：《东汉政权之建立与士族大姓之关系》，文载余英时《士与中国文化》，上海人民出版社2003年版，第193—243页。

首的功臣群体纷纷辞去官职，带头研修经艺，教育子弟，修养文德，自觉进行文化转型。中州功臣家族在文化上积极进取，既为家族长远发展培植了文化根基，也为中古中州文学的崛起、繁荣、主导文坛做好了准备。

第一节　以“功”起家的南阳文学家族

在功臣家族向文化家族的转型过程中，南阳功臣是先锋，也是成功转型的典范。建武十三年，蜀中公孙述政权崩溃，光武统一全国，经学治国之策开始全面落实。《后汉书·贾复传》曰：“（贾）复知帝欲偃干戈，修文德，不欲功臣拥众京师，乃与高密侯邓禹并剽甲兵，敦儒学。帝深然之，遂罢左右将军（时，邓禹为右将军，贾复为左将军）。复以列侯就第，加位特进。复为人刚毅方直，多大节。既还私第，阖门养威重。朱祐等荐复宜为宰相，帝方以吏事责三公，故功臣并不用。是时，列侯惟高密（邓禹）、固始（宛人李通）、胶东（贾复）三侯与公卿参议国家大事，恩遇甚厚。”[①] 同书《邓禹列传》曰：“禹内文明，笃行淳备，事母至孝。天下既定，常欲远名势。”邓、贾罢官在吴汉平蜀还朝之际，即建武十三年四月。贾、邓二人乃通儒鸿才，又是光武帝心腹股肱，率先辞官敦励儒学，产生了很好的示范效应。稍后，建威大将军扶风耿弇也辞去武职，事见《后汉书·耿弇传》。其实，数月之前，宛人李通已主动请求辞去大司空一职。[②] 三个月后，行大司空事的马成亦辞去大司空。马成，南阳棘阳人，光武著名二十八将之一。马成辞官后，三公中的南阳功臣只有吴汉、杜茂尚握兵权，此后三四年里，吴、杜多次率军征讨叛乱，出击匈奴。建武十五年，南阳朱佑、颍川臧宫等功臣也不再担任武职。与此同时，

① 《后汉书》，中华书局1965年版，第667页。本章涉及的中州文学家族的史实及引用的较短原文，除注明出处外，一律采自范晔《后汉书》本传（中华书局1965年版）。

② 《后汉书·李通传》：“通布衣唱义，助成大业，重以宁平公主故，特见亲重。然性谦恭，常欲避权势。素有消疾，自为宰相，谢病不视事，连年乞骸骨，帝每优宠之。令以公位归第养疾，通复固辞。积二岁，乃听上大司空印绶，以特进奉朝请。”

扶风宋弘、河南侯霸、琅邪伏湛、乐安欧阳歙、河内蔡茂、京兆玉况、扶风杜林、京兆张纯等名儒进入“三公”行列。其余中州功臣，或于建武十三年前去世，如南阳的来歙、岑彭、任光及颍川的冯异、祭遵、铫期、王常、傅俊等人，或任职郡国，如南阳的张堪、邓晨、刘隆、冯鲂等。关中功臣窦融、马援、梁统等本有良好文化素养，建武八年，窦融率河西五郡守令入仕洛阳。此后，关中士族也自觉加强了经史文学教育，造就了许多著名文学家。可以说，东汉功臣从军功起家，最终转化为经学士族，正是从邓、贾开始的。建武十三年以后的三五年里，光武帝“退功臣而进文吏”的战略布局基本完成，东汉政局遂成儒臣执政之势，文学也进入塑造时代特色的时代。

邓禹家族是“可以为后世法”的文化典范。详细论述参见拙文《东汉邓禹家族的文德教育与文学成就》。[①]

东汉中州功臣家族以南阳和颍川最多，然而，南阳功臣家族大多转型成为文学名族，颍川功臣家族却很少如此，即使以儒术著称的云台宿将冯异、祭遵、臧宫等人，其家族中也少有以文学著名者。原因可能是，南阳、颍川两个地区在西汉和东汉前期这段时间里，文化积淀深浅不同，或许还有地域风气的影响。颍川士似乎偏重事功而不怎么在意文学著述，这种情况直到汉末方有所转变。东汉南阳文学家族主要是以下这些：

湖阳樊氏　崇尚道家，亦尊儒好学，以谦恭矜重著称，代有贤才。

樊宏，字靡卿，湖阳人，光武舅父。为人“谦柔畏慎，不求苟进”，少好学，谙熟经传，[②] 建武二十七年（51 年）卒。今存文两篇，均为戒子之作，以道家思想立义，朴质无华。子儵。

樊儵，字长鱼，谨约有父风，刚正廉直。建武末，从侍中丁恭受

① 《东汉邓禹家族的文德教育与文学成就》，载于《中国社会科学院研究生院学报》2012 年第 3 期。

② 《后汉书·樊宏传》载，樊宏曾自言“书生不习兵事”。袁宏《后汉纪》卷一载：“伯昇威名日盛。更始君臣内不自安。顷时，诏示縯七尺宝剑，申屠建随献玉玦。樊宏曰：‘昔鸿门之宴，范增举玦示项羽，指在高祖。建得无不善乎？’”由此可知，樊宏对司马迁《史记》很熟悉。

《公羊严氏春秋》。樊儵尊儒，与北海周泽、琅邪承宫等海内鸿儒互为师友。汉代章句之学守家法，为利禄所使，各自立说，日趋繁琐芜杂。光武帝时，有人奏请删减章句、正定经义，[①] 但一直没有落实，原因或如《左传》学立而即废一样，乃“群儒蔽固”[②] 所致。樊儵是位有学术忧患意识的学者，对繁琐错杂的章句之学很不满。永平元年（58 年），他奏请规范经义[③]，明帝从之，令诸儒八十余人讨论《五经》误失。[④] 樊儵又删定《公羊严氏春秋》章句，世号“樊侯学”，教授门徒前后三千余人。弟子成都张霸又将樊儵所删定的《严氏春秋》再度删减，余二十万字，更名为“张氏学”。樊儵现存文三篇：《奏正经义》、《上言理朱浮》及《上言选举》。《上言选举》指陈明帝朝举孝廉之弊，说：“郡国举孝廉，率取年少能报恩者，耆宿大贤多见废弃，宜敕郡国简用良俊。”[⑤] 樊儵奏章补裨时政，常被采纳，对明、章时期的学术文化颇有贡献。东汉文化为经学所笼罩，文学能从前期中期的典重繁缛走向汉末的通脱清丽，实受惠于经学的删繁就简。樊儵倡导之功不可埋没。

樊瑞，樊宏族孙，好黄老言，清静少欲。子准。

樊准，字幼陵，安帝朝名臣。少励志行，修儒术。永元十五年（103 年），和帝巡狩南阳，召见樊准，奇其才，拜郎中，随驾回宫，特补尚书郎。安帝永初中，历任御史中丞、光禄大夫、巨鹿太守、河内太守。元初，为尚书郎，元初三年（116 年），迁光禄勋，元初五年（118 年）卒。樊准在郡课督农桑，广施方略，外御寇虏，内抚百姓，威德并行，为民敬爱。

---

① 《后汉书·肃宗孝章帝纪》载，建初四年十一月壬戌章帝诏书：“中元元年诏书，《五经》章句烦多，议欲减省。”

② 《后汉书·儒林列传》载：建武中，按：中元，光武帝年号。光武以魏郡李封为《左氏》博士。“后群儒蔽固者数廷争之，及封卒，光武重违众议，而因不复补。”

③ 见章帝建初四年十一月壬戌诏书。

④ 《太平御览》卷见五百六十引《皇览·冢墓记》：“汉明帝朝，公卿大夫诸儒八十余人论《五经》误失。”又见严可均《全后汉文》卷二十九《上言愿发秦昭王吕不韦冢》（宋元作）严可均注。可见，明帝采纳了樊儵的建议。

⑤ 《后汉书·樊儵传》，第 1122—1123 页。

樊准明达政体，为和熹邓太后所倚重，今存三文皆关乎当朝政治文化大事，均作于安帝永初年间，即《上疏请兴儒学》、《因水旱灾异上疏》及《上疏荐庞参》，为《历代名臣奏议》全文收录。[①] 从现存文章看，樊准奏疏，简明切实，骈散相间，有劲拔之风。邓太后临朝之初，儒学衰败，樊准上疏请兴儒学，邓太后深纳其言，是后“屡举方正、敦朴、仁贤之士”[②]。《上疏请兴儒学》生动简劲，文采斐然。清康熙帝玄烨为之叹赏，说：“儒学之兴，莫甚于东汉。至安帝时，文教寖衰，流风婾薄矣。此可谓匡时之论。”[③] 樊准与马融都有荐举名将庞参的奏疏，但两文风格迥异。樊文简要平实，只用了一个熟典；马文博征经籍，历数典故，文辞渊雅繁缛。樊准之文是政治家之文，务在切实致用，故而辞尚体要；马融之文为文学家之文，骋词炫学，以典丽见长。

樊安，樊宏之后。樊安幼好学，治《韩诗》、《论语》、《孝经》，兼通记传古今异义。无名氏《中常侍樊安碑》曰：“世政促峻，邑宰寡识，慢贤役德，被以劳事，然后慷慨激愤，宦于王室。……是以兄弟并盛，双据二郡，宗亲赖荣。”[④] 由此可知，樊氏在桓帝时已经中落，但仍以学问传家。樊安卒于桓帝永寿四年（158 年），时年 56 岁。

安众宗氏　这是一个非常富有文化特色的数百年望族，历东汉魏晋至于南北朝，文臣武将，代有英才，学术文艺，各呈异彩，名闻天下。

两汉之际，安众宗氏已是南阳望族，宗伯、宗广已有名望。宗广追随光武平定河北，曾以尚书领信都太守事，多次持节出使，是光武帝心腹之一，《后汉书》无传，但该书《王梁传》、《邓禹传》略载其

---

① （明）黄淮、杨士奇等奉敕编著《历代名臣奏议》，分六十四门，共三百五十卷，收集了上自商周、下迄宋元两千余位名臣的奏议。

② 邓太后所用名儒，有琅邪承宫、弘农杨震、九江夏勤、颍川李修（李膺祖父）、彭城刘恺、沛郡徐防等，皆通达政事，是安、顺朝稳定政局、促进文化繁荣的中坚力量。

③ 爱新觉罗·玄烨：《圣祖仁皇帝御制文》第三集卷三十一“古文评论”，文渊阁四库全书本。

④ 严可均：《全后汉文》卷九十九，原文出自《隶释》卷六、《古文苑》卷九。

事。宗伯，即宗均之父，建武初为五官中郎将。[①] 五官中郎将通常由皇帝心腹担任，宗伯应是追随光武起兵之人。宗均在建武年间为谒者，多次持节出使，便宜行事，也是光武帝信重之臣。可以推断，宗氏与东汉皇室关系很好，很有可能曾举宗追随刘氏起兵。谢承《后汉书》说安众宗氏“家代为汉将相名臣”。若将宗伯视为东汉宗氏第一代，那么，第二代就是宗均（范晔《后汉书》作“宋均”，误）、宗京，[②] 第三代是宗意，第四代是宗资，第五代是灵献时的宗俱、宗承（宗资子），桓灵时期的宗慈、蜀汉的宗预、曹魏的宗承（字世林）、宗子卿等，皆为宗均之后。宗承子孙在两晋南朝的学术文艺界很有声望。著名画家宗炳即宗承之孙，那位志在“乘长风破万里浪”的宗悫是宗炳子，宗承八世孙宗懔是萧梁著名诗人，有《荆楚岁时记》等作品。安众宗氏世尚学问，博通兼容，家族的文化教育很自觉，故而宗氏文化生命力特别旺盛。

宗均，字叔痒。宗均初以父任为郎，时年十五，好经书，每休假日，辄受业博士，通《诗》、《礼》，善论难。弱冠为辰阳长，“其俗少学者而信巫鬼，均为立学校，禁绝淫祀，人皆安之”[③]。后客授颍川。建武二十三年（47 年），以谒者监马援、刘尚军南征叛乱的武陵蛮，马援卒，刘尚军败没，宗均矫制调兵，收服叛军，为当地置长吏。光武嘉其功，其后“每有四方异议，数访问焉”（《后汉书》本传）。明帝朝，宗均历任东海相、尚书令等职。宗均为政，崇尚宽和。在郡县常亲自讲经，以教化为己任，是东汉著名循吏。章帝建初元年（76 年）卒。任尚书令期间，“每有驳议，多合上旨”，可惜这些文章全部亡佚。不过，从本传记载的口头文字看，宗均驳议每依经立义，刚正忠勇，不畏权势。宗均还遍注“七经谶”，有《尚书纬考灵耀》

---

① 汉五官中郎将只设一人，比二千石，主管五十岁以上的郎官，是宫中清要之职。宗伯既然是五官中郎将，家族必有名望，且与光武帝关系很好，因为，一般人难以担任这一官职。

② 四库全书本《后汉书考证》卷七十一引何焯语，曰：“按：《党锢传》注引《谢承书》云：宗资，字叔都，南阳安众人也。家代为汉将相名臣。祖父均，自有传。则‘宋’字传写误也。《南蛮传》中叙受降事，正作谒者宗均。此即见于本书可参校者。”

③ 《后汉书·宗均传》，第 1411 页。

和《易纬通卦验》流传。[①] 唐人瞿昙悉达《开元占经》保留了宗均的《春秋元命苞注》、《春秋运斗枢注》等纬书注，内容以星象术为主。日本学者辑录的《纬书集成》辑有宗均的《诗泛历枢注》等。宗均今存文章辞令，往往本经立义，简练赅要；经谶著作中，有的文句想象丰富，很有文采。

宗意（《后汉书》作“宋意”），宗均族子。父京，以《大夏侯尚书》教授，官至辽东太守。意少传父业，明帝时举孝廉，因召对合旨擢拜阿阳侯相。章帝建初中，征为尚书。永元二年（90 年）卒。宗意主要活动在章帝朝。今存奏疏两篇，为陈仁子《文选补遗》、《东汉文纪》、《全后汉文》所收录。章帝优崇叔父昆弟，常留驻京师。宗意为国远虑，上疏劝谏，以《春秋》经义和典章法度为据，陈述利害，合礼入情，其文“义尚光大”，“辞尚体要”，为后世所称道。[②]

宗均孙宗资，少在京师，学《孟氏易》、《欧阳尚书》，桓帝时任汝南太守，辟范滂为功曹，是著名党人领袖。[③] 宗慈，宗均之后，有义行，著名党人，为南阳群士所敬重。宗意之孙宗俱，灵帝时为司空。东汉宗氏之文多亡佚，但简言短章，亦文采高华，《世说新语》多有采录。

张衡家族　张衡，南阳西鄂人。祖父堪，字君游。据《东观汉记》卷十五载，张堪年十六，受业长安，治《梁丘易》，才美而高，京师号曰“圣童”。张堪曾随吴汉一起攻伐公孙述，“成都既拔，堪先入据其城，捡阅库藏，收其珍宝，悉条列上言，秋毫无私”。[④] 在

---

① 李约瑟《中国科学技术史》第 4 卷分析了宗均经谶注的天文学价值，科学出版社 1975 年版。

② 唐仲友论曰：“（宗）意以为人臣有节、不宜愈礼过恩，最得献替之义，在明帝时言此则为投合。”又说：“《书》曰‘惇叙九族’，肃宗知‘惇’而未得所谓‘叙’，意言能济之。”宗意又有《上疏请不许南单于北徙》，（元）陈仁子《文选补遗》认为“宋意之言可谓得待夷狄大体”。

③ 事见范晔《后汉书・党锢列传》和谢承《后汉书》（见周天游《八家后汉书辑本》）。

④ 《后汉书・张堪传》，第 1100 页。

张堪收捡的“珍宝”中，有公孙述宫廷所用的乐器与礼器文物。[①] 看来，张堪对礼乐文物制度也颇有研究。

张衡（78—139），主要活动在安帝、顺帝朝。《后汉书》本传载：“世为著姓。祖父堪，蜀郡太守。衡少善属文，游于三辅，因入京师，观太学，遂通《五经》，贯六艺。……衡善机巧，尤致思于天文、阴阳、历算。”酷好扬雄《太玄经》。曾入东观著史校书。安、顺时长期担任太史令，顺帝时历任公车司马令、侍中、河间相等。顺帝永和四年（139 年）卒。著有诗、赋、铭、七言、《灵宪》、《应闲》、《七辩》、《巡诰》、《悬图》，凡三十二篇。《隋志》载，《张衡集》十一卷，注曰：“梁十二卷，又一本十四卷。”张衡还是东汉四大著名画家之一。[②] 张衡是东汉文学杰出代表，在汉赋创作、诗赋体式创新及汉魏文风转变等多个方面都作出了重要贡献，详见第四章第一节的论述。[③] 张衡后人有西晋时的张辅。辅字世伟，《晋书》有传。辅少有才具，历任尚书郎、御史中丞、秦州刺史等职，领本郡中正。有集二卷。严可均《全晋文》载其文三篇。从张辅情况推测，张衡的子辈、孙辈应当也有一定文学造诣，惜史籍失载。

新野来氏 来歙，字君叔，南阳新野人，擅长出使应对，以信义著称。其家兴于汉武帝时期，累世官宦，世习《左传》。来歙为中兴功臣，深得光武帝信重。《全后汉文》收录来歙三篇文章，即《上书言陇右事》、《被刺自书遗表》、《奏荐马援》（残篇）。三文皆为国谋虑，简洁练达，平实切要。《被刺自书遗表》作于建武十一年（35 年），是临命绝笔，最能反映来歙的胸襟与思想。当年，来歙率盖延、马成等攻陷公孙述河池等地，乘胜前进，公孙述恐惧异常，派人刺杀来歙。来歙被刺中要害，刀刃在身，驰召盖延，交代完军事，挥笔写下给光武帝的表章。来歙遗表，壮怀激烈而情意深厚，陈情，举贤，

① 《后汉书・光武帝纪》：“（建武十三年四月，吴汉自蜀还洛。）益州传送公孙述瞽师、郊庙乐器、葆车、舆辇。于是，法物始备。”

② 见（唐）张彦远《历代名画记》卷二、卷四，四库全书本。

③ 参见拙文《论张衡清灵简畅的诗文风格》，《南都学坛》2012 年第 1 期。

托孤，赅要周详，谦而不卑，其文学功力可见一斑。《上书言陇右事》和《被刺自书遗表》为明人梅鼎祚《东汉文纪》、冯琦与冯瑗合纂的《经济类编》所收录，题名略有不同，前文还被杨士奇编入《历代名臣奏议》。仅从收录情况说，来歙文在古代文学史上是被认可的。

来历，字伯珍，来歙曾孙，明帝女武安公主子。安帝时，官至太仆，顺帝即位，迁卫尉、车骑将军，阳嘉元年（132年），卒于大鸿胪。来歙孙来稜娶明帝女为妻，生子来历。来历活跃于安、顺两朝，以公卿之重鼎足朝廷。据《后汉书·来历传》记载，延光三年（124年），安帝听信谗言，欲废太子刘保。来历与太常桓焉、廷尉张皓在公卿大会上合议谏阻，安帝不从，废太子为济阴王。来历又邀请宗正刘玮、侍中赵代（故太尉赵熹子）、持书侍御史龚调、谏议大夫李尤（著名文学家）、将作大匠薛皓等卿大夫十余人，一起到鸿都门证明太子没有过错，不当废，龚调还依据汉法予以劝阻。安帝与左右心腹深以为患，使中常侍奉诏胁迫群臣。谏者莫不失色，各自散去，来历独自守阙，连日不肯去。帝大怒，免来历兄弟官，削国租，黜公主（来历母）不得会见。来历闭门不与亲戚联络，时人为之震慄。顺帝即位，朝廷咸称来历是社稷臣，遂迁来历为卫尉。其他与来历一起劝谏的大臣亦悉蒙显擢。永建元年（126年），拜历车骑将军，弟祉为步兵校尉，超为黄门侍郎。从此，来氏威望日隆，直到三国时期，来氏在政坛文坛仍双峰并秀。今存《废太子议》一文，简短，朴实，似是残篇。

来历孙艳，字季德，少历显位，汉灵帝时为司空，好学下士，开馆养徒。

来艳子敏，字敬达，“涉猎书籍，善《左氏春秋》，尤精于仓雅训诂，好是正文字”。汉末大乱，来敏入蜀。后为蜀汉典学校尉、丞相诸葛亮军祭酒、光禄大夫等职，以耆儒学士见礼于世，又因其家乃“荆楚望族、东宫旧臣”，甚见优崇。敏子来忠，亦博览经学，有父风。[①]

---

① 《后汉书·来歙传》附传载来历与来艳事，《三国志·蜀志·来敏传》载来敏与来忠事。

从来敏父子三代看，来氏家族以经学传家，擅长《左传》。唐晏《两汉三国学案》认为，来歙是《左传》学者。

冠军贾氏 贾复，冠军人，光武帝最为倚重的心腹干将之一。据《后汉书》本传载，贾复，字君文，少好学，习《尚书》。师事舞阴李生，李生奇之，谓门人曰："贾君之容貌志气如此，而勤于学，将相之器也。"建武十三年始，功臣封列侯者，唯邓禹、贾复、李通三人与公卿参谋国事，贾复对东汉政治文化的影响应该是很大的。遗憾的是，史料匮乏，连他的文章也看不到，好在本传记录了他游说更始帝汉中王刘嘉的一段话，颇能见其心志与学养。他说：

> 臣闻图尧、舜之事而不能至者，汤、武是也；图汤、武之事而不能至者，桓、文是也；图桓、文之事而不能至者，六国是也；定六国之规，欲安守之而不能至者，亡六国是也。今汉室中兴，大王以亲戚为藩辅，天下未定而安守所保，所保得无不可保乎？①

这段话，用四个长句构成排比，自尧舜汤武而下，至于六国和当下，思接千古，视通万里，恢弘大气而不疾不徐，真是儒家气度、将相风采。韩愈曾说"气盛则言之短长与声之高下者皆宜也"，以之论贾复文辞，亦无不可。

贾复子贾宗，字武孺。少有操行，多智略，兼通儒术，章帝每次宴见，都让他与少府丁鸿等人论议经术。章帝章和二年（88 年）卒。今存文一篇，即《因灾旱上言》。

新野阴氏 阴识，南阳新野人，光武阴后之兄。弟兴。家本富足，信奉道家学说。阴氏兄弟好学，博览经史传记，尤善《周易》

① 《后汉书》，第 664 页。

等道家典籍。[①] 阴识曾游学长安，是光武帝信任的谋臣武将，二人常论议国事。阴识“人虽极言正议，及与宾客语，未尝及国事”。阴识奏疏没有保存下来，或许与他极为谨慎的处世方式有关。兴弟阴就，善谈论，朝臣莫及。从兄阴嵩经明行修，为人敬重。[②] 光武帝阴皇后丽华，熟读记传之书。阴识女孙即和帝阴皇后，“少聪慧，善书艺”[③]。阴氏两后都有一定文学修养。

李通家族 李通，南阳宛人。父李守，少师刘歆，好星历谶记，为王莽宗卿师。弟轶，今存《报冯异书》，文辞精干明练。桓帝时的李休（字子材）即李通之后，蔡邕《玄文先生李子材铭》说：“（休）少以好学，游心典谟，既综七经，又精群纬，钩深极奥，穷览妙旨，居则玩其辞，动则察其变，云物不显，必考其占，故能独见前识，以先神意。若古今常难，疑义错缪，前人所希论，后学所不览，休尽剖判剥散，幽暗靡不昭烂。”[④] 蔡邕之言，或有夸饰，但李休的学术文艺造诣应是很不错的。从上引碑铭亦可大致窥见李氏家学。李通没有文章流传，但他既是光武帝决策集团的“三侯”[⑤] 之一，必然具有不寻常的学识和智谋。

南阳功臣家族在学术文艺上积极进取，对东汉中州文学的影响是长期的，多方面的。从地域文化角度看，南阳功臣是东汉帝乡的文化精英，功臣家族在政治、经济、文化上均处于优势地位，在社会上享有崇高名望，不仅带动了家乡的尚文好学之风，还对周边地区如汝颍地区、南郡地区产生文化辐射力。我们看到，东汉南阳文学名家如刘复、宗均、樊儵、张衡、刘珍、刘毅、刘騊駼、樊准、宗意、邓弘、

---

① 《后汉书·阴兴传》载阴兴对阴皇后说的一番话，曰：“贵人不读书记邪？‘亢龙有悔’。”可知，阴氏兄妹对《周易》及史传典籍都是非常熟悉的，他们常以道家“忌溢”思想自戒。《后汉书》，第1131页。

② 《后汉书·阴兴传》载阴兴荐从兄阴嵩语，说嵩“经行明深，愈于公卿”。

③ 《后汉书·皇后纪上·和帝阴皇后纪》，第417页。

④ 张溥：《汉魏六朝百三家集·蔡中郎集》，吉林出版集团有限公司2005年版。亦见于严可均《全后汉文》卷七十五。

⑤ 《后汉书·贾复传》曰：“帝方以吏事责三公，故功臣并不用。是时，列侯惟高密（邓禹）、固始（李通）、胶东（贾复）三侯与公卿参议国家大事，恩遇甚厚。”

邓嗣等人，或出自宗室（也是功臣），或出自功臣家族，或为皇族故旧，他们或成名于明、章之际，或在和、安时已领袖群伦，成为整个时代的文学骄子。然而，东汉南阳的其他文学名家，如左雄、延笃、朱穆、谢该，比宗室和功臣家族的士人成名稍晚，而且，这些士人家族在文学方面名望不高。这或许可以说明两个问题：第一，东汉南阳的宗室和功臣家族在家族文学教育方面，条件更好，意识更自觉，教育方式可能更完善，所以发展得更快一些；第二，由宗室和功臣转化而来的南阳文学家族的确是引领南阳尚文风气的重要力量。

第二节 以“经”起家的汝南文学家族

整体上看，在东汉中州文学发展史上，功臣出身的文学家族要先人一步，从普通士人发展起来的文学家族稍晚一些，约出现于章、和之际，有的在桓、灵之际，如汝南袁安家族、弘农杨震家族、汝南应劭家族、陈留蔡邕家族等，他们凭借“经明行修”，通过郡国察举或公府辟除而入仕，又以累世经学而累世官宦，并成长为新兴文学家族。安帝以后，这些士人文学家族逐渐进入政治、文化统治阶层，成为东汉文学创作的主干力量和汉魏文风转变的先行者。

东汉中州诸郡中，汝南文学家族几乎都是以经学起家，且起步较早，约在章、和之世。

东汉文学名家无一不是博通经史的大儒。大儒集中之地，亦是文学发达之地。《后汉书·儒林列传》正传载大儒42人，中州占22人，附传记名儒14人，中州占7人。[①] 这29位中州名儒按籍贯所属分类如下：

陈留5人：刘昆与刘轶父子，陈弇，杨伦，楼望；

南阳4人：洼丹，尹敏，魏满，谢该；

颍川2人：张兴与张鲂父子；

---

① 《后汉书·儒林列传》附传的7位中州名儒是：陈留刘昆子轶、陈留陈弇、颍川张兴子鲂、济阴曹曾子祉、山阳张匡、河南孙堪、南阳魏满。

汝南 5 人：戴凭，周防，钟兴，许慎，蔡玄；

济阴 4 人：孙期，曹曾，曹祉，张驯；

任城 2 人：魏应，何休；

陈国 2 人：薛汉，颍容；

山阳 2 人：丁恭，张匡；

河南 2 人：孙堪，服虔；

河内 1 人：张玄。

上述 29 人中有两对父子，若按家族计算，共有 27 家，分布在 10 个郡国，汝南有 5 家，位居中州第一。东汉中州大儒中，做过帝师的有 14 位，即汝南的张酺、酺子蕃、曾孙济，陈留的刘昆、刘轶父子，汝南钟兴，汝南郅恽，任城魏应，南阳邓弘，弘农杨秉与杨赐，弘农刘宽，颍川荀彧与荀悦兄弟，汝南就有 5 位。① 从中州诸郡名儒及帝师的地理分布看，汝南独占鳌头。当时，每个经学名家几乎都是一个学派的领袖，有着数量庞大的门生队伍，而且，凡是“通经名家”者，往往以经传家，进而发展出一脉相承的经学世家，这些经学世家也是广义的文学世家。从这个角度说，汝南的文学家族有着更为广阔而深厚的儒学根基。

汝南文学起步较早，呈现出较为完整的家族发展模式，绵延数代，而且，郡内经学名家前后相继，没有断层。西汉时，汝南名儒就有尹更始、尹咸、翟方进等。东汉时，汝南硕儒济济，文学家族亦随之成长。具体说来，汝南第一批大儒，有平舆戴凭、西平郅恽、汝阳钟兴等人，② 建武初年已出类拔萃；第二批名儒以细阳张酺、汝阳袁安、汝阳周防为代表，三人成名于永平中，活跃于章、和两朝；第三

---

① 笔者博士论文《东汉文化演进中的南阳文学研究》（中国社会科学院研究生院，2011 年 6 月）之“东汉皇族文学研究 · 东汉帝师简谱”有详细考述。

② 《后汉书 · 儒林列传》载：戴凭习《京氏易》。年十六，郡举明经，征试博士，拜郎中。后迁侍中。戴凭善说经，京师传语说“解经不穷戴侍中”。同篇又载：钟兴字次文，少从少府丁恭受《严氏春秋》。建武中，奉诏定《春秋》章句，去其复重，以授皇太子。光武又使宗室诸侯从钟兴受学。

批以南顿蔡玄、召陵许慎、周防子周举最知名，[①] 他们活跃于安、顺两朝；第四批汝南文士，或许应以桓灵之际的陈蕃、应奉为代表；第五代汝南文士是活跃于建安时期的应劭、应玚、应璩等人。这些名儒之家培育了不少公文能手和诗文名家。汝南文学家族生命力极强，瓜瓞绵延，至于数代，如袁安、张酺、应奉等人成名于章帝之世，累世家学，传至汉末而不衰，应氏家族文名最盛，经汉至魏，七代通显。考察这些家族的文化活动与创作实绩，即可看到东汉中州文学甚至整个东汉文学发展演变的大致轨迹。实际上，汉晋大多数门阀士族走的都是汝南文学家族的发达之路。

郅恽家族　郅恽，汝南西平人。郅恽治《韩诗》、《严氏春秋》，明天文历数，曾以占星术劝王莽归皇位于汉。建武初，客居江夏教学，后来，郡举孝廉，拜太子太傅，授皇太子《韩诗》，侍讲殿中，再迁长沙太守，坐事左转芒长，免归。避地教学，著书八篇。郅恽今存短文七篇，引经用谶，杂以天人感应之说，质朴直率，属于比较典型的汉儒说教之文。

郅恽子寿，字伯孝，善文章，以廉能称。章帝时，历官尚书令、京兆尹、尚书仆射等职。郅寿有智谋，“朝廷每有疑议，常独进见”。章帝奇其智策，爱其文才，特赐“汉文”剑，以褒奖他“明达有文章”[②]。郅寿文章，全部亡佚。

张酺家族　出身贵胄，以经学渊博累世担任帝师。张酺，汝南细阳人，赵王张敖之后。少从祖父充受《尚书》，能传其业，又师事太常桓荣。勤力不怠，聚徒以百数。永平九年，明帝为四姓小侯开学于南宫，置《五经》师。张酺以《尚书》教授，数讲于御前，以论难合意，除为郎，令入授皇太子刘炟。元和中，出为东郡太守，章帝巡狩过郡，行弟子礼。和帝永元中，官至太尉、司徒，十六年卒。张酺

① 《后汉书·儒林列传》载：蔡玄字叔陵，学通《五经》，门徒常千人，其著录者一万六千人。顺帝特诏征拜议郎，讲论《五经》异同，甚合帝意。迁侍中，出为弘农太守，卒官。同篇又载：许慎字叔重，少博学经籍，马融常推敬之，时人为之语曰：“《五经》无双许叔重。”许慎撰有《五经异义》、《说文解字》十四篇，皆传于世。

② 《后汉书·郅恽传》，第1535页。

子蕃、曾孙济，好儒学，先后侍讲和帝刘肇、灵帝刘宏。济弟喜，献帝初平中为司空。张酺家族，是赵王张敖之后，累世帝师，门生亦广，自章帝即位到献帝之初，世代显宦，在东汉政坛、学坛都颇有影响。今存6篇奏疏，一篇敕子薄葬书，典雅温恭，意味醇厚。子孙文章皆佚。

袁安家族　西汉末以《孟氏易》起家。汉明帝永平中，袁安卓然挺立，先为太仆，后至司徒。后来，安子敞、孙汤、汤次子逢、逢弟隗皆官至三公，为九卿、郎将、太守者不知无数，门生故吏，遍布天下。汝南袁氏，以经学起家，四世三公，与弘农杨氏齐名，同为东汉名族。

袁安，字邵公，汝南汝阳人。祖父良，习《孟氏易》，平帝时举明经，为太子舍人，建武初，至成武令。袁安少传祖父之学。初仕县功曹，举孝廉，拜阴平长。永平中，拜楚郡太守，因很好地处理了楚王刘英一案而知名，征为河南尹，在职十年，京师肃然。建初八年为太仆，后官至司空、司徒，为官忠正，敢于直谏，甚得威望。和帝永元中（89—105），仍为司徒。《后汉书》本传载袁安永元中事，说："安以天子幼弱，外戚擅权，每朝会进见，及与公卿言国家事，未尝不噫呜流涕。自天子及大臣皆恃赖之。"永元四年卒。袁安文章以《上封事谏立北单于》保留最完整。此文由庐江周荣拟草、袁安改定。[①] 袁安又有短文数篇，为严可均《全后汉文》所辑录。总的看来，袁安今存文章，一反时文繁引经典之习，简明赅要，平实如话，切理入情，儒雅淳厚，颇类其务实而"持重"[②] 的为人。袁安另有《夜酣赋》残篇，似描述宫中夜宴歌舞清平的景象，可能作于章帝时，侧面反映了君臣间的和洽关系。

袁安子孙，"生长京辇，颇闻俎豆"[③]，世传《孟氏易》，以才学著称者甚多。安子京作有三十万字的《孟氏易难记》，安子敞以《易

① 《后汉书·周荣传》曰："及安举奏窦景及与窦宪争立北单于事，皆荣所具草。"

② 《后汉书·袁安传赞》："袁公持重，诚单（殚）所奉。惟德不忘，延世承宠。"

③ 袁绍语，载于《后汉书·袁绍列传》，第2387页。

经》教授。安孙袁彭、袁汤，玄孙袁闳，皆少传家学，安玄孙袁绍、袁术亦有才学。袁安族弟袁滂，灵帝光和中拜司徒。滂子袁涣，《三国志·魏志》有传。建安中，袁涣任丞相曹操军谋祭酒，曹魏黄初中为郎中令，行御史大夫事，有《集》五卷。袁汤，字仲河、“初为陈留太守，褒善叙旧，以劝风俗。尝曰：‘不值仲尼，夷、齐，西山饿夫，柳下东国黜臣。致声名不泯者，篇籍使然也。’乃使户曹吏追录旧闻以为《耆旧传》。”① 《陈留耆旧传》为陈留圈称所作，是较早的郡国先贤传，对魏晋南朝杂传颇有影响。《陈留耆旧传》的成书，袁汤功不可没。《全后汉文》辑录的袁氏文章，袁安文之外，又有袁绍文七篇，袁术书信四篇，袁闳、袁叙文各一篇，袁涣文三篇，涣弟袁徽文一篇。袁涣有《集》五卷。袁绍的《上书自讼》作于献帝之初，骋词使气，壮怀激烈，已非传统汉文典雅矜重气象，而具魏晋通脱之风。

袁氏家族的文章，有两个比较显著的特点。一是平实明朗，很少征引经典原文，自袁安至袁绍、袁涣，皆如此；二是通达权变的思想一以贯之。袁安论政，谙熟典制而不拘泥；与人交流，通情达理，因事制宜。袁涣的《与主簿孙徽等教》和《说曹公》皆以权变思想辨名析理。袁绍《上书自讼》回环辩解，左右逢源。袁徽《与尚书令荀彧书》论太守士燮的学问与吏才，既放眼汉末动乱的大背景，又立足于交阯安定的小环境，豁达明理，毫无拘促褊狭之感。另外，汉末袁氏子弟的文章，篇体渐长，引经更少，论辩色彩较浓，带有鲜明的通脱之风，反映了汉末文学趋势。

周防家族 周防，字伟公，汝南汝阳人。年十六，仕郡小吏。光武帝巡狩汝南，召掾史试经，防尤能诵读，拜为守丞。防以未冠，谒去，师从徐州刺史盖豫受《古文尚书》。周防撰有《尚书杂记》三十二篇，四十万言。永元十二年以后，任博士，迁陈留太守，坐法免。子举，字宣光，“姿貌短陋，而博学洽闻，为儒者所宗，故京师为之

① 袁宏：《后汉纪·孝桓皇帝纪》，《两汉纪》下册，中华书局2005年版，第402页。

语曰：‘《五经》从横周宣光。’”① 安帝延光四年，周举辟司徒李郃府。顺帝阳嘉三年，司隶校尉左雄荐举，征拜尚书。“举与仆射黄琼同心辅政，名重朝廷，左右惮之。”周举“谋谟弘深”，“上书言当世得失，辞甚切正”。今存奏议，就事论理，引经，用典，平正切要，句子简短平易，有循循善诱之风。举子勰，字巨胜，尚玄虚，不好仕进。当梁冀跋扈之时，“常隐处窜身，慕老聃清静，杜绝人事”。“至延熹二年，乃开门延宾，游谈宴乐，及秋而梁冀诛，年终而勰卒。”蔡邕说周勰，②“总六经之要，括《河》《洛》之机”，“识几知命”、“清风丕扬”。看来，周勰也是个博学通达之士。

周防家族以明经入仕，以学问传家，与时卷舒，六代显名。这是东汉一代以经入仕、从普通士民走向仕宦世家的典型。

应劭家族　汝南应氏的开基祖是应顺。应顺，字华仲，汝南南顿人。少仕郡县。章帝时，举孝廉，为尚书郎，转尚书右丞，出为冀州刺史，再迁东平相。永元中，历左冯翊、河南尹、将作大匠。在官公廉约己，明达政事。③ 应顺今存《上言宜给计吏舍馆》一文，作于永元中，和帝嘉应顺之议，建郡计吏馆舍，该文载于刘昭《续汉书注》所引《汉官》。应顺十子，皆有才学。中子叠，江夏太守。叠生郴，武陵太守。郴生奉。

应奉，字世叔，少聪明，记忆力超群，读书五行并下，活跃于桓帝朝。初举茂才，历官武陵太守、司隶校尉。《东观汉记》载，应奉在武陵，“兴学校，举侧陋，政称远迩”。桓帝末，党事起，奉乃慨然以疾自退。追愍屈原，因以自伤，著《感骚》三十篇，数万言。应奉著作，还有《汉书后序》、《洞序》九卷等。《后汉书》载其《上书谏立后》及《理李膺等疏》。

应劭，奉子。少笃学，博览多闻。灵帝时举孝廉，辟车骑将军

① 《后汉书·周举传》，第 2023 页。

② 蔡邕：《汝南周勰碑》，见严可均《全后汉文》卷七十五。

③ 应顺事、华峤《后汉书》记述较详，范晔《后汉书》之《应奉传》、《陈宠传》亦略载其事。

何苗掾，以高第出为营陵令，迁泰山太守。献帝兴平初，弃郡奔袁绍。《隋书·经籍志》载，应劭著有《汉书集解》与《汉书集解音义》二十四卷，《汉官注》五卷，《汉官仪》十卷，《汉朝驳议》三十卷，《风俗通义》三十一卷，《集》四卷（梁时尚全，唐初余二卷）。

应劭《汉朝驳议》，追驳汉朝礼法刑典不当者，以“据正典刑”为宗旨。《后汉书·应劭传》载，劭又删定律令为《汉仪》，于建安元年上奏朝廷。在《奏上删定律令》中，应劭提到了他编集《（汉朝）驳议》三十篇的体例，说：“以类相从，凡八十二事。其见《汉书》二十五，《汉记》四，皆删叙润色，以全本体。其二十六，博采古今瑰玮之士，文章焕炳，德义可观。其二十七，臣所创造。”据此可知，《汉朝驳议》应是一部“以类相从”的类书，其间所涉及的八十二件事有多个来源：《汉书》、《汉记》、古今瑰玮之士所言之事、自己的创作。采自典籍者，应劭采取了“删叙润色”但保存事件全貌的叙述策略；对古今瑰玮之士所言之事，则采取文质并重的选文原则，即“文章焕炳，德义可观”。应劭这种编撰方法对后世史书、类书、总集的编纂是有启发意义的。萧统《文选》的编纂，正是“以类相从”，只是又“略以时间先后为序”，《文选》的选文标准，乃“事出于沉思，义归乎翰藻”，与应劭的“文章焕炳，德义可观”异曲同工。

《后汉书·应劭传》又载：“（建安二年），始迁都于许，旧章堙没，书记罕存。劭慨然叹息，乃缀集所闻，著《汉官礼仪故事》，凡朝廷制度，百官典式，多劭所立。”《汉官礼仪故事》应该就是《汉官仪》。应劭论当时行事，著《中汉辑序》。应劭还著有《风俗通》一书。关于《风俗通》的写作宗旨，本传说“以辨物类名号，释时俗嫌疑”，应劭也在《风俗通义序》中说：“由此言之，为政之要，辨风正俗，最其上也。”综合而论，《风俗通》以“辨风正俗”为主，旨在“为政”，和他的“据正典刑”、删定律令等著述行为一样，都是为了实现济世之志。

应玚，应劭弟珣之子，字德琏。以文章著名，谙熟典制，曹操辟为丞相掾，后为曹魏五官将文学，有《集》五卷。《隋书·经籍志四》载“《应玚集》一卷”，注曰“梁有五卷，录一卷，亡”。可见，应玚文章在陈、隋之时已亡佚严重。

应璩，玚弟，字休琏。博学好作文，善于书记。仕魏，官至侍中。时曹爽专政，璩作诗讽之。《文选·百一诗》注引《楚国先贤传》曰：“汝南应休琏作百一篇诗，讥切时事，遍以示在事者，咸皆怪愕，或以为应焚弃之。”由此可知应璩《百一诗》在当时的影响。有《集》十卷。《全三国文》辑录其书信文二十余篇，从中可以看出，应璩在曹魏文坛上很是活跃。

应贞，璩子。有文学才能。曹魏时官至散骑常侍。

汝南应氏，自应顺至应贞，七代仕宦，以文学著称，有“七世通显”之誉，为汉魏间文学盛族。

汝南好尚学问，故多博学之士。应氏家族学兼擅经、史、律令、诗文、异闻杂著，留下大量著述，这与汝南深厚的文化积淀分不开。应氏家族对汉律、汉官仪、时政、风化等方面都很关注，虽然驳杂，但主线仍是儒家的经世思想。汉魏易代之际，应氏家族入仕曹魏，应玚、应璩兄弟与曹植友善，但保持了家族的独立性与正直传统，未闻谄媚新朝之事，似乎更能体现两汉汝南根深蒂固的儒家传统。

第三节　以“吏”起家的颍川文学家族

东汉时期，颍川在政治、文化领域都比较强势，与南阳、汝南齐名，时有“汝颍多奇士”的美誉，而且，这三郡名士交往甚密，常以群体形象出现，两汉之际与桓灵之际，皆如此。就文学而言，颍川文学家族的地域特点也很突出。其一，颍川“俗多朋党”[①]，文化望族如李膺、钟皓、荀爽、陈寔、韩韶等，或世代联姻，或为世交，彼此奖拔，交结颇深，互相抬举声望，结为利益共同体。[②] 其二，从东

① 班固：《汉书·韩延寿传》，第3210页。

② 见《后汉书》之《党锢列传·李膺传》、《荀韩钟陈列传》及《三国志》之《钟繇传》、《陈群传》等。

汉颍川名士的擅长看，他们在政治、军事等事功上似比在学术文学上更加游刃有余。比如，颍川功臣如冯异、祭遵、王常等，虽然都是儒士，其家却并未像南阳功臣家族那样转型成文化家族。颍川著名的文化家族大多起家于桓灵之际的郡县吏，凭借“吏才”起家，冲破郡县，到达中央，其文学声望远逊于政治名望，李膺、荀淑、陈寔、钟皓、韩韶等家族皆是如此。其三，颍川文学家族，“高仕宦，好文法”，不好章句而尚博通，兼容经学、谶纬、刑名、权术、玄理之学。郭躬家族、王霸家族皆以世善文法著称，即使博贯经史、擅长属文的荀氏家族，除了荀爽、荀悦，其他人也以政治军事谋略见长。汉魏易代之际，荀氏、陈氏、钟氏为首的颍川文学家族应时而变，捷足先登，在曹魏集团里快速发展成高门阀阅。

郭躬家族 东汉最为著名的刑法世家之一。《后汉书》有《郭躬传》。郭躬，字仲孙，颍川阳翟人。家世衣冠。父弘，习《小杜律》。躬少传父业，讲授徒众常数百人。永平中（58—76），辟公府，多次与明帝及公卿论议刑法应用问题。章帝元和（84—87）中，拜廷尉。躬家世掌法律，务在宽平，“决狱断刑，多依矜恕，乃条诸重文可从轻者四十一事奏之，事皆施行，著于令”。永元六年（94 年）卒于官。郭躬今存《上封事》一文，亦是论议刑法应用问题，作于章和元年（87 年）。

郭晊，躬中子，亦明法律，官至南阳太守，政有名迹。

郭镇，郭躬弟之子。少修家业。辟太尉府，再迁，安帝延光中（122—126）为尚书，再迁尚书令，拜河南尹，转廷尉，免。顺帝永建四年（129 年），卒于家。

郭祯，镇子，亦以精通法律至廷尉。

郭镇弟子禧，少明习家业，兼好儒学，有名誉，桓帝延熹中（158—167）亦为廷尉。灵帝建宁二年（169 年），代刘宠为太尉。禧子鸿，至司隶校尉，封城安乡侯。

“郭氏自弘后，数世皆传法律，子孙至公者一人，廷尉七人，侯者三人，刺史、二千石、侍中、中郎将者二十余人，侍御史、正、监、平者甚众。”①

郭躬以法名家，却非文法俗吏，所参与论议或纂写的法令条文多被朝廷采纳，甚至成为东汉法令条文。而且，郭躬的刑法思想融合了儒家倡导的“矜恕”思想，从他引用“周道如砥，其直如矢”等经典看，他对儒家经典不陌生。东汉“文”的概念较为宽泛，涵盖一切文理清晰的篇章，因此，郭躬家族也可视为文学家族。

荀氏家族 颍川颍阴荀氏，以荀淑为创始人。荀淑是荀子十一代孙，少有高行，博学而不好章句，多为俗儒所非，而州里称其知人。安帝时征拜郎中，后再迁当涂长，去职还乡里。当世名贤李固、李膺等皆师宗之。梁太后临朝时，荀淑举贤良方正，对策，讥刺贵幸，为大将军梁冀所忌，出补朗陵侯相。不久，弃官归郡，闲居养志。桓帝建和三年（149年）卒。荀淑有八子，俭、绲、靖、焘、汪、爽、肃、专，并有美誉，时人谓之“八龙”。

荀爽，字慈明，一名谞，幼而好学，年十二，能通《春秋》、《论语》，在兄弟中号称“无双”。桓灵之际，荀爽遭党禁南逃，居汉水之滨十余年，以著述为事，时号硕儒。献帝初卒。著有《礼》、《易传》、《诗传》、《尚书正经》、《春秋条例》，又集汉事成败可为鉴戒者，谓之《汉语》。又作《公羊问》及《辩谶》，并它所论叙，题为《新书》。凡百余篇，多所亡缺。《隋书·经籍志·经部》载荀爽《周易注》十一卷。著名学者陈启云认为，荀爽易学是“广博地利用儒家和非儒家的传统来表达强烈的反王朝学说”②。今存文五篇。《延熹九年举至孝对策陈便宜》和《女诫》皆依经立义，以回归三纲五常、厘正风化为旨，说经气息很浓。《贻李膺书》乃晚年之作。灵帝初，士人领袖李膺名高天下，荀爽“欲令屈节以全乱世”，作此文以劝。文章论时事如洞中观火，文气平和，用辞雅练，如“愿怡神无事，偃息衡门，任其飞沉，与时抑扬”等语，形象隽永，在荀爽今存文章中最有文采。《隋书·经籍志·集部》有《荀爽集》一卷，注曰“梁三卷，录一卷”。

---

① 《后汉书·郭躬传》，第1546页。

② 陈启云：《荀悦与中古儒学》，辽宁大学出版社2000年版，第34页。

荀悦，字仲豫，荀俭之子。年十二，能说《春秋》。性沉静，尤好著述。初辟镇东将军曹操府，迁黄门侍郎。献帝颇好文学，荀悦与从弟荀彧及少府孔融侍讲禁中，旦夕谈论。累迁秘书监、侍中。荀悦有志经邦济世，却谋无所用，乃作《申鉴》五篇，“其所论辩，通见政体”。后来，献帝让荀悦依《左氏传》体做《汉纪》三十篇。范晔说，《汉纪》“辞约事详，论辨多美”。事见《后汉书》本传。

荀彧，字文若，荀绲子。初平二年（191 年），荀彧以曹操有雄略，能匡扶汉室，遂追随曹操，操比之于张子房。曹操“每征伐在外，其军国之事，皆与彧筹焉”。建安十七年（212 年）卒。荀彧今存文数篇。其中，《报曹公书》劝曹操与袁绍在官渡决战，《迎驾都许议》劝曹操迎献帝建都于许，论民心向背，较敌我短长，高瞻远瞩，对汉末局势影响重大。

彧从子荀攸，曹操重要谋士。今存两文，皆劝进曹操称魏公，借古媚今，矫情曲意。

荀淑与同郡韩韶、陈寔、钟皓都曾为县长，有德政，为士大夫所景慕，有“颍川四长”之誉。当时，在朝颍川名士李膺又为二人延揽声誉，曰：“荀君清识难尚，钟君至德可师。”桓灵之际，士大夫与宦官争夺政治文化领导权，荀淑、荀爽、荀翌（淑孙）及同郡李膺、杜密、贾彪、陈寔、钟皓等都是这场斗争的领军人物。可以说，经由察举入仕的颍川士族的群体崛起正以此为标志。他们是继以冯异、祭遵为代表的功臣群体之后又一次引领时代风气的颍川精英。

建安中，颍川士成为政治军事舞台上的耀眼群星，荀彧是其中最亮的一颗。《后汉书·荀彧传》说：“及帝都许，以彧为侍中，守尚书令。操每征伐在外，其军国之事，皆与彧筹焉，彧又进操计谋之士从子攸，及钟繇、郭嘉、陈群、杜袭、司马懿、戏志才等，皆称其举。”这群谋士，除了司马懿之外，全是颍川人，他们俱为曹操所倚重。

综上所述，在东汉晚期的政治文化领域，自荀淑为当世名贤李固、李膺所“师宗”，到汉末荀彧为曹操筹谋举贤，再到荀攸为曹魏建国竭尽才智，荀氏家族开汉魏转型的风气之先，为天下士族所归望，其家族文化也因此具有了较为鲜明的时代特征与地域个性：度越章句，融儒法刑名为一体；应时达变，从经学转为智术，最终实现了骋才济世的梦想。颍川荀氏在魏晋以后，再度转向学问传家。荀彧诸子并善儒学，诜、觊又精通法令，粲则“独好言道”，是早期玄学名士。①

陈寔家族　陈寔，字仲弓，颍川许人，桓灵之际著名党人，灵帝中平四年（187 年）卒，海内名士谥为“文范先生”。陈寔出身单微，少为县吏，官至太丘长。他“有志好学，坐立诵读”，受业太学，又师从著名学者南阳樊英。现存志怪小说《异闻记》残篇，见于葛洪《抱朴子·内篇·对俗》。陈寔有六子，纪、谌最知名。

陈纪，字元方，以名德称。献帝初，拜五官中郎将，迁侍中。出为平原相，追拜太仆，又征为尚书令。建安中拜大鸿胪，卒于官。著有《陈子》数万言。《三国志·魏志》本传录其《肉刑论》一文，又见袁宏《后汉纪》三十。陈纪是汉末名儒，曾为大将军何进所辟，邯郸淳《汉鸿胪陈纪碑》说陈纪“研几道艺，涉览文学”②。陈谌，字季方，与兄陈纪名望相埒。

陈群，字长文，陈纪子。先为豫州牧刘备别驾，后为司空曹操西曹掾，治书侍御史，参谋丞相军事。魏文帝时，历官尚书仆射、尚书令、领中护军录尚书事。魏明帝即位，迁司空。建安中，陈群曾与孔融争论汝颍人物优劣，今仅存的一句乃夸赞荀彧兄弟子侄“当今并无

---

① 颍川是先秦法家诸子如韩非子、申不害的故乡，具有深厚的法家文化积淀。东汉时，颍川郭躬家族，“数世皆传法律”，永平中，郭躬在郡讲授《小杜律》，徒众常数百人。颍川王霸亦“世好文法”，钟皓家族“世善刑律”，王常、李膺等颍川士也曾做过执掌刑法的官吏。颍川荀氏是荀子之后，荀子“隆礼重法”，颍川荀氏继承了这一家学传统。如荀爽曾论“尚主之法”，荀彧支持曹操“法令严明”，荀彧子诜参与了曹魏律令议定，并撰写《新律十八篇》和《律略论》。西晋时，武帝命贾充定律，荀彧子觊和荀爽曾孙勖均典掌其事。荀氏家族文学以博通达变见长，汉时兼修儒法，到了魏晋之交，还出现了玄学先锋人物。《三国志·荀彧传》注引何劭《荀粲传》曰：“粲诸兄并以儒术论议，而独好言道。常以为子贡称夫子之言性与天道不可得闻，然则六籍虽存，固圣人之糠秕。”荀勖还以精通音乐、目录学见称，他的《中经新薄》是目录学名作。

② 严可均：《全三国文》卷二十六。

对”，显示出较强的本土意识与乡谊情结。曹魏时，陈群为鼎足之臣，参与了诸多重大时政论议，包括刑律、礼制、历法等，其文今存《全三国文》卷二十六，有十多篇。有《集》五卷。

陈寔家族崛起于桓灵之际，祖孙三代自县小吏而逐级升迁为县长、卿、公，是汉魏易代之际从平民成长为门阀的颍川士族代表。陈寔之学，杂取经学、谶纬、小说异闻，陈纪、陈群父子活跃于曹魏政坛文坛，擅长刑名论辩，谙习汉朝礼法，魏代典制多得其力。汉魏之际，文化思潮经历了从经谶杂学到刑名之学的转型，陈寔家族的文章正反映了这一时代特色。

钟皓家族　钟皓，字季明，颍川长社人。《后汉书》本传载，钟皓为郡著姓，世善刑律，与李膺家世代姻亲。入仕前，略曾隐居密山，以诗、律教授，门徒千余人。后为郡功曹，引同郡陈寔为友，又与荀淑同为士大夫所归慕。李膺常叹赏说：“荀君清识难尚，钟君至德可师。”[①] 史料显示，颍川四大家族钟皓、陈寔、荀淑、李膺相互提携延誉，不无朋党之嫌。从四大家族时间看，李膺家族最早，荀氏、陈氏继之，钟氏稍晚。李膺之祖李修为安帝时太尉，父为赵国相，李膺本人曾为司隶校尉，是桓灵之际的党人领袖，名满天下，得其叹赏者，时人誉为“登龙门”。李膺对荀、陈、钟等后进士人的奖掖，无疑会助推他们的兴起。钟皓官拜林虑长，未就任，卒于家。《后汉书》本传说：“诸儒颂之曰：‘林虑懿德，非礼不处。悦此诗书，弦琴乐古。五就州招，九应台辅。逡巡王命，卒岁容与。’”钟皓本人通诗书，善刑律，但交游不广，未曾做官，亦无文章流传，可以推断，他的声望应该主要是在颍川，称颂他的“诸儒”也是颍川士人。

钟瑾，钟皓兄子，好学慕古，有退让之风。

钟繇，钟皓之孙，建安中为司隶校尉，曹魏建国，官至太尉。钟繇善刑律，亦善书法，为一代书法名家。今存奏议、表章、书信等，共十余篇。钟繇之文，明快晓畅，文字简易，已具魏晋清隽之气。

---

① 《先贤行状》作“陈、钟至德可师”，见《三国志·魏志·钟繇传》注。

《贺捷表》作于建安二十四年，清隽绮丽，如“表里俱进，应期克捷，馘灭凶逆。贼帅关羽，已被矢刃。傅方反覆，胡修背恩，天道祸淫，不终厥命”，如顺江而下，一气呵成；“奉闻嘉熹，喜不自胜。望路载笑，踊跃逸豫”诸语，神情毕肖，生动自然。

钟繇之子钟毓、钟会，均为魏晋名士，各有文集。钟会著有早期玄学名著《四本论》、《老子注》等。

钟氏家族，乃汉晋间的刑律、书法、文学名族，其家族文化既具典型的颍川风格，又有汉魏文化转型中的过渡色彩。

颍川经学名家张兴、张鲂父子，以《梁丘易》教授。《后汉书》写入《儒林列传》。光武帝建武年间（25—56），张兴被举孝廉，迁博士。永平十年（67 年）拜太子少傅，“显宗数访问经术。既而声称著闻，弟子自远至者，著录且万人，为梁丘家宗。十四年，卒于官”。张鲂，少传父业，官至张掖属国都尉。张氏父子没有文章见录，史传也没记载他们的著述情况。

功臣儒将冯异，“好读书，能《左氏春秋》、《孙子兵法》”。冯异文章，如《上书自讼》与《遗李佚书》，儒雅明练，然而，冯异宗族竟无人以经学或文史著于史籍者。祭遵和王常的情况也与张兴、冯异类似。个中缘由不得而知，但如此众多著名的儒士之家竟然“后继无人”，或与颍川士人高仕宦而不重文学有关。

颍川著名文学家还有刘陶。刘陶，字子奇，一名伟，颍川颍阴人，济北贞王刘勃之后，生活在桓、灵时期。刘陶以志趣交友。“好尚或殊，富贵不求合；情趣苟同，贫贱不易意。同宗刘恺，以雅德知名，独深器陶”。刘陶的交友原则体现的是德行为首的汉代价值观，朱穆、延笃、李膺、刘梁（东平人）等人也是如此，这种高标自持的身份意识与伦理观念正是六朝士族价值观的核心，中古门阀士族文代已初具形态，刘陶是先行者之一。不过，刘陶与颍川士人的交往似乎并不密切。李膺、荀淑、杜密、贾彪等颍川名士皆与刘陶同在朝廷，然而，除了刘陶曾在《上疏陈事》中称赞李膺是国家柱臣之外，并未见到刘陶和颍川士人之间的交往记录。南阳朱穆因惩治宦官遭贬，时为太学生的刘陶上疏为之申冤。朱穆为人贞刚，认为比周伤义，偏党毁俗，有志打击朋游之私，遂著《绝交》之论，又“感时浇薄，慕尚敦笃，乃作《崇厚论》”①。刘陶以志趣交友，不苟合世俗，与朱穆正属同道。据此推测，刘陶对颍川士“好交结”的习尚或许并不赞同。关于刘陶的文学造诣，《后汉书》本传说：“明《尚书》、《春秋》，为之训诂。推三家《尚书》及古文，是正文字七百余事，名曰《中文尚书》。”有《集》三卷。《全后汉文》卷六十五辑录其时政奏疏文5篇。李兆洛评《上疏陈事》说：“迫切之至，亦祖伊微子之旨。伉直动荡，骨气奇高，而华词已开晋宋文章气运。作者亦不自知。”又论《改铸大钱议》说：“忠款激烈，后事如著龟，此之谓立言。危亡之世，痛哭之言，烛照数计而听者藐藐。伯喈诸人封事，无此洞达。”②《诣阙上书讼朱穆》一文，慷慨悲愤，情急气促，倾吐一腔忠诚，如江河贯注，救亡图存之心感人肺腑。刘陶文章个性鲜明，彰显出志士仁人忠愤急切的救世情怀与卓尔不群的人格风范，堪为汉末志士文的典范。

总而言之，东汉颍川文人文学在前期、中期都不发达，直到桓灵之际方有起色。令人惊叹的是，颍川荀氏、钟氏、陈氏一旦崛起，即在汉末魏晋文坛占据一席之地，这也是我们关注东汉颍川文学家族的一个重要原因。

比较汝南、颍川两地士族在汉魏易代之际在政治、思想、文化上的取舍，不难发现，汝南士族选择了对汉代传统的“保守”，袁氏、应氏、周氏皆如此；以陈寔、荀爽、钟皓为代表的颍川士人则选择了权变与“更新”，易代之际，他们率先“疏离”了汉代政治文化传统，这也是他们对曹魏政权及其刑名思想很容易接受乃至主动“趋迎”的文化心理基础。魏晋时期的汝、颍士人文学也反映了两地文化传统的地域差异。

---

① 《后汉书·朱穆传》，第1463页。

② 李兆洛：《骈体文钞》卷十一“奏事类”，中州古籍出版社1990年版，第188—189页。

第四节　各有千秋的中州文学望族

东汉中州其他郡国的文学家族，虽然不像上述三郡文学家族那样具有显著的地域特色，但一些著名文学家族的影响很大，其家族文学也各有个性，而且，他们从不同侧面反映了东汉中州文学的整体风貌。为此，我们对中州其他诸郡的著名文学家族及其家族文学也予以论述。

一　世居中州的文学望族

《左传》大家河南郑氏　东汉《左传》学郑齐名贾，郑即河南郑氏。

郑兴，字少赣，河南开封人。少学《公羊春秋》，晚年专攻《左氏传》，积精深思，通达其旨。新莽天凤中（14—20），从刘歆讲正《左传》大义，撰《左传》之条例、章句、传诂，又校《三统历》。《后汉书·郑兴传》述郑兴经学地位，说：“兴好古学，尤明《左氏》、《周官》，长于历数，自杜林、桓谭、卫宏之属，莫不斟酌焉。世言《左氏》者多祖于兴，而贾逵自传其父业，故有郑、贾之学。”两汉之际，郑兴先仕更始帝，后避乱陇西，依附隗嚣，光武帝建武六年（30 年）东归，征拜太中大夫，以监军身份随岑彭、傅俊攻公孙述。公孙述死，留屯成都。坐事左转莲勺令，免。客授阌乡，三公累辟，不就。

郑兴足迹遍及大半个中国，开阔的视野让他学识更为通达。郑兴的奏疏文章，识见高远，骨气清拔，绝无滞重之感，这和他阅历深广不无关系。今存文三篇，即《说更始西都长安》、《说隗嚣不称王》、《日食上疏》皆作于两汉之交。前两文皆游说文章，引经传以立意，从容沉稳，辞简意明，务实重用，颇能反映此期游说文的特征。《日食上疏》一方面遵循了董仲舒以来“天人感应”的思路，一方面审时度势，提出切实的解决方案，颇能代表汉儒政治家特有的思维方式和表述习惯。范晔论郑兴奏疏“依经守义，文章温雅”，实不刊之论。

兴子郑众，字仲师。十二岁从父受《左氏春秋》，力精于学，明《三统历》，作《春秋难记条例》，兼通《易》、《诗》，作有《春秋删》十九篇。郑众才智高明，行迹广远，眼界胸襟皆非寻常之士可比。汉明帝永平初，以精通经学给事宫中，迁越骑司马。奉使匈奴，不为折节，匈奴称其“意气壮勇”。永平末，拜军司马，与虎贲中郎将马廖击车师，至敦煌，拜为中郎将，使护西域。迁武威太守，谨修边备，虏不敢犯。迁左冯翊，政有名迹。建初六年（81 年），为大司农，八年卒官。今存奏疏三篇，又有礼制文若干。郑众奏疏，气势充沛，抑扬顿挫之间，颇见其矜重威严的个性风貌，迥异于其父的“温雅”文风。子安世，亦传家业。

郑兴曾孙郑太，字公业，智略过人。灵帝末，郑太知天下将乱，乃暗交豪杰，名闻山东。郑太富有辩才，智答董卓，他的“十对”，慷慨从容，一气呵成，人情物理各得其宜，精练生动，文采斐然。如说关中民风一段：“关中诸郡，颇习兵事，自顷以来，数与羌战，妇女犹戴戟操矛，挟弓负矢，况其壮勇之士，以当妄战之人乎!”寥寥数语，简劲形象，间以细节描绘、两相对比，更添说服力。

综观郑氏家族，经学通博，政事明达，既有汉代儒士坚贞忠勇的节操，又有随时权变的智略，郑兴、郑众、郑太之文，皆简劲有力，语随气转，气随意行，抑扬顿挫，彰显出了矜重沉稳的大丈夫气概，与张酺、郅恽等充满说经气味的文章迥然不同。

清廉鸿儒之家弘农杨氏 东汉以经学入仕的高门望族，以经传家，兼善文史，是历两汉四百年而高宦不绝、名德相继的文化望族。

东汉弘农杨氏创基祖杨震，字伯起，华阴人，廉洁自修，以“四知太守”闻名天下。八世祖喜，高祖时有功，封赤泉侯。高祖敞，昭帝时为丞相，封安平侯。杨喜以后，杨氏五世将相，为弘农第一望族。父宝，习《欧阳尚书》。哀、平之世，隐居教授。杨震少好学，受《欧阳尚书》于太常桓郁，明经博览，无不穷究。诸儒为之语曰：“关中孔子杨伯起。”杨震隐居教授。安帝永初中（107—114），应大将军邓骘辟除，年已五十。历官州牧、九卿、司徒，延光二年（123

年）为太尉。在位忠贞不挠，屡次上疏劝谏安帝远离奸佞近侍。延光三年被诬自杀。杨震今存五篇奏疏，作于安帝亲政期间，皆依经义立论。

震有五子，中子杨秉一脉最得真传。

秉，字叔节，汉桓帝延熹八年（165年）卒。少传父业，兼明《京氏易》，博通书传，常隐居教授，“四方学者，自远而至，盖愈三千”①。年四十方应征辟。桓帝即位，秉以明《尚书》征入劝讲。杨秉今存奏议八篇，多关乎桓帝朝宦官干预吏政之事。

秉子赐，字伯献，谥“文烈侯”。少传家学，笃志博闻，常退居隐处，教授门徒，不应征辟。建宁初，杨赐以博通《尚书桓君章句》且素有名望，入宫侍讲灵帝。今存奏议，以劝谏灵帝亲贤臣、远佞巧、节制游乐为主旨。

赐子彪，字文先，少传家学，屡辞征辟。灵帝熹平中（172—178），以博习旧闻征拜议郎，历官郡守、郎将、九卿，亦官至太尉。杨彪曾和蔡邕等人一起在东观著作《汉记》。献帝都许，彪还对《汉记》做了整理和补订。彪仅存《答曹公书》一文，载于《古文苑》，叙述平稳，深婉哀切。

彪子修，字德祖，好学，有俊才，建安著名文学家，有赋、颂、碑、赞、诗、哀辞、表、记、书，共十五篇，有《集》二卷。杨修之文，如《节游赋》、《神女赋》、《答临淄侯笺》等，华藻馥郁，文气俊朗。

弘农杨氏，汉初以军功起家，历世官宦。西汉末，杨宝研习《欧阳尚书》，以此传家，从此，杨氏开始向经学世家转型。安帝永初中，五十岁的杨震“经明行修”，被誉为“关西夫子”，大将军邓骘慕名征为掾属，弘农杨氏经学显宦之路从此开通。此后，秉、赐、彪皆少传家学，常隐居教授，晚应征辟，官至太尉，以廉洁清白著称，秉、赐以《欧阳尚书》为帝师。建安中，孔融论曰：“杨公四世清德，海

① 蔡邕：《蔡中郎集·太尉杨秉碑》，张溥《汉魏六朝百三家》本。

内所瞻。"① 确为公允之论。

杨震家族自震至彪，四世公卿，奏疏议对之文，广引六经，博征旧闻，质实典重，有浓厚的说经气。与汝南袁氏相比，两家都是经学显宦名族，但是，袁氏子孙常少历显位，杨氏子孙常隐居教授，晚应征辟；杨氏以"文德"传家，"宦"似为副业，袁氏以"显位"荫子，"学"似为从属；杨修和袁绍分别以"幕府文士"和"诸侯盟主"身份驰名于汉末，似合乎杨、袁两族的"家教"逻辑。或许正因如此，两家文章各有其个性：杨氏文矜持，袁氏文通达；杨氏文典重，袁氏文简易。当然，杨修之文已是注重文采性情的文士之文了。

文采华茂的陈留蔡氏 陈留圉县蔡氏，世为著姓。西汉末，蔡勋以儒学德行知名天下，不仕王莽，与卓茂、鲍宣等并称"六君子"。勋六世孙蔡邕是灵、献时期的文坛领袖，献帝初官至左中郎将。灵帝时，蔡邕与卢植、韩说等同在东观著作《汉记》，作《灵帝纪》及《十意》，又补诸列传四十二篇。所著诗、赋、碑、诔、铭、赞、连珠、箴、吊、论议、《独断》、《劝学》、《释诲》、《叙乐》、《女训》、《篆艺》、祝文、章表、书记，凡百四篇，传于世。张溥《汉魏六朝百三家》有《蔡中郎集》。邕叔父蔡质，灵帝时官至卫尉。《隋书·经籍志·史部》有蔡质《汉官典职仪式选用》二卷。蔡邕之女文姬，博学有雅才，善属文，今存五言体《悲愤诗》。蔡邕在南北文化交流传播、文风演变以及扩大中原文学影响等方面，对汉魏文坛影响很深，我们将在第四章第二节《蔡邕的文化行迹及文学艺术活动》中详加论述。

以文著称的梁国夏氏 梁国蒙人夏恭，字敬公，生活在两汉之际，建武中官至太山太守。习《韩诗》、《孟氏易》，讲授门徒常千余人。恭善为文，著赋、颂、诗、《励学》凡二十篇。子牙，少习家业，著赋、颂、赞、诔凡四十篇。举孝廉，早卒。夏氏父子入《后汉书·文苑列传》，作品全部亡佚。

帝师之家沛郡桓氏 沛郡桓氏发迹于汉明帝之时。东汉一代，桓

① 《后汉书·杨彪传》，第1788页。

氏父子兄弟，代为帝师，居家洛阳，是东汉一代最为尊荣的学问世家，也是典型的累世居洛的文化望族。桓氏子弟如桓麟、桓彬亦善属文，桓彬与蔡邕友善。范晔论之曰：“中兴而桓氏尤盛，自荣至典，世宗其道，父子兄弟代作帝师，受其业者皆至卿相，显乎当世。”①

桓荣，字春卿，沛郡龙亢人。建武十九年（43 年），年六十余，始辟大司徒府，不久拜议郎，以《欧阳尚书》授太子刘庄（即汉明帝），建武二十八年迁太子少傅，三十年拜太常。永平中，荣以师傅之恩备受亲重。本传云：“荣每疾病，帝辄遣使者存问，太官、太医相望于道。及笃，上疏谢恩，让还爵士。帝幸其家问起居，入街下车，拥经而前，抚荣垂涕，赐以床茵、帷帐、刀剑、衣被，良久乃去。……荣卒，帝亲自变服，临丧送葬，赐冢茔于首山之阳。”桓荣自入洛为官便长居洛阳，在洛阳生活了二十多年。桓荣在河南的冢茔地也成了桓氏子孙的“祖茔”，洛阳也因此成为桓氏第二“故乡”。桓荣仅存《上疏皇太子》一文，作于洛。

桓郁，桓荣子。少在京师，以父任为郎，传父业。永平中为侍中，以《尚书》授皇太子刘炟。永元中，又授和帝《尚书》，官至太常，永元五年卒。桓郁经学精深，有两大学术成就引人瞩目。一是在宫中校订汉明帝所著的《五家章句要说》；二是把父亲删减过的桓氏章句再作删减，时人号称《桓君大小太常章句》。这两部经书不仅成为明帝以后历代汉帝必学之书，也成为桓氏弟子入仕的“祖传秘笈”。桓氏尚书章句是东汉经学史上的显学。桓郁为章帝、和帝两代之师，地位显赫，门生杨震、朱宠皆官至三公。桓郁今存《上疏皇太子》一文，作于洛。

桓焉，桓郁子。少以父任为郎，至顺帝汉安二年（143 年）卒，一生居住在洛阳。永初元年，入授安帝，官至太子太傅。顺帝即位，再度入宫为帝讲授经学，官至太尉。弟子传业者数百人，黄琼、杨赐最为显贵，皆官至三公。桓焉无文流传。

桓典，字公雅，桓焉孙，传其家业。桓典生活在灵、献之时，遭

① 《后汉书·桓荣传》，第 1261 页。

世乱，不再长居洛阳，但是，他的活动区域仍以中州为主。曾以《尚书》教授颍川，门徒数百人。灵帝熹平中（172—178），辟司徒袁隗府，拜侍御史，在位七年，转为郎。此后，桓典一直居官洛阳。献帝初平元年（190 年）始随献帝蓬转，先至长安，再到许都，官至光禄勋。建安六年（201 年）卒。桓典无文留存。

桓麟，字元凤，桓郁孙。桓帝初为议郎，侍讲宫中。出为许令。著碑、诔、赞、说、书凡二十一篇，有《集》二卷。桓麟一生都生活在中州。今存《七说》和《太尉刘宽碑》两文。

桓彬，桓麟子。彬少与蔡邕齐名。初举孝廉，拜尚书郎。光和元年（178 年）卒于家，时年四十六，“诸儒莫不伤之”。这里所说的“诸儒”当指在洛都与桓彬交好的儒士大夫。据卒年推知，桓彬生于顺帝阳嘉二年（133 年），与蔡邕同岁。从现存史料看，桓彬生长洛阳，为官洛阳，晚年因得罪中常侍曹节遭禁锢。桓彬著《七说》及书，凡三篇。蔡邕等文学名士对桓彬很推崇，认为他的过人之处有四：“夙智早成，岐嶷也；学优文丽，至通也；仕不苟禄，绝高也；辞隆从窳，洁操也。”①

律法名家沛郡陈氏 陈宠，沛郡洨人。曾祖父咸，成、哀间以律令为尚书。陈宠、陈忠父子，世传家业，以明晓律令仕至公卿，长居京师。陈氏父子明经，能属文。范晔《后汉书·郭陈列传》说陈宠“虽传法律，而兼通经书，奏议温粹”。陈忠奏疏，弘雅温丽，切理达情，多为明杨士奇等人编纂的《历代名臣奏议》所收录，元陈仁子《文选补遗》亦收录多篇。

永平十七年（74 年），陈宠辟于司徒鲍昱府，从此仕于洛阳。章帝即位之初，陈宠为尚书。当时，承永平旧典，吏政严切。陈宠上疏奏请推行宽和之政。章帝敬纳宠言，“每事务于宽厚”，东汉严苛之政从此宽缓。章帝在位十三年，期间，陈宠一直为尚书，秉正为公，朝廷器之，窦宪恨之。章和二年（88 年），章帝崩，和帝幼年即位，窦氏辅政，外任陈宠为泰山太守，转广汉太守。大约四五年后，和帝

① 《后汉书·桓彬传》，第 1261 页。

听说陈宠刚正不阿，遂擢为大司农，陈宠再度入仕洛阳。永元六年(94年)，迁廷尉，“数议疑狱，常亲自为奏，每附经典，务从宽恕，帝辄从之，济活者甚众。其深文刻敝，于此少衰”。[①] 其后，历仕尚书、大鸿胪，司空，一直居官京都，直到去世，号称“任职相”。殇帝延平元年（106年）四月卒。陈宠自入仕司徒府，到卒于司空之位，中间只有四五年时间外任郡国，其余二十七八年都在洛阳为官，仕途顺达，生活稳定。

陈忠，字伯始。安帝永初中（107—113）辟司徒府，三迁廷尉正，以才能著称。元初中（114—120），司徒刘恺举忠明习法律，由此擢拜尚书。后迁尚书仆射、尚书令。延光三年，拜司隶校尉。延光四年（125年），再为尚书令，不久即卒。忠父陈宠晚年一直居官洛阳，陈忠青少年时代很可能在洛阳生活。自永初中入仕，到延光四年卒，一二十年间，陈忠一直仕于京畿，是安帝时期为人敬重的朝廷重臣。陈忠，明法律，通经学，所上奏疏皆关乎要政，倡导以人为本，宽政爱民，礼遇大臣，反对外戚和近侍干政，如《上书疏通帝意》、《因灾异上疏劾中侍伯荣》、《上书谏因灾异免三公》、《议救西域疏》等，论事议理，透彻明晰，行文简练流畅，平易雅正，为汉代奏疏佳作。今存文章一律为奏疏，皆作于洛阳。

沛郡陈氏以明习法律为业，兼修经学，凭此而仕，世居京都，从州郡之吏稳步上升，最终突破地域之限，成为儒法传家的公卿之家，不仅为中州文学添光增彩，于国家文明之进步亦贡献不小。

二　自外迁入的中州文学望族

中州作为八方辐辏的政治文化中心，一些外地名士因为做官、讲学或其他原因迁居中州，成为中州人，其中也有一些著名文学家族。这些迁入的文学家族，保留着某些本土文化的因子，他们在中州的文学活动也就多了一些异地色彩，中原文化也因此更加丰富多彩。

从楚国迁入河南的皇族刘恺家族　刘恺家族是从封国楚迁入河南

① 《后汉书·陈宠传》，第1554页。

的西汉皇族后裔，著名经学世家，名公之家。

刘恺父刘般，汉宣帝玄孙，以经学著称，封居巢侯，后入朝为官，历仕公卿，深得明、章二帝敬重。刘般入洛在永平十年。当时，明帝征刘般行执金吾事随行巡狩，从至南阳，还为朝侯。明年，兼屯骑校尉。自此，刘般一直任职京都，其家亦迁居洛阳。《后汉书·刘般传》："肃宗即位，以为长乐少府。建初二年，迁宗正。般妻卒，厚加赠，及赐冢茔地于显节陵下。般在位数言政事。其收恤九族，行义尤著，时人称之。"章帝赐予刘般妻的冢茔地自然是赐予刘般的。刘般今存奏疏两篇，平实，简短。

刘恺于和帝永元十年（98 年）征为议郎，此后一直居官洛阳，安帝元初中官至司空、司徒。于永宁中（120—121）入籍河南郡。《后汉书》本传曰："永宁元年，称病上书致官，有诏优许焉，加赐钱三十万，以千石禄归养，河南尹常以岁八月致羊酒。时安帝始亲政事，朝廷多称恺之德，帝乃遣问起居，厚加赏赐。"河南尹每年八月送羊酒到刘恺家，可见他已定居并入籍河南。建光元年（121 年）七月，安帝征刘恺为太尉，在位三年。"性笃古，贵处士，每有征举，必先岩穴。""以疾乞骸骨，久乃许之，下河南尹礼秩如前。岁余，卒于家。诏使者护丧事，赐东园秘器，钱五十万，布千匹。"看来，刘恺家宅、族茔均在河南郡内。

刘恺今存《牧守宜同服制议》及《臧吏不得禁锢子孙》，"论议引正，辞气高雅"，以崇化厉俗为务。恺少子茂，亦好礼让，桓帝时为司空，曾上书为李膺、陈蕃等党人辩讼。

刘恺家族是西汉皇族后裔，恭修儒术，生死践履，已进入文学士人行列，在东汉时期的西汉宗室中很有代表性。陈留刘昆、刘轶父子，东平刘梁与刘桢父子，河间刘淑，东莱刘岱，江夏刘焉、刘璋父子，山阳刘表等，均是西汉皇族后裔，他们尊儒好学，颇有经学修养，官至公卿牧守，笃古礼贤，对东汉政坛、文坛的影响是非常深刻的。东汉宗室亦尊儒好学，礼遇士人。从两汉皇族出身的士人对经学与礼乐传统的遵奉态度可以看出，汉代儒学已经渗透到政治、文化、社会心理等各个层面，从日用常行到意识形态，儒文化的气韵随处可感。《资治通鉴》说："自三代既亡，风化之美，未有若东汉之盛者也。"[①] 顾炎武也说："三代以下风俗之美，无尚于东京者。"[②] 东汉士风之美，经学之盛，文章之儒雅淳厚，两汉宗室亦贡献不菲。

从蜀郡迁入河南的学术宗师张霸家族 在迁入中州的文化家族中，张霸家族是典型的学术家族。东汉时，蜀郡盛行今文经学，又因当地悠久的神巫文化的浸染，蜀郡士人对图谶之学和方术尤其推崇。张氏博通经学谶纬之术，入籍河南后，对当地文化产生了广泛影响。张霸，字伯饶，原本蜀郡成都人。《后汉书·张霸传》载张霸家族之事，《华阳国志》也有记载。张霸踏入中州始于游学，寓居中州是因做官。张霸少好学问，七岁通《春秋》。永平中（元年至十年间）入洛，从长水校尉南阳樊鯈研习《严氏公羊春秋》，遂博览《五经》。张霸初入仕也是在洛阳，他以举孝廉拜光禄主事。永元中，曾任会稽太守三年，而后托病辞官回乡。不久，应征回洛，永元十五年前后，迁为侍中。年七十而卒。张霸临终，遗令诸子薄葬，说："今蜀道阻远，不宜归茔，可止此葬，足藏发齿而已。务遵速朽，副我本心。人生一世，但当畏敬于人，若不善加己，直为受之。"东汉方士对待生死较常人更超脱一些，蜀郡方术盛行，张霸自小受其熏陶，中原礼仪观念对他的束缚要少一些，故而主张薄葬所卒之地。张霸诸子遵从父命，将霸葬于河南梁县，并举家迁居于此。张霸家族从此成为河南人。

霸中子张楷，字公超。张楷学问为人仰慕，无意之间，竟在河南、弘农一带创造了一种特殊文化景观——"公超市"。《后汉书·张霸传》载，楷通《严氏春秋》、《古文尚书》，门徒常百人。宾客慕之，以至"车马填街，徒从无所止，黄门及贵戚之家，皆起舍巷次，以候过客往来之利"。张楷不喜如此，常迁徙居处。后来，他隐居弘农山中，学者随之，所居成市，时间久了，华阴山南遂有"公超市"。张楷还好道术，能做五里雾，不愿入仕，顺帝时曾被司隶举茂

① 《资治通鉴》卷六十八，中华书局1956年版，第2173页。

② 顾炎武著，黄汝成集释《曰知录》卷十三，上海古籍出版社2006年版，第752页。

才，拜长陵令，但未至官。卒于桓帝时。

楷子张陵，字处冲，桓帝时官至尚书。陵弟玄，字处虚，沉深有才略，以时乱不仕。灵帝中平中（184—190），曾劝司空张温诛杀宦官，言辞简劲明快。初平元年（190年）卒。

从敦煌迁入弘农的文艺名族张奂家族 弘农张氏是东汉少见的自边郡迁入中州的文学名族。两汉朝廷禁止吏民擅自迁居，尤其不许边民内迁，张奂家族则是例外。张奂字然明，敦煌渊泉人，桓灵时期的名士，与安定皇甫规（字威明）、武威段颎（字纪明）号称“凉州三明”，灵帝光和四年（181年）卒。桓、灵之时，西北的羌、氐、匈奴、乌桓等常侵寇汉朝边境，甚至攻入三辅，张奂率军镇守，功勋卓著，辞绝封赏，请求迁入内郡，终于在垂暮之年实现夙愿。《后汉书·张奂传》云：“永康元年春，东羌、先零五六千骑寇关中……三州清定。论功当封，奂不事宦官，故赏遂不行，唯赐钱二十万，除家一人为郎。并辞不受，而愿徙属弘农华阴。旧制边人不得内移，唯奂因功特听，故始为弘农人焉。”奂入籍弘农时已年过六旬。

张奂在经学方面颇有造诣。他将45万字的《尚书牟氏章句》删减到9万字，桓帝时上呈朝廷，诏下东观收藏。灵帝建宁、光和中，张奂遭党锢，闭门教授，著《尚书记难》三十余万言。

张奂文才不凡，创作相当丰富，著铭、颂、书、教、诫述、志、对策、章表，凡二十四篇，《隋书·经籍志》、《旧唐书·经籍志》、《新唐书·艺文志》均载其有文集二卷。张奂文学交游比较宽广，与皇甫规、延笃等人友善。张奂今存文章（包括残篇）15篇，多为书信，可以确定作于中州的有5篇。张奂生长敦煌，游学洛阳，后来常年在西北边境带兵，乃一代儒雅名将，其文固有西北将帅豪迈果决之气，又有文士细腻柔婉的情致，为汉末中州文坛增添了异样光彩。

奂长子张芝，字伯英。初辟太尉府，公车征有道，皆不就。善草书，韦诞谓之“草圣”。今存文四篇，其中《与府君书》作于弘农。奂次子张昶，字文舒，亦善草书。建安初，为给事黄门侍郎。仅存文一篇，即《西岳华山堂阙碑铭》，作于弘农。张奂少子张猛，字叔威，建安初，为弘农郡功曹，补武威太守。

张奂家族乃敦煌著姓，与河西文学名士、儒将皇甫规交情颇深，又与延笃、崔瑗、崔寔、张超等众多中州文学名士交游。张奂父子三人多才多艺，学养深厚，门徒众多，在士林中享有很高威望。迁入弘农以后，他们不仅加强了自身与中州士人的文化交流，也带动了河西文士、河西文学向中州地区的流动，成为中州与河西之间文化交流的使者。

关陇迁入河南郡的文化名士李恂　李恂字叔英，安定临泾人，章帝时迁入河南新安县。恂少习《韩诗》，教授诸生，常数百人。《后汉书·李恂传》载，李恂第一次进入中州是为报答安定太守颍川李鸿的举荐之恩，在颍川为之守丧三年。李恂多次出任边郡长官，先后到过幽州、张掖、西域、武威等地，所到之处，恩威并重，在北狄、西羌中享有崇高威望。李恂还是一位当世少有的精通地理的文士，他曾以侍御史身份持节使幽州，“所过皆图写山川、屯田、聚落百余卷，悉封奏上，肃宗嘉之”。永初中，李恂在安定隐居教授，为西羌执获后释放，“恂因诣洛阳谢。时岁荒，司空张敏、司徒鲁恭等各遣子馈粮，悉无所受。徙居新安关下，拾橡实以自资”。新安关在河南郡。像李恂这样有丰富人生阅历和渊博学识的名士，迁居河南之后，必然会在当地形成一个有个性特色的文化交游圈，其影响可想而知。

东汉举家迁入中州的文士家族，有的出于丧葬原因。安土重迁，叶落归根，这是中国古老的文化传统。汉代尊崇孝道，盛行厚葬故土之风，卒于他乡者，子嗣往往要扶柩还乡。但是，一些长期活动在京畿的文学名士，不为流俗丧葬观念所限，主动要求葬于所卒之地，有不少名士就留葬在了中州，其子孙也因此迁徙。

像张奂、张霸、李恂这样具有广泛学术文化影响的名士，他们的成长、发迹，都与其“到中州”和“在中州”的游学、游宦生活密切相关，中州生活对其思想、文化心理产生了正面牵引，这才促使他们举家迁入中州。

诸多外来名士家族入籍中州，具有多方面文化意义：一是反映了章帝以后取士制度的某些变化。章帝取士开“不系阀阅”、“以岩穴为先”之先例，和帝又诏给予边郡取士以人数上的优待，自此，孤寒之士、远郡之士、边郡之士得到了更多入仕机遇，甚至进入中央机构。二是反映了边远孤寒族士人的某些文化心理与士族发展期的分化现象。当时，孤寒之士和边远之士即使官至公卿，仍对自己的寒微出身及偏远故郡很介意，并因此表现出一定的自卑或不自信的文化心理。他们的文章也因此更为谦恭平实，少了些华贵气，与汉末寒士蔑视门第而仗气骋才的高迈作风明显不同。这样的变化恰好显示了东汉中期士族的两极分化，一方面是高门士族的形成，另一方面是文化上的“平民化”倾向。三是士以居住中州而自豪，自偏远郡国迁居中州的士族逐渐增多。这从一个侧面说明，作为政治文化中心的中州获得了相对的“地理优势”和人才优势。中州士人的地域优越感往往表现为居高临下、指点江山的政治主体意识和一些高傲之气，朱穆傲对南阳太守的话即是如此，陈蕃、李膺、范滂、岑晊等中州士人“慨然有澄清天下之志”，也有如此的文化心理。相反，边远郡国之士对自己的“边远身份”很谦卑，政治地理劣势产生了文化心理劣势。桓帝末年，护匈奴中郎将敦煌张奂上书请求迁居弘农郡，会稽王充、江夏黄香、安定皇甫规、武威段颎、汉阳赵壹等人，刻意交结中州名士，蜀郡景毅甚至主动上表说自己是党人，① 这些行为都带有“边人心理”。上述几点在东汉的中州士人文学和边远士人文学中也有相应的表述。

---

① 《后汉书·党锢列传》：“时，侍御史蜀郡景毅子顾为（李）膺门徒，而未有录牒，故不及于谴。毅乃慨然曰：‘本谓膺贤，遣子师之，岂可以漏夺名籍，苟安而已！’遂自表免归，时人义之。”

第四章

中州本土士人与东汉文学嬗变

——以张衡和蔡邕为中心

通观东汉政坛文坛，我们发现，话语权始终由中州本土名士主导，尤其是安帝以后。桓灵时期，党人领袖几乎都是中州本土名士，他们引领了汉魏文化风气的演变。

东汉前期，光武帝经常亲自操管，撰写诏令书函，明帝和章帝也亲预文事，东平王刘苍、沛王刘辅、临邑侯刘复、明帝子陈敬王刘羡等皇族文士也长期活跃于文坛，刘勰谓之“帝则藩仪辉光相照”，皇族文士群实为举足轻重的文化力量之一。东汉皇族来自南阳，帝乡情结很深。光武、明、章时期，皇室王侯多次随皇帝巡狩南阳，一直和南阳士大夫保持着亲善关系。从某种意义上说，皇族文人也是当时中州文化力量的代表。

建武年间，文学创作的核心力量无疑是三辅文士。三辅的马援、班彪、冯衍、杜笃、窦融、杜林、张纯等人在京师文坛享受盛誉。然而，建武前期，关中士大夫在政治领域颇为拘迫。中州士与皇室有地缘之谊，功臣多来自南阳和颍川，关中士人因为归顺较晚，自怀疑惧，以窦融、马援、梁松、张纯为首的关中士人都有意结好皇室、宗室及南阳功臣。就文学之士而言，京兆杜笃“二十年不窥京师”，原因或许并非“目疾”；班彪以“通儒上才”而“守贱薄而无闷容”，也不见得是“守道恬淡之笃”，而很可能是因为“世运未弘”；冯衍未及时归顺，引起光武不满，终建武之世而不得重用，为此郁郁失意。① 建武二十年前后，诸王子和南阳宗室王侯多已成人，竞相招贤纳士，引得不少文学名士投其门下。《后汉书·光武十王列

① 本段引文均出范晔《后汉书》，分别见《文苑列传·杜笃传》、《班彪传》、《桓谭冯衍列传》。

传》载建武中事，云："时，禁网尚疏，诸王皆在京师，竞修名誉，争礼四方宾客。"同书《宗室四王三侯列传》亦云："中兴初，禁网尚阔，而（北海敬王刘）睦性谦恭好士，千里交结，自名儒宿德，莫不造门，由是声价益广。"冯衍一生，唯建武二十年前后稍稍得志，先为诸王所聘请，又很快被辟为司隶从事，这是冯衍后半生政治上最舒展的日子。然而，冯衍能在仕途上小有得意，主要得益于南阳外戚阴兴、阴就兄弟的荐举。

明帝永平中，朝廷文事由宗室临邑侯刘复典掌，在洛三辅文学名士皆围绕在刘复身边"宗事之"。《后汉书·宗室四王三侯列传》曰："初，临邑侯复好学，能文章。永平中，每有讲学事，辄令复典掌焉。与班固、贾逵共述汉史，傅毅等皆宗事之。"贾逵以《神雀颂》一举成名，也是得益于刘复的推荐。① 当时，东平王刘苍以骠骑大将军辅政，班固向刘苍上书，推举李育、晋冯、郭基等三辅文士，诸人因入骠骑将军幕府。永平中，班固颇感屈才，作《幽通赋》慰勉己志，傅毅亦抑郁不平，以"显宗求贤不笃，士多隐处，故作《七激》以为讽"。可以说，明帝时期，三辅文士虽然在创作上占有优势，政治文化地位却不高，致使他们郁郁寡欢。

章帝宽厚，似不拘囿于地缘、血缘，班固、傅毅、贾逵、杨终、崔骃、孔僖等流寓中州的文士都得到尊重优待，然而，王侯、宗室、南阳士对文坛的干预力度却非这些文士可比。如白虎观经学大会为东汉最负盛名的全国性高端学术大会，这是一次钦定经义的大会，明帝子陈敬王刘羡与会。永平、建初中，礼乐典章的建设多采纳东平王刘苍的建议。我们亦可由此管窥皇族文人在学术文化领域的地位。②

① 《后汉书·贾逵传》："时，有神雀集宫殿宫府，冠羽有五采色，帝异之，以问临邑侯刘复，复不能对，荐逵博物多识，帝乃召见逵，问之。对曰：'昔武王终父之业，鸑鷟在岐，宣帝威怀戎狄，神雀仍集，此胡降之征也。'帝敕兰台给笔札，使用《神雀颂》，拜为郎，与班固并校秘书，应对左右。"

② 《后汉书·孝明八王列传》："羡博涉经书，有威严，与诸儒讲论于白虎殿。"《后汉书·光武十王列传·东平王苍传》载，建初元年，刘苍谏修显节陵，章帝从而止。"自是朝廷每有疑政，辄驿使咨问。苍悉心以对，皆见纳用。"章帝初即位，赐东平宪王苍书，说"公卿议驳，今皆并送。及有可以持危扶颠，宜勿隐"。文见严可均《全后汉文》卷五《赐东平王苍书》。

汉安帝时，中州文士群体崛起，从此成为文学创作的主干力量，张衡、蔡邕、曹操各为一代宗师。东观是京师地区文士最集中、创作最活跃、最令文士向慕的文化殿堂。安帝时期的东观文事一直由南阳刘珍、刘騊駼、刘毅等宗室文士典掌；顺帝时期则先后由刘珍、张衡主管；桓帝之世，南阳的延笃、朱穆、邓嗣三人都活跃在东观；灵帝、献帝之时，东观文士则以陈留蔡邕、弘农杨彪等中州士最具影响力。

安顺之际，南阳张衡"艳发"东京，"文以情变，绝唱高踪，久无嗣响"，《二京赋》等名篇横空出世。桓帝朝文坛，南阳延笃最具影响力，当时文学名士如弘农张奂、安定皇甫规、南阳邓嗣、南阳朱穆、陈留边韶、京兆赵岐都聚集在延笃身边。[①] 陈留蔡邕于桓帝时崭露头角，灵帝以后，蔡邕以"旷世奇才"、"经学渊奥"成为京师文坛最引人瞩目的创作先锋，又以好奖掖后进而为汉末文坛宗师。建安文坛，"三曹七子"领文坛之风骚。除此，建安著名文学之士还有陈留边让、弘农杨修、平原祢衡等人，他们也是中州士。而广陵陈琳、北海徐干、鲁国孔融等人的活动范围也以中州为主，其名篇佳作多作于中州。

一言以括之，在东汉文学发展史上，中州本土士人是文坛的领导力量。

在此，我们仅以张衡、蔡邕为例，尝试从不同角度探讨本土人文地理及文学家活动地理对文学创作的影响。关于蔡邕文学，本文的视角有二：一是相对静态的地域文化视角，即探究蔡邕的文学创作与其本土人文环境之间的各种复杂关系；二是动态的文学创作地理与传播地理，主要论述蔡邕流亡吴会期间的文学活动，以及这些活动对促进南北文化的交流及吴会文学发展的作用。关于张衡，我们侧重探究其清灵简畅的诗文风格的内涵及其对汉晋文风的先导之功。

---

① 笔者博士论文《东汉文化演进中的南阳文学研究》（中国社会科学院研究生院，2011 年 6 月）对延笃在桓帝朝的文学地位有详细考述。

第一节　张衡诗文清灵简畅

作为东汉中期成就卓越的文学大家张衡，对汉晋文学影响深远，魏晋南朝论文学风习演变者，每每推崇备至。关于张衡文学，刘勰看重其典雅宏富的时代风格，沈约则赞其音韵清畅、没有“芜音累气”。从文本可以看出，张衡诗文在意境营造、意象塑造和声律运用方面都具有清灵简畅的风格，它代表着东汉中期以后文学发展的方向，对蔡邕等汉末文学家产生了直接或间接的影响。张、蔡的文学“清”风和魏晋南朝以“清”为审美倾向的各体文学之间具有内在一致性，这是文学自身发展的必然。张衡文风的形成主要是受帝乡文化、思维惯式、书画音乐修养以及淡静性情的审美偏好等因素的影响。

张衡之文，据《后汉书》本传载，有“诗、赋、铭、七言、《灵宪》、《应间》、《七辩》、《巡诰》、《悬图》，凡三十二篇”。现存作品，完整的赋有六篇，即《二京赋》、《南都赋》、《思玄赋》、《归田赋》、《髑髅赋》、《冢赋》，残赋五篇，即《舞赋》、《羽猎赋》、《定情赋》、《扇赋》及《鸿赋》;[①] 诗有《四愁诗》、《同声歌》，另有残篇《怨篇》及“歌”二首；文有《应间》和《七辩》（残）。这些作品，除《鸿赋》与“歌”类残句外，均为《文心雕龙》所论及。[②] 本文即以张衡诗赋为主，兼及《应间》和《七辩》等文。

一　“清典”与“艳发”:刘勰、沈约之论

关于张衡文学风格的论述，刘勰与沈约的观点影响深远，后世所论，大体本二人之说。刘勰所论，注重张衡文学典雅宏富的时代代表

---

① （隋）杜台卿《玉烛宝典》卷五载，张衡《逍遥赋》已佚。

② 《文心雕龙》评论的张衡作品还有《讥世论》。《文心雕龙·论说》曰：“张衡《讥世》，韵似俳说。”范文澜注：“《讥世》已佚。”刘勰语见范文澜《文心雕龙注》，第327页，范注在第347页，人民文学出版社1998年版。本文所用《文心雕龙》都是这一版本。

性；沈约以声律论文，标举“平子艳发”、“音韵天成”，称赞张衡诗文没有“芜音累气”。

《文心雕龙》论张衡，以点评单篇诗文为主，多次提及“雅”、“密”、“富”之特征。如《体性》说张衡“虑周而藻密”；《才略》云“张衡通赡”；《明诗》说“张衡《怨篇》，清典可味”，又说“四言正体，雅润为本。……张衡得其雅”；《诠赋》说《二京赋》“迅拔以宏富”；《杂文》以“密而兼雅”评《应间》，以“结采绵靡”论《七辩》等。总之，《文心雕龙》对张衡文风的评论，集中在三个方面，即辞采典雅富丽、文思细密、情兼骚怨。的确，在东汉文坛上，张衡在这三个方面都很有代表性。但是，仅从这几点看，刘勰并未将张衡与班固、傅毅、马融、蔡邕等东汉文学家区分开来，在具体论述中，《文心雕龙》更注重他们的共性特征。如《体性》曰：“孟坚雅懿，故裁密而思靡；平子淹通，故虑周而藻密。”[①]“雅懿”和“淹通”意思相近，均指博贯典籍，五经六艺、诸子百家无不穷究。“裁密而思靡”和“虑周而藻密”，皆为思虑周密、用词精审之意，很难以此区分班、张之不同。《文心雕龙·杂文》论东汉诸家文章，说：“班固《宾戏》，含懿采之华；崔骃《达旨》，吐典言之裁；张衡《应间》，密而兼雅；崔寔《客讥》，整而微质；蔡邕《释诲》，体奥而文炳。……虽迭相祖述，然属篇之高者也。”在此，对班固、崔骃、张衡、蔡邕的文章特点，刘勰的评论几乎是同义词替换，皆典奥富赡之意。东汉是儒学的鼎盛时代，文学与经史尚未分体，[②]儒家对群体价值的高扬往往是以对个体性情的压抑为代价的。这种社会文化环境决定了东汉文学家要极力追求主流社会认同的审美标准——典雅古奥，其结果之一就是东汉文学时代风格鲜明而个人风格比较隐蔽。刘勰对东汉作家的个体风格很少评述，原因或在于此。

---

① 《文心雕龙》，第506页。

② 胡宝国认为：在东汉人的观念，中经与史的区别尚不明确，史学逐渐摆脱经学的束缚而获得独立，是从魏晋开始的；而史学与文学分离，各成一独立学科，是在南朝。见胡宝国《汉唐间史学的发展》之《经史之学》与《文史之学》，商务印书馆2003年版，第30—72页。

当然，仔细分辨《文心雕龙》对单篇作品的评论，还是可以看出刘勰对东汉诸家文风的不同看法。在刘勰看来，张衡文风既“雅”且“清”。如《诠赋》说：“孟坚《两都》，明绚以雅赡；张衡《二京》，迅拔以宏富。”“雅赡”与“宏富”意近，两文的风格差异在于：《两都赋》辞采绚烂，文气浑厚，以颂美为基调；《二京赋》辞采清丽，文气清拔，以讽喻为主旨。浑厚则凝重雄肆；清拔即清秀挺拔：班、张文学确有此不同风格。刘勰曾用“清典可味”评张衡的《怨篇》，也可与此互证。钱基博先生从两赋的句式与节奏加以区分，说：“《西京》全袭班固《西都赋》而语加恢张，参差历落，其文法之变化，亦撷《左氏》之雅练，于整齐中见错落，自成一格，不作排比；此实衡刻意求工，不欲颦《西都》也。《东京赋》则历数大典，安详整暇，气肃而度舒，几欲掩过其上。”① 的确，《两都赋》以整饬雄浑见长，节奏急促；《二京赋》“于整齐中见错落”，清俊朗练，节奏从容舒缓。《两都赋》与《二京赋》的整体风格的差异，不仅反映了班、张二人审美趣味的不同，也大体代表了二人文风的主要特点。

对张衡的文学风格，沈约的看法主要在三个方面：“情志”、“清辞”、“音韵”。他在《宋书·谢灵运传论》中说：

> 自兹（贾谊、相如）以降，情志愈广。王褒、刘向、扬、班、崔、蔡之徒，异轨同奔，递相师祖。虽清辞丽曲，时发乎篇，而芜音累气，固亦多矣。若夫平子艳发，文以情变，绝唱高踪，久无嗣响。至于建安，曹氏基命，二祖陈王，咸蓄盛藻，甫乃以情纬文，以文被质。

沈约强调了张衡文学最为卓特的两个特征：“文以情变”，音韵谐畅而不受芜音负累——这使张衡文学超越群伦，凌迈汉魏。尤其值得注意的是，沈约是永明体诗学理论家，在这篇文论里，他以声律音韵

① 钱基博：《中国文学史》，东方出版中心 2008 年版，第 89 页。下引该书，版本同。

品第文学，将张衡树为汉魏文学音韵上“清”而不“芜”的典范。在沈约看来，比张衡晚几十年的曹植、刘祯等建安诸子对声律之妙尚不娴熟，其“高言妙句，音韵天成，皆暗与理合，匪由思至”，所以，沈约说张衡“绝唱高踪，久无嗣响”。刘勰也注意到了张衡诗篇的韵律特点，说“张衡怨篇，清典可味；仙诗缓歌，雅有新声”。此处之“清”和“新”似兼指内容和声律。

文学由汉到魏的本质转变，首先在于文史之学从经学中独立出来，以其具有独立审美意义的辞藻、音韵、句式等艺术形式来抒发情志。“情志”是文学的内容特质；“清辞丽曲”即辞藻和韵律，是文学的形式特质，文学只有实现了内容特质与形式特质的和谐统一，即“以情纬文，以文被质”，才具有独立审美价值。正是在这种意义上，沈约认为，文学的独立始于三曹父子领导的建安时代。鲁迅说，曹丕的时代是“文学的自觉时代”，或本此说。然而，在沈约看来，文学的独立并非一蹴而就，它经历了“屈平、宋玉导清源于前，贾谊、相如振芳尘于后”的过程，又经两汉文学家——自西汉王褒到汉末蔡邕——代代相继的努力。当然，张衡文章情韵深婉，晋人已有论述。挚虞《文章流别论》说：“若（扬雄）《解嘲》之弘缓优大，（班固）《应宾》之渊懿温雅，（崔骃）《达旨》之壮厉慷慨，（张衡）《应间》之绸缪契阔，郁郁彬彬，靡有不长焉矣。”① 挚虞主要是从情思和节律立论。

刘勰、沈约、挚虞三人对张衡文风的评论，均很简略，甚至语焉不详。因此，我们有必要做进一步的文本分析。

二　清灵简畅：张衡文风之个性

张衡是世界罕见的全面发展的人才，在天文、术数、机械、经学、史学等方面天才纵横，对文学、绘画、音乐也造诣精深，他性情淡静，情思细腻，具有开阔的视野和独到的艺术眼光。因此，张衡文学具有与众不同的情思韵味与艺术境界。古代关于张衡文风的研究，

---

① 《书钞》卷一百，严可均《全晋文》辑入“挚虞文”。

主要是对其语言、情志和音韵等方面的评点，多是粗线条的概括或描述，缺乏具体细致的文本分析。要拓展和深入对张衡文风及其影响的研究，我们有必要细化和深化文本分析，在此基础上深入探究文学发展的“内在理路”，以拓展新的学术境界。

在对张衡经典诗文的阅读体味中，我们发现，张衡诗文已开启了对意境的自觉营造。在“万物静观皆自得”的心境下，张衡用画家的眼睛摄取景观，布设意象，用音乐家的乐感调制作品韵律，他天文学家的眼光可以穿越宇宙时空，他诗人的思维随时可以“上下翻飞”。张衡笔下的人物和景象具有灵动的气韵，他的诗赋和韵文往往具有清畅谐和的韵律。试分析如下：

（一）以绘画技法营造清朗意境

张衡作品，赋多铺叙，诗多白描，意象的空间布局错落有致，不论是移步换景的空间转换，还是同一空间内的意象组合，其艺术境界往往清朗有致。这种简约疏朗的意境得益于多种绘画技法的运用：

其一，立体取景，轮廓分明。班固《两都赋》和张衡《二京赋》均写长安和洛阳，同为萧统《文选》收录，堪为比肩之作，但是，两文的景象有平面与立体、繁复与简约之分，文风有浑厚与清灵之别。

如写长安城内的贸易场景。

班固《西都赋》[①]：

> 九市开场，货别隧分。人不得顾，车不得旋。阗城溢郭，旁流百尘。红尘四合，烟云相连。

班赋用平面直视的视角，写九市繁华而喧嚣的场面。意象繁杂，混沌难分，空间轮廓模糊不明，立体感不强。

① 本文中，班固《两都赋》和张衡《二京赋》的引文，均用《文选》本，上海古籍出版社1986年版。下引《文选》，版本同。

张衡《西京赋》：

> 尔乃廓开九市，通阛带阓。旗亭五重，俯察百隧。周制大胥，今也惟尉。瑰货方至，鸟集鳞萃。鬻者兼赢，求者不匮。尔乃商贾百族，裨贩夫妇，鬻良杂苦，蚩眩边鄙。

张赋先总写九市之内，珍货汇集，而后选取奸商欺骗边民的交易场景做“特写”，“面”中有“点”。不仅如此，市场内还“鸟集鳞萃”，禽鸟在上，鸣声啾啾，水产在下，鱼游水动，集市场景，高下参差，热闹之中自有清脆的响声。对九市的空间形象，张赋采用俯瞰视角整体摄景：五重旗亭之下，“百隧”尽收眼底。景象虽多，不觉繁杂。整个画面，线条清晰，层次分明，生机勃勃，立体感突出。

其二，布设意境空白。张衡写景，景象之间往往留有充分的“意境空白”，画面清丽空灵。班固赋物，泼墨淋漓，意象繁复，画面丰满充实。如写东京皇宫。张衡《东京赋》曰：

> 乃新崇德，遂作德阳。启南端之特闱，立应门之将将。昭仁惠于崇贤，抗义声于金商。飞云龙于春路，屯神虎于秋方。建象魏之两观，旌《六典》之旧章。其内则含德、章台，天禄、宣明，温饬、迎春，寿安、永宁。飞阁神行，莫我能形。

赋先从宫殿正门写起，而后分写东、西两侧之崇贤殿、金商殿，再写正门内八大宫殿。措辞形象简明，点到为止。最后一句，以飞阁之上汉天子若隐若现的身影收束，宛如神来之笔，画龙点睛，整个宫殿立刻生机焕发，皇宫特有的神秘气氛也随即弥散。仿佛作画，前面的殿阁只是“点墨”，最后单线走笔，一笔成形，以极其轻柔而若断若续的线条，将所有殿阁有机连接，建章宫的轮廓随即明朗起来，飘逸的神韵亦自“空白”之处生发开来。

班固《东都赋》也有同样内容：

> 然后增周旧，修洛邑。扇巍巍，显翼翼。光汉京于诸夏，总八方而为之极。于是皇城之内，宫室光明，阙庭神丽。奢不可逾，俭不能侈。

若是作画，班赋采用的当是皴染法：一眼望去，洛都皇宫巍然矗立，赫赫煌煌，与天地浑融一体。这是一幅雄浑苍茫的画面，主体突出而背景模糊，风格厚重朴实，与张赋的轻灵飘逸判然有别。

其三，意象单纯，色调淡雅。傅毅与张衡都有《舞赋》，但风格各异。如写舞女出场。傅毅赋曰：

> 于是郑女出进，二八徐侍。姣服极丽，姁媮（和悦美好）致态。貌嫽妙（俊俏）以妖蛊兮，红颜晔其扬华。眉连娟以增绕兮，目流睇而横波。珠翠的皪而照耀兮，华袿飞髾而杂纤罗。顾形影，自整装。顺微风，挥若芳。动朱唇，纡清阳。亢音高歌为乐方。①

张衡赋曰：

> 美人兴而将舞，乃修容而改袭。袭罗縠而杂错，申绸缪以自饰。拊者啾其齐列，般鼓焕以骈罗。抗修袖以翳面兮，展清声而长歌。

傅赋极力渲染和摹写舞女出场时的姿容仪态，将其眉、目、朱唇、姿容、神情、头饰、服饰、体香，一一写出，笔法工巧，着色绚烂，人物极其浓艳，给人以强烈的感官愉悦。张赋不摹写舞女的妆饰细节，而特写她振袖翳面、清声长歌的形象，鲜活之状呼之欲出，素描写意，着色轻淡，不重形色而重神韵。两赋相较，一工笔一写意，一繁缛一清绮；傅赋意象虽少，而画面丰满；张赋意象虽多，而画面

① 傅毅：《舞赋》，见严可均《全后汉文》卷四十三，中华书局1958年影印本。

空阔。

将张衡《西京赋》与王延寿《鲁灵光殿赋》中的宫殿描写相对比，淡雅与浓烈的色彩对比、简约与繁复的意象之别，会更加鲜明突出。

其四，“间隔”意象。张衡善于将意象推远或拉近，以“距离”创造意境。如《定情赋》：

> 何妖女之淑丽，光华艳而秀容。断当时而呈美，冠朋匹而无双。叹曰：大火流兮草虫鸣，繁霜降兮草木零。秋为期兮时已征，思美人兮愁屏营。
>
> 残句：思在面而为铅华兮，患离尘而无光。

前四句以主人公的眼光实写美女之淑丽，“叹曰”以下四句转换角色，将美女“拉近”，借其“叹息”写其愁怀，情自心生，真切感人。两个残句又“推远”审美对象，从主人公一方着笔，虚笔传情，情韵悠长。

蔡邕《检逸赋》（又名《静情赋》）：

> 夫何殊妖之媛女，颜炜烨而含荣。普天壤其无俪，旷千载而特生。余心悦于淑丽，爱独结而未并。情罔写而无主，意徙倚而左倾。昼骋情以舒爱，夜托梦以交灵。
>
> 残句：思在□而为簧鸣，哀声独不敢聆。

蔡赋在题目、写法和情感等方面都有模拟张衡赋的痕迹，但两赋手法仍有较大差异。蔡赋单从作者眼光进行观照，视距是固定的，这种“单向度”的“定点”观察属于静态描写。张赋两度转换叙述角色，变幻主体与对象之间的距离，借美人的“叹息”展示对方的心绪波动。显然，情感的双向流动较单向放射温润醇厚。

其五，用虚实相映的手法构筑空灵意境。张衡《定情诗》与蔡邕《协和婚赋》同写私人空间的生活。张诗以新娘口气向丈夫诉说，并将审美对象置于家庭私人空间之内，用的是“限知视角”；蔡赋以“全知”视角，从观察者的角度将私人空间的生活置于公众视野之下；张诗对“春图”和“仪态”点到为止，而将具体细节留作“想象空白”，实中有虚；蔡赋将站姿、面色、肤色、床褥以及“粉黛施落、发乱钗脱”的细节一一写出，正所谓“极声貌以写物”，全用实笔；张诗获“极温丽”[①] 之誉，蔡赋受“淫亵”[②] 之讥。

陶文鹏先生研究过宋代山水诗的绘画意趣，他说：“宋代诗人善于以画家的眼光选取描写角度，并借鉴画家‘经营位置’的艺术匠心，描绘出空间层次清晰、富于立体感的山水图画。”[③] 张衡写物赋景，营造意境，在取景、构图、着色乃至“艺术空白”的布设上，已具绘画意趣。清人史震林说：“诗文之道有四：理、事、情、景而已。理有理趣，事有事趣，情有情趣，景有景趣；趣者，生气与灵机也。”[④] 张衡诗赋富于“画趣”，固然与其运用绘画技法分不开，但意境的生命力必仰赖于意象的“生气和灵机”。

（二）*以多维视角刻画灵动意象*

张衡诗赋的意象，往往富有灵动之美，这得益于他善用多维视角写出意象的动态神韵。

其一，用流动视角写动态景象。如《西京赋》写天梁宫高大深邃，道路宽敞：

> 天梁之宫，实开高闱。旗不脱扃，结驷方蕲。轹辐轻骛，容于一扉。长廊广庑，途阁云蔓。闬庭诡异，门千户万。重闺幽闼，转相逾延。望窈窕以径廷，眇不知其所返。

---

① 《汉诗说》评张衡《定情诗》云：“写私亵事极温丽，男女欢态皆如画出，古人笔力必写到真处。”黄节《汉乐府风笺》卷十四引，上海古籍出版社 1958 年版。

② 钱钟书说，蔡邕实为中国“淫亵文字始作俑者”。《管锥篇》，中华书局 2002 年版，第 1018 页。

③ 陶文鹏：《论宋代山水诗的绘画意趣》，《中国社会科学》1994 年第 2 期。

④ 史震林：《〈华阳散稿〉序》，转引自宗白华《美学散步》（上海人民出版社 1981 年版，第 56 页）。

这是一幅流动的画面，视点随宫车行进而变化：驷车如鹜飞驰，穿越长长的回廊，驰过云气弥漫的殿阁，诡异相连的千门万户随着飞扬的宫车飘然远去，转相迁延的宫中道路使驾车人也渺然不知所返——这神情生动地映衬了宫殿结构的复杂与幽深。

再如，《西京赋》在勾勒了建章宫四大殿轮廓之后，荡开一笔，借日影和月光的流动转换视点：日影和月光穿梭于殿阁之间——“流景内照，引耀日月”，巍然矗立的殿阁群立刻流光溢彩，充满动态神韵。

其二，变换视角勾画意象的飞动之美。张衡善于将写实与想象兼用，赋物与“设想”结合，转换多个视角，以表现意象的立体神韵与飞动之美。《西京赋》写建章宫高耸入云：

> 累层构而遂隮，望北辰而高兴。消雰埃于中宸，集重阳之清澂。瞰宛虹之长鬐，察云师之所凭。上飞闼而仰眺，正睹瑶光与玉绳。将乍往而未半，怵悼慄而怂兢。非都卢之轻趫，孰能超而究升？

本段共 12 句。第一句从审美主体视角写景；第二句将殿阁拟人化，写其神态，视点由下而上；第三、四句又转为主体视角；第五至八句再度转换角色，借殿阁的“眼睛”俯瞰空中景象，它东张西望的神情甚至有点俏皮，视点由上而下；第九、十句重回主体视角，写审美体验；最后两句将视线推向遥远的南方，虚笔写意。这段景象描写，观察视角几度转换，以视角变化展示空间立体形象，既描绘出了建章宫凌驾云际的飞升之态，又从它给人的心理冲击力写其生动气韵。真是“横看成岭侧成峰，远近高低各不同”。

飞动之美，是中国古代建筑艺术的一个重要特点。① 《二京赋》生动形象地描绘出大汉王朝煌煌宫阙的飞动之美，使人可以想见皇宫

① 宗白华：《中国园林建筑艺术所表现的美学思想》，见《美学散步》，上海人民出版社 1981 年版，第 53 页。

错落有致的飞檐翘壁、龙虎雕像、溢彩流光，以及那驾车往来宫中的人物，这都是宫外人难以见到的。因此，张衡只用简约流动的线条勾勒皇宫形象，对于“神行”其间的人物，只轻轻一点，将无尽的“空灵”留给读者去想象。

其三，营造生机勃勃的艺术境界。张衡诗赋描绘的艺术世界总是充满生机和活力，不论是建筑、苑囿、田园，还是星空、冢墓，他都以人和生灵为中心，将自己的精神、意趣、情思和意象的生命力融合在一起。如《归田赋》：

> 于是仲春令月，时和气清。原隰郁茂，百草滋荣。王雎鼓翼，鸧鹒哀鸣。交颈颉颃，关关嘤嘤。于焉逍遥，聊以娱情。尔乃龙吟方泽，虎啸山丘。仰飞纤缴，俯钓长流。触矢而毙，贪饵吞钩。落云间之逸禽，悬渊沉之魦鰡。

这是一片宁静祥和的田野，草木虫鱼，虎豹游龙，游弋之人，生长着，繁茂着，舒展着，各得其所，自由无拘；水流、原隰、云际，高下参差，清新明丽，生机无限。

《南都赋》写南都树林，既写晦明变化之态，又以虎豹腾猿的游走栖息赋写生命气息。《思玄赋》写北游“地底”之景：积冰皑皑，寒风凄凄，玄武龟缩，鱼鳞冰冻，鸟立不稳，然而，所有生命都在与寒冷抗争，狂飙也催送着“我”驾马疾行。又“游天”一段——“出紫宫之肃肃兮，至乃今穷乎天外”，浩渺旷荡，策驷马，猎青林（天苑星），射封狼（狼星），豪迈俊爽，人俨然成了星空的主宰。《骷髅赋》中，平子与骷髅的对话充满了机趣与玄理，骷髅形虽枯寂，“神”极睿智。《冢赋》特写墓前灵木遭繁霜而不凋的凛然气度，亦富生命张力。再如《同声歌》写夫妻生活谐美，《四愁诗》写对美人的仰慕，《七辩》铺写各种极致的华美生活：都充满了清新灵动的情感活力。

实际上，张衡所描绘的艺术境界正是他心灵世界的投射。他“用心灵的俯仰的眼睛来看空间万象”[①]，将自身的生命力与精气神注入他所刻画的艺术形象里，凭借他“疏密其笔，浓淡其墨，上下四旁，明晦借映”[②]的艺术技巧，他的艺术形象获得了鲜活生命，并随着他心灵的搏动一起搏动。正如宗白华所说：“世界上唯有最抽象的艺术形式——如建筑、音乐、舞蹈姿态……——乃最能象征人类不可言状之心灵姿式与生命的律动。”[③]通过张衡文学的艺术空间，我们可以观照到他的心灵姿式与生命律动。

其四，张衡文学的灵动之美，还在于他能够在意象之外创造意象，所谓“超以象外，得其环中”[④]。他有一首小诗叫《怨篇》：

> 猗猗秋兰，植彼中阿。有馥其芳，有黄其葩。虽曰幽深，厥美弥嘉。之子之远，我劳如何！
>
> 残句：同心离居，绝我中肠。
>
> 　　　我闻其声，载坐载起。

这首诗有两个意象，两个“空间”：幽深的山坳里，美盛的秋兰绽放着黄花儿，芳香四溢；孤寂的屋子里，痴情公子坐卧不宁。在秋兰和“我”之间，在“中阿”和“我”的居室之间，闪动着另一个意象——恋人缥缈的呼唤声。两个遥远的空间凭借这声音连接了起来，秋兰与恋人相互映衬，缭绕的花香与缠绵的情思交织一处，不绝如缕，一个女子若隐若现的倩影也因此幻化而成。这情境正如南朝一首民歌所描绘的那样——“想闻散唤声，虚应空中喏”[⑤]，真是“空则灵气往来”[⑥]。这首诗，意境空灵，意象鲜明，色彩淡雅，仿佛诗中有画，画中有诗，诗中

---

① 宗白华：《美学散步·中国诗画中所表现的空间意识》，第83页

② （清）华琳：《南宗秘诀》，转引自宗白华《美学散步》，第91页。

③ 宗白华：《略谈艺术的“价值结构”》，《宗白华全集》（第2册），安徽教育出版社1994年版，第71页。

④ （唐）司空图：《诗品·雄浑》。

⑤ 郭茂倩：《乐府诗集》卷四十四，中华书局1979年本。

⑥ （清）周济：《宋四家词选》曰：“空则灵气往来！……实则静谧弥满。”

有音乐般的律动，诗外有音乐般的心动，可谓诗中有乐，乐中有诗。无怪乎刘勰赞叹说：“张衡《怨篇》，清典可味。”[①]

（三）以“清畅而蟉蛇”的声律传达情意

王力在《中国古典文论中谈到的语言形式美》中说：“中国古典文论中谈到的语言形式美，主要是两件事：第一是对偶，第二是声律。”[②] 沈约《宋书·谢灵运传论》以声律品第作家，标举张衡为汉代“音韵天成”的“绝唱高踪”者。罗常培、周祖谟先生研究了东汉诗文的用韵情况，结果发现，在东汉文学家中，班固、马融、张衡和蔡邕用韵较多，而张衡用韵最多，对韵字选择也极为严谨。如“之”、“脂”、“支”三部，前人不拘，张衡却分辨严格，绝无通押之例。又如侵部韵字皆单用，不与其他韵部相通。[③] 研究张衡的文学风格，有必要研究其声律问题。在此，笔者尝试从语音学和声韵学的角度，从文本分析入手，探究张衡诗文的声律如何与其内容和谐统一。

从现存作品看，张衡诗文音节清亮，韵律婉转谐畅。有学者专门研究了张衡诗文的用韵情况，统计显示：张衡诗文共有 391 个韵段，其中阴声韵有 152 个韵段，押平声、上声、入声的韵段依次为 92、35、25；阳声韵有 147 个韵段，押平声、上声、去声的韵段依次为 126、7、14；入声韵有 40 个韵段；合韵段有 52 个。[④] 可见，张衡诗文以平声韵为主，且以发音清亮的平声阳声韵最多，吐气轻柔的平声阴声韵次之：这样的韵律风格正是张衡所说的“声清畅而蟉蛇（同‘逶迤’）”。试举例观之。

《怨篇》前八句韵脚为：阿、葩、嘉、何，押歌部平声韵（ē/ā），隔句一韵，平声收尾，韵尾发音吐气轻柔，略略上扬，有缥缈之感，与缠绵悱恻的情思和缥缈的恋人声音交互映衬，温婉和畅，可谓“和

① 刘勰：《文心雕龙·明诗》。

② 王力：《龙虫并雕斋文集》，中华书局 1980 年版，第 456 页。

③ 罗常培、周祖谟：《汉魏晋南北朝韵部演变研究》（第一分册），科学出版社 1958 年版。

④ 勾俊涛：《张衡诗文用韵研究》，华中师范大学硕士论文，2001 年。张衡诗文所用韵部分别为：阴声韵有之、幽、宵、鱼、歌、支、脂、祭；阳声韵有为：蒸、冬、东、阳、耕、真、元、谈、侵；入声韵有职、觉、药、屋、铎、锡、质、月、叶、缉。

体抑扬”[1]。

《四愁诗》整首诗押平声阳声韵。每章之内，前三句为一个语段，押一韵；后四句一个语段，换韵，或一韵，或两韵；上一韵的韵脚为平声，下一韵起句的首字（美、路）为仄声，平仄之间两度转换，前呼后应。章与章之间，语意相承，韵律相应。整首诗的韵律轻婉流利，回环往复，读来有不绝如缕之气萦绕口际之感，恰与深婉哀怨的情思相应和。

第一章：山、艰、翰，押平声元韵（an）；刀、瑶、遥、劳，押平声宵韵（ao）。an、ao 韵腹相同，发音时舌位相近，换韵轻便。

第二章：林、深、襟，押平声侵韵（in）；玕、盘，押平声元韵（an）；怅、伤，押阳韵（ang）。in、an、ang，韵尾相通，皆为响亮鼻音，三韵转换，极为自然。此章音节清脆响亮，旋律婉畅。

第三章：阳、长、裳，押上声阳韵（ang）；褕、珠、蹰、纡，押入声鱼韵（ū）。ang 音响亮，但发音时不用送气；ū 为舌前音，吐气轻柔。两韵转换，需要轻轻换气。一章连读，就会感到气流似断实续，纡徐吞吐之际，更觉柔情如缕。此章声律可谓“清畅而逶迤”。

第四章：门、纷、巾，押平声真韵（en）；缎、案、叹、惋，押去声元韵（an）。两韵韵脚均为清亮的鼻音，平仄谐和，抑扬流利。

《四愁诗》情致深婉而韵律清畅，“优柔婉丽”[2]，低回情深，在汉代文坛独树一帜。现代文学史家郑振铎赞叹说：“张衡《四愁诗》之不朽，在于它的格调是独创的，音节是新鲜的，情感是真挚的。”[3]

《同声歌》也有单纯简畅之美。全诗偶句押韵，一韵到底，即通篇押平声 ang 韵。虽然诗中没有换韵，但单句以仄声字或入声字收尾，与偶句的平声韵脚相呼应，仍有抑扬顿挫之美。这种简单的格律与该诗单纯明快的情调相契合。

张衡的赋同样具有清亮和畅的韵律。如《东京赋》：

---

① 《文心雕龙·声律》。

② （明）胡应麟：《诗薮·内编》卷三。

③ 郑振铎：《插图本中国文学史》，北京工业大学出版社 2009 年版，第 85 页。

乃御小戎，抚轻轩，中畋四牡，既佶且闲。戈矛若林，牙旗缤纷。迄上林，结徒营，次和树表，司铎受钲。坐作进退，节以军声。三令五申，示戮斩牲。陈师鞠旅，教达禁成。火列具举，武士星敷。鹅鹳鱼丽，箕张翼舒。轨尘掩远，匪疾匪徐。驭不诡遇，射不翦毛。升献六禽，时膳四膏。马足未极，舆徒不劳。

这段文字写东汉天子讲武，依礼进行，肃穆有序，从容不迫。从文意上看，本段可分四个小段：（1）前四句为一段，写天子乘车到讲武场，四牡壮健，气度雍容；（2）自“戈矛”至“禁成”为一段，写司令官接受天子令旗，指挥训练，肃穆，紧张，有序；（3）自“火列”至“匪徐”为一段，写演练各种行阵，庄严，整齐，张弛有度；（4）羽猎后依礼献牲，安舒祥和。与文意相配合，本段也用了四个不同韵脚，巧妙配合了文意上的节奏变化。

韵节一：轩、闲，阳声元韵 an。隔句一韵，以轻缓响亮、尾音较长的平声鼻音收尾，契合了天子之车依礼而行的雍容气度。

韵节二：纷、营、钲、声、牲、成，阳声耕韵 eng。隔句一韵，但一气连贯，节奏明快爽朗，与铮鼓阵阵、庄严有序的演练程序相呼应。

韵节三：敷、舒、徐，阴声鱼韵 ü。隔句一韵，阴声，但发音时先要用力呼气，将充沛的气流缓缓吐出，与整齐有力的军阵变化节奏相互衬托。

韵节四：毛、膏、劳，阴声宵韵 ao。隔句一韵，音节和缓，尾音悠长，节奏从容，与轻快祥和的献牲典礼恰相配合。

总之，这段文字，辞采精雅，音随意转，节奏明快而韵律谐畅，形象展示了军乐彬彬、整肃有序的宏大场景。

班固《东都赋》也有讲武一节，自“于是发鲸鱼”至“属车案节”。这段文字，铺张声势，渲染威仪，辞采繁缛，前半段尚音声铿锵，“焱焱炎炎”以下，节奏急促而音声拗口，真所谓“清辞丽曲”而有“芜音累气”，与讲武场上的雍容不迫的气象有些不谐，有方凿圆枘之感。庾信《哀江南赋序》载，《两都赋》成，“张平子见而陋之”，庾信认为“固其宜矣”[①]。从韵律谐畅与文势飞动的角度讲，庾信的看法不无道理。

张衡的其他辞赋，如《南都赋》、《归田赋》、《思玄赋》、《羽猎赋》、《骷髅赋》等，大多押平声韵，音节清亮，声律圆转，呈现出从容闲静、平和婉顺的审美风格。为此，马积高先生还批评张衡之赋“气势不壮”[②]。张衡《西京赋》描写长安歌舞，有“女娥坐而长歌，声清畅而蜲蛇”之句，抑或他写诗作文时，有意使其声律“清畅而蜲蛇”乎？

三　肇启“清”风：张衡文风之影响

张衡诗赋，辞采清丽，意境清朗，意象清灵，音韵清畅，总归一个“清”字。“清”，从词义上说，有清澈、明朗之意。《说文解字》曰：“清，朖（朗）也。澂（澄）水之貌，从水青声。”原指水流清澈明亮，引申为形容词，与“浊”相对。“清”又有轻灵、轻扬之意。如汉代纬书《易乾凿度》曰：“清轻者上为天，重浊者下为地。”“清”气必“轻”，轻则“上”扬，由此又派生出清明、清空、清灵一类形容境界的词语。“清”，在古代文学批评体系中，常用来形容文学风格，其具体表现为：文辞简明，有清绮、清雅、清简、清工之说，与繁缛、典重相对；意境高远明朗，有清远、清朗、清幽、清空等类，与浑厚、雄浑相对；情感清纯柔婉，与深沉、凝重相对；意象清新轻灵，与古朴、厚实相对；声律清亮流畅，与艰涩、重浊、“芜音累气”相对。

汉魏之际，文学风格发生重大转变，由“典重”转向“清峻”[③]，

① 庾信撰，（清）吴兆宜笺注：《庾开府集笺注·哀江南赋序》卷二，四库全书本。

② 马积高：《赋史》，上海古籍出版社 1987 年版，第 118 页。

③ 刘师培论汉魏文风转变轨迹，称建安文学“渐趋清峻”。见刘师培《中国中古文学史讲义》，上海世纪出版集团 2006 年版，第 6 页。鲁迅《而已集·魏晋风度及文章与药及酒之关系》：“曹操曾自己说过：‘倘无我，不知有多少人称王称帝！’这句话他倒并没有说谎。因此之故，影响到文章方面，成了清峻的风格。——就是文章要简约严明的意思。”

由整饬密丽转向疏朗清绮。文学风气潜变之机固然隐微，张衡却是东汉文风转变的标志性人物。张衡诗文之“清”具有深远的文学史意义：既反映了东汉文学家对西汉以来的典重文风的反思，也反映了他们对清丽明畅的文学新风的有意追求，实为汉晋“清峻”导夫先路。张衡文风之“清”，在他晚年诗赋中表现得最为突出。这是因为，他晚年的诗赋不仅艺术手法纯熟，也开拓出了崭新的表现领域。如《归田赋》反映田园生活，《思玄赋》、《髑髅赋》表达“玄理”，《冢赋》反映汉人的丧葬态度，《四愁诗》抒发对国家局势的深沉忧思，这些崭新的时代主题，因为有清新明丽的艺术形式的配合，得到了更为完美的表现。

自辞采清丽言，张衡晚年的作品如《归田赋》、《四愁诗》等，与早年的《二京赋》、《应间》等相比，明显区别在于：自铸清辞，少用典故，句式灵活，文辞简约平易，逐渐摆脱过于浓重的典正气味，而呈现出简明朗练的特色。张衡之后，书面语简约平易的倾向更加突出，引经据典的语言惯式向富有生活气息的语言转换，骈句虽然增多，但长短句运用却更加灵活，显出活泼自由的特点。如桓帝朝著名文士延笃有《答张奂书》，其中有“离别三年，梦想言念，何日有违”之句，清丽赅要。楚辞“兮”句的使用也出现了新的变化。延笃《与李文德书》，将楚辞句尾叹词“兮”转化为句中舒缓语气的虚词，并与“也”字相配，构筑了活泼欢快的新句式，如“夕则逍遥内阶……洋洋乎其盈耳也，涣烂兮其溢目也，纷纷欣欣兮其独乐也”。汉末文学语言已摆脱了“熔经式诰”的老套，句式灵活自由，长短不拘，单句与偶句、排比句交叉使用、“兮”用在句中等，都很常见。如蔡邕《琴赋》：“屈伸低昂，十指如雨。清声发兮五音举，韵宫商兮动徵羽，曲引兴兮繁弦抚。”不用典故，清丽流转，仿佛脱口而出，却是极精练之语。魏晋之际，文学的个性化倾向已非常鲜明，文士们驰骋才情，自铸清辞，清绮隽秀、简约平易已成了语言的审美标准。如曹丕之文“洋洋清绮”，“乐府清越，典论辩要”；曹植“思捷而才俊，诗丽而表逸”；王粲“文多兼善，辞少瑕累”；潘岳“清绮绝伦”；陆云“朗练，布采鲜净”等：各为一代文风之先锋。[①] 概而论之，魏晋文学语言之清绮朗丽，正是继承和发扬了张衡以来的文学“清”风。

张衡文风影响最显著者，恐非“清畅”之韵律而莫属。

《文心雕龙·才略》说：“张衡通赡，蔡邕精雅，文史彬彬，隔世相望。”在东汉文学家中，蔡邕最得张衡“真传”，二人才学气质堪称比肩，以至有蔡邕为张衡“后身”[②] 的传说。刘师培对蔡邕的“精雅”推崇备至，他解释说：“精者，谓其文律纯粹而细致也；雅者，谓其音节调适而和谐也。今观其文，将普通汉碑中过于常用之句，不确切之词，及辞采不称，或音节不谐者，无不刮垢磨光，使之洁净。故虽气味相同，而文律音节有别。”[③] 比照前文的论述，可以看出，张、蔡的文学声律一脉相承。钱基博先生注意到了张、蔡文学在语言和节律方面的内在联系。他说：“（《西京赋》）亦撷《左氏》之雅练，于整齐中见错落，自成一格，不作排比。……《东京赋》则历数大典，安详整暇，气肃而度舒，几欲掩过其（班固《两都赋》）上。”又论蔡邕：“以《左氏》之整暇调其机。其文以意度胜人，不以骨力见高；舒详安雅，而气如莹，沨沨乎三代之遗音也。”[④]

可以说，张衡对魏晋文风的影响正是通过蔡邕实现的。刘师培曾论蔡邕有韵之文的影响，说：“凡有韵之文能得蔡中郎之一体者皆足成家。孔文举得其叙事之法，故其文雅而润，若王仲宣则能得其雅音者也。……其（孙绰）文笔之雅虽逊伯喈，而辞句清新，叙事简括，转折直接，皆得力于伯喈者为多。”蔡邕的诗赋、韵文，文辞清新简

① 均见《文心雕龙·才略》。

② 庾信《伤心赋》有“期张衡之后身”之句。笺注引《商芸小说》曰：“张衡死日，蔡邕母始怀孕。二人才貌甚相类，人云邕是张衡后身。”见（清）吴兆宜注本《庾开府集笺注》卷一。

③ 刘师培著、刘跃进讲评《中国中古文学史讲义》，凤凰出版社 2011 年版，第 172 页。

④ 钱基博：《中国文学史》，第 92 页。

括，声律雅润自然，亦有清畅之风，[①] 上继张衡，下启魏晋。

魏晋人扬张、蔡之“清”风，对言辞的清畅美尤为钟情。如“张华短章，奕奕清畅”；潘岳“辞自和畅”；裴遐“善言玄理，音辞清畅，泠然若琴瑟”。两晋之际，衣冠南渡，魏晋主流文风亦随之南渡，凭借江南的丽山秀水，东晋文士将清畅之风推向极致。《北史·文苑传序》概论南朝文风，说：“江左宫商发越，贵于清绮。”此处之“清绮”不单指言辞清丽，亦兼指音韵清越婉转。梳理汉晋文学声韵的发展脉络，我们可以看到这样一条大致轨迹，即张衡—蔡邕—曹丕、曹植、王粲—张华、潘岳、陆云—孙绰等。

张衡对灵动意象和清朗意境的创造，昭示着“文的自觉”已迈开了第一步。

大略说来，张衡之前的汉代诗赋，主体情思与客体景象往往呈现分离状态，或者说，常常表现为单向度的铺叙或倾诉。如司马相如、扬雄的大赋，喜欢铺陈宫殿、苑囿、田猎、都市等，几乎通篇都是对“外物”的铺张描述，这些“物象”还远未成为熔铸着作者情思意趣的“意象”；班固《典引》、崔骃《达志》等情志赋，大量征引历史典故以宣泄郁积于心的功业志向，他们的“情志”主要是公众德业思想的投射，离个体性情气质的表达还有相当距离。

张衡诗赋“以情纬文”，将情思意趣融入对物象场景的描绘，将历史典故与个人情思融合一体，这样一来，他的描述对象就成了情思意绪的投射物——文学意象。他的晚年诗赋，如《归田赋》、《四愁诗》之类，一篇只表达一个主题，个体的“人”成为意境的中心和灵魂，所有景象也都被赋予了人的情思，因此，即使意象众多，也在

---

① 蔡邕用韵情况与张衡相当并且相似。根据罗常培、周祖谟《汉魏晋南北朝韵部演变研究》（第一分册）一书，勾俊涛统计了班固、马融、张衡、蔡邕的用韵情况，四人所用阴声韵韵字依次为 78、21、154、97（个）；所用阳声韵韵字，四人依次为 104、23、151、97（个）；所用入声韵字，四人依次为 19、9、34、12（个）。张衡的阴声韵用字，以鱼韵最多，共 47 个，班、马、蔡分别为 21、6、33；张衡阳声韵用字，以阳、耕、真、元四部为多，共 121 个，班、马、蔡用此四韵韵字总数分别为 82、16、82。蔡邕诗文也多押平声阳声韵。

“人”的主导之下，纲举目张，疏朗明净。张衡对意象和以“人”为主导的意境的自觉追求，既反映了东汉中期士人主动疏离政治、更加注重个体发展的思想潮流，也说明了另一个问题，即“人的自觉”和“文的自觉”虽始于魏晋，却发蒙于东汉中期。张衡的对清朗意境的开拓，意义深远。

蔡邕及汉末文学家的作品，往往也是一篇一个主题，咏物，写人，抒发情志等，同样呈现出意象单纯、境界朗丽的特征，汉大赋分类铺陈的繁芜色彩明显淡化。蔡邕的《琴赋》、《青衣赋》、《检逸赋》等，皆有追步张衡的迹象。以《琴赋》为例，其“实体”意象只有琴和琴师，但虚化意象却很丰富：琴师“左手抑扬，右手徘徊”，“十指如雨”，与之相呼应的是琴声引发的种种幻象——“青雀西飞，别鹤东翔。饮马长城，楚曲明光……”这一“象外有象”、“弦外有音”的清妙意境，与张衡《思玄赋》、《怨篇》等异曲同工。

总之，张衡清朗简畅的文风逸响高远，泽被魏晋六朝。魏晋文学崇尚简约，“雅好清省”，南朝的各体文学则共同体现出以“清”为主导的审美倾向。① 这种文学潮流的出现，固然与社会思潮和时代风尚密切相关，但文学自身的发展规律也不可忽视。整个汉晋时期，“模拟”之风都很盛行，常遭后世诟责。其实，这是后人学习前人的常见现象，文学的内在发展正是经由“模拟”向前推进。如扬雄有《蜀都赋》，张衡有《南都赋》，徐幹有《齐都赋》；张衡有《归田赋》，潘岳有《闲居赋》，陶潜有《归去来兮辞》和《归园田居》组诗。《文选》录《南都赋》而舍弃《蜀都赋》和《齐都赋》，又将张衡、潘岳、陶潜的“归田”诗赋悉数收录，且不说这些作品在题材、主题倾向上的一致性，单从“沈思翰藻”和意境清美的角度说，张衡文学的意义也是不言而喻的。

四　“南岳有精”：张衡文风之成因

文学家文学风格的形成，会受到来自社会、家庭、个人的秉性才

---

① 蒋寅：《古典诗学中“清”的概念》，《中国社会科学》2000 年第 1 期。

学、思想信仰等内外多种因素的综合影响，而性情气质、思维习惯、语言习惯以及青少年时代所处的文化环境，对文学家文风的形成，可能会是潜在的持久力量。从张衡文学风格的特征看，主要成因应当是以下几方面：

（一）帝乡楚汉文化的滋养

张衡是东汉南阳郡西鄂县人。南阳地处中原与江汉平原交界处，故属荆楚之地，地势高爽闲敞，气候温润，山清水秀，汇聚了南北方多种动物、植物、农作物，加之“帝乡”的特殊政治地位，称得上是个资源丰富而富庶安康的好地方。张衡在《南都赋》里不无自豪地写道：“於显乐都，既丽且康，陪京之南，居汉之阳。”南阳山水灵秀，又是楚文化的覆盖区域，祖祖辈辈流传着许多美丽的神话传说，到处传唱着声情荡漾的古老楚歌。汉水北岸的“汉皋”，相传是汉水女神的游玩之地。① 战国楚国名士接舆、屈原、宋玉等就生长在南阳。② 绕宛城而过的河流中，有条沧浪河，那是古楚辞《沧浪歌》的发源地。③ 西鄂县地灵人杰，文化积淀深厚。县有一精山，又名独山、丰山，相传是神耕父出没之地，至今盛产青翠俏丽的独玉。春秋时，周王子朝及召氏之族、毛伯得、尹氏固、南宫嚚奉周之典籍以奔楚，定居西鄂。④ 东汉南阳，济济多士，陈俊和张堪出自西鄂。陈俊是著名儒将，“云台二十八宿”之一。张堪即张衡祖父，谙熟《易》学，历任蜀郡、渔阳郡太守，是光武朝名臣之一。故乡是张衡的文化摇篮。

一方水土养一方人，一方文化养一方人。清孔尚任曾论及山

① 《南都赋》曰：“游女弄珠于汉皋之曲。”《文选》李善注引《韩诗外传》曰：“郑交甫将南适楚，遵彼汉皋台下，乃遇二女，佩两珠，大如荆鸡之卵。”干宝《搜神记》亦载此故事。

② 楚狂接舆活动于南阳、陈等楚国北部地区，曾路遇孔子，高唱“凤兮”歌。《论语·微子》和《史记·孔子世家》载其事。《后汉书·延笃传》有“图（延笃）像于屈原之庙”的记载，（宋）乐史《太平寰宇记·山南东道》载南阳有宋玉冢、楚王遇巫山神女台，这些记载透露了一个重要信息：这里是楚文化浸润之地，是屈、宋故里或其先祖故地，至少，他们曾经长期生活在这里。东汉南阳人奉屈宋为乡贤，必有所出。

③ 《南都赋》中有“流沧浪而为隍”之句。隍，即城池。

④ 《左传·昭公二十六年》。《后汉书·郡国志四》注引《皇览》说：“王子朝冢在（西鄂）县西。”

川与诗人性情之间的关系，说：“盖山川风土者，诗人性情之根抵也。得其云霞则灵，得其泉泳则秀，得其冈陵则厚，得其林莽烟火则健。凡人不为诗则已，若为之，必有一得焉。”① 南阳山川钟灵毓秀，赋予了张衡聪明俊朗之气。祢衡《吊张衡文》说：“南岳有精，君诞其姿；清和有理，君达其机。故能下笔绣辞，扬手文飞。”《后汉书·张衡传》说他“天姿濬哲，敏而好学”。我们从《南都赋》和《归田赋》对南阳山水风物的深情描绘也可以看出张衡和故乡之间息息相通。张衡文风，典雅而灵秀，富丽而简畅，这与南阳文化的孕育是分不开的。南阳汉画像石具有鲜明地域风格：构图简约，线条流畅，艺术空间“无边无际”，仙灵和星宿图的比重明显大于鲁南等地的汉画像石，“在整一与和谐中又有神采飞动、超世脱俗的浪漫楚风”②。张衡清灵简畅的文风与南阳汉画像石的风格非常一致。笔者依据严可均《全后汉文》，统计了张衡、班固、傅毅、马融使用“灵”字、“飞”字的情况，发现了一个有趣的结果：张衡用得最多。“灵”字本义即“巫”，楚人称“巫”为“灵”。《说文解字》曰：“灵，灵巫也。以玉事神。”《风俗通》、《楚辞·怨思》王逸注均释“灵”为“神”。“飞”字本义指“鸟翥”（鸟向上飞），所构成的词语皆与“飞动”相关。张衡对“鸟”以及与“飞动”相关的意象特别偏爱。在楚文化体系中，凤鸟是灵鸟，象征祥瑞。东汉南阳正是楚风和图谶盛行之地。张衡大半生生活在南阳，精通各种占卜术，为当世“阴阳之宗”③，诗赋中又有浓厚的神话色彩和清灵之气。可以肯定地说，包括神巫文化、楚辞文化、占星术在内的南阳文

① 孔尚任：《孔尚任诗文集》卷六《古铁斋诗序》，四库全书本。

② 陈江风先生《汉画像“神鬼世界”的思维形态及其艺术》（《中原文物》1991年第3期）。南阳汉画像石具有简约流畅又有浪漫楚风的地域风格已成汉画像石研究界的共识，参见张新斌《汉代画像石所见儒风与楚风》（《中原文物》1993年第1期）及徐永斌《南阳汉画像石艺术》等论著。

③ 见《后汉书·方术列传》。（唐）瞿昙悉达《开元占经》保留了张衡的星占、水占等多种占卜术文献，可佐证范晔之论。

化是张衡文化心理的基因。

（二）思维习惯的牵引

张衡清灵简畅的文风与其天文家、术数家兼文学家的思维习惯密切相关。张衡“善机巧，尤致思于天文、阴阳、历算”。在天文家张衡看来，宇宙广袤无际，天地万物各有其时空序列，一切景象皆在动静之中：“宇之表无极，宙之端无穷。……天致其动，禀气舒光；地致其静，承候施明。”① 在术数家兼文学家张衡眼里，人世、神鬼世界、星空、幽冥、山川、万物，皆有灵性，万物之间“情性万殊，旁通感薄”②。在张衡看来，宇宙无限而可视，万物有灵可通感，这使他养成了不受时空阻隔的思维习惯；科学家缜密的思维习惯使得张衡诗文的构思细密而紧致，术数家兼文学家的跳跃式思维又使得他所创造的“艺术空间”转换迅疾，离合无间，他将“科学与宗教”完美结合，以至于西方学者感到神奇和困惑。③ 张衡诗赋显示，他的思维惯式往往是理性与神性的和合，神话传说、现实人生、宇宙星际之间可以随时穿越。如《灵宪》讲天文知识，写到日月悬像如鸟兽时，忽然插入姮娥奔月的传说：这种优游于“天人之际”的思维习惯使得张衡的作品往往具有飘逸的神韵。④ 在《骷髅赋》里，人性（平子的怅然）、神性（骷髅的“神响”）与理性（“与道逍遥”思想）融合无间，共同创造了一个神幻又理性的艺术世界。《离骚》与《思玄赋》都有“神游于六合之外”的内容，但前者的空间游历呈无序状态，后者空际游历的方位非常明晰，这就是屈原的诗性思维与张衡的科学兼诗性思维的迥异结果。崔瑗说张衡，“瑰辞丽说，奇技伟艺，磊落炳焕，与神合契”⑤，无意间道出了张衡的灵性思维与其文学技艺间的巧妙契合。清张惠言曾言：“张衡盱盱，块若有余，上与造物

① 张衡：《灵宪》，见严可均《全后汉文》卷五十二。

② 同上。

③ （奥地利）雷立柏博士在《张衡，科学与宗教》中说：“令很多人困惑的难题是如何理解张衡与科学及迷信的关系。”社会科学文献出版社 2000 年版，第 23 页。

④ 笔者按：南阳汉画馆存有出土于南阳的“嫦娥奔月”画像石。

⑤ 崔瑗：《河间相张平子碑》，见严可均《全后汉文》卷四十五。

为友，而下不遗埃壒。”[1] 范晔感叹张衡“不有玄虑，孰能昭晰？”[2] 他们都注意到了张衡特有的思维惯式与其作品的内在联系。

（三）艺术造诣的给力

张衡在书、画、音乐、图纬方技等方面都有精深的造诣。[3] 张衡拥有书画家的审美眼光和写意传神的表达技巧，对音乐舞蹈的旋律也有敏锐的体验和精到的把握。他的艺术造诣与其清灵简畅的文学风格是相通的。唐人张彦远《历代名画记》卷二列张衡为东汉四大名画家之一，[4] 卷四还记载了张衡的一段传奇。文曰：“张衡，字平子，南阳西鄂人。高才过人，性巧，明天象，善画。……昔建州浦城县，山有兽，名骇神。豕身人首，状貌丑恶。百鬼恶之。好出水边石上。平子往写之。兽入潭中不出。或云：‘此兽畏人画，故不出也。可去纸笔。’兽果出。平子拱手不动，潜以足指画兽。今号为‘巴兽潭’。”[5] 这个故事包含了这样的信息：张衡具有高超的绘画技艺。前面分析过，张衡赋物写景，善用多维视角观察客体，喜欢用线条式的书画手法勾勒景象，简约的几笔，神思情韵与“意境空白”便跃然纸上，这实在应当归功于他的书画修养。宗白华说，画家的眼睛不是从固定角度集中于一个透视的焦点，而是流动着瞟瞥上下四方，一目千里，把握全景的阴阳开阖、高下起伏的节奏；他们用心灵的眼，笼罩全景，从全体来看部分，以大观小，把全部景界组织成一幅气韵生动、有节奏有和谐的艺术画面，不是机械的照相。[6] 用这话形容张衡，也很恰当。因为，中国画的取景与画法、诗的意境、乐的韵律是相通的。张衡的诗赋，有写意画的简约与传神，有古典轻音乐的清扬与深

---

① （清）张惠言：《七十家赋钞序》，上海古籍出版社 1996 年版。

② 《后汉书·张衡传赞》。

③ 夏侯湛《张平子碑》称：“……金匮玉板之奥，谶契图纬之文，音乐书画之艺，方技博弈之巧……网不该罗其情，原始要终。”严可均《全晋文》卷六十九。

④ 其他三人是赵岐、刘褒、蔡邕，见张彦远《历代名画记》卷二，人民美术出版社 1963 年版。

⑤ （唐）张彦远：《历代名画记》，四库全书本。本段文字注云：“见自郭氏《异物志》。”

⑥ 宗白华：《中国诗画中所表现的空间意识》，《美学散步》，上海人民出版社 1981 年版，第 81—83 页。

婉，有星空的旷远与秩序，有神话的浪漫与飘逸，诸多中国艺术的精髓被张衡巧妙地融合在了文学作品里，或者说，张衡清灵简畅的文风受助于他艺术造诣的给力。

（四）淡静性情的选择

张衡诗赋的清朗意境，从本质上说，是从容淡静的性情和清通简约的审美习惯在作品中的投射。《后汉书·张衡传》说："虽才高于世，而无骄尚之情。常从容淡静，不好交接俗人。"崔瑗《河间相张平子碑》说他："体性温良，声气芬芳。仁爱笃密，与世无伤。可谓淑人君子者矣。"从容淡静的性情使他在"万物静观皆自得"中常获妙悟，而"声气芬芳"的温和性格很可能是他在韵律选择上倾向于轻灵谐畅的主要原因。对此，我们从张衡对"清"字情有独钟的使用习惯中也可窥察一二。根据严可均《全后汉文》，笔者统计了班固、傅毅、马融、张衡和蔡邕所用"清"字的次数，五人依次为21、13、8、56、75，除极少数做动词外，大都做形容词。有趣的是，四人所用"清"字的含义各有侧重。班固常用"清"形容政治清平和人品清高，体现出纯儒本色。马融所用"清"字大都形容自然物，这多少说明他不大喜欢"清静"①。傅毅用"清"字13次，《舞赋》5次、《七激》3次，皆与音乐、舞蹈、情思相关，两文也是清俊之作。张衡用"清"字多达56次，较班、傅、马的总数还多，而且，张衡的"清"字跟心境、意境、音乐、舞蹈联系密切。《思玄赋》用"清"字7次，5次形容某种境界，1次指吟诗，1次指政治清平（也是处境）。《南都赋》用5次，分别为"清泠之渊"、"十旬兼清（清酒）"、"清角发徵"、"抚轻舟兮浮清池"、"清庙肃以微微"，皆与张衡的生活环境和审美态度相关。蔡邕用"清"字的数量和所指，均与张衡相类，从中也可看出二人对清美境界的共同好尚及其继承关系。这个"清"字和前面提到的"灵""飞"二字，共同透露了一个

① 《后汉书·马融列传》："善鼓琴，好吹笛，达生任性，不拘儒者之节。居宇器服，多存侈饰。尝坐高堂，施绛纱帐，前授生徒，后列女乐，弟子以次相传，鲜有入其室者。"范晔论曰："终以奢乐恣性，党附成讥。"

重要信息——张衡对清灵之境特别偏好。

张衡文风清灵简畅，渊源有自来矣。

第二节　行走在中州与吴会之间

——蔡邕的文化行迹及文学艺术活动

一代文豪，足迹所至，往往催生新的文化景观。蔡邕是汉末文坛执牛耳的大家，行迹所历，几乎大半个中国，随他“流转”的文学创作和文化交游也为汉魏文坛带来了某些深刻变化。在此，我们从蔡邕的文化行迹及相关文化活动考察蔡邕对汉末中州文学发展及南北文化交流所发挥的作用。

一　故土情深：笔系陈留兖州间

蔡邕一生的命运遭际和文学创作不仅和陈留郡息息相关，也和他在兖州的社会关系和文化交游密切相关。东汉时，兖州刺史部包括陈留、山阳、济阴、济北、任城、东平、泰山、东郡八个郡国，西汉梁孝王刘武在位时，这些郡国几乎都归梁国所属。刘武爱好文学，优崇文士，加上梁国政治地位很高，人才济济，文化很是繁荣。刘武去世后，梁国一分为五，但保持了尚文的传统，这种地缘关系和地域文化传统的相同性使得故梁地区的人们具有某种地域认同感。这种认同感对蔡邕一生影响至深。蔡邕一生，对陈留及兖州有着种种无法割舍的情结，这在他的政治文化活动和文学创作中都有所反映。

（一）陈留蔡氏的社会地位

蔡邕，字伯喈，兖州陈留郡圉县人，世为名族。十四祖蔡寅，佐命汉高祖，封肥如敬侯。[①] 六世祖蔡勋，字君严，好黄老，平帝时为鄘县令。王莽初，授以厌戎连率（即陇西郡守），不就，携家属逃入深山。蔡勋与上党鲍宣、南阳的卓茂与孔休、楚国龚胜、安众刘宣等六人齐名，不仕王莽，名重天下。蔡勋学问，史无明文，不过，他既

① 见蔡邕《让高阳侯印绶符策表》及《汉书·高惠高后文功臣表》。

与龚胜等大儒齐名，当是颇有造诣的。蔡邕祖父携，字叔业，顺帝时以司空高第迁新蔡长，年七十九卒。邕父蔡棱，字伯直，“处俗孤党，不协于时”，以清白称，一生未仕，年五十三卒，谥曰“贞定”。[①] 蔡邕《贞定直父碑》说：“其接友也，申辨真伪，明于知人，度始终而后交，情不疏而邈亲。”[②] 叔父蔡质，“连见拔擢，位在上列”，灵帝时历官尚书、下邳相、卫尉等职，著有《汉官典职仪式选用》二卷。[③] 邕从弟蔡谷也在朝为官。[④] 族人蔡朗，字仲明，琅邪王傅。“以鲁诗教授，生徒云集，莫不自远并至。”征拜博士，桓帝永兴元年卒。综合来看，蔡氏贵为仕宦世家，以学问、名德著称，有清高孤傲之气，为一方大姓望族。

蔡氏也是富居一方的豪强，为郡人所敬畏。《后汉书·夏馥传》载，陈留圉人夏馥，“少为书生，言行质直。同县高氏、蔡氏并皆富殖，郡人畏而事之。唯馥比门不与交通，由是为豪姓所仇”。这里的“蔡氏”即蔡邕家族。夏馥是桓帝时期的著名党人领袖，“八顾”之一，桓帝末卒，年岁略长于蔡邕。从夏馥与蔡氏的关系看，蔡邕家族实为陈留一“霸”，财富、才学、仕宦均为一郡之豪。

姻亲家族本是宗族力量的延伸，蔡氏姻亲多名门望族，这也强固了蔡氏家族的社会地位。蔡氏与泰山高门羊氏世代姻亲，邕叔父蔡质与羊陟为亲家，邕小女又嫁于羊衜。浪迹吴会之时，蔡邕“往来依泰山羊氏”。泰山羊氏世代衣冠。灵帝时，羊陟历官冀州刺史、尚书令、河南尹等，是盛名天下的“八顾”之一。蔡邕母袁氏出自汝南阀阅

① 蔡勋、蔡携、蔡棱事见《后汉书·蔡邕列传》及李贤注，蔡勋事又见于《后汉书·卓茂传》。

② 《初学记》卷十八。《全后汉文》卷七十九“蔡邕文”亦辑录。

③ 《隋书·经籍志》和《直斋书录解题》均有著录，《后汉书·礼仪志》提到的蔡质《汉仪》，当即此书。

④ 《后汉书·蔡邕列传》：“邕恨其言少从，谓从弟谷曰云云。”第2206页。

之家，是袁滂侄女。[①] 袁滂是司徒袁安之后，灵帝光和中为司徒。蔡邕《与袁公书》说："朝夕游谈，从学宴饮，酌麦醴，燔干鱼，欣欣焉乐在其中矣。"[②] 蔡邕与袁氏的亲密关系于此可见一斑。蔡邕之女文姬前夫乃河东卫仲道。河东卫氏亦衣冠世家，以书法著称。从地理上说，蔡氏姻亲家族都在中州地区：泰山与陈留同属兖州，汝南属豫州，河东属司隶校尉部，这三个地区在政治、经济、文化方面都比较发达，高门大族和文化名士密集。东汉时期，士族快速发展，门阀观念越来越强烈，蔡邕家族在中州地区人脉深广，势力强大，社会地位也比较高，这也是蔡邕个人声望的社会基础。

（二）关于陈留的文学创作

在蔡邕作品中，有相当一部分内容是以陈留人事为题材的，它们是蔡邕的故土意识，与故土情结的产物。这些文章大致有如下几类：

赋颂乡贤。蔡邕《陈留东昏库上里社碑》作于延熹三年（160年），此时，蔡邕尚未入仕。[③] 该文明写陈留的里社祭祀与社庙的神异力量，实为歌颂陈留的四名宰相。文章从社祀入笔，自"惟斯库上里，古阳武之户牖乡也"以下，写该地宰相继踵：秦有池子华，西汉有陈平，东汉有虞延、虞放父子。行文略远详近，重点叙述虞放为桓帝建策诛除梁冀并逐步升迁的仕历，最后以"毗天子而维四方，克错其功，往烈有常"收束，表达对四位乡贤的颂赞之意，言简意赅，意蕴丰厚。文章颂库上里之"神人（四贤）"功德说："惟王建祀，明事百神。乃顾斯社，于我兆民。明德惟馨，其庆聿彰。自嬴及汉，四辅代昌。爰我虞宗，乃世重光。……神人叶祚，且巨且长。凡我里人，尽受嘉祥。刊

① 王先谦《后汉书集解》（中华书局影印本1984年版）引惠栋曰："《先贤行状》：伯喈母，袁曜卿之姑女。"曜卿，袁涣字。涣父即袁滂。《新唐书·宰相世系表》以袁滂为袁安同祖弟。章帝章和元年，袁安为司徒，灵帝光和元年，袁滂为司徒，相距九十二年，据此，袁滂当于袁安为曾孙辈。史称袁滂为陈郡人，陈郡与汝南临近，史籍如此称谓，当是因郡县划分或居处迁移的原因，史籍称籍贯亦有两歧之例。汝南袁氏四世五公，指安、汤、滂、逢、隗。

② 《北堂书钞》卷一百四十八，严可均《全后汉文》亦有辑录。

③ 参见邓安生《蔡邕集校注》考证，河北教育出版社1999年版，第46页。刘跃进先生《秦汉文学论丛》亦作此说，凤凰出版社2008年版，第199页。本章涉及的蔡邕文章题目及引文，一律用严可均《全后汉文》本。

铭金石，永思不忘。”司空虞放是当世名贤，建宁二年，与长乐少府李膺等俱因党事而诛，在士人中享有崇高声望。虞放去世时，蔡邕三十七岁，尚未入仕。这篇碑颂以“邦人”身份而写，有比较浓厚的乡情意味，含蓄表明了对党人的支持。

为乡贤及在陈留任过职的名宦（或其至亲至交）撰写碑铭。蔡邕以擅长碑铭著称于世，其中不少是为人所请而作，当然，也有自愿撰写的。蔡邕主动创作的碑文的碑主都与他私交深厚，如故主太尉桥玄，恩师太傅胡广的家人，好友沛郡桓彬，清流名士郭泰、陈寔，蔡邕母族汝南袁汤、袁逢，除此，还有两类人，一是陈留名士如圈典、范丹等，一是陈留郡守或其至亲，如故陈留太守胡硕、故陈留太守周举之子周勰。圈典，陈留文学名士，学问精深，善于属文，现存作品有早期著名郡国书《陈留耆旧传》（《隋书·经籍志》有录）。灵帝建宁二年（167 年）卒。蔡邕在《处士圈典碑》赞美圈典，说他“深总历部，纤入艺文。藻分葩列，如春之荣”，还在碑文中写到圈典临终顾命之语——“知我者其蔡邕”，这句表明互为知己的话或为实言，也在有意无意间提高了蔡邕的文学身价。此文为乡贤而写，为知己而撰，用语平实真切，尽黑出碑文惯有的虚饰浮华之语。《范丹碑》的碑主范丹，字史云，陈留外黄人，桓灵时著名文士，灵帝中平二年（185 年）卒。《后汉书·独行列传》有传。范丹先后师从名儒南阳樊英和扶风马融，又与名士汉中李固和河内王奂亲善。蔡文曰：“（丹）游集太学。知人审友，苟非其类，无所容纳；节操所在，不顾贵贱。其在乡党也，事长惟敬，养稚惟爱，言行举动，斯为楷式……凡其事君，过则弼之，阙则补之，通清夷之路，塞邪枉之门，举善不拘阶次，黜恶不畏强御。”声望之高，闾里歌之，名公卿相争相辟除。范丹去世之时，太尉、兖州刺史、陈留太守、外黄县令等咸预丧礼，“使诸儒参案典礼，作诔著谥，曰贞节先生，昭其功行，录其所履，著于《耆旧》，刻石树铭，光示来世”。① 从碑文看，蔡邕亦预范丹丧礼，此文宣传乡贤“功行”的意图很明确。正因如此，碑文中的溢

① 《耆旧》即《陈留耆旧传》。该书当为圈典首撰，后人又有补续。

美之词非但不觉虚妄，倒加重了敬贤之意。胡硕，蔡邕师太傅胡广少子，建宁元年七月拜陈留太守，因病未就任，二十一日后卒。或因胡广之声望地位，胡硕卒后，朝廷赐礼，“俦类赴送，远近鳞集”，陈留郡主簿掾史也按礼请丧。蔡邕为胡硕作碑文，或有报谢师恩之意，而结好乡里之意恐亦不能排除。《汝南周勰碑》的碑主周勰，故陈留太守汝南周防之孙，光禄勋周举之子，也是一位清望高隆之士，碑文谓之“识几知命”，范晔在《后汉书·周勰传》中亦认同蔡邕之论。光武帝重名节，把表彰郡国名贤作为推崇名节的一个重要途径。为此，光武特意下旨，令帝乡南阳率先撰写《南阳风俗传》。此后，三辅各郡、陈留、庐江等郡纷纷响应，各自编著郡国先贤传。那么，蔡邕为陈留名士、陈留太守及其亲属作碑颂德，既是响应朝廷、顺应民心之举，也是故土情谊使然。

为陈留现任官吏作文颂美。蔡邕对陈留政事也很关注，他与多任陈留太守都有交往。蔡邕有三篇专写陈留太守巡行属县的文章。《陈留太守行县颂》（并序）仅存“府君劝耕桑于属县”一句，当是“序”语。《行小黄县》主要写陈留郡守在小黄县“察狱以情”。《行考城县》写陈留郡守在考城劝民农桑。通观之，三文无非是赞美郡守劝民农桑、察看刑狱、教化民众等政绩，歌颂他们勤政爱民、“务在宽平”的政德。蔡邕还有《为陈留太守奏上孝子程未事表》，这是代陈留太守给朝廷写的奏章。该文运笔婉转多变，通过掾史的叙述评价、前太守的赏识以及郡守的召见等多个角度力荐孝行卓著的陈留少年程未，希望朝廷予以表彰。东汉注重经学普及，自皇帝至公卿守令，罕见不重经术者，明习经学成为入仕的基本条件，郡守罕有不能作奏疏者。蔡邕不仅以文名著于当朝，在政坛上也颇有实力。陈留郡守请蔡邕代笔，首先应是猜准了蔡邕关注家乡人事、乐意宣传乡贤美德的心理。

上述有关陈留的文章，《陈留东昏库上里社碑》作于蔡邕二十八岁时，《被州辟辞让申屠蟠书》、《为陈留太守奏上孝子程未事表》及《处士圈典碑》和《陈留太守胡硕碑》均作于三十多岁，《荐边让书》

和《范丹碑》是五十岁以后所作。① 这些作品历经蔡邕的青年、中年和晚年，无论是应邀而作，还是自愿操笔，都说明一个问题：蔡邕一生心系陈留兖州，始终保持着对家乡的高度关注。这应是他能够在陈留、兖州间获得较高人望的重要因素。

（三）蔡邕对陈留兖州人际关系的着意经营

蔡邕一生，非常重视在本州郡的人际关系，一个突出表现就是奖掖荐举了大批兖州名士，尤其是陈留士人。

蔡邕经学造诣深厚，声望很高，灵帝和大将军何进都很看重他。献帝初，董卓掌权，对蔡邕也很器重。蔡邕很善于利用这些优势，多次提携荐举本州郡大族名士，申屠蟠、边让、王粲就是其中代表。

蔡邕曾被州郡辟除，他坚决辞让给同郡申屠蟠，有《被州辟辞让申屠蟠》一文为证。申屠蟠，陈留外黄人，九岁丧父，年十五为诸生，曾上书县令，为一义女子辩护成功，“乡人美其义”。《后汉书·申屠蟠传》说：“（蟠）家贫，佣为漆工。郭林宗见而奇之。同郡蔡邕深重蟠，及被州辟，乃辞让之曰：‘申屠蟠禀气玄妙，性敏心通，丧亲尽礼，几于毁灭。至行美义，人所鲜能。安贫乐潜，味道守真，不为燥湿轻重，不为穷达易节。方之于邕，以齿则长，以德则贤。’后郡召为主簿，不行。”从申屠蟠经历看，他应该是当地大姓，不过，既然未为州郡所辟，说明他当时声望还不高。蔡邕的“辞让”实是一封为申屠蟠延誉的推荐书。不久，陈留太守就把申屠蟠召为郡主簿。郡主簿是郡守的重要助手，是郡文吏中的重要职务。蔡邕当时也未入仕，却能够对郡守用人产生影响，可见，蔡氏在陈留势力强大。

蔡邕逃难吴会期间，也保持着与本郡的联系，曾专门给大将军何进写信荐举郡人边让。边让，少辩博，能属文，著有《章华台赋》。当时，大将军何进已辟边让为令史，但“议郎蔡邕深敬之，以为让宜处高任”，乃荐于何进，说：“使让生在唐、虞，则元、凯之次，运值仲尼，则颜、冉之亚，岂徒俗之凡偶近器而已者哉！”“让后以高

① 上述作品系年，参考了邓安生《蔡邕集编年校注》及刘跃进先生《蔡邕行年考略》的研究成果。

才擢进，屡迁，出为九江太守，不以为能也。"[1] 看来，蔡邕的推荐信发挥了作用，但边让并非如蔡邕所言"宜处高任"，蔡邕推荐边让的动机并不能排除着意建立乡谊的嫌疑。

蔡邕贵重于董卓掌权之时，着意奖掖后进，山阳人王粲就得到蔡邕高调延誉。《三国志·魏书·王粲传》云："王粲字仲宣，山阳高平人也。曾祖父龚，祖父畅，皆为汉三公。……献帝西迁，粲徙长安，左中郎将蔡邕见而奇之。时邕才学显著，贵重朝廷，常车骑填巷，宾客盈坐。闻粲在门，倒屣迎之。粲至，年既幼弱，容状短小，一坐尽惊。邕曰：'此王公孙也，有异才，吾不如也。吾家书籍文章，尽当与之。'"王粲为"建安七子"之一，善于辞赋，深得三曹父子赏识。蔡邕荐举、奖掖边让和王粲，固然可以认为是欣赏他们的才学，不过，有一点不容忽视，王粲家族是山阳高门，边让也是陈留大姓，蔡邕为二人延揽声誉不能排除着意经营兖州人际关系的嫌疑。

当然，申屠蟠、王粲、边让等兖州名士确有其才，蔡邕对他们的提携也不无惺惺相惜的知己心理。能够使人尽其才，这也是儒家交友之道。蔡邕《正交论》说："至于仲尼之正教……交游以方，会友以文，可无贬也。谷梁子亦曰：'心志既通，名誉不闻，友之罪也。'"客观上说，蔡邕荐举申屠蟠等兖州文士，既有故土情结，也有超越地域的文化驱动力；既为蔡氏家族赢得了社会声望，也带动了该地区的文化发展。

蔡邕着意营建兖州人际关系甚至引起了中常侍宦官的注意。中常侍程璜曾使人上书诬陷蔡邕和叔父蔡质多次以私事请托兖州郡国长官。蔡邕上书自陈，文中说："臣被召，问以大鸿胪刘郃前为济阴太守，臣属吏张宛长休百日，郃为司隶，又托河内郡吏李奇为州书佐，及营护故河南尹羊陟、侍御史胡母班，郃不为用致怨之状。臣征营怖悸，肝胆涂地，不知死命所在。窃自寻案，实属宛、奇，不及陟、班。"蔡、羊两家本为世交姻亲，蔡氏与泰山名族胡母氏可能也有某种特殊关系，三家同朝为官，在政治上是利益共同体。流放五原期

① 《后汉书·文苑列传·边让传》，中华书局1965年版，第2646—2647页。

间，蔡邕作有《徙朔方报羊陟书》，从现存文字看，这是给亲人密友的报平安的书信；流亡吴会之时，蔡邕“往来依泰山羊氏”。这些资料显示：蔡邕与羊陟之间的关系非同一般，可以说是生死之交。羊陟遭遇政治祸患，蔡邕理当尽力救护，程璜之辞不见得是诬枉。至于向济阴、河内太守请托私交张宛、李奇之事，蔡邕供认不讳，但他辩解说，“凡休假小吏，非结恨之本”，这句话恰好透露了一条信息：蔡邕平素对家族在乡里社会的威望一直是用心维护的，即使是本郡小吏，他也会用心相处。类似之事，或非仅此一例。重视家族在故土社会的声望，这在两汉乃至中国古代社会都是很正常的。

（四）蔡邕在陈留兖州间的社会威望

蔡邕对陈留、兖州间人情社会的着意营建也为其带来了很高社会声望。《后汉书·蔡邕列传》有三条相关史料：

“邕性笃孝，母常滞病三年，邕自非寒暑节变，未尝解襟带，不寝寐者十旬。母卒，庐于冢侧，动静以礼。有菟驯扰其室傍，又木生连理，远近奇之，多往观焉。与叔父从弟同居，三世不分财，乡党高其义。”——这是以孝悌而得美誉。

“初，邕在陈留也。其邻人有以酒食召邕者，比往，而主以酣焉。客有弹琴于屏。邕至门，试潜听之，曰：‘嘻，以乐召我而有杀心。何也？’遂反。将命者告主人曰：‘蔡君向来，至门而去’。邕素为邦乡所宗，主人遽自追而问其故，邕具以告，莫不怃然。”——这里涉及蔡邕的才艺及在乡里社会的声望和地位。

蔡邕卒，“兖州、陈留间皆画像而颂焉”。——这是蔡邕在故土社会崇高声望的见证。

又《太平广记》卷一六四引《蔡邕别传》云：“东国宗敬邕，不言名，咸称蔡君。兖州、陈留并图画蔡邕形象而颂之曰：‘文同三闾，孝齐参、骞。’”

蔡邕以才学受乡人景仰，为一方宗师，他为乡里社会培养了不少人才。据《三国志·魏书·王粲传》记载，陈留阮瑀“少受学于蔡邕”，建安中，与广陵陈琳同为司空曹操军谋祭酒，“管记室，军国书檄，多琳、瑀所作”。裴松之注引《文士传》说，阮瑀“善解音，能鼓琴”。看来，蔡邕和阮瑀师徒在音乐、琴技和文章诸方面确有相通之处。裴松之注又因《典略》说："（路）粹字文蔚，少学于蔡邕。……粹后为军谋祭酒，与陈琳、阮瑀等典记室。"阮瑀和路粹都是陈留人，建安著名文学家。清嘉靖《尉氏县志》卷四云："蔡相公庙在县西四十里燕子坡，其断碑上截犹存，云：'蔡邕赴洛，其徒阮瑀等饯之于此。缱绻不能别者累日。邕既没，复相与追慕之，立庙焉。'"从这条史料可知，蔡邕在陈留的弟子应该不止阮瑀和路粹二人。

蔡邕对兖州也有特别的信赖感，或者说，是危难时刻寻求"邦族"庇护的安全感。延熹二年秋，梁冀新诛，中常侍徐璜等擅权，蔡邕之师胡广因辅翼梁冀而免官，士人领袖大鸿胪陈蕃等人亦受压制，对士阶层而言，朝中政治形势患祸难测。此时，徐璜听说蔡邕善于鼓琴，以朝廷名义敕令陈留太守派蔡邕入京，蔡邕被迫奉命入洛，行至偃师，告病而返。感愤此事，乃作《述行赋》。此赋比较真实地反映了而立之年的蔡邕对朝局、历史及个人政治命运的深入思考。该赋以"爰结踪而回轨兮，复邦族以自绥"结束正文，真切反映了蔡邕此时的复杂心理：一面是对不确定的政治命运的忧惧不安，一面是回到家乡、回归宗族的安全感。政治上的忧惧不安恰好借邦族庇护而获得的安宁感得以消解，蔡邕因而获得了微妙的心灵慰藉。经历三十年宦海风波之后，类似的政治处境和类似的逃祸心境再度考验蔡邕。《后汉书》本传载：献帝初，董卓霸权，强迫蔡邕入仕，拜为左中郎将，从献帝迁都长安。董卓看重蔡邕才学，厚待他，蔡邕也每存匡益。然而，董卓刚愎自用，蔡邕觉得自己终难济世，意欲逃脱董卓的控制，他对从弟蔡谷说："董公性刚而遂非，终难济也，吾欲东奔兖州，若道远难达，且遁逃山东以待之，何如?""山东"即崤山以东，是指以兖州、豫州、三河一带为主体的中州地区。显然，蔡邕把中州，特别是兖州，看作了生命的庇护所，这种信赖心理当来自蔡氏家族和蔡邕本人在该地区拥有广泛深厚的社会基础和崇高声望。

二　蔡邕浪迹吴会期间在中原的文学活动考论

灵帝光和二年（179 年），为了躲避政敌的追杀与陷害，蔡邕亡命江海，远至吴郡、会稽郡一带，长达十二年。期间，蔡邕曾多次经由泰山郡往来于中原与吴会之间。这一生命逃亡和政治避难经历，给蔡邕的人生带来了诸多意想不到的改变，也为中原文化与吴会文化的双向传播创造了不少奇迹，并对汉末文风转变产生了一定影响。

浪迹吴会期间，蔡邕与中州的人事联系从未间断。他不仅关注着中州政坛、文坛上的大事要事，为诸多中州名士及其亲属撰写了大量碑铭，还亲自参加了清流名士陈寔的葬礼，甚至给执政的外戚大将军何进写信荐举乡人边让。这些文化活动，不论是对蔡邕的文学创作，还是对汉末文学的整体发展，都有特殊意义。它使我们看到了汉灵帝后期的文士集团、郡国势力在政治动荡的旋流中如何自保、结盟、壮大，如何推动文学创作逐渐深入文士的精神世界，深入到对人的个性、才学、审美情趣的认知接受，汉魏之际的文学新变也就在此政治文化环境中萌芽生长。

浪迹吴会的十二年间，对蔡邕的文学活动产生重要影响的中州名士当以大将军何进为首。何进，南阳人，灵帝何皇后之兄，中平元年（184 年）三月拜大将军，中平六年八月被杀，在位六年。何进拜大将军之初，开府招贤纳士，“博征智谋之士逢纪、何颙、荀攸等，与同腹心”，亦辟孔融、王朗、荀爽、陈琳、王匡等名士为僚属。如此一来，就形成了一个以大将军何进为中心、汇集八方名贤的政治—文化集团。蔡邕与何进之间有过多次交游。

蔡邕参加过在何进幕府举行的文士集会，并写信向他郑重推荐文学才子边让。《后汉书·文苑列传·边让传》说：“大将军何进闻让才名，欲辟命之。恐不至，诡以军事征召。既到，署令史，进以礼见之。让善占射，能辞对。时，宾客满堂，莫不羡其风。府掾孔融、王朗并修刺候焉。议郎蔡邕深敬之，以为让宜处高任，乃荐于何进。”本段文字显示，边让在何进府占射辞对之时，蔡邕与孔融、王朗等人都在场。不过，蔡邕《与何进书荐边让》作于集会之后的流亡途中，因为文中有“邕寝疾羸，匍匐拜寄，不敢须通”等语。据理推之，情况或许是这样：蔡邕看见何进接待边让、满座宾客无不羡慕边让风采风流的情景，萌生了敬慕荐举之心，出于慎重，出于“密疏特表，及期而行，邦国其昌”的考虑，才用书信郑重荐举。蔡邕《与何进书荐边让》值得注意的两点是：不循东汉荐举书以德行为首、经术次之的常规，而是突出了被荐举人“才艺言行，卓逸不群”的个性特点，反映了汉末人物品评以才艺为首的新风尚；风格精雅谐畅，语句长短相间、骈散结合，读来有一气贯注而雍容不迫之感，将儒家“发乎情，止乎礼义”的伦理美与文章的节奏美结合得恰到好处。

蔡邕还与何进等人一起共同完成了为太尉杨赐树碑刻铭之事，所作《太尉杨赐碑》成为汉代碑文经典。杨赐乃司徒杨震之孙，父秉官至太尉，建宁初以《桓君尚书章句》侍讲灵帝，同时收授门生，何进亦在其中。杨赐卒，灵帝赐号特进，谥以“文烈”，诏令公卿以下会葬。蔡邕、何进都参加了杨赐葬礼，何进为之树碑，蔡邕为之撰写碑文。蔡邕《太尉杨赐碑》载其事，曰：“于是门生大将军何进等，瞻仰洙泗公丧之礼，纠合朋徒，稽诸典则，佥以为匡弼之功……则是门人二三小子所特贯综。敢竭不才，撰录所审言于碑。”蔡邕与杨赐颇有交情。熹平中，蔡邕与杨赐曾在东观共著《汉记》，共同上书刊定“五经”文字，蔡邕为之书碑立于太学门前。光和元年（178年），蔡邕与杨赐又共罹金商门之祸，二人实为患难之交。[①] 杨赐之子杨彪，熹平中征拜议郎，迁侍中；光和中复为侍中、五官中郎将；献帝初，杨赐以大鸿胪从献帝西迁。这三个时段内，蔡邕一直与杨彪同朝为官，加之乃父的关系，二人交情不薄。蔡邕为弘农杨氏所撰碑文不止一篇，今存《太尉杨秉碑》及两篇《太尉杨赐碑》。《文心雕龙·碑诔》称《太尉杨赐碑》“骨鲠训典”。该文叙事赅要，评论公允，文辞清雅典美，布局谋篇、节奏文律也有独特之处——以杨赐官职为序，以排比句群历述杨赐之巍巍功德，整饬的排比营造出庄敬肃穆的宏大气氛，而排比句的间隔又造成参差错落之美，文气似断若续，恰与回肠荡气的思慕哀恸之情婉转相合。

---

① 《后汉书·杨震列传附杨赐传》载：“光和元年，有虹霓昼降皇宫，灵帝恶之，诏光禄大夫杨赐、议郎蔡邕等入金商门崇德署，使中常侍曹节、王甫问以祥异祸福所在。赐、邕等各以书对。书奏，甚忤曹节等。蔡邕坐直对抵罪，徙朔方。杨赐以师傅之恩得以免咎。”

何进幕府文士中，府掾北海孔融与泰山王匡和蔡邕的关系都很好。孔融为“建安七子”之一，善于著论，曹丕谓之“体气高妙”①。孔融与蔡邕是挚友，有惺惺相惜之谊。陈寿《三国志·魏志卷十二》裴松之注：“（融）爱才乐酒。虎贲士有貌似蔡邕者。融每酒酣，辄引与同坐。曰：‘虽无老成人，尚有典刑。’”裴又引《英雄记》曰：“（王）匡，字公节，泰山人。轻财好施，以任侠闻。辟大将军何进府。进符使匡于徐州发强弩五百，西诣京师。会进败，匡还乡里。起家拜河内太守。”又引谢承《后汉书》曰：“匡少与蔡邕善。其年为卓军所败，走还泰山。集劲勇，得数千人，欲与张邈合。”② 看来，王匡与何进是相互信赖和倚重的。蔡邕既然与王匡友善，何进自然会更加看重蔡邕。

蔡邕与何进之间或许还有另种意义上的关系。桓灵时期，陈留出现了大批在全国都有声望的名士，如朝中有司空虞放、卫尉蔡质、尚书蔡邕、五官中郎将爰延、东观著作边韶等，郡中有申屠蟠、范丹、边让、黄忠、守外黄令的张升③等。他们彼此奖掖、荐举、推高声望，有意无意之间，结成了一个具有某种共同利益的地域性政治文化群体，或可谓之“陈留势力”。从何进招纳陈留名士之事即可看出端倪。何进礼遇边让，且接受蔡邕推荐擢升了边让官职，除此，何进还以特殊礼节延请名士申屠蟠，蟠同乡五官中郎将爰延和黄忠二人也积极为此周旋。黄忠在写给申屠蟠的信中说到：“大将军幕府初开，征辟海内，并延英俊，虽有高名盛德，不获异遇。至如先生，特加殊礼，优而不名，申以手笔，设几杖之坐，引领东望，日夜以冀。弥秋历冬，经过二载。深拒以疾，无惠然之顾，重令爰中郎晓畅殷勤，至于再三，而先生抗志弥高，所执益固。”爰中郎即爰延。申屠蟠的声誉，与蔡邕被州辟而辞让于他有很大关系，因为这是申屠蟠第一次得

---

① 曹丕：《典论·论文》。明张溥：《汉魏六朝百三家集》卷二十四《魏文帝集》，吉林出版集团有限公司 2005 年版，第 569 页。

② 《三国志·魏志·武帝纪》裴松之注，中华书局 1959 年版，第 6 页。

③ 张升，字彦真，陈留尉氏人，西汉御史大夫张汤之后。事见《后汉书·文苑列传》。

到名士的书面荐举。灵帝末年，外黄县令吴郡高彪也向朝廷推荐过申屠蟠，而高彪恰是蔡邕欣赏的东观同僚。从现存史料看，无论政治还是学问，抑或是名望，申屠蟠在全国范围内并非“高名盛德”，何进却“特加殊礼”，这就很容易给人这样的印象：申屠蟠的声誉似乎是陈留士人群体推高的。[①] 通过申屠蟠之事，我们可以约略感受到，蔡邕及其背后的陈留势力已不仅是文坛上的活跃者，他们已通过文学、通过相互提携，成为政治上的活跃力量。

中平年间，蔡邕在中州的重要文学活动总与大将军何进有关联，《陈寔碑》的创作又是一例。名士颍川陈寔卒，大将军何进遣使吊祭，蔡邕为陈寔作碑文三篇，其一为《文选》收录，题曰《陈太丘碑》。值得注意的是，关于陈寔谥号的拟定者，蔡邕《陈太丘碑》与《后汉书·陈寔传》记载不同。《陈太丘碑》说：“大将军吊祠，锡以嘉谥，曰：‘征士陈君，禀岳渎之精……搢绅儒林，论德谋迹，谥曰文范先生。’”蔡邕本集所收另一篇《陈寔碑》也有“大将军赐谥”语。从蔡邕所作碑文看，“文范先生”的谥号是大将军何进所赐。《后汉书·陈寔传》曰：“中平四年，八十四，卒于家。[②] 何进遣使吊祭，海内赴者三万余人。制衰麻者以百数。共刊石立碑，谥曰文范先生。”从《后汉书·陈寔传》看，陈寔谥号是群儒共同拟定，蔡邕在三篇碑文中都说是何进所赐，并且特意转述何进的赐谥全文，是否可以这样理解——恭是不动声色地彰显了何进礼遇名士的美德？何进虽是外戚，却反对宦官专权、支持士人执政。当时，何进是朝中政治清流的代表，也是士大夫集团利益的代表。蔡邕与何进等成千上万的士人共同参与陈寔丧礼，实为士大夫集团内部彼此呼应、相互支持的表现。或许，《陈寔别传》的作者正是从这个意义出发，将蔡邕视为诸儒的代表，把众名士的立碑行为归功于蔡邕一人——“寔卒，蔡邕为

---

① （唐）马总《意林》因袭曹丕《典论》之论，说：“桓灵之际，阉寺专命于上，布衣横议于下。干禄者殚货以奉贵，要名者倾身以事势。位成乎私门，名定乎横巷。由是……长爱恶，兴朋党。”以此论汉末陈留士人整体情况，也无不可。

② 蔡邕三篇《陈寔碑》均作于“中平三年”。应以碑文为准。

立碑刻铭”。[1] 陈寔会葬，已经不只是一个名士的葬礼，它已成为士人阶层汇聚自身力量以对抗宦官势力的社会化集体行为。蔡邕精心为陈寔作碑文，明确表示对士人力量的支持，这与何进招纳贤士的初衷完全一致。而且，陈寔会葬也是一次文士大集会。陈寔本人就是一位有造诣的文人，曾师从著名方士兼经学家南阳樊英受学，作有志怪小说《异闻记》等。[2] 陈寔之子陈纪，也是汉魏之际声名显赫的文士，献帝初拜五官中郎将，历侍中、太仆、尚书令、大鸿胪等职，是曹魏集团中的颍川名士代表，著有《肉刑论》等。私淑陈寔的颍川荀爽也是学问通博、善于著述之人，今存《周易注》等，《全后汉文》辑录荀爽五篇文章，其中，《遗李膺书》表述对现实的看法，洞几识微，超迈时俗，行文典丽清畅，有飘逸自适之韵。蔡邕《陈太丘碑》论陈寔为人，说：“其为道也，用行舍藏，进退可度，不徼讦以干时，不迁贰以临下。……交不谄上，爱不渎下，见机而作，不俟终日。”这种评价确与陈寔其人及时人的看法相合，难怪《文心雕龙·碑诔》说它“词无择言（即‘词无败言’）”，《文选》亦收录蔡邕《陈寔碑》。

何进卒后，董卓掌权，重用蔡邕，蔡邕遂从时而潜伏、时而活跃的名士一跃而为主导文坛的领袖，积极推动了汉末文人利益集团向文人创作集团的转变。[3]

何进之外，对蔡邕逃亡期间的文学创作影响较大的中州名士还有不少，如桥玄、樊陵等。桥玄，梁国睢阳人，灵帝建宁三年，以司徒辟蔡邕为掾，深敬之。桥玄是第一个举荐蔡邕入仕的人。按照东汉人伦价值，桥、蔡二人将是一生的政治盟友。事实正是如此，蔡邕为桥玄所撰碑铭可以为证。桥玄每有升迁，蔡邕都为之作铭，《黄钺铭》、《东鼎铭》、《中鼎铭》、《西鼎铭》都是歌颂桥玄功德。光和末，桥玄

① 王先谦：《后汉书集解》，沈钦韩引《陈寔别传》，中华书局影印本 1984 年版。

② 见《后汉书·方术列传·樊英传》及葛洪《抱朴子·内篇·对俗》（四库全书本）。

③ 刘跃进先生认为：“在文人利益集团形成过程中，蔡邕的创作起到了推波助澜的重要作用，特别是蔡邕晚年，地位显赫，建安时期很多作家都得到过蔡邕的提携和延誉。”见刘跃进《秦汉文学论丛·蔡邕的生平创作与汉末文风的转变》，凤凰出版社 2008 年版，第 186 页。

卒，蔡邕虽在流亡，亦作《太尉桥玄碑》与《太尉桥玄碑阴》。两文一改典重整饬的旧习，以灵活多变的短句为主，以雄健凝练的对仗句错落其间，通脱清畅，气韵天成，刘勰将其作为汉碑名篇。蔡邕为桥玄作碑文，意义还在个人情谊之上。桥玄忠勇果敢，“谦俭下士”，“拔贤如旋流，讨恶如霆击”，蔡邕敬之，碑称“桥父”。和蔡邕一道同为桥玄树碑的还有博陵崔烈。此人乃崔寔从兄，“有文才，所著诗、书、教、颂等凡四篇”。浪迹江海期间，蔡邕还作了《太尉刘宽碑》、《京兆樊惠渠颂》和《京兆尹樊陵颂碑》。樊陵，南阳樊英之孙，灵帝时以谄事宦官为司徒，是灵帝晚年倚重之人。刘宽，弘农人，著名鸿儒循吏，曾以《尚书》授灵帝，深得灵帝敬重。蔡邕为刘宽、樊陵作文颂德，说明他有不愿远离政治、随时准备回到朝廷的隐微心态。通过蔡邕逃亡期间创作的有关中州及中州名士的作品，通过他对名行有缺的崔烈、樊陵等人的友善态度，我们看到，蔡邕对朝中政局始终很关切，不但仕宦之心不曾湮灭，对其师胡广依违避就的政治全身术似乎也有所继承。了解了这一点，蔡邕作文（如《荐董卓可相国并自乞闲冗章》）媚事董卓也就不难理解了。

三　蔡邕在吴会的文学活动考论

蔡邕亡命江海主要是在吴会之地。期间，蔡邕接触到了异于中原的风土人情和文化氛围，在与吴会士族大姓接触的过程中，他将中原文化播撒在了吴越大地上，同时，也吸收了某些吴越文化营养并体现在这一时期的文学创作中。

蔡邕在吴会的文学活动，正史没有记载，不过，依据蔡邕诗文、《会稽典录》及有关史料可略作考察。

蔡邕流放朔方之前，朝中有两位吴会文士与之交好，一位是吴郡无锡人高彪，一位是会稽韩说。《后汉书·文苑列传·高彪传》曰：“除郎中，校书东观。数奏赋、颂、奇文，因事讽谏，灵帝异之。时，京兆第五永为督军御史，使督幽州。百官大会，祖饯于长乐观。议郎蔡邕等皆赋诗，彪乃独作箴曰……邕等甚美其文，以为莫尚也。”高彪、蔡邕等人为第五永饯行的时间应在蔡邕作《幽冀刺史久阙疏》

后不久，时在熹平六年（177 年）。当时，蔡邕、高彪均在东观。高彪出身单寒，“有雅才而讷于言”，曾受到马融冷遇。蔡邕当时文名正盛，他带头赞赏高彪，至少能为高彪延誉，这说明二人平时关系不错。高彪后来出为陈留外黄令，“有德政，上书荐县人申徒蟠等。病卒于官”。高彪为外黄县令在熹平六年之后，其时，蔡邕已获罪离京，不是在朔方，就是在吴会。可以推测，蔡邕避难吴会之时，高彪是会予以帮助的，只是史料有缺，难知其详。蔡邕与韩说曾共事东观，二人志同道合。《后汉书·蔡邕列传》曰：“邕以经籍去圣久远，文字多谬，俗儒穿凿，疑误后学。熹平四年，乃与五官中郎将堂谿典，光禄大夫杨赐，谏议大夫马日磾，议郎张驯、韩说，太史令单飏等，奏求正定《六经》文字。灵帝许之，邕乃自书丹于碑，使工镌刻立于太学门外。于是后儒晚学，咸取正焉。及碑始立，其观视及摹写者，车乘日千余两，填塞街陌。”《后汉书·吴延史卢赵传》：“（卢植）与谏议大夫马日磾、议郎蔡邕、韩说等并在东观，校中五经记传，补续《汉记》。”这桩正定“五经”文字并书写树碑于太学门前的文化盛事，是蔡邕、韩说、杨赐、马日磾、卢植等文学之士共襄而成，影响深远。[①] 从现存史料可以看出，蔡邕与东观同僚卢植等人结下了深厚情谊。蔡邕流放朔方之时，卢植竭力营救；后来，卢植冒犯董卓，遭遇生命危险，蔡邕亦挺身相救。听说蔡邕要被王允杀害，马日磾急驰相救。杨赐卒，蔡邕为之作碑。[②] 韩说亦与蔡邕友善。《后汉书·方术列传下·韩说传》：“韩说，字叔儒，会稽山阴人也。博通五经，尤善图纬之学。举孝廉。与议郎蔡邕友善。数陈灾眚，及奏赋、颂、连珠。稍迁侍中。光和元年十月，说言于灵帝，云其晦日必食，乞百官严装。帝从之，果如所言。中平二年二月，又上封事，克期宫中有灾。至日南宫大火。”蔡邕亡命江海在光和、中平之际，正是韩说得

---

① 《后汉书·宦者列传·吕强传》：“（宦者李）巡以为诸博士试甲乙科争第高下，更相告言，至有行赂定兰台漆书经字以合其私文者。乃白帝，与诸儒共刻五经文于石。于是，诏蔡邕等正其文字。自后五经一定，争者用息。”

② 《后汉书》之《蔡邕列传》、《卢植传》。

灵帝信任之时。有学者认为，蔡邕在吴，曾寓居韩说家，《翠鸟诗》写的就是当时心境。[①] 该诗以南方常见的翠鸟为喻，写其“幸脱虞人机，得亲君子庭”时怡然自得的心情。蔡邕亡命之初，“流离藏窜”[②]，仓惶困乏，沮丧忧郁。他的《九惟文》描述此时情景，说：“居处浮漂，无以自存。冬日栗栗，上下同云。无衣无褐，何以自温？六月徂暑，炎赫来臻。无𫄨无绤，何以蔽身？无食不饱，永离欢欣。”[③] 能够在吴地暂时安定下来，对逃亡的蔡邕来说，温暖、感激、庆幸之心并存。

蔡邕在吴会，与当地文士多有交往，不仅使中原文化传播至此，也带动了吴会文化的北传，其中，王充《论衡》和赵晔《诗细》因蔡邕而传至中州，影响最著。会稽王充，明帝永平中曾入太学，师事班彪，家贫难以购书，常到洛阳书肆读书，对京洛文化应该有较为深刻的认识和体悟，当时京师文士对王充也必有所了解，然而，在蔡邕之前，中原人对王充似乎不怎么关注，就连班固也未提携他，唯有同乡会稽谢夷吾为之延誉。谢夷吾向章帝荐举王充，说：“充之天才，非学虽加，虽前世孟轲、孙卿，近汉扬雄、刘向、司马迁，不能过也。”为此，章帝公车征王充，充因年老有病没有应征，遂潜心著述《论衡》及《养性书》等。《论衡》完成于和帝永元初，与蔡邕避难吴会相隔已近百年，整个中州却未见流传，《论衡》能够传到中州，不仅因蔡邕将其携带回中州，更得蔡邕赏识荐拔之力。《后汉书·王充列传》注引袁山松《后汉书》曰：“充所作《论衡》，中土未有传者，蔡邕入吴始得之，恒秘玩以为谈助。”李贤又引《抱朴子》说：“时人嫌蔡邕得异书，或搜求其帐中隐处，果得《论衡》，抱数卷持去。邕叮咛之曰：‘唯我与尔共之，勿广也。’”《论衡》的主要思想确与中州盛行的谶纬思潮相异。该书创作，“起（缘于）众书并失实，虚妄之言胜真美也”，“今《论衡》就世俗之书，订其真伪，辨

① 邓安生：《蔡邕集编年校注》，河北教育出版社 2010 年版，第 305 页。

② 蔡邕：《荐董卓可相国并自乞闲冗章》。

③ 《艺文类聚》卷三十五，上海古籍出版社 1982 年版。

其实虚，非造始更为，无本于前也”。或许正因如此，蔡邕异常珍视《论衡》，中州士人也以“异书”视之。蔡邕将《论衡》带回中州，带来了一股思想上的“异域”新风。[①]《后汉书·儒林列传·赵晔传》曰：“晔著《吴越春秋》、《诗细历神渊》。蔡邕至会稽，读《诗细》而叹息，以为长于《论衡》。邕还京师，传之，学者咸诵习焉。”《诗细历神渊》一书，很可能在汉末已亡佚，除了上引记载外，至今未见到任何书籍谈及或引用此书，内容无从得知。但是，从赵晔师承看，该书应与薛汉所传《韩诗》有关；[②] 从书名看，该书很可能是从谶纬学角度解《诗》。无论《诗细》内容如何，单从京师“学者咸诵习焉”看，该书在当时必与《论衡》一样被中州文士视为奇书佳作。蔡邕将《诗细》带回中州，无疑又带回了一股吴越文学新风。

从现存史料看，王充与赵晔之书在吴会的流传仅限于少数人之间，得之不易。当时，造纸技术远未普及，非富庶之家难以得到大量宜于书写的简牍纸张，也就难以得到传抄的书籍。据理推之，蔡邕能够读到《论衡》和《诗细》，很可能是在与吴会望族文士的交往过程中实现的，蔡邕“读《诗细》而叹息”之事能够为他人所知，也应是在蔡邕与吴会文士交往中逐渐流传开来的。另据《会稽典录》载，蔡邕在会稽看到了邯郸淳撰写、上虞令度尚所立的《孝女曹娥碑》，并在碑阴题“黄绢幼妇，外孙齑臼”八字。《异苑》载：“陈留蔡邕

---

① 《论衡》以“疾虚妄”为宗旨，对谶纬中的感生、受命、生知、吹律定姓、五行相害、灾异遣告以及鬼神祭祀等俗世虚妄之说予以批评。这些说法在京畿地区都非常盛行。《论衡》传入中土，冲击了中州谶纬思潮，故而被人视为“异书”。蔡邕与琅邪王朗俱为名士，都与何进交好，二人很熟。献帝初，蔡邕将《论衡》带入中州，建安中，王朗任会稽太守，又得《论衡》。王朗对《论衡》产生兴趣，或许是从蔡邕那里开始的。

② 《后汉书·儒林列传》载，淮阳薛汉世习《韩诗》，尤善说灾异谶纬。建武初，为博士，受诏校订图谶。当世言《诗》者，推汉为长。犍为杜抚是薛汉弟子，作《诗题约义通》，学者传之，曰《杜君法》。杜抚永平中在东观做事，文才应该不错。赵晔少从杜抚受《韩诗》，穷究其术，积二十年。四家诗中，《韩诗》与阴阳五行说、谶纬说联系最紧密。赵晔乃薛汉再传弟子，生活在谶纬神学非常繁盛的明、章时期，又是崇尚巫鬼之术的越人，文学著述中有谶纬神学思维不足为奇，何况，今存《吴越春秋》的神巫色彩相当浓厚。《诗细历神渊》的题名带有谶纬痕迹，或许与《吴越春秋》一样具有较强的神奇色彩。蔡邕以为《诗细》胜过《论衡》，至少有文采上的原因。因为，《论衡》不尚华丽，以质朴平实见长。

避难过吴，读碑文，以为诗人之作，无诡妄也。因刻石旁作八字。”①蔡邕读碑题字之事被吴人记录并流传，在吴地影响不小，自然也是蔡邕与当地名士交游的结果。

蔡邕与吴会文士间常用诗文酬答，这在他作于吴会的两首诗中有所反映。

《答对元式诗》说：

> 伊余有行，爰戾兹邦。先进博学，同类率从。济济群彦，如云如龙。君子博文，贻我德音。辞之集矣，穆如清风。

《答卜元嗣诗》又云：

> 斌斌硕人，贻我以文。辱此休辞，非余所希。敢不酬答，赋诵以归？

这两首诗的内容，都是关于蔡邕与文彦集会及诗文酬答的和乐情景，应是在吴期间的作品。诗中提到“济济群彦”、“斌斌硕人”，可见当地文士众多，且与蔡邕交好。诗中又有“辱此休辞，非余所希”等语，透露出了蔡邕作为寓居者的恭谨谦逊姿态。从蔡邕的游历看，只有在吴会之地才可能有如此情状。试考辨如下：

蔡邕往来中州与吴会之时，曾路经泰山、鲁国一带，甚至游览过鲁国灵光殿，但没有史料表明他与当地文士有过聚会。② 蔡邕曾被流放朔方。朔方地广人稀，人才匮乏，蔡邕从忠孝素著的恩宠之臣“无状取罪，捐弃朔野”③，路上又遭遇政敌追杀，惊魂不定，今存史料难以找到蔡邕在朔方交游名士的迹象。而上引两诗从容娴雅，当是安

---

① 《后汉书·蔡邕列传》李贤注、《世说新语·捷悟》刘孝标注。

② 《后汉书·王逸列传附王延寿传》：“子延寿，字文考，有俊才。少游鲁国，作《灵光殿赋》。后蔡邕亦造此赋未成，及见延寿所为，甚奇之，遂辍翰而已。”看来，蔡邕游览过鲁国灵光殿并作了赋。

③ 蔡邕《让高阳乡侯章》语。严可均《全后汉文》卷七十一。

居时所作。从现存史料看，作于吴地的可能性最大。东汉时期，吴会之地，早已文士济济。曾经在洛生活过的著名文士就有严光、郑弘、谢夷吾、王充、钟离意、韩说、高彪等。到了汉末，吴会之地已经形成“较固定的、普遍承认的地方当权大族，比如……吴郡有顾、陆、朱、张，会稽有虞、魏、孔、贺更为世所习知”。[①] 这些大家族以学问相尚，成为吴会地区的文化精英，如顾雍，陆逊、张昭、虞翻等皆汉末吴会名士，学问、韬略、文章，世所瞩目。蔡邕在吴，顾雍从其学琴学书法。顾氏为吴第一望族，必然对自己的老师尽力关照，那么，蔡邕在吴的生活也就从容许多。蔡邕在会稽，又有好友韩说家族庇佑。据理推断，蔡邕流亡期间，只有在吴会地区的生活比较稳定且优雅从容，那么，《答对元式诗》与《答卜元嗣诗》两诗作于吴会的可能性是最大的。

一代文化大师的流徙，往往促成文化的空间流动，乃至在某个时空形成独特的文化景观。蔡邕自中原而南涉吴越，他所承载拥有的中原文化艺术也随身到了吴会地区，吴会士族的艺术世界因此增添了中原的高华。十二年后，蔡邕回到中原，吴会大地依旧世世代代流传着蔡伯喈的故事。这也是蔡邕避难吴会所创造的奇迹。

蔡邕避难吴会，为当地书法、音乐等文化艺术的发展创造了奇迹。

蔡邕是位艺术全才，工书画，“妙善音律”。《太平御览》卷七百五十引孙畅之《述画》曰：“汉灵帝诏蔡邕图赤泉侯杨喜五世将相形象于省中，又诏邕为赞，仍令自书之。邕文、画、书，于时独擅。”在吴会安定下来之后，蔡邕精心钻研琴学，编辑著述《琴操》一书。这是我国现存最早的一部解题性质的音乐专著，主要记载了汉代流行的琴曲歌辞及相关本事。今人逯钦立《先秦汉魏晋南北朝诗》卷十一辑录有汉代“琴曲歌辞”，皆出自蔡邕《琴操》，共四十二首，即十二操、九引、杂弄二十一章。逯钦立认为，这些歌辞“皆两汉琴家拟作”。《琴操》还收录了五首《诗经》之诗，其中，蔡邕《琴赋》提到的有《鹿鸣》、《梁甫》、《越裳》。《初学记》卷十六引《风俗

① 唐长孺：《唐长儒文集·东汉末年的大姓名士》，中华书局2011年版，第1页。

通》说："凡琴曲，和乐而作，命之曰畅；忧愁而作，命之曰操。"蔡邕《琴操》所收琴歌以忧伤哀愁的清商曲为主，这或许与汉末士族好尚悲哀乐曲有关，但更大的可能性是，蔡邕当时正处逃亡处境，困厄凄苦，对人生之悲哀凄楚体悟更深。蔡邕也许还创有琴曲。《初学记》卷十六引《琴历》曰："琴曲有蔡氏五弄。"《文选》李善注嵇康《琴赋》也说："俗传蔡氏五曲，《游春》、《绿水》、《坐愁》、《秋思》、《幽居》。"据此可知，自汉至唐，"蔡氏五曲"在民间流传很广，影响也很大，但未见载于今本《琴操》，或是今本有亡佚，或是蔡邕另有他作。

在吴会，蔡邕将书法琴艺传授给了吴郡顾雍。《三国志·吴志》卷七《顾雍传》云："蔡伯喈从朔方还，尝避怨于吴，雍从学琴书。"裴松之注："《江表传》曰：雍从伯喈学，专一清静，敏而易教。伯喈贵异之，谓曰：'卿必成致，今以吾名与卿。'故雍与伯喈同名，由此也。《吴录》曰：雍字元叹，言为蔡雍之所叹，因以为字焉。"因为蔡邕的赏识和赐名，顾雍年少即获高誉，这件事被《吴录》记载，必是在吴影响很大。顾雍的曾祖父顾奉曾任东汉颍川太守，顾雍则是东吴孙权最为倚重的谋士之一，顾氏家族正是崛起于汉末三国时期的东吴四大高门之一。①《三国志·吴志》卷七《顾雍传》曰："顾雍依仗素业，而将之智局，故能究极荣位。"所谓"依仗素业"，是指顾氏为江南素族，在吴地实力雄厚。《三国志》本传又载："时访逮民间，及政职所宜，辄以密闻。若见纳用，则归之于上，不用，终不宣泄。权以此重之。"顾雍天性矜重慎言，蔡邕金商门之祸导致的逃亡之痛也很可能在少年顾雍心中留下深刻印记。当年，因为言事不慎且被灵帝泄露机密，蔡邕先被流放朔方，而后又亡命江海。这给蔡

① 《世说新语·赏誉》云："《吴四姓旧目》云：'张文、朱武、陆忠、顾厚。'刘孝标注：《吴录·士林》曰：'吴郡有顾、陆、朱、张为四姓。三国之间，四姓盛焉。'"田余庆《暨艳案及相关问题》解释说："'旧目'当为吴国流传的人物题目汇集……据今见吴国人物资料论之，以张温为文、朱桓为武、陆逊为忠、顾雍为厚，完全合辙。旧目无疑是以题目此四人者概括此四族，而且其说当形成于黄武之时或者略后。"见田余庆《秦汉魏晋史探微》，中华书局 1993 年版，第 285—286 页。

邕留下了刻骨铭心的痛苦记忆。蔡邕在奏疏和诗文中多次道及，如《戍边上章》云："一旦被章，陷没辜戮。……父子家属徙充边方，完全躯命，喘息相随。……臣所在孤危，悬命锋镝，湮灭土灰，呼吸无期。"《让高阳侯章》云："无状取罪，捐弃朔野。蒙恩徙还，退伏畎亩。"《荐太尉董卓可相国并自乞闲冗章》说："流离藏窜，十有二年。"《九惟文》则以"八惟困乏"述其逃亡中的困乏之状，悲哀凄怆之情溢于纸表。这种终生之痛致使蔡邕在后来的仕宦生涯中战战兢兢，每遇升迁或爵赏皆惊恐不安，他对董卓的知遇之恩感激不尽也与这种痛苦经历不无关系。蔡邕发现顾雍"专一清静，敏而易教"，乃以己名相赠，顾雍也欣然接受了蔡邕的赐名。这说明，师徒二人确为知音挚交，蔡邕的切身之痛自会有意无意之间传递给少年顾雍。以顾雍之好学，绝不可能仅从蔡邕处学得琴书而于经术文章无所得。仅就琴书而言，蔡邕教授顾雍的，也不会只是技艺，应该还有渗透在技艺中的琴书理论，蔡邕的书法理论是以"要妙入神"、心神主导技艺为宗旨的。[①] 顾雍从蔡邕所学琴艺，在其孙顾荣身上有所体现。《世说新语·赏誉》称赞顾荣说："顾彦先，八音之琴瑟，五色之龙章。"此处以琴瑟为喻，恐怕与顾荣的音乐造诣有关。当然，蔡邕能够在吴长达十二年，顾氏家族也是其重要依托。

在吴会，蔡邕还留下了"焦尾琴"、"柯亭笛"等乐器制作佳话。《后汉书·蔡邕传》云："吴人有烧桐以爨者，邕闻火烈之声，知其良木，因请而裁为琴，果有美音，而其尾犹焦，故时人名曰'焦尾琴'焉。"[②] 李贤引晋人张骘《文士传》亦曰："邕告吴人曰：'吾昔尝经会稽高迁亭，见屋椽竹东间第十六可以为笛。'取用，果有异声。

---

① 蔡邕《篆势》曰："体有六篆，要妙入神。"关于蔡邕书法理论的价值，可以参见傅合远《蔡邕书法美学思想的理论价值》的研究（《山东大学学报》2006 年第 3 期）。该文认为，蔡邕的书论揭示了书法艺术的抒情特质和艺术创造主体的心态问题，他发现了书法的"势"、"线条"、"力"的审美表现价值，使得书法艺术超越了"以类象形"再现模拟的思想局限，而走上了概括、抽象、自由创造的道路。

② 《后汉书·蔡邕列传》李贤注，第 2004 页。

伏滔《长笛赋序》云：‘柯亭之观，以竹为椽。邕取为笛，奇声独绝也。’”① 《世说新语·轻诋》刘孝标注引晋伏滔《长笛赋·叙》也说：“余同僚桓子野有故长笛，传之耆老，云蔡伯喈之所制也。初，邕避难江南，宿于柯亭之馆，以竹为椽，邕仰眄之，曰：‘良竹也。’取以为笛，音声独绝。历代传之至于今。”② 千百年来，焦尾琴和柯亭笛传唱着蔡邕的故事，记忆着一代中州文宗在吴越大地留下的永恒魅力。

蔡邕的文学创作与其琴书造诣是一体的。今存作品中，《琴赋》生动描述了“指掌反覆，抑案藏摧”的弹琴动作以及琴声带来的妙丽想象与奇幻效果——“青雀西飞，别鹤东翔……走兽率舞，飞鸟下翔”。《篆势》、《隶势》是关于书法理论的文章，对书势、笔力及书法审美效果的描述皆生动传神，将心神之超然、万物之微妙、琴乐与书法之美融为一体。

综上所述，我们有理由推断，蔡邕在吴会，不论是与文士的交游，还是诗文创作，或是传授琴艺书法，抑或制作琴笛，都是多种文学艺术交织融会的文化活动，对推动中原与吴越两地文化的交流传播以及吴会文学艺术的发展功不可没。

---

① 同上书，第 2004 页。

② 《世说新语笺疏》，上海古籍出版社 1993 年版，第 840 页。

第五章

中州流寓士人与东汉文学嬗变(上)

东汉时期，以洛阳为中心的中州地区融全国政治中心、经济中心、文化中心于一体，中州地区的政治文化状貌实为国家政治文化的缩影。

作为东汉王朝的政治、经济、文化中心，中州为流寓文士提供了从事文化活动的沃土。东汉文学名士几乎都到过中州，他们的创作、交游、仕宦与中州有着种种关联，其作品也往往借由中州文化平台得以传播。有相当一部分流入中州的文学之士长期生活在中州，创作在中州。其中，外戚家族、累世京官家族以及附着于他们的幕府文士就是一支非常重要的文学力量，他们在中州的文学创作是中州文学的重要组成部分，是推动中州文化乃至国家文化发展的重要力量。

关陇外戚家族马、窦、梁三家，累世居京，长期掌握大权，文学上也颇有名声。马援、马防、马严、马日磾、明德马皇后、窦融、窦宪、窦章俱有文才，梁商、梁竦、梁松亦能著文。值得特别关注的是，这三大关中外戚家族都曾以大将军或车骑将军身份开府纳士，根深蒂固的关陇文化性格对其幕府集团影响很深，马防幕府和窦宪幕府的“关中色彩”很是鲜明。我们将在第七章专门论述东汉外戚幕府文学。

流入中州的文士主要活动在京师及周边地区。流寓文士来到中州，往往带有区域集群性，不同时段，不同区域的密集度不同。前期(自建武初年到和帝永元四年班固等三辅文士去世)，流寓文士以三辅人最多，著名者有：扶风之马援、班氏父子、苏竟[①]、傅毅、韦彪

---

① 《后汉书·苏竟传》：“苏竟字伯况，扶风平陵人也。平帝世，竟以明《易》为博士、讲《书》祭酒。善图纬，能通百家之言。……潜乐道术，作《记诲篇》及文章传于世。”建武六年卒。

等，京兆之冯衍、杜笃、张奋等，冯翊王隆等。中期（自章、和之际到顺帝末），江淮文士增多，有下邳陈球、江夏黄香、庐江周荣[①]等，此期的益州文士也不少，著名者有犍为杜抚、蜀郡之张霸与杨终、广汉之李尤与李胜等。后期（桓帝以后），边远郡国的文士大量涌入中州。其中，凉州文士引人瞩目，敦煌张奂、安定之皇甫规与王符、汉阳赵壹、北地傅燮等有名一代。汉末，来自江淮和江南的文士如广陵之陈琳与刘瑜等也粲然不凡；吴会地区的韩说与高彪在灵帝时已显名东观；以卢植为中心的燕赵文士群（有涿郡高诱[②]、郦炎、刘备及辽西公孙瓒等人）也活跃于中州各地。汉末流入中州的文士，虽然寓居时间不大长，与中州文士的关系却比较密切。

流入中州的士人对中州的文化认同感是不一样的，绝大多数视洛阳为大汉京都，心怀仰望，唯关中文士对中州的心理认知比较复杂。大多数流寓士人都会与本土保持密切联系，他们的“本土意识”会时隐时现地反映在文学活动中；另一方面，由于故郡距离京畿远近不同，政治地位有差别，加之对中州文化的感受有差异，流寓文士在“故土意识”和“中州意识”之间常有离合、纠结甚至冲突，这些文化心理或多或少影响到他们的交游与创作，由此产生的一个结果就是：他们的文化活动和文学创作往往带上各自的故土色彩。比如，东汉前期，关中文士在创作中就表现出了比较浓厚的“关中色调”；建武永平之际，在关中士大夫中还产生了“陋洛邑之议”，这也多少折射出他们内心深处还存在着“京洛意识”与“关中情结”的冲突。

大批优秀文士流入中州，中州积聚了其他州郡无法企及的文化优势，中州文学在东汉时期快速发展至于繁荣，流寓文士贡献不菲。

---

① 《后汉书·袁张韩周列传》：“周荣，字平孙，庐江舒人也。肃宗时，举明经，辟司徒袁安府。安数与论议，甚器之。及安举奏窦景及与窦宪争立北单于事，皆荣所具草。”

② 《淮南子注序》：“自诱之少，从故侍中同县卢君受其句读。”《诸子集成》之《淮南子》，岳麓书社 1996 年版。

第一节 中州流寓文士与东汉文化复兴

光武中兴，定都洛阳，四海贤俊或应朝廷之召，或应公卿郎将的辟除，或到中州讲学，或到中州游学，以洛阳为中心的中州地区很快成为全国政治文化中心。这些流入文士，有以经学著称者，如京兆张纯、扶风申屠刚、扶风苏竟、北海牟融、代郡范升、苍梧陈元、扶风班彪、乐安欧阳歙、琅邪的伏湛与伏隆父子及东海卫宏等；有以文章著称者，如冯翊王隆、京兆冯衍、京兆杜笃、涿郡崔篆等；有以政事军事著称者，如扶风窦融、上党鲍永与鲍昱父子、河内杜诗、扶风耿弇、上谷寇恂、安定梁氏（统、松、竦）等，他们不同程度地参与了建武、永平年间礼乐建设及文化复兴，创作了大量奏、疏、论、议、碑、诔等应用文及以颂美为主题的赋颂文，洛阳也因此成为全国文学创作中心与文化交流中心，东汉王朝的文化复兴也就在洛阳蓬蓬勃勃地展开了。

从制度上说建武时期的文化复兴主要表现在礼乐建制与教育建制两个方面。礼乐建制以完善宗庙祭祀礼、三雍礼及封禅礼最为突出；教育方面，既建立了规范的皇族文化教育制度，又兴建了太学，重立“五经”博士。其间，流寓中州的文士发挥了重要的积极作用。

郑重建议光武帝建立皇家文化教育制度的文士是扶风班彪。《后汉书·班彪列传》载，班彪辟于司徒玉况府，时东宫初建，诸王并封，而官属未备，师保多缺。彪乃上言曰：

> 孔子称“性相近，习相远也”。贾谊以为“习与善人居，不能无为善，犹生长于齐，不能无齐言也。习与恶人居，不能无为恶，犹生长于楚，不能无楚言也”。是以圣人审所与居，而戒慎所习。……汉兴，太宗使晁错导太子以法术，贾谊教梁王以《诗》、《书》。及至中宗，亦令刘向、王褒、萧望之、周堪之徒，以文章儒学保训东宫以下，莫不崇简其人，就成德器。今皇太子诸王，虽结发学问，修习礼乐，而傅相未值贤才，官属多阙旧

典。宜博选名儒有威重明通政事者，以为太子太傅，东宫及诸王国，备置官属。又旧制，太子食汤沐十县，设周卫交戟，五日一朝，因坐东箱，省视膳食，其非朝日，使仆、中允旦旦请问而已，明不亵渎，广其敬也。①

光武帝接受了班彪建议，亲自为太子与诸皇子挑选名儒为师傅。此前，光武帝已为诸皇子请了大儒为师，如建武十九年，“令（桓荣）说《尚书》，甚善之。拜为议郎，赐钱十万，入使授太子《尚书》”②，建武二十二年令陈留刘昆入授皇太子及诸王小侯五十余人，但是，当时诸皇子的文化教育尚未形成体系，或者说没有定规，光武帝听取班彪建议之后，开始建立一套比较完备的皇子王侯教育规程，而且，光武帝常与诸儒论难，以身作则接受“继续教育”。此后，东汉诸王小侯都要从小接受系统的经学教育，皇帝登极之后仍要请名儒入宫侍讲，有关东汉的历史典籍对此记载颇详，笔者在博士论文《东汉文化演进中的南阳文学研究》对东汉帝师谱系做了详细梳理。

由班彪提议、光武帝实施的东汉皇子教育包括三方面内容：经学、政事、礼义德行，融执政能力、经学造诣与德行修养为一体，为东汉皇族掌控政治话语权和文化话语权奠定了坚实基础。检阅史料，我们会发现，东汉皇族，包括帝王、后妃、王侯、宗室在内，很少不学无术者，很少目无法纪、悖乱人伦者，这与西汉皇子形成了鲜明对比。西汉诸皇子中，肆意妄行、滥施淫威者比比皆是。只要稍稍比较《汉书》、《后汉书》关于两汉帝纪、皇后纪及诸皇子列传，就会清楚两汉皇子在教养方面的巨大差异。中国古代经学的鼎盛期出现在东汉，③ 这是与东汉皇族较为完备的经学教育体制分不开的。

东汉《左传》学能够自民间进入上层，苍梧陈元有其功。建武

① 《后汉书·班彪列传》，第1327—1329页。

② 《后汉书·桓荣列传》，第1250页。

③ 清人皮锡瑞认为：“经学自汉元、成至后汉，为极盛时代”，所以，他的《经学历史》专列“经学极盛时代”一章，中华书局2004年版，第65—94页。

初，光武帝立“五经”博士，将一直在民间流传的《左传》学立为官学。此事在朝中引起激烈争议，支持者与反对者相互辩难，流入文士是这场辩难的主力。鼎力支持者有尚书令南阳韩歆、太中大夫许淑等人，屡次上书支持立《左传》于太学的学者是苍梧人陈元，而最强烈的反对者则是博士代郡范升。陈元的“左传学”造诣与沛郡桓谭、扶风杜林、河南郑兴齐名，当时，元尚为布衣，诣阙上疏，极陈《左传》当立之由，与范升反复辩难，有十余次之多。光武帝最终选派魏郡李封担任《左传》学博士，但是，争议并未停止，“诸儒以《左氏》之立，论议喧哗，自公卿以下，数廷争之。会封病卒，《左氏》复废”。[①]《左传》学虽然就此夭折于太学，却引起了更广泛的关注，且对皇室产生了深远影响，明、章、献诸帝都爱好《左传》，章帝还请贾逵、马严入宫侍讲《左传》，又令贾逵选拔太学高才生传授《左传》、《毛诗》等古文经学。可以说，东汉《左传》学能够借助朝廷之力快速发展，与陈元与范升等人的这场辩论有很大关系。东汉前期，为古文经学发展作出卓越贡献的人以流寓文士为多，陈元之外，还有杜林、卫宏、贾逵、济南徐巡、扶风李育等。

顺帝扩建太学，促使经学继续借助高层教育在更大范围内推广普及。当时，倡议扩建太学的儒士以南阳左雄和广汉翟酺最为知名，事见《后汉书》之《儒林列传》、《左雄传》及《翟酺传》。

完备礼乐文化制度建设，这是东汉复兴儒家文化的重要举措，光武、明、章三帝皆用心为之。《后汉书·儒林列传》记光武帝和明帝兴复儒礼，说：“建武五年，乃修起太学，稽式古典，笾豆干戚之容，备之于列，服方领习矩步者，委它乎其中。中元元年，初建三雍。明帝即位，亲行其礼。天子始冠通天，衣日月，备法物之驾，盛清道之仪，坐明堂而朝群后，登灵台以望云物，袒割辟雍之上，尊养三老五更。”《后汉书·礼仪上》又说：“明帝永平二年三月，上始帅群臣躬养三老、五更于辟雍。行大射之礼。郡、县、道行乡饮酒于学校，皆祀圣师周公、孔子，牲以犬。于是七郊礼乐、三雍之义备矣。”

① 《后汉书·陈元传》，第1233页。

辅助光武帝建设东汉礼制的文士以张纯、张奋父子最为执着。张纯，字伯仁，京兆杜陵人，高祖父即汉宣帝时富平侯张安世，父亲张放在成帝时为侍中。张纯于哀、平间为侍中，王莽时至列卿。“在朝历世，明习故事。建武初，旧章多阙，每有疑议，辄以访纯，自郊庙婚冠丧纪礼仪，多所正定”。[①] 如建武二十六年议定宗庙禘、祫之礼，建武中元中参定三雍之礼，第一个上疏奏请行封禅礼的也是张纯。建武中元元年（56 年），光武帝东巡泰山，张纯随从，“并上元封旧仪及刻石文”。章帝自元和以后倾力于汉礼改制，张纯之子张奋是坚定的支持者。章帝改制礼乐，未竟而卒，张奋又力排众议，鼎力支持汉和帝继承先帝遗志，事虽未成，但史臣没有忘记张奋之功，事见《后汉书·张纯传附张奋传》。

支持光武帝实行封禅礼的著名流寓文士还有安定梁松等。梁松今存两文《上书争封石》、《祭太守议》，都是为封禅而作。

以上所述，不过是东汉文化复兴的几个侧面而已，所举文士也仅是流寓文士中的著名代表，而无数流寓中州的文士，如众多来自全国各地的太学生、经师弟子、公卿府掾、外戚幕府文士等，都是京师文化复兴的积极参与者，他们共同组成了庞大的文化队伍，推动了以京师为基地的国家文化复兴事业的建设。

第二节　中州生活与国家意识

——流寓文士班固、王逸、王充的文学主张与国家意识

在东汉文学观念演进过程中，班固、王充、王逸的文学主张影响比较大，他们都曾寓居中州。班固和王逸的文学主张均是在洛阳提出的，王充的文学主张也与他游学洛阳及对中州文化的认同有很大关系。关于上述诸人的文学思想，研究成果已经相当丰硕，本文仅从创作地理与传播地理的角度探讨其文学主张与中州及国家意识之间的关系。

---

① 《后汉书·张纯传》，第 1193—1194 页。

流入中州的文学之士，在中州的文学创作常常带有故乡地域文化的某些特质，其文学风格会受到家乡地域文化传统的影响，但他在京师提出的文学主张却往往渗透国家意识，从而超越地域之限。以班固、王逸为代表的东汉文学批评名家几乎都是宫廷文臣，是朝廷代言人和国家喉舌，他们的文学主张也只有为京畿主流文化思潮所接受，才能进入国家层面的文化交流与文化传播系统。

班固的文学主张主要反映在一些序文中，这些文章均是任职宫中时所作，反映的主要是朝廷意志，或者说是国家意识。班固《汉书·艺文志》是在刘向《七略》基础上根据宫中藏书修订而成。晁公武《郡斋读书志》“楚辞类·楚辞”条叙述汉代楚辞小史，说：“至汉武时，淮南王安始作《离骚传》。刘向典校经书，分为十六卷。东京班固、贾逵各作《离骚章句》，余十五卷，阙而不说。至逸，自以为南阳人，与原同土，悼伤之，复作十六卷《章句》，又续为《九思》，取班固二序附之，为十七篇。”[①] 晁公武所说的班固“二序”就是《离骚序》和《离骚赞序》，这两篇文章是班固在宫中校订《楚辞》时所作，时在章帝之世。对此，王逸《楚辞章句叙》也有记录，其文曰：“孝章即位，深弘道艺。而班固、贾逵，复以所见，改易前疑，各作《离骚经章句》。”[②] 班固《答宾戏序》自述创作背景说：“永平中为郎，典校秘书，专笃志于儒学，以著述为业。”他的《两都赋序》就作于永平中为郎官之时，《典引序》则作于建初初，《秦纪论》作于建初元年前后，这期间，班固一直任兰台令史，事见《后汉书·班固传》及郑鹤声《汉班孟坚固先生年谱》。这一时期，班固表述文学主张的作品不是奉诏而作就是主动献奏朝廷，反映的文学思想实为朝廷意志。如《两都赋序》与《典引》提出的文学主张与汉明帝在《诏班固》中所表述的“颂述（刘汉）功德”的文学思想完全

① 晁公武著，孙猛校证：《郡斋读书志校证》，上海古籍出版社1990年版，第803页。

② 严可均：《全后汉文》卷五十七。

一致。[①]

在《两都赋序》中，班固将汉赋的社会功能定位于“宣上德而尽忠孝，舒下情而通讽喻”，然而，班固的赋作除了表达个人郁闷之情的《幽通赋》外，几乎都是“宣上德”的作品，极少有“舒下情”的讽喻之作。作为朝廷代言人，班固将自己的文学创作自觉纳入了汉王朝的礼乐文化建设，以其文学创作来履行“润色鸿业”、“宣上德而尽忠孝”的文臣职责。或许，汉明帝是从班固的文学主张中受到启发，这才开始调整文化政略：既关注经学推广，又关注文学人才的培养。汉明帝广泛征召文学家进入东观集中发生在永平十二年至永平十八年之间，时间正在《两都赋》献奏朝廷之后。

班固《秦纪论》极论嬴秦亡国在于“残虐”之政，并批评贾谊和司马迁对子婴降汉的惋惜，说他们“不通时变”，这一观点也多少有迎合汉明帝的意思。唐张守节《史记正义》说：“班固《典引》云，后汉明帝永平十七年，诏问班固：‘太史迁赞语中宁有非也?’班固上表陈秦过失及贾谊言答之。”[②] 这里提到的“班固上表陈秦过失及贾谊言”指的是班固的《秦纪论》。唐司马贞《史记索隐》指出：“此以下（即《秦纪论》）是汉孝明帝访班固评贾马赞中论秦二世亡天下之得失，后人因取其说附之此末。”[③] 显然，《秦纪论》作于永平中，时班固为兰台令史。既如此，作于宫中的《秦纪论》就不可能置汉明帝的意见于不顾，不可能完全自由地表达个人意见。

《离骚序》和《离骚赞序》作于章帝时，班固当时为东观著作，两文对屈原的评价不无抵牾之处，这是因为班固兼有良史和儒臣双重身份，心理上时有冲突。[④] 作为良史，班固要秉笔直书，这时，他认为屈原创作《离骚》是“以忠信见疑，忧愁幽思而作”，对屈原寄予

① 参见第八章第一节。拙文《汉明帝的文学思想》已发表于《河南师范大学学报》2012 年第 4 期。

② 司马迁：《史记·秦始皇本纪》注，中华书局 1959 年版，第 290 页。

③ 同上书，第 291 页。

④ 王逸《楚辞章句叙》：“孝章即位，深弘道艺。而班固、贾逵，复以所见，改易前疑，各作《离骚经章句》。”见严可均《全后汉文》卷五十七“王逸文”。

“悼悲”之思（《离骚赞序》）；作为身在东观的朝廷代言人，班固不得不尽臣子之“忠”以维护君王与朝廷的尊严，这时，他批评屈原是“贬洁狂狷景行之士”，讥讽《离骚》“多称昆仑、冥婚、宓妃虚无之语，皆非法度之政，经义所载”（《离骚序》）。东汉以经治国，“经义”代表着国家意识形态，其威信力等于甚至高于法度，班固批评《离骚》违背法度和经义，已经超出了知识人的文艺批评，而是站在国家立场上的严肃的政治伦理批判。

文学家的文学主张与文学作品的影响力，在很大程度上是由传播途径决定的。对文学传播而言，京师的文化交流活跃而畅通，这是郡国无法企及的。文学作品在京畿传播，可以借助太学、百官集会、活跃的文人流动群以及国家收藏图书等多种途径较快传遍全国。作为明、章、和时期的宫廷文士，班固提出的文学主张与朝廷意志高度契合，表述其文学主张的作品自然会得到官方支持，从而很快传遍京师、扩延至全国。比如，《汉书》完成，“当世甚重其书，学者莫不讽诵焉”。[①] 这里所说的“学者”当然是在京洛的文士群，边远郡国的学者就很难在短期内读到此书。当时，王充在会稽，所著《论衡》提到了班固的《汉颂》、《神雀颂》，却对《汉书》只字未提，原因很可能是《论衡》完稿时（约在章、和之交）仍未读到《汉书》，而《汉书》自建初中完稿到和帝初年，已经过了十几年。在京师文士群中影响大的作品，如百官所作《神雀颂》，可以在不长时间内传播到边远郡国（《论衡》就记载了《神雀颂》的创作情况），而作于边远郡国的作品，即使好作品，也很难较快传至文化中心，对当世学者的影响也就很有限。王充的《论衡》和赵晔的《吴越春秋》就是如此。

王逸的文学主张反映在《楚辞章句叙》及诸楚辞体文章小序中，这些作品都是王逸在东观时所作。王逸于安帝元初中为校书郎，仕于东观，顺帝时为侍中。自官秩而言，侍中高于郎官，然而，历代史籍“典籍志”称王逸官衔皆称“校书郎”而不称“侍中”，原因可能是：王逸以《楚辞注》最有名，而他整理楚辞时正担任校书郎。《隋志》

---

① 《后汉书·班固传》，第1334页。

卷三十五《经籍志·集部》也说："后汉校书郎王逸集屈原以下，迄于刘向，逸又自为一篇，并叙而注之，今行于世。"从上文所引晁公武《郡斋读书志》卷四"楚辞类"的记述看，晁公武也认为王逸的《楚辞章句》是在宫中校订典籍时所作。王逸现存《楚辞章句叙》及所作屈原作品各篇小序均是在东观校理楚辞时所作的"叙录"。王逸在《楚辞章句叙》中叙述了两汉楚辞整理简史：西汉淮南王刘安奉汉武帝诏作《离骚经章句》，汉元帝时，刘向在宫中校典经书并编纂《楚辞》，到了东汉，班固、贾逵又奉汉章帝旨意各作《楚辞经章句》，这些都是朝廷组织的校书行为，王逸在东观校书也是如此。在《楚辞章句叙》中，王逸批评了班固对屈原的评价"殆失厥中"，他为屈原及其《离骚》辩论，说："屈原履忠被谮，忧悲愁思。独依诗人之义而作《离骚》，上以讽谏，下以自慰。遭时暗乱，不见省纳，不胜愤懑，遂复作《九歌》以下。"又说："夫《离骚》之文，依托《五经》以立义焉。"班固批评屈原"露才扬己，怨刺其上"，王逸则褒扬屈原"膺忠贞之质，体清洁之性，直若砥矢，言若丹青，进不隐其谋，退不顾其命"，班、王对屈原的评价看似针锋相对，实则一致，都是遵守"忠臣之德"，只是一个强调要婉顺于君，一个强调要敢于直言劝谏，尽忠方式不同罢了。更重要的是，王逸衡量屈原作品价值的标准用的是"依经立义"，这正与东汉朝廷褒崇五经的思想完全一致，体现的正是文学创作应以经义为准则的国家意识，这是作为国家代言人的东观文士的观点，而不仅是个人看法。

如果说班固和王逸的文学主张代表着朝廷文学导向的话，王充《论衡》中的文学主张（主要是实用文）则深受中州主流价值观的影响，而且，它之所以对文坛产生影响，很大程度上依赖于中州文化平台的强大辐射力。《论衡》最突出的文学主张是"疾虚妄"，这是针对有很强现实意义、关乎国家"功德"的经史著述和应用文而言。王充青年时到洛阳从班彪求学，在书肆读到大量典籍，回到会稽以后，依然关注着京洛传递的文化信息，关注光武、明、章诏书中传达的国家意志，《论衡》中的"宣汉"、"恢国"、"齐世"、"须颂"等篇章，体现的正是汉王朝的核心价值观。元人韩性深得王充用心，他评论说："古昔圣人穷神知化，著之简编，使天下之人皆知其所以然之故，而有以全其才，五、三、六经，为万世之准则者也。先王之泽息，家自为学，人自为书，紫朱杂厕，瓦玉集糅。群经专门，犹失其实；诸子尺书，人人或诞，论说纷然，莫知所宗。充心不能忍，于是作《论衡》之书，以为衡者论之平也。其为九虚、三增，论死、订鬼，以祛世俗之惑，使见者晓然，知然否之分。论者之大旨如此，非所谓出于众人之表者乎！"① 明人沈云楫比较王符《潜夫论》、仲长统《昌言》与王充《论衡》的高下，说："言贵考镜于古昔，而尤不欲其虚窾靡当，要如持'衡'入宝肆，酌昂抑，免哗众尔已。《潜夫》一论，指讦时短，抵牾卤略，罔所考镜。而公理之《昌言》，好澶漫而滃宕，辄龃龉于世而不相入。彼二氏，世且敝视之，奚其传？仲任少宗扶风叔皮，而又腹笥洛阳之籍，其于众流百氏，一一启其扃而洞其窍。愤俗儒矜吊诡侈，曲学转相讹赝而失真，乃创题铸意，所著《逢遇》讫《自纪》，十余万言，大较旁引博征，释同异，正嫌疑。事即丝棼复遝，而前后条委深密，矩矱精笃。"② 沈氏除了肯定《论衡》思想卓特、逻辑严密、文风笃实外，还认为：洛阳太学与"洛阳之籍"滋养了王充，《论衡》持论公允，与当世"相入"且与东汉主流意识形态一致。

《论衡》能够广泛流传且传之久远，主要得益于陈留蔡邕和琅邪王朗将其带到中原。《论衡》作于吴会，由于地理阻隔，作品传播受限，成书几十年之后仍未为文化中心的文士所知，自然不大可能为其他郡国所晓。可以说，是中州为《论衡》及其所表述的文化主张提供了传播平台，是中州名士蔡邕等人的赏识和推举才使《论衡》得以广泛流传。

总之，班固、王充、王逸表述文学主张的文章，是东汉王朝在洛阳进行的政治、文化活动的反映，很大程度上体现着国家意志，

---

① 王充著，黄晖校释：《论衡校释》附编六"论衡旧序"，中华书局 1990 年版，第 1315 页。

② 同上书，第 1316 页。

并借助国家藏书和京师文化平台的特殊影响力而河润九州，惠泽后世。

第三节　中州流寓士人对文学题材与文体发展的贡献

——以都邑赋、巡狩文、连珠体及箴体的创作为中心

本节以东汉的都邑赋、巡狩文、连珠及箴的创作为考察重点，将其放在中国古代文学发展史上予以论述，以见流寓文士在中州的文学创作对文学发展的贡献。

流寓文士在中州的文化交游与创作活动，不同程度地受到国都浓厚的国家意识的影响，与朝廷重大的政治活动与文化活动联系紧密，受中州士风影响较大。从文化接受规律而言，流入中州的文学之士，尤其是居官中州者，由于期望自己的作品和文学主张为京畿文化圈所认同和接受，创作中会自觉地贴近京畿主流文化思潮和审美风尚。另一方面，京畿地区也为作品传播提供了种种便利，如人流量大，国家藏书机构可能收录，有条件的人家可能会传抄，师弟子同门间会相互提携奖掖等，这些资源使京畿文化圈的作品可以得到较为快速的流传和较好的保存，这也有利于激发作家的创作欲望或创作活力，催生种种创作机会，比如奉诏作文，集会论争，为公卿名士的升迁与过世作颂、作碑文等。

流寓文士在中州的文学活动与他们在故郡的文学实践会存在地域性差异。比如地域心理落差，在京洛时对国家、国都以及京洛士人人文精神的体验和认识可能比在郡国时更明晰、更自觉，在州郡时对故土风土人情的感受可能更真切等。然而，作品的传播、接受、保存受到诸多因素的影响，历史上大量作品没能保存下来，尤其是那些创作于地方、仅流传于地方的作品，原因之一就是受地理条件以及由此产生的文化条件的限制。

就作品创作地理而言，东汉文学作品的创作集中在以京洛为中心

的中州地区，那些创作于中州的作品有相当一部分是流寓文士所作。就题材而言，关于都邑、巡狩、武备、刺世等题材的创作，流入文士比中州本土文士的实绩更为突出。

一 东汉的都邑赋创作及其文学史意义

东汉都邑赋，以杜笃作于建武后期的《论都赋》出名最早，此文引发了建武、永平之际的都邑赋创作高潮。永平中，由杜笃《论都赋》激发的迁都争议仍在进行，在京师的文学之士班固等人借赋各抒己见，班固《两都赋》、傅毅《洛都赋》与《反都赋》、琅邪王景《金人论》及崔骃的《反都赋》因此诞生。此后，东汉都邑赋创作仍在继续，并且出现了一些名人名篇。崔骃于和帝永元中还写作了《武都赋》（已亡佚）。安帝时，张衡在南阳，作《南都赋》，并开始创作《二京赋》，入仕洛阳后完成全稿。灵、献之际，出现了两篇写郡国都邑的赋作，即北海徐干的《齐都赋》，东平刘桢的《鲁都赋》，当时，徐干和刘祯在丞相曹操幕府。上述都邑赋作者一共八人，中州本土只有张衡和刘桢，其他六人都是流寓文士，而且，除了《齐都赋》、《鲁都赋》和《武都赋》三文，其他都邑赋都以中州名都（洛阳、南阳）为赋写对象，创作地也在中州。

汉魏六朝时期，作为赋的一个重要题材，都邑赋创作相当盛行。东汉之前，仅有扬雄《蜀都赋》，建武以后，都邑赋渐多。曹魏时，刘劭作有多篇都邑赋，今存《赵都赋》、《许都赋》、《洛都赋》。西晋太康中，左思先作《齐都赋》，继作《三都赋》，陆机也萌生过写《三都赋》的想法。东晋庾阐和曹毗都作有《扬都赋》。唐以后，都邑赋数量虽少，却历代都有，《旧唐书》卷四十七著录有无名氏《五都赋》五卷，北宋台阁名士杨亿有《二京赋》。明代都邑赋创作又起高潮，帅机、桑悦、黄佐、盛时泰、马斯臧等都作有《两都赋》。清人仍在继作，光州黄裳的《京都赋》被史家誉为“奕奕动人”① 之作。从文学史角度而言，东汉流入文士的都邑赋创作实有开疆拓土的

① （清）孙奇逢：《中州人物考》卷八，四库全书本。

意义。

东汉都邑赋有一突出特征——旨在讽谏，这是由杜笃肇启，班固继之，至张衡恢张变化而形成的创作传统。对此，历代典籍多有记述。《后汉书·文苑列传》记杜笃《论都赋》的创作动机，说："笃以关中表里山河，先帝旧京，不宜改营洛邑，乃上奏《论都赋》。"《论都赋序》自明讽谏之意："窃见司马相如、扬子云作辞赋以讽主上，臣诚慕之，伏作书一篇，名曰《论都》，谨并封奏如左。"关于班固《两都赋》的创作动机，《后汉书》本传云："时京师修起宫室，浚缮城隍，而关中耆老犹望朝廷西顾。固感前世相如、寿王、乐方之徒，造构文辞，终以讽劝，乃上《两都赋》，盛称洛邑制度之美，以折西宾淫侈之论。"张衡《二京赋》之创作动机也很明确，《后汉书》本传云："时天下承平日久，自王侯以下，莫不逾侈。衡乃拟班固《两都》，作《二京赋》，因以讽谏。"李善注张衡《东京赋》说："东京，谓洛阳。其赋意与班固《东都赋》同。"[①] 王景、崔骃、傅毅等人的京都赋的创作动机和班固《两都赋》基本相同，均以赞美洛阳的礼乐制度为宗旨。东汉都邑赋虽然是承扬雄《蜀都赋》而来，但写作视野被极大地拓宽，主题也有所开拓，突破了单一的颂美，也兼有对不良社会风气的批判。此后，以都邑赋寄予讽谏之旨渐成辞赋创作的传统之一。如北齐魏收《魏书·高允传》说："（高）允上《代都赋》，因以规讽，亦《二京》之流也。"

东汉都邑赋还有一个特点——寄予着强烈的国家意识和政治理想。扬雄《蜀都赋》是都邑赋开创之作，却只是表达了对偏美一隅的故乡的赞美。杜笃《论都赋》另辟蹊径，开始借赋论议"御外理内之术"。班固《两都赋》讴歌洛都礼乐文物制度之美，讴歌东汉以儒治国的美政。这种以京都赋寄予政治理想的写作思路又为张衡所继承。张衡《二京赋》以冷峻之笔批评西都统治者"奢汰肆情"，赞美光武帝和汉明帝的"文德"、"武节"；《南都赋》歌"陪京"南都之美，颂东汉皇帝不忘帝乡，克尽孝道——"据彼河洛，统四海

① 《文选》卷三《东京赋》注，上海古籍出版社1986年版，第93页。

焉。……永世克孝，怀桑梓焉”，从而将南都与洛都放在了国家统一稳定的层面。汉以后的历代京都赋创作者，也往往借赋言志，或抒发对国都的热爱，或表达对稳定祥和的大一统国家的礼赞，明人桑悦的《两都赋》创作甚至包含着强烈的民族意识。《明史》卷二百八十六《桑悦传》曰：“初，悦在京师，见高丽使臣市本朝《两都赋》，无有，以为耻，遂赋之。”

二　东汉巡狩文的创作及其特点

流入中州的东汉文士还大力推动了一个特殊的文学题材——巡狩文的发展。中国文学史上，以巡狩为题材的作品有诗有文，均以颂述帝王功德为基调，这类作品的行文有一习惯模式：以叙述巡狩之事为主线，以纪实为主，融颂德于叙事之中。现存最早的巡狩文以《诗经·周颂·时迈》最早。两汉至六朝，巡狩文都是赋颂体，此类题材创作的第一个高峰出现在东汉章、和、安时期。唐以后，巡狩题材的创作转为以诗歌为主要表达方式。清康乾时期，巡狩文创作再起高潮，诗体和赋体兼而有之，蔚为大观。

需要说明的是，秦李斯所作刻石文皆与秦始皇巡狩相关，也是颂德之辞，但是，这些刻石文并不记述巡狩中所历之事，所颂述的皇帝功德与巡狩也无必然联系，严格地说，这些文章并不以巡狩为内容，只是以巡狩为切入点。

西汉巡狩文以扬雄的《河东赋》最著名。该赋奠定了后世巡狩赋的基本写作范式，有序有文，《序》述汉成帝巡狩河东祭祀后土之事，寄寓“思唐虞之风”的美政理想，正文以叙事为主体，丽辞铺陈巡狩所历之事，最后以颂德的方式表明劝喻主旨。扬雄《甘泉赋》也因皇帝巡狩而作，以巡狩中的行事为明线，但主体部分不以纪实为主，而是从巡狩中的“祭祀之实”牵引虚构出一个天子所祭祀、所祈福的神仙世界——瑰丽奇幻、众神欢聚、享受世人的祭祀。该赋序文虽然明述劝讽之意，行文却走向了“劝百讽一”的大赋旧路，与东汉以叙事为主体的巡狩文相差甚远。

汉章帝至安帝时期，巡狩文创作出现了第一个高峰，崔骃、班固、丁鸿、张衡、马融等人都有这类作品。

现存东汉首篇巡狩文是崔骃作于永平三年的《西巡颂》，为《太平御览》卷五百三十九所收录，残存文字似是该文之《序》。章帝在位十三四年间，自建初七年始，一生巡狩郡国共计八次，是东汉出巡次数最多、行程最远、所历空间最广的帝王。章帝巡狩集中在元和、章和之际。其时，政通人和，章帝志于礼乐改制，频频巡狩以造舆论声势，现存崔骃、班固、丁鸿、杨终的巡狩文都是此期所作。《后汉书·班固传》云："及肃宗雅好文章，固愈得幸，数入读书禁中，或连日继夜。每行巡狩，辄献上赋颂。"班固所作巡狩赋应该不少，今仅存作于元和元年的《南巡颂》及作于元和二年的《东巡颂》，两文载于《艺文类聚》卷三十九，均残缺。崔骃《四巡颂》作于元和中，为唐许敬宗《文馆词林》卷三百四十六"颂"类所收录。其中，《南巡颂》作于元和元年（84年），记章帝南巡至章陵祭祖之事，《东巡颂》颂元和二年章帝东巡泰山并大会诸侯之事，《西巡颂》赋永平三年（60年）明帝西巡河东事，《北巡狩》写元和三年北巡魏郡、常山等郡。崔骃《四巡颂》得到了汉章帝的赏识。《后汉书·崔骃列传》说："元和中，肃宗始修古礼，巡狩方岳。骃上《四巡颂》以称汉德，辞甚典美，文多，故不载。帝雅好文章，自见骃颂后，常嗟叹之。"丁鸿《奏东巡瑞应》也是颂体，亦歌元和二年章帝东巡事。《东观汉记》卷十五有载，曰："元和二年，车驾东巡狩，鸿以少府从，上奏曰……"① 据《后汉书·杨李翟应霍爰徐列传》载，杨终以罪徙北地，"（章）帝东巡狩，凤皇黄龙并集，终赞颂嘉瑞，上述祖宗鸿业，凡十五章，奏上。诏赦还故郡"。根据《后汉书·肃宗孝章帝纪》记载，章帝东巡中出现凤凰的那次正是元和二年，杨终之颂即为本次巡狩而作，只是文已亡佚。

东汉第二次比较集中的巡狩文创作在安帝延光中（122—126）。延光三年二月，安帝东巡狩，至泰山，柴祭东岳，宗祀五帝，声威赫赫，东观文士刘珍、马融、张衡各作赋颂美。《文馆词林》卷三百四

① 刘珍撰，吴树平校注：《东观汉记校注》，中华书局2008年版，第649页。

十六收有马融《东巡颂》和刘珍《东巡颂》。马融《东巡赋序》说："延光三年，车驾巡狩岱宗，郡或上凤凰集，诏书颇有不纳之意。融本以赞述为官，遂上《东巡颂》，言虽有瑞应，上犹疑而不然，以将顺其美。"张衡所作，名为《东巡诰》，《艺文类聚》卷三十九、《初学记》卷十三、《太平御览》卷五百三十七都有收录。安帝以后，顺帝和桓帝各有一次巡狩，但未见以此为题材的文章。

综上所述，东汉巡狩文有以下几个特点：第一，以歌颂皇帝"观风设教"、考察民情、勉劝农桑为主旨，借讴歌圣王美政寄予社会理想；第二，以巡狩过程为线索，以纪实为主，寓歌颂于叙事之中；第三，作者主要是"以赞述为官"的东观文士，公卿（如丁鸿）和太学生（如崔骃）也有创作，这些文士都生活在洛阳，都是御用文士。帝王巡狩，作为一种传统的政治文化巡礼，有着多方面的积极意义。东汉巡狩文从一个侧面描绘了章帝至安帝年间政局相对稳定、社会相对安宁、民心思和的历史图景。东观文士把"赞述"视为己任，这说明：文学已在东汉国家礼乐体制中占据了较高地位。

三　连珠体在东汉的兴盛

在文体发展史上，"连珠"和"箴"在东汉比较盛行，流入中州的文士对此颇有贡献。

连珠起源较早，先秦诸子文中已见雏形。西汉晚期，扬雄创作了以"连珠"命名的文章，这是关于"连珠"的最早记录。但是，作为一种文体，连珠的兴盛得益于汉章帝与班固、傅毅、贾逵等文学名士的推动。西晋傅玄《叙连珠》论述连珠在汉晋间的发展概况及其文体特点，说：

> 所谓连珠者，兴于汉章帝之世。班固、贾逵、傅毅三子受诏作之，而蔡邕、张华之徒又广焉。其文体辞丽而言约，不指说事情，必假喻以达其旨，而览者微悟，合于古诗劝兴之义。欲使历历如贯珠，易睹而可悦，故谓之连珠也。班固喻美辞壮，文章弘丽，最得其体；蔡邕似论言质，而辞碎然，旨笃矣；贾逵儒而不

艳；傅毅文而不典。①

据范晔《后汉书》载，傅毅和贾逵作过连珠。该书《贾逵传》说："逵作诗、颂、诔、书、连珠、酒令凡九篇。"同书《文苑列传》："（傅）毅早卒，著诗、赋、诔、颂、祝文、七激、连珠凡二十八篇。"班固今存《拟连珠》五首，为《艺文类聚》五十七所收。贾逵的连珠文几乎全佚，由于《文选·景福殿赋注》的引用才保存了一句。傅毅连珠文全佚。东汉创作连珠体的还有不少文士。据《后汉书》之《文苑列传》、《儒林列传》、《蔡邕列传》记载，南阳刘珍、河南服虔、陈留蔡邕都有连珠文。从《后汉书·吴延史卢赵列传》李贤注引《三辅决录注》可知，京兆赵岐也创作过连珠。另外，杜笃也创作有连珠，《文选注》多处征引。如《文选》之《蜀都赋》注、嵇康《幽愤诗》注、《赠秀才入军诗》注都引用了杜笃的连珠体句子——"能离光明之显，长吟永啸"，看来，杜笃连珠文的影响还是比较大的，只是亡佚严重，难睹真颜。

东汉创作连珠体的还有汉末陈留潘勖。《文心雕龙·杂文》说："自连珠以下，拟者间出。杜笃、贾逵之曹，刘珍、潘勖之辈，欲穿明珠，多贯鱼目，可谓寿陵匍匐非复邯郸之步，里丑捧心不关西施之颦矣。"《艺文类聚》卷五十七收有潘勖"连珠"一首。

综上所述，史籍所记录的东汉连珠作者共 11 人，其中，光武、明帝之时有杜笃；章帝时有班固、傅毅、贾逵等；和、安时有刘珍；活跃于汉末文坛的有蔡邕、韩说、服虔、赵岐、王粲、潘勖等人。从现存连珠体文章看，东汉连珠体都是奏议文，主要发挥委婉规谏的功能，创作地都在洛阳，这些连珠作者中，流寓文士占了一多半，他们是推动连珠体成型、发展、兴盛的重要力量。

概而言之，连珠在两汉的发展，由扬雄始创篇章，经东汉杜笃、班固、傅毅、贾逵等人的不断尝试，在汉章帝时大盛，至汉末而成

---

① 《文选》卷五十五，陆士衡《演连珠五十首》注，上海古籍出版社 1986 年版，第 2383 页。

熟，成了一种独立的新文体，但仍存在各种各样不很“得体”的问题。尽管如此，从连珠体的定型和兴盛而言，东汉时活跃在中州的流寓文士的贡献是不可磨灭的。

四 东汉箴体文创作

东汉是箴体文创作比较流行的时代，其中，“官箴”创作蔚为大观，著名作者多是流入中州的文士。目前有据可考的东汉箴体文作者有13人，即涿郡四崔（崔骃、崔瑗、崔寔、崔琦）、南阳刘騊駼、南郡胡广、陈留蔡邕、吴郡高彪、汉中赵壹、颍川繁钦、安定皇甫规、北地傅干、广陵张纮。刘騊駼和赵壹之作已佚，其余诸人之作，严可均《全后汉文》悉有辑录。关于东汉箴体文及作者情况，《后汉书》有记载。其中，《胡广传》说：“初，扬雄依《虞箴》作十二州、二十五官箴，其九箴亡阙。后涿郡崔骃及子瑗，又临邑侯刘騊駼，增补十六篇，广复继作四篇，文甚典美。乃悉撰次首目，为之解释，名曰《百官箴》，凡四十八篇。”《后汉书·文苑列传》说：“（赵壹）著赋、颂、箴、诔、书、论及杂文十六篇。”上述箴体文作者，只有蔡邕、刘騊駼和繁钦是中州本土人，其余10人均是流寓文士。

东汉箴体文，从内容看，绝大多数是官箴，只有个别篇章是关于修身养性的内容，如张纮的《材枕箴》、崔骃的《酒箴》，还有专门规劝后妃的箴文，如皇甫规的《女师箴》、傅干的《皇后箴》。东汉后妃箴与官箴的创作说明：东汉统治阶层普遍重视官德修养，非常看重社会舆论的监督。

箴，作为一种文体，行文要求“清刚而顿挫”，节奏感强，于抑扬顿挫之间寄予规谏劝诫之意。刘勰《文心雕龙》卷三《铭箴》论“箴”的文体特征及发展简史说：

> 箴者，所以攻疾防患，喻针石也。斯文之兴，盛于三代。夏、商二箴，余句颇存。及周之辛甲《百官箴》一篇，体义备焉。迄至春秋微而未绝，故魏绛讽君于后羿，楚子训民于在勤。战伐已来，弃德务功，铭辞代兴，箴文委绝。至扬雄稽古，始范

《虞箴》作卿尹州牧二十五篇。及崔、胡补缀，总称《百官》，指事配位，鞶鉴可征，信所谓追清风于前古，攀辛甲于后代者也。

同篇又论“箴”的受众及文辞要求说：

夫箴诵于官……箴全御过，故文资确切。

箴作为一种实用文体，最初功能就是规谏百官，以防过失。《国语·邵工谏厉王弭谤》有“师箴”之说，把“箴”的实施者定位于“师”、把受众定位于君，这个传统直到西汉晚期才有所改变。汉成帝时，扬雄首创以百官为箴谏对象的官箴文，东汉士人发扬恢张，总成《百官箴》，此后，以百官为箴谏对象的官箴遂成箴体文创作的主流。

在官箴发展史上，涿郡崔氏特别值得关注。东汉崔氏世代儒宗，仕宦不甚通达，却祖祖辈辈游学太学，游宦京畿，经世济民之志始终不渝。世代相继的崔氏箴体文，从一个侧面折射出了这个家族的思想文化传统。

崔骃今存箴文八篇，即《太尉箴》、《司徒箴》、《司空箴》、《尚书箴》、《太常箴》、《大理箴》、《河南尹箴》及《酒箴》，七篇官箴的警戒对象都是中央高级官吏。崔骃长年游于太学，后入大将军窦宪幕府，这些官箴很可能是他在洛阳期间的作品。从他的处世风格与写作习惯也可略作推测。崔骃始与窦宪交往之时，就“献书以诫”，进入窦宪幕府后，常上书规谏。《后汉书》本传说：“宪擅权骄恣，骃数谏之，及出击匈奴，道路愈多不法，骃为主簿，前后奏记数十，指切长短。”今所存《与窦宪笺》、《献书诫窦宪》正是劝谏之文。崔骃的官箴或许意有所指。

崔瑗认为，官箴价值巨大——“言君德之所宜，斯乃体国之宗也”，故而用心于箴文创作，《后汉书》本传说他“高于文辞，尤善为书、记、箴、铭”。崔瑗今存官箴九篇，即《尚书箴》、《博士箴》、

《东观箴》、《关都尉箴》、《河堤谒者箴》、《郡太守箴》、《北军中侯箴》、《司隶校尉箴》、《中垒校尉箴》。与父亲崔骃的官箴文作比较，崔瑗官箴有两个不同点：其一，所箴之“官”已从三公九卿下移到负责地方政务的官吏如郡太守、河堤谒者等，从家族箴体文创作体系看，有所补充和拓展；其二，箴劝对象出现了专门从事文化活动的官吏（博士、东观著作）。崔瑗和父亲都有《尚书箴》，但各有侧重：骃文侧重于吏的“职业道德”，认为尚书作为“吏”应具有公平审慎的官德，瑗文侧重于吏的“文化使命”，认为尚书作为国家机要档案的保存者，严守国家机密是其职责。

崔瑗还作了不少铭文，大体以修德立身为宗旨，今存6篇，除《座右铭》外，其余篇章都以器物为写作对象，属于描述性质的“体物”之作，与他的以讽谏为主的箴文判然有别，这种写法或隐含着崔瑗的文体辨别意识。

瑗子崔寔今存两篇箴文，也是官箴，即《谏议大夫箴》和《太医令箴》。

崔瑗族人崔琦也流传有一篇箴文，即《外戚箴》。此文写作动机，《后汉书·文苑列传上·崔琦传》说：“河南尹梁冀闻其才，请与交。冀行多不轨，琦数引古今成败以戒之，冀不能受。乃作《外戚箴》。”可知，这篇箴文是有现实针对性的，属于广义的官箴。

总之，两汉官箴，由扬雄发其端，经由崔骃、崔骃、刘騊駼等人的补续，至胡广而再续，并汇总编纂为我国第一部箴体文专集《百官箴》。该书集中反映了汉代士人对官吏的职业道德和官品威仪的心理期许，也反映了经学独尊时代以德行为首的文化精神。

东汉时期，以皇帝巡狩为题材的巡狩文以及以中央百官为关注焦点的官箴文取得了长足发展。皇帝和中央百官长居洛阳，而巡狩文和官箴文的代表作家大都是寓居京都的宫廷文士或长年客游中州的有政治抱负的流寓文士，他们以文学创作的形式表达士阶层对“圣君贤臣”政治的追慕之意，从一个侧面反映了汉代儒家思想对政治和文学的渗透。

第六章

中州流寓士人与东汉文学嬗变(下)

在跨越整个东汉的流寓文学家中，扶风班氏、扶风马氏、涿郡崔氏、鲁国孔氏、江夏黄氏等，世禅雕龙影响广远；那些以个体形态活动在中州文坛的著名流寓文士，虽然只是匆匆过客，却给中州文坛留下了不少名篇佳作，带来了异样文化活力。东汉流寓文士也为中州文学发展作出了重要贡献。

第一节　世居洛阳的班、马家族:不失关西雄武

东汉时期，关西世家大族居官洛阳者为数不少，著名的有扶风马氏、扶风窦氏、安定梁氏、扶风班氏及杜林家族、张纯家族、鲁丕家族，等等。就文学成就而言，关中士族莫过于班、马两家。班氏家族凭借杰出的文才仕于宫廷，班彪、班固、班昭都是一代文学大家，班超、班勇父子则兼资文武。马援家族也是文化望族，代有文彦，马援、马续、马融之文笔，当世称奇，马援之女明德马皇后也是一位博学善文的才女。马氏和班氏都是关西豪族，先祖称雄边地，东汉时，马、班两家子弟大多有边地军旅生活经历，并且创作了有关兵事武备的文章。因此，即使作于京都的典雅华贵的奏疏辞赋，班、马的作品也不像关东“纯文士”作品那样内敛矜持，而有一股关西人豪放不羁的雄武之风。

一 扶风班氏在洛阳的时间及文学创作

班氏先祖长期活动在临近长城的并州、朔方一带，班固《汉书·自叙》称“家本北边，志节慷慨”①。秦始皇末年，班壹避乱于楼烦，养马牛羊数千群，以财富称雄北境。班氏以儒传家，文才辈出。班壹玄孙班况于汉元帝时举孝廉为郎，官至左曹越骑校尉。成帝初，班况女入宫为婕妤，班氏家族由此迁居长安。班婕妤擅长文学，作品很多，但大部分已佚失，现存作品仅三篇，即《自伤赋》、《捣素赋》和五言《怨歌行》（也称《团扇歌》）。班况三子伯、斿、稚都博学有俊才。班伯是班氏家族“志节慷慨”的代表，数次请求出使匈奴。班斿与刘向一起校书宫中，得到很多藏书的副本，因此，班氏家族不仅藏书丰富，且有罕见的珍本。

班彪，字叔皮，班稚之子。幼年时，与从兄班嗣游学长安，“家有赐书，内足于财”，交游甚广，四方文学名士如扬雄等都是家中常客。建武初，班彪在河西大将军窦融幕下任从事，参与撰写了上呈光武帝的全部章奏。② 建武十二年年底，班彪随窦融入洛，“帝雅闻彪才，因召入见，举司隶茂才，拜徐令，以病免。后数应三公之命，辄去”。③ 建武二十三年九月至建武二十七年四月之间，玉况为大司徒，班彪曾为其掾属，作有《上言选置东宫及诸王官属》等。玉况卒后，班彪继续任司徒掾。建武二十八年（52 年），班彪以司徒掾作《奏议答北匈奴》，④ 后出为中山国望都长（属冀州），建武三十年卒，享年五十二岁。班彪游宦中州，为班氏家族长居洛阳扎下了根基。

据《后汉书》本传载，班彪著有赋、论、书、记、奏事，共九篇。严可均《全后汉文》辑录的班彪文有 4 篇赋、2 篇论、6 篇奏议、

---

① 班固：《汉书·叙传上》，中华书局 1959 年版，第 4199 页。

② 《后汉书·班彪传》：“及融征还京师，光武问曰：‘所上章奏，谁与参之？’融对曰：‘皆从事班彪所为。’”第 1324 页。

③ 同上。

④ 《后汉书·南匈奴传》：“建武二十八年，北匈奴复遣使诣阙，更乞和亲。帝下三府议酬答之宜。司徒掾班彪奏曰云云。”第 2946—2947 页。

2篇书信，多数篇章已不完整，所录奏议多于范晔所记，可能是同一篇析成了两篇甚至多篇。概而言之，班彪在洛阳生活了大约十五六年，期间曾短暂外任徐令。从创作地理角度考察，《王命论》作于陇右隗嚣幕府（见《后汉书》本传）；《北征赋》作于避难凉州时；[①]《览海赋》与《与金昭卿书》可能是在徐县（属临淮郡）所作，因为前者主要写的是在淮浦观海所产生的联想，后者提到“远在东垂”；《悼离骚》作年和创作地不详；其余各篇均作于洛阳。班彪晚年居住洛阳，专心史籍，创作了《史记后传》，[②] 该书记录汉武帝太初以后的西汉历史，大部分内容为班固《汉书》所采用。

班彪游历广阔，又好以赋纪行，开创了赋类新题材——“纪行赋”。萧统《文选》“赋类”特列“纪行”类，收录三篇，首篇即班彪《北征赋》，次为彪女班昭的《东征赋》，最后一篇是西晋潘岳的《西征赋》。班彪《北征赋》是我国第一篇纪行名赋，他的《冀州赋》也属此类。班氏之后，东汉“纪行赋”一般题为“述行赋”，蔡邕、繁钦都有这类作品，而题为“**征赋”的赋作则专写军事征伐，如崔骃与班固诸人的同题作《大将军西征赋》、建安诸子的“纪征赋”、“序征赋”等。班彪《冀州赋》写自京洛赴任望都长途中“历九土而观风”的见闻感受，写到淇河、洹泉、汤阴等中州人文地理风貌，如“瞻淇澳之园林，善绿竹之猗猗”，描述了淇河特有的生态环境。

班固，字孟坚，班彪长子，生于建武八年（32年），卒于永元四年（92年）。永平五年，班固拜为兰台令史，班母、弟超随他迁居洛阳，此后，班氏在洛阳拥有宅邸，班固诸子皆生长于洛阳。[③] 班彪入

① 《文选》卷九班彪《北征赋》李善注：“《流别论》曰：更始时，班彪避难凉州，发长安，至安定，作北征赋也。”上海古籍出版社1986年版，第425页。

② 《后汉书·班彪列传》记载班彪因病免去徐令之后，“遂专心史籍之间”，“乃继采前史遗事，傍贯异闻，作后传数十篇，因斟酌前史而讥正得失”。

③ 参见郑鹤声《汉班孟坚固先生年谱》。《后汉书·班固传》载：“固不教学诸子，诸子多不遵法度，吏人苦之。初，洛阳令种兢尝行，固奴干其车骑……”由此可知，班固诸子从小生活在洛阳。

洛在建武十二年（36年），班固时年五岁，很可能于此时随父入洛。谢承《后汉书》说："固年十三，王充见之，拊其背，谓彪曰：'此儿必记汉事。"[①]《册府元龟》卷八百四十二的记载与此同。据此可知，王充师从班彪学习是在建武二十年前后，当时，十三岁的班固也在洛阳。郑鹤声《汉班孟坚固先生年谱》载，建武二十三年，班固十六岁，入洛阳太学，建武三十年，班彪去世，班固离京回乡守父丧。永平元年（58年），班固作《奏记东平王苍》，向骠骑大将军东平王刘苍推荐三辅名士李育等人。此后，班固回到扶风，在家著述《汉书》。永平五年，班固拜兰台令史，与陈宗、尹敏等人合著《世祖本纪》。[②]后迁为郎。章帝建初三年前后，迁为玄武司马。期间，班固一直任职于兰台、东观。和帝永元初，班固入车骑将军窦宪幕府，随其出征北匈奴，后又随窦宪镇守河西。在窦宪幕府期间，班固创作了《封燕然山铭》等文。[③]综上所述，班固自五六岁时入洛，直到永元四年61岁去世，中间约有五六年时间在扶风生活，其余约50年时间都居官在洛阳，创作在洛阳，是一个典型的"安居中州"的文士。《后汉书》本传记载，班固著有《典引》、《宾戏》、《应讥》、诗、赋、铭、诔、颂、书、文、记、论、议、六言，范晔见到的共有四十一篇。班固诗文今存三十余篇，除了《终南山赋》和《奕旨》无法确定创作地点外，其余篇章都作于洛阳（包括在窦宪幕府的创作）。班固"写中州"的作品以《东都赋》最负盛名。在洛阳，班固完成了《汉书》的写作，参与撰写了《东观汉记》，还多次奉诏作文，或主动献作颂美"汉德"的文章。另外，班固奉诏总结建初八

① 《后汉书·班固传》（李贤注），第1330页。

② 郑鹤声《汉班孟坚固先生年谱》也将班固拜兰台令史及作《世祖本纪》系于永平五年，见《新编中国名人年谱集成》第九辑，台湾商务印书馆中华民国六十九年版（1980），第34页。陆侃如《中古文学系年》将班固拜兰台令史系于永平五年，而将班固与尹敏等完成《世祖本纪》系于永平七年。人民文学出版社1985年版，上册，第86、88页。笔者按：《后汉书·班固传》认为，班固拜兰台令史及与尹敏等人共成《世祖本纪》是同期之事，其文曰："显宗甚奇之，召诣校书部，除兰台令史，与前睢阳令陈宗、长陵令尹敏、司隶从事孟异共成《世祖本纪》。"

③ 班固在窦宪幕府的创作详情，参看第六章第二节。

年的白虎观经学论争意见，撰写了《白虎通义》。在明、章、和时代，班固是最有影响力的宫廷文学领袖和代表官方意志的文学理论家，他在洛阳的创作远远超越了个体写作的意义。

班超，字仲升，永平五年（62 年）入居京洛。约两年后，任兰台令史。永平十六年，班超为奉车都尉窦固假司马，奉命出使西域。此后，长驻西域，达 31 年。永元十四年（102 年）四月重回洛阳，拜射声校尉，同年九月去世。班超在洛阳生活十一二年，为兰台令史期间，与傅毅、崔骃、贾逵、杜抚、杨终等文士应该会有交往。遗憾的是，班超今存 5 篇作品都不作于洛阳。不过，西域问题在明、章、和时期一直是朝廷重点关注的问题，班超在西域的上书，如建初三年的《请兵平定西域书》、永元十二年的《上书请自代》等，都曾引起朝中热议。

班昭，班超妹，博学有高才。《后汉书·列女列传》载，永元中，和帝诏班昭入东观续写班固《汉书》，又数次召班昭入宫教授皇后与诸贵人，期间，“每有贡献异物，辄诏大家（班昭）作赋颂”。邓太后时，班昭预闻政事，多上奏疏，年七十余卒。班昭《东征赋》自叙永初七年（113 年）随儿子到陈留赴任，这说明，班昭永初末还在世。邓太后崩于永宁二年（121 年）。据此推理，班昭卒年在元初元年（114 年）至永宁二年之间。自永元四年（92 年）奉诏入东观算起，至永初七年出京赴陈留，班昭在洛阳生活大约 21 年，这是班昭文学创作的主要阶段，她的《女诫》、《为兄超求代疏》、《上邓太后疏》等均作于洛阳。她的纪行名作《东征赋》写于去陈留途中或初到陈留时，文章说，该赋的创作是对父亲以文纪行习惯的效法。[①] 和、安时期，班昭在东观，经常出入皇宫，和当时宫廷文学家李尤、马续、刘珍、刘騊駼等人应该有些交往，同时奉诏作赋应该是常事。作为后妃、宦官之师，班昭对宫中的文化普及贡献不小。班昭是研读、续作、讲授《汉书》的第一位女性史学家，在史传学史上具有重要地位。

---

① 班昭《东征赋》曰：“先君行止，则有作兮。虽其不敏，敢不法兮？”

班勇，字宜僚，班超少子，少有父风。永元十四年（102 年），班超回洛阳，班勇也随父入京。此后几年，班勇生活在洛阳。安帝永初元年（107 年），西域反叛，拜班勇为军司马，与兄班雄一起出敦煌接西域都护还朝。此后，西域脱离汉廷达十余年。元初六年（119 年），敦煌太守曹宗请兵击匈奴，邓太后诏班勇议事。公卿多认为应当放弃西域，班勇上奏《西域议》，认为应当继续经营西域。这次议政，班勇与某尚书、长乐卫尉镡显、廷尉綦毋参、司隶校尉崔据、太尉属毛轸等人围绕西域问题展开了一场精彩辩论，严可均《全后汉文·班勇文》分作三篇，即《答尚书问》、《对镡显等难》、《对毛轸难》。安帝延光二年（123 年）夏，汉廷又任班勇为西域长史，带兵屯驻柳中，班勇再次离开洛阳。概而言之，班勇于永元十四年（102 年）入洛，永初元年短暂出兵西域，此后一直仕于洛阳，直到延光二年（123 年）夏，在洛生活 20 余年。期间，班勇曾撰写了关于西域诸国风土人情的传记，《后汉书·西域传》的史料都来自班勇的记录。①

综而论之，扶风班氏家族有两个突出特点：其一，多“志节慷慨”之士，是两汉著名外交世家。班氏子弟谙熟西北民族风俗，行迹广远，擅长外交，班伯、班固、班超、班勇都曾作为外交使臣出使异域，班彪曾多次奉河西大将军窦融之命出使洛阳，与光武帝洽谈河西归附事宜。班氏祖孙深谙西北民族外交策略，其外交思想，一言以蔽之，即班超所说的“宽小过，总大纲”。其二，班氏家族爱好写作，尤好撰史和纪行，是汉代史传文和纪行文创作世家。《汉书》的写作正是由班彪、班固、班昭父子兄妹共同完成的，班勇的《西域诸国记》也是史传文。班彪开创了班氏家族的“纪行”传统：父亲北征作赋，女儿“东征”作赋，儿子班固随章帝巡狩，“辄献上赋颂”，

---

① 《后汉书·西域传》说：“班固记诸国风土人俗，皆已详备《前书》。今撰建武以后其事异于先者，以为《西域传》，皆安帝末班勇所记云。”《册府元龟》卷五五五《国史部·采撰》的记载只有一字之别，即“（安帝）末”作“（安帝）命”，凤凰出版社 2006 年版，第 6357 页。

在窦宪幕府也创作了多篇“征行赋”。

班氏家族文学很有特色，除了史传与纪行文的写作外，关于匈奴、西域、西北民族问题的奏疏也颇有家族风格：着眼于整体局势，凌云健笔，纵横于历史和现实之间，穿越于异域和中土之间，呈现的内在时空非常辽阔，而主题往往集中在某一关键点上。如班彪的《奏议答北匈奴》与《复护羌校尉疏》、班固的《封燕然山铭》与《匈奴和亲议》、班超的《请兵平定西域疏》与《上书求代》、班勇的《西域议》等，行文上都表现出了上述特色。志节慷慨的家风，开阔的视野，丰富的阅历，加上学问富赡、妙有文才，班氏家族的文学别具一种慷慨豪放的雄健之风，在文本上表现出这样几个特点：（1）文本描述或表现的“世界”时空跨度大，境界广阔；（2）意象密集，色彩浓厚，整体上给人以雄浑壮阔之感，如班彪《北征赋》、班固的《西都赋》与《封燕然山铭》、班超《请兵平西域疏》；（3）节奏紧凑，气势充沛；（4）表现出强烈的国家自信与民族优越感。

二　扶风马氏在中州的时间、交游与创作

扶风马援家族，先祖赵奢，战国时赵国名将，号称“马服君”，故以马为姓。汉武帝时，以吏二千石自邯郸迁居扶风。马氏家族文武彬彬，为关中名族，两汉之际，马援辅佐光武帝平定陇右隗嚣集团，后又南征北战，为东汉王朝的建立和稳定作出了杰出贡献。后来，马援女被汉明帝立为皇后，从此，马氏以外戚长居洛阳，章帝建初中最为显贵。马氏在河南有大片田宅，有朝廷所赐，也有自己购置。《后汉书·马援列传》云：“明年（建初六年），（马）防复以病乞骸骨，诏赐故中山王田庐，以特进就第。防兄弟贵盛，奴婢各千人已上，资产巨亿，皆买京师膏腴美田。又大起第观，连阁临道，弥亘街路，多聚声乐，曲度比诸郊庙。”① 据此可知，马氏籍贯虽在扶风，却在洛阳拥有大量田宅，实以洛阳为家了。

① 《后汉书·马援传》，第857页。

马援，字文渊，扶风茂陵人，拜师学过《齐诗》，善于辞令应对。马援第一次进入中州是在建武四年冬。当时，他受隗嚣之托到洛阳拜见光武帝。这次会面，马援与光武帝有段精彩对话。回陇右时，马援在隗嚣面前对光武帝做了一番简评，措辞精要，文采斐然。这两段言辞均载于《后汉书·马援传》。不久，马援携家属再度入洛。数月后，自请带宾客家属屯田长安。此后几年，光武帝多次召援议事。建武十八年，马援自陇西太守征为虎贲中郎将，史载："援自还京师，数被进见。为人明须发，眉目如画，闲于进对，尤善述前世行事。每言及三辅长者，下至闾里少年，皆可观听。自皇太子、诸王侍闻者，莫不属耳忘倦。又善兵策，帝常言'伏波论兵，与我意合'，每有所谋，未尝不用。"① 看来，马援讲故事、论兵策都很在行，绘声绘色，可"观"可"听"，对皇室成员熏陶不浅。建武二十年九月至十二月间，马援在京，奏《上铜马式表》，文末说"备此数家骨相以为法"。据此推测，马援的《铜马相法》应是随奏表一同献上。

马援频频出征，每次留居洛阳的时间都不很长，但他文才很好，经常传书京师，在中州文坛颇有声誉。马援曾从交阯寄《诫兄子严敦书》到京，这封家书很快在京师传诵开来，连光武帝都读到了，千余年后，该文被清人吴楚材和吴调侯选入《古文观止》。② 马援在长安屯田时，作《与隗嚣将杨广书》，让杨广劝隗嚣归顺光武帝。该文同样享誉千古，不仅为《东观汉记》和《后汉书·马援传》所收录，还得到清康熙帝玄烨的赞美——"委曲婉至，动人以天性之恩，晓以君臣之义，其激昂古宕处，则有龙门笔法（司马迁的笔法）也"。③ 马援还是一位通晓音乐的诗人，今存诗一首，郭茂倩《乐府诗集》题为《武溪深行》。晋人崔豹《古今注》记录该诗创作缘起说："《武溪深》，乃马援南征之所作也。援门生爰寄生善吹笛，援作歌和之，

① 《后汉书·马援传》，第837页。

② 《后汉书·马援传》载，马援在交阯，写信给在洛阳的侄子马严、马敦兄弟，告诫他们要做"谨饬之士"。这封书信连光武帝和越骑司马京兆季保的仇人都读到了，可见它流传甚广。

③ 爱新觉罗·玄烨《圣祖仁皇帝御制文集》第三集"古文评论"，四库全书本。

名曰《武溪深》。其曲曰：‘滔滔五溪一何深，鸟飞不度兽不能临。嗟哉五溪多毒淫。’”① 据《后汉书》本传载，马援南征武陵五溪蛮在建武二十四年（48 年），时年 62 岁，同行人员有副将宜春侯南阳刘匡、南阳马武、扶风耿舒及四万余兵卒。《武溪深》即本次南征所作。该诗语言通俗，意象鲜明，音律清畅，有一唱三叹之美，是东汉早期难得一见的写景抒情的好诗。《全后汉文》辑存马援文 15 篇，其中 11 篇都是奏疏，今《东观汉记》尚可见 5 篇奏疏残文。总之，马援的诗文虽然大多作于中州之外，却在中州广为传播，为中州文学繁荣增添了一道亮丽风景。

马廖，字敬平，马援长子。少居洛阳，以父任为郎。明帝永平中，以皇后兄晋升虎贲中郎将，迁卫尉。章帝建初中封顺阳侯。建初八年（83 年），马太后崩，廖子马豫因怨诽获罪，马氏子弟全被免官，或遣送封国，或遣回故郡。稍后，马廖被章帝召回。和帝永元四年（92 年）卒。马廖一生，除了建初八年短期居住顺阳侯国（在南阳郡内）外，一直生活在京师。今存《上明德太后疏》一文，作于洛阳。

马防，字江平，马援次子。少居洛阳。永平十二年（69 年），与弟马光同拜黄门侍郎。建初二年（77 年），以城门校尉拜行车骑将军事，带兵征讨金城、陇西叛羌，建初三年春凯旋回京，拜车骑将军，“贵宠最盛，与九卿绝席。……宾客奔凑，四方毕至，京兆杜笃之徒数百人，常为食客，居门下。刺史、守、令多出其家”。建初中，马氏宠贵，马防官至光禄勋，“数言政事，多见采用”。建初八年，马太后去世，马氏失势，悉数免官，马防被遣送封地。后来，章帝将马防兄弟召回。概而言之，马防在洛阳生活数十年，与众多文学名士都有交往，杜笃和傅毅都曾在其车骑将军府任职。今存《奏上迎气乐》一文，建初五年十二月作，时任车骑将军。

马严，字威卿，马援兄之子。马严两度居中州。第一次是年少时到洛阳求学。《东观汉记》卷十二《马严传》云：“（建武）四年，

① （晋）崔豹《古今注》卷中，四库全书本。

叔父援从车驾东征，过梧安，乃将兄弟西。严年十三，至洛阳，留寄郎朱仲孙舍，大奴步获视之。严从其故门生肆都学，击剑习骑射。”又云：“严从司徒祭酒陈元受《春秋左氏》。”① 据《后汉书·马严传》载，马严年轻时跟随平原杨太伯在洛阳讲学，后仕为扶风郡督邮。按入仕年龄一般在20岁计算，马严在洛学习七年左右。马严第二次进入中州在永平十五年（72年），建初七年（82年）离开，历11年。《后汉书·马严传》载，永平十五年，马皇后敕令马严移居洛阳，为将军长史，“显宗召见，严进对闲雅，意甚异之，有诏留仁寿闼，与校书郎杜抚、班固等杂定《建武注记》。常与宗室近亲临邑侯刘复等论议政事，甚见宠幸”。章帝即位，马严讲学宫中，兼管兰台。《东观汉记·马严传》说：“马严拜御史中丞，赐冠帻衣服车马。严为司马，职典兰台，外营州牧，举核按章，申明旧典，奉法察举，无所回避，百僚惮之。”② 期间，马严“数荐达贤能，申解冤结，多见纳用”。③ 建初二年，拜陈留太守，四年后，征拜太中大夫，十余日，迁将作大匠。④ 建初七年，坐事免官，回故郡，从此离开中州，也未再入仕。马严在兰台长达7年，与杜抚、班固、刘复、贾逵、傅毅等文学名家共事，宫中每有重要文学活动，如校订宫中藏书，撰写《东观汉记》，明帝诏百官作《神雀颂》，章帝诏宫中文士作《明帝诔》等，兰台文士一般都会参加，马严也不会例外。总而言之，马严的求学、讲学、为官、创作几乎都在洛阳，自永平十五年到建初七年的这11年，既是他政治上的辉煌阶段，也是他创作上的黄金时期，期间所作文章，今存奏疏两篇，为《全后汉文》卷十七收录。

马续，字季则，马严子。马续在中州生活了两个时段，约合23年。第一时段有十余年：永平十五年随父移居洛阳，建初七年，马严免官回郡，马续可能随父回乡。第二时段约13年：永初七年随家族

① 吴树平：《东观汉记校注》，中华书局2008年版，第451页。

② 同上书，第452页。

③ 《后汉书·马援传附马严传》。

④ 事见中华书局本《东观汉记校注》，第452页。

返京，[①] 元初中官至中郎将，[②] 大约在顺帝永建初外任张掖太守。[③] 马续在洛阳的文学活动最有名的就是续写《汉书》。《后汉书·列女列传》载，班昭去世，班固《汉书》未竟，邓太后诏马续入东观续作。刘昭补注的《后汉书·天文志》载，《汉书》的《天文志》即马续所撰。章帝以后，宫中著述校书活动移至东观。[④] 邓太后时，东观文士以刘珍为首，另有刘騊駼、马融、窦章等，马续既和他们共事，必然会有交往。马续素有谋略，深通兵要，任张掖太守时，传兵事文书至朝廷，大将军梁商深为叹赏。[⑤] 遗憾的是，马续的文章全部亡佚。

马融，字季长，马严子，章帝建初四年（79年）生，桓帝延熹九年（166年）卒，享年八十八岁。马融历仕安、顺、冲、质、桓五帝，在中州生活约35年，七进七出。据史料记载，马融和当时文学名流，如班昭、刘珍、张衡、王符、崔瑗、延笃、卢植、郑玄等，或为师徒，或为文友，或为同僚，切磋交流、同题共作的机会非常多。高彪、赵岐等文学名士虽然看不起马融为人，对马融的文才却很欣赏。马融的文学创作集中在洛阳，或者说，集中在任职东观之时，《广成颂》、《东巡颂》、《飞章虚诬李固》、《上林颂》及奏疏文都是

---

① 《后汉书·马援列传》载，永元二年，马光为太仆，子康为侍中。永元四年窦宪诛，马光与窦宪交好，受连坐，窦宪奴又诬马光与窦宪同谋篡逆，父子自杀，家属归本郡。马防也因此徙封，后上书求归本郡，和帝许之。这说明，建初八年马太后去世后，马氏虽然失势，但依然任职宫中，在章、和之际也没有受到太大冲击。马氏在政治上遭受重创的应是永元四年受窦宪事连坐，这次，马氏在位者全部免官离京。永初七年，邓太后诏诸马回京，那么，马续重回洛阳至迟不会晚于本年。

② 《资治通鉴》卷五十载，元初六年，马续为中郎将。《后汉书·安帝纪》载，元初五年十二月，中郎将任尚有罪弃市。马续应是接替任尚之职，此前，他必在洛阳。

③ 《后汉书》之《南匈奴列传》等篇记载，顺帝永建中，马续为张掖太守，阳嘉中为护羌校尉，永和元年迁度辽将军，所在有威恩称。据此可知，自永建初迁张掖太守以后，马续常年领兵在外。

④ 《史通·外篇·史官建置》："自章、和以后，图籍盛于东观。凡撰《汉记》，相继在乎其中，都为著作，竟无他称。"《通典·职官八》："汉之兰台及东汉之东观，皆藏书之室，亦著述之所，多当时文学之士雠校于其中，故有校书之职。"

⑤ 《资治通鉴》卷五十二载大将军梁商上疏，文中说："度辽将军马续素有谋谟，且典边日久，深晓兵要。每得续书，与臣策合……"

在洛所作，只有《长笛赋》等少数文章作于扶风。马融是东汉中期活跃在中州文坛的一代宗师，对中州乃至全国的经学传播、文学发展作出了重要贡献。关于马融出入中州的人生体验及其文学表达，可参见陈君的《马融：世变风移中的清醒与困惑》。[①]

马融七进七出中州，考述如下：

第一次：自永元三年至永元十年。谢承《后汉书》云："马融年十三，明经为太子舍人，校书东观。"[②] 时在永元三年（91 年）。《后汉书·列女列传》载，班固卒，和帝诏班昭在东观藏书阁续写班固《汉书》，"同郡马融伏于阁下，从昭受读"。时在永元四年。当时，马融年幼，没有受到窦宪牵连，继续留在东观。马严于永元十年卒于家，马融回乡守丧。

第二次：自永初四年（110 年）至元初六年（119 年）前后。永初四年，马融拜校书郎中，复入东观。当时，邓太后临朝，兄弟辅政，认为文德可兴、武功宜废，不行蒐狩之礼，亦不重战陈之法，四夷乘此无备，侵扰边地。元初二年（115 年），马融上《广成颂》以劝谏，得罪邓氏，滞留东观，十年不迁，遂借兄子丧自劾归故郡，邓太后下诏禁锢，长达六年。[③]

第三次：永宁、建光中，具体时间不详。永宁二年（121 年），邓太后去世，安帝亲政，召马融还郎署，复入讲部。后出为河间王厩长史。马融何时离开郎属，史无明文，这次在洛时间一两年。

第四次：延光三年（124 年）至延光四年。延光三年二月，安帝东巡岱宗，融上《东巡颂》，帝奇其文，召拜郎中。四年三月，北乡侯即位，融托病去官，回扶风，仕为郡功曹。

第五次：始于阳嘉二年（133 年）对策拜议郎，终于阳嘉四年

① 陈君：《东汉社会变迁与文学演进》，中国社会科学出版社 2012 年版，第 324—352 页。

② 姚之骃：《后汉书补遗》卷十，四库全书本。

③ 《后汉书·马融列传》李贤注引"《融集》云：'时左将奏融遭兄子丧自劾而归，离署，当免官。'制曰：'融典校祕书，不推忠尽节而羞薄诏除，希望欲仕州郡，免官勿罪，禁锢六年矣。"所谓"十年不调"，不应从元初二年（115 年）而应从永初四年（110 年）进入东观算起。永宁二年（121 年）六月邓太后崩，安帝亲政，召马融回郎属。

(135年）出为武都太守。《后汉书·马融传》：“阳嘉二年，诏举敦朴，城门校尉岑起举融，征诣公车，对策，拜议郎。大将军梁商表为从事中郎，转武都太守。”李贤注引《续汉书》云：“融对策于北宫端门。”融时年55。王利器《郑康成年谱》说：“融在武都七年，以永和六年内迁。”[①] 也就是说，马融离京赴任武都太守是阳嘉四年。

第六次：依据王利器《郑康成年谱》的观点，马融于顺帝永和六年（141年）内迁，桓帝建和二年（148年）出为南郡太守，这次在洛7年余。《后汉书》本传云：“初，融惩于邓氏，不敢复违忤势家，遂为梁冀草奏李固，又作大将军《西第颂》，以此颇为正直所羞。”[②]据《后汉书·李杜列传》载，梁冀诬奏李固在质帝即位之年，即本初元年（146年）。[③] 这说明，马融在质帝即位之前已在洛阳，这与王利器观点相合。本传又云：“三迁，桓帝时为南郡太守。”《太平广记》卷二百三十引商芸《小说》曰：“马融历二郡两县，政务无为，事从其约。在武都七年，南郡四年，未尝按论刑杀一人。”

第七次：这次入洛，至迟不会晚于永兴元年（153年）五月至七月之间，延熹二年（159年）离京回乡，期间约6年。《后汉书》本传曰：“先是融有事忤大将军梁冀旨，冀讽有司奏融在郡贪浊，免官，髡徙朔方。自刺不殊，得赦还，复拜议郎，重在东观著述，以病去官。”《艺文类聚》卷一百引曹丕《典论·论方术》云：“议郎马融。永兴中，帝猎广成，融从。是时北州遭水潦蝗虫。融撰《上林颂》以讽。”《资治通鉴》云：“（永兴元年）七月，郡国三十二蝗，河水溢，百姓饥穷，流冗者数十万户，冀州尤甚。”那么，《典论》所谓“是时”即永兴元年（153年）七月，当时，马融为议郎。此前最近的一次大赦是永兴元年五月丙申，也就是说，马融遇赦自朔方回洛应在永兴元年五月后或其后不久。王利器将马融自朔方还洛系于永兴二

① 王利器：《郑康成年谱》，齐鲁书社1983年版，第44页。

② 《后汉书·吴佑传》云：“及冀诬奏太尉李固，佑闻而请见，与冀争之，不听。时扶风马融在坐，为冀章草。佑因谓融曰：‘李公之罪，成于卿手！李公即诛，卿何面目见天下之人乎？”

③ 陈邦福：《汉马季长先生融年谱》系于建和元年，误。

年（159 年），应属失误。桓帝校猎上林苑在永兴二年十一月，[①] 马融作《上林颂》自然也在此时。据《后汉书·宦者列传》载，桓帝与宦者单超等诛梁冀在延熹二年。《后汉书·梁冀传》载，诸梁被诛，“其他所连及公卿、列校、尉刺史、二千石死者数十人，故吏宾客免黜者三百余人，朝廷为空，惟尹勋、袁盱及廷尉邯郸义在焉。”马融曾为梁商府掾，又曾为冀飞章诬李固，连坐被黜，势在必然，此年，融已 81 岁，他很可能自请免官回乡。孙星衍《郑司农年谱》与王利器《郑康成年谱》均将马融去官还乡系于延熹二年，并把郑玄从马融问学系于本年。

马日磾，马援之后，灵帝时为谏议大夫、射声校尉，献帝时官至太尉、太傅，录尚书事，兴平元年十二月（195 年春）卒。《后汉书》之《灵帝纪》、《献帝纪》、《马融列传》略载其事。马日磾与蔡邕、卢植等友善，熹平年间同在东观。熹平石经之立也有谏议大夫马日磾之功，事见《后汉书·蔡邕列传》。《三国志·魏志》卷六裴松之注：“《三辅决录注》曰：日磾，字翁叔，马融族子。少传融业。以才学进，与杨彪、卢植、蔡邕等典校中书，历位九卿，遂登台辅。《献帝春秋》曰：（袁）术从日磾借节观之，因夺不还。……从术求去，而术留之不遣。既以失节屈辱忧恚而死。”综合来看，灵帝时，马日磾居官京师，活跃于政坛、文坛，与在洛文士杨赐、杨彪、蔡邕、卢植等交好，生活在洛阳有 20 年以上。

三　班、马家族文学的雄武之风

班氏家族和马氏家族保留着关西尚武之风，其文学作品多有豪放雄肆之篇。

关中之地理范围“自汧、雍以东至河、华”，而“天水、陇西、北地、上郡与关中同俗”，秦汉人总称其为“关中”，或曰“关西”，此地“迫近戎狄，修习战备，高上气力”[②]，多出名将。秦汉魏晋之

---

① 见《后汉书·孝桓帝纪》。

② 《汉书·地理志下》，第 1644 页。

时，“关西出将，关东出相”之说广为人知。

班氏家族虽非将帅之门，却有将帅气度与将帅素养。两汉之际，班彪避难河西，为河西大将军窦融从事，洞晓兵戎，善于谋略，为窦融策划了整个归顺光武帝的计划，还参与撰写了窦融当时的所有奏章，是窦融幕府名副其实的军师。① 入仕洛阳后，班彪数次向光武帝进言安边之策，在《奏议答北匈奴》、《复护羌校尉疏》及《上言宜复乌桓校尉》中提出的外交策略与安边举措均被朝廷采纳。班固随窦宪出击匈奴时，以中护军身份谋议军事，又行中郎将事接受北单于的归降。班超与班勇数十年周旋于西域诸国之间，以智略勇武闻名天下，所奏安边之论，所预兵事之议，深为朝野敬服。超少子班勇，自小跟随父亲生活在西域。安帝永初元年，西域反叛，拜勇为假司马，与兄班雄一起出敦煌将西域都护迎回。班超与班雄、班勇都是中国历史上罕见的智谋超群的外交家与军事谋略家。

班氏家族的文章，熔经式典，典雅深厚，但不乏雄放大气之作。清康熙帝对班彪文章很是欣赏，他评班彪《奏议答北匈奴》说：“示以坦白，得驾驭外藩之体。”班彪《王命论》论时势纵横捭阖，亦得康熙赞赏，说：“应天顺人为一篇大指。反复征引，以畅其说，文之极有光焰者。”② 宋人叶适对班彪及彪文的大气体会更深，他说：“班彪奏酬答北匈奴事宜，真西汉文章，可接太史公。今《汉书》文体，大率类此，盖班固所取法也……彪不特文字，而策谋深沉，明习故事，应变有方，可施廊庙。”③ 读班固《封燕然山铭》，大汉雄风，呼之欲出。班固《西都赋》雍容典雅，但文势奔放，有股风云气流荡其间。若将班固的《两都赋》与《幽通赋》、张衡的《二京赋》和《归田赋》及蔡邕《述行赋》作比较，三人辞赋的风格差异便更加显

① 《后汉书·班彪传》：“河西大将军窦融以为从事，深敬待之，接以师友之道。彪乃为融画策事汉，总西河以拒隗嚣。及融征还京师，光武问曰：‘所上章奏，谁与参之？’融对曰：‘皆从事班彪所为。’”

② （清）康熙帝玄烨《圣祖仁皇帝御制文集》第三集“故评论”，四库全书本。

③ 叶适：《习学记言》卷二十六，四库全书本。

明：班赋渊懿纵放，张赋内敛秀整，蔡赋雍容舒缓——班固笔下释放着关西人的雄肆，张、蔡之文蕴藉着中原人的矜重，不同的地域文化性格陶冶了他们不同的文化风貌。

马援家族既是文化家族，也是名将之家，上马可以点兵沙场，下马可以赋诗作文。马援、马防、马严都是一代名将，南征北战，恩威并重，名扬四海。马援戎马一生，马革裹尸而还。马防以车骑将军平定西北羌乱。马严“好击剑，习骑射……专坟典，能通《春秋左氏》，因览百家群言，遂交结英贤，京师大人咸器异之”。[①] 马严子马续，博通经书，又通武略，顺帝时，为护羌校尉，迁度辽将军，所在有威恩称。马严子马融，虽然“少习学艺，不更武职”[②]，边境动乱之时，也曾主动请缨。马氏子弟出将入相，关西人的雄武豪放的性格已经融入了他们的生命，收敛时雄胆深谋，疏狂时豪奢骄纵，前者可以马援、马严为代表，后者可以马防、马光、马融为代表。各种关于马氏家族的史料，包括今天仍广泛流传于江南各地的伏波将军故事，都从不同角度展示了马氏家族豪放的一面。

扶风马氏的文学作品，虽然受经学濡染很深，却自有一种纵横自如的疏荡之气、不羁之风，多着“我”之色彩，这在士风谨重的东汉是比较独特的。马援曾作《上书言隗嚣》，劝隗嚣归降光武帝。明代朱东观评论此文说：“伏波文章，极峭婉蕴藉之致，于西汉一种严整之气，东京一种疏简之势，各有其美，而又自成一家，不复牵拘行墨，如巨波滄宕，舒卷万端，已开晋人风味也。”[③] 清康熙帝曾说，马援《与隗嚣将杨广书》“激昂古宕处，则有龙门笔法也”。马融一介书生，却一直关注西北边地的兵戎与国家的战略武备。安帝时，马融上奏《广成颂》，劝谏皇帝应该定期“讲武校猎”，绝不能忽略军事战备；又作《上疏乞自效》论用兵之道，且自请带兵平乱；还上疏请赦免良将庞参和梁慬。马融这些文章虽然只是“纸上谈兵”，但

① 《后汉书·马援传附马严传》，第858页。

② 马融：《上疏乞自效》之语，见《后汉书·马融传》。

③ （明）钟惺：《汉文归》，中国社会科学院文学研究所藏本。

仍可见其将门遗风。另一方面，马融虽为经学大师，却“奢乐恣性”，“不拘儒者之节”，表现出秦人恣肆狂放、不重礼制的一面。[①]马援有诗歌、奏疏传世，马融有文集流传，二人之文，多关西人豪纵之风，少关东士拘谨之态。

第二节　世代客游中州的文学望族

——河北崔氏、鲁国孔氏及江夏黄氏

因为游学、游宦、交游或客居、讲学等原因，一些文士家族连续数代常年活动在京畿，但他们在京畿并无自家田宅，有的人也有如官舍、学舍一类官府提供的寄住所，但他们不像累世京官家族那样在中州定居，而是随时可能离开，始终处于“客游”状态。这些文士的心态既有别于中州本土文士，也有别于累世居京的流寓文士。其中，河北涿郡崔氏、鲁国孔氏与江夏黄氏都是三代以上客游中州的著名文学家族。我们以此三个家族为例，对世代客游中州的文学家族在中州的文化活动规律及文学贡献略作探究。

涿郡崔氏　涿郡崔氏是典型的常年累世“客游”中州的著名文学家族。自王莽时的崔篆到汉末的崔寔，或游宦，或游学，或游历，或交游名士，始终与中州保持紧密联系。崔氏家族，“世有美才，兼以沉沦典籍，遂为儒家文林”，是东汉文学演进历程中典型的“中州化”的文学家族。《后汉书·崔骃列传》载其事。

崔篆，涿郡安平人。[②] 崔氏起家于汉昭帝时。时，篆高祖父朝曾为幽州刺史，朝子舒历四郡太守，所在有能名。篆母师氏能通经学、

① 参见《后汉书·马融传》，第1972—1973页。

② 安平县，西汉时属幽州涿郡，东汉顺帝以后属冀州安平国。崔篆、崔骃生活的时代，尚未改属，故有幽州刺史举崔篆之事。《后汉书·崔骃列传附崔烈传》中，程夫人说崔烈是“冀州名士”，可知，安平此时已划归冀州。

百家之言。篆明经，王莽时为郡文学。建武初，客居荥阳，闭门潜思，著《周易林》六十四篇。临终作《慰志赋》，既自悼遭王莽乱而不得遂志，又欣慰恰逢光武中兴。赋中写到客居河南荥阳的生活——“悠轻举以远遁兮，托峻峞以幽处。竫潜思于至赜兮，骋《六经》之奥府。……聊优游以永日兮，守性命以尽齿”。从内容看，崔篆晚年一直隐居嵩岳，该赋正是隐居荥阳时所作。崔篆客居荥阳，且对东汉王朝充满期许之心，似为崔氏子弟“客游”中州导夫先路。

崔骃，字亭伯，崔篆孙。据《后汉书》本传载：崔骃年十三，能通《诗》、《易》、《春秋》，博学有伟才，尽通古今训诂百家之言，善属文。少游太学，与班固、傅毅同时齐名。著诗、赋、铭、颂、书、记、表、《七依》、《婚礼结言》、《达旨》、《酒警》合二十一篇。崔骃《西巡颂》颂明帝永平三年西巡事，当时应在太学。元和中，章帝巡狩四方，崔骃献《四巡颂》，章帝叹其典美，亲自向窦宪荐举，窦宪乃亲迎崔骃入府为掾。章和二年十月，崔骃与班固、傅毅等随窦宪北击匈奴，途中数十次上书窦宪，劝其奉行法度，窦宪不满。和帝永元元年（89 年）六月，窦宪回京，让崔骃外任长岑长，骃辞官回乡。[①] 永元四年卒于家。《四巡颂》描述巡狩行程及相应事宜很具体，当是亲身见闻。这说明，永平、元和中，崔骃以洛阳为活动中心。据《孔丛子·连丛子下》记载，元和中，崔骃一直在洛阳，“学于太学而粮乏”，好友鲁国孔僖派次子季彦往见邓卫尉，请他资助崔骃。[②] 概言之，自永平初游太学，到永元元年辞官回涿郡，20 年间，崔骃的创作始终以文学为主，活动范围始终以洛阳为中心，与同在洛阳的班固、傅毅、孔僖等人交游良久。再者，在中州期间，崔骃生活困乏，居无定所——游学居学舍，游宦居官舍，元和中游历四方时尚未入仕，自然随处安顿，是一个典型的“客游”文士。崔骃今存赋、颂、奏议均为客居洛阳时所作。七篇箴均是官箴，在洛阳创作的可能

① 章和二年十月，窦宪为车骑将军，辟班固、傅毅、崔骃为掾，北击北匈奴，永元元年六月还朝。事见《后汉书》之《孝和皇帝纪》、《窦宪传》、《班固传》。

② 王均林、周海生译注：《孔丛子·连丛子下》，中华书局 2009 年版，第 321—322 页。

性最大。崔骃《达旨》述“历世而游”，当指游太学经历了明、章、和三世。刘跃进先生认为，该文作于元和三年前后。①

崔瑗，字子玉，崔骃子。《后汉书》本传云：“（瑗）锐志好学，尽能传其父业。年十八，至京师，从侍中贾逵质正大义，逵善待之，瑗因留游学，遂明天官、历数、《京房易传》、六日七分。诸儒宗之。与扶风马融、南阳张衡特相友好。”当时，马融和张衡也在太学。崔瑗一生，三次辟于外戚幕府，均未得志。安帝永宁中，崔瑗为度辽将军邓遵所辟，不久，邓遵被诛，瑗免归。延光四年四五月间，复辟于车骑将军阎显府，同年十一月，阎显诛，崔瑗以故吏之故被斥，辞官归郡。顺帝阳嘉四年，大将军梁商开府，辟请崔瑗，因前两次为贵戚吏的不幸遭遇，瑗坚辞不受。同年，举茂才，迁汲令。在事数言便宜，为人开稻田数百顷。视事七年，百姓歌之。汉安初，大司农胡广、少府窦章等荐崔瑗，由此迁瑗为济北相。一年后，崔瑗以赃罪征诣廷尉，上书自讼，出狱不久即病卒，遗令“勿归乡里”，其子崔寔乃葬父于洛阳。数十年间，崔瑗往来于中州与幽冀之间，先是游学太学，后三辟外戚幕府，再后历任汲令、济北相，最后葬于洛阳，一直在京畿及近郡活动，又与马融、张衡、胡广、窦章、李固等著名文士相友善，所以，崔瑗一生的文学创作几乎都是“客游中州”时所为。《后汉书》本传云：“瑗高于文辞，尤善为书、记、箴、铭，所著赋、碑、铭、箴、颂、《七苏》、《南阳文学官志》、《叹辞》、《移社文》、《悔祈》、《草书艺》七言，凡五十七篇。其《南阳文学官志》称于后世，诸能为文者皆自以弗及。”今存作品，除了《草书艺》难以确定创作地点之外，其余均作于中州。

崔寔，字子真，一名台，字元始，崔瑗子。少沉静，好典籍。崔寔在中州，先是在华阴守父丧三年，其后两度出入东观。《后汉书·崔骃列传附崔寔传》：“父卒，隐居墓侧。服丧期满，三公并辟，皆不就。”其父崔瑗卒于汉安二年，守父丧以三年为期，也就是说，顺帝汉安二年（143 年）至质帝本初元年（146 年），崔寔在弘农华阴

---

①　参见刘跃进先生《秦汉文学编年史》，商务印书馆 2006 年版，第 431—432 页。

隐居，守父丧。崔寔第一次入东观在桓帝永寿中（155—158）。《后汉书·崔骃传》载："桓帝初，崔寔以郡举征诣公车，除为郎，后召拜议郎，迁大将军梁冀司马，与边韶、延笃等著作东观。出为五原太守。"据《后汉书·孝桓帝纪》载，桓帝诏郡国举至孝、笃行之士在建和元年（147 年）四月，而延笃在东观的时间是永寿元年至永寿四年之间。[①] 这样看来，崔寔首次入仕在建和元年，永寿中在东观著述，大约在永寿末出为五原太守。也就是说，崔寔首次仕于洛阳有 10 年左右。崔寔第二次入东观大约在延熹（158—167）初。本传载，崔寔因病从五原太守征入为议郎，复与诸儒博士共杂定《五经》。梁冀诛，崔寔以故吏免官，禁锢数年。崔寔任五原太守在永寿中，那么，他再回京城应在永寿、延熹之际。《后汉书·孝桓帝纪》载，梁冀诛于延熹二年（159 年）八月，崔寔这次在宫中校书有一两年。章帝以后，宫中校书都在东观。崔寔以议郎兼任东观著作自然还在东观。后来，崔寔拜尚书，数月后免归。灵帝建宁（168—172）中病卒。崔瑗中年以后游宦于洛阳、汲县、济北之间，几经挫折。汉代地方长官一般不带家属，据此推测，崔寔少年时应该是在涿郡度过的。中年以后，崔寔三仕洛阳，两仕郡县，延熹中又遭数年禁锢，晚年无心仕宦，病老家乡。一生可谓仕途偃蹇，而入仕之志始终不移。

崔寔"明于政体，吏才有余"，作《政论》，"指切时要，言辩而确，当世称之"[②]，唐人将其收入《群书治要》，视为政治经典。崔寔心怀政治抱负，不愿远离京都，不论是隐居弘农，还是应公车之征，抑或变身为大将军府掾属，数十年游宦京畿，汲汲仕途，然而，风雨飘摇的汉末政局不给他机会，这恐怕才是他晚年无心仕宦的要因。

崔烈，崔寔从兄。灵帝时，历官九卿，至太尉。初平三年（192年），在长安为李傕乱兵所杀。烈有文才，所著诗、书、教、颂等凡

---

① 《汉书·邓禹列传附邓嗣传》云："永寿（155—158）中，（邓嗣）与伏无忌、延笃著书东观。"同书《赵岐传》载，永寿中，延笃为京兆尹，辟赵岐为功曹，延熹元年（159 年），左玹为京兆尹，赵岐即远遁他乡。永寿共四年，那么，延笃自东观出任京兆尹至迟在永寿四年。

② 范晔将崔寔著《政论》系于为郎官与拜议郎之间，据此推断，该书作于洛阳。

四篇，悉数亡佚。

崔琦，字子玮，崔瑗族人，《后汉书·文苑列传上》有传。崔琦与中州的关系也是客游：少游学京师，以文章博通称；顺帝永和中，举孝廉为郎，入仕洛阳。在洛期间，河南尹梁冀请求和他交往，琦以冀多行不轨，数引古今成败故事以诫之，冀不能接受，琦乃作《外戚箴》，冀仍不听劝，又作《白鹄赋》以讽，忤梁冀，遭遣归，从此离开中州。琦著赋、颂、铭、诔、箴、吊、论、《九咨》、《七言》，凡十五篇。崔琦《外戚箴》今存，《白鹄赋》亡佚，两文皆作于洛阳。

总之，崔氏家族累世文宗，盘旋京洛，少年游学于此，中年游宦于此，仕于朝廷则官微，仕于外戚幕府又常常失意，却依旧以文为器，前赴后继。游宦数代之后，家族中最为显达的崔烈终于官至三公，却被汉末的动乱吞噬了生命。客游京畿的士人们不得不像崔寔一样，回到故土，在宗族庇护下继续寻求出路。

鲁国孔氏　鲁国孔氏乃孔子之后，自汉初至汉末，世代宦游京都。

《后汉书·儒林列传·孔僖传》载，章帝建初中（76—84），孔僖与崔骃等游于太学，元和中，章帝东巡至鲁，召见孔僖，拜为郎中，随行返洛，校书东观。[①] 元和末，孔僖出为左冯翊临晋令，离开中州。孔僖子季彦，元和中受父亲之托到洛阳请外戚邓卫尉资助困游太学的崔骃，延光元年（122 年）又被安帝召至洛阳，询问灾变缘由，季彦以“贵臣擅权”、“母后党盛”从容应答，左右皆恶之，季彦旋即返回鲁国。尽管季彦两番入洛停留时间可能都不长，却将孔门的文采风骨留在了洛阳人的记忆里。

孔融，孔子二十代孙，“建安七子”之一，《后汉书》有传。融十岁，随父泰山都尉孔宙到洛阳，造访名士李膺。灵帝熹平五年、六年之间，孔融为司徒杨赐辟为府掾，再度入洛。中平中，托病回乡，后又为司空掾，拜中军侯，迁五官中郎将。献帝初，融数番劝谏董卓，因忤卓意转为议郎。献帝都许，征融为将作大匠，迁少府。每朝

① 《孔丛子·连丛子下》亦载此事，中华书局 2009 年版，第 316—317 页。

会访对，融辄引正定议，公卿大夫署名而已。融作书向丞相曹操推荐祢衡就是在许都。孔融在许，作了不少奏疏，又与曹操、曹植、曹丕父子素有文章往来。孔融名篇，如《荐祢衡疏》、《与曹公论盛晓章书》、《难曹公表制酒禁书》、《汝颍优劣论》等，都是在洛阳或许都所作。孔融在中州，与中州著名文士如蔡邕、杨彪、谢该、曹氏父子、路萃等都有诗文往来，与吴人虞翻、张纮等也有书信往返，是活跃于汉末中州文坛的杰出文学家。

江夏黄氏 江夏黄氏是东汉中后期文化名族，以博通经学图谶入仕，自章帝初至献帝之初，累世公卿，居官京畿，是政坛文坛的风华望族。

黄香，字文强，江夏安陆人。据《后汉书·文苑列传·黄香传》载，黄香十二岁入洛阳太学，博学经典，究精道术，能文章，京师号曰“天下无双江夏黄童”。建初中（76—84），除郎中，章帝赐香《淮南子》、《孟子》二书。章帝时，拜尚书郎。永元中（89—105），黄香在尚书台掌管机密，官至尚书令，甚得和帝亲重。殇帝延平元年（106 年），迁魏郡太守，后以水涝免官，数月后卒于家。据《后汉书》之《孝和孝殇帝纪》与《孝安帝纪》载，延平元年，六月至十月间，州郡大范围洪涝，魏郡也在涝区。黄香卒年当在延平元年十月前后。黄香于建初初入太学，到永元末外任魏郡，期间，几乎都生活在洛阳，长达 30 年。《全后汉文》所辑黄香赋、颂、奏疏均为在洛之作。

黄琼，字世英，黄香子，生于章帝元和二年（86 年），卒于延熹七年（164 年），在中州生活了 60 多年。第一时段是自小随父在洛阳居住，20 多岁才离开，时在永元中。《后汉书》本传曰：“初，琼随父在台阁，习见故事”，父丧，去洛回江夏。也就是说，黄琼自小在洛阳长大。第二时段是顺、桓时仕于中州，自永建二年（127 年）到延熹七年卒，共 38 年。永建二年三月，黄琼征拜议郎，后迁尚书仆射、尚书令。桓帝建和元年前后出为魏郡太守，后迁太常，和平中选入侍讲。元嘉元年为司空，此后，一直在公卿位，延熹七年卒，时年七十九。期间，黄琼一直在洛阳。黄琼成长在洛阳，做官在中州，一生60多年都在中州生活，若不论籍贯，他就是一位地道的中州人。黄琼今存文全为奏疏，皆作于洛阳。

黄琬，字子琰，黄琼之孙。据《后汉书·黄琬传》载，黄琬自小随祖父生活，先在魏郡，后随之进京。桓帝永兴元年（153年），黄琼为司徒，琬拜童子郎，不就任，知名京师。后迁五官中郎将，不擢用权贵子弟，遭禁锢近20年。灵帝光和末（184年），因太尉杨赐荐举征拜议郎，擢为青州刺史，迁侍中。中平初，出为右扶风，征拜将作大芹、少府、太仆。又为豫州牧。献帝初平元年，董卓秉政，以琬名臣，征为司徒，迁太仆，随献帝至长安，拜司隶校尉。初平三年（192年）六月董卓部将李傕叛乱，屠长安，黄琬罹难，时年五十二。黄琬自小生长中州，除去被禁锢的时日，一生几乎都活动在中州，乃汉末中州政坛文坛之英杰。琬今存两文，均为在洛之奏疏。

黄氏祖孙，在位期间，常为国荐士，不唯门第，不拘地域，超越狭隘地方主义观念，卓然而为胸怀天下的国士。他们学术文学活动的地理范围虽集中在洛阳及周边近郡，但其声望却为四海所知。

第三节　“散游”中州的文学名士在中州的时间及创作

当然，像涿郡崔氏、鲁国孔氏、江夏黄氏这样“累世客游”中州的文学家族并不常见，普遍的情况是：流寓文士多为“散客”，很少携家带口，而是一个人长年在中州生活。然而，无论客居中州的时间长短，这些文学名士在中州文坛都有一定声望，不少名作也是在中州所作。为此，我们将这部分散游中州的文学名士作为一个整体予以论述，主要考察他们在中州的时间、交游及创作情况，并对其在中州的文学影响予以论述。

冯衍，字敬通，京兆杜陵人。冯衍踏入中州地界有两次。第一次在建武初归顺光武帝。当时，冯衍与鲍永为更始帝之臣，驻兵于上党、太原一带，在确知更始帝败亡后，二人到河内归顺光武帝。但是，光武帝怨恨冯衍归顺太晚，不予任用。这是冯衍后半生穷困失意的祸根。第二次在建武十九年至二十八年之间。《后汉书·冯衍列传》云："后卫尉阴兴、新阳侯阴就以外戚贵显，深敬重衍，衍遂与之交结，是由为诸王所聘请，寻为司隶从事。帝惩西京外戚宾客，故皆以法绳之，大者抵死徙，其余至贬黜。衍由此得罪，尝自诣狱，有诏赦不问，西归故郡，闭门自保，不复与亲故通。"阴兴拜卫尉在建武十九年，① 光武帝"惩西京外戚宾客"在建武二十八年，② 那么，冯衍与阴兴、阴就交游始于建武十九年，终于建武二十八年。期间，冯衍为司隶从事，活跃于河南。冯衍今存《与阴就书》与《又与阴就书》，均作于在洛期间。前书请求阴就帮助自己入仕，后书是感谢阴就的搭救之恩。从冯衍信中得知，冯衍当时是阴就的奏曹掾，阴就很信任他。冯衍回故郡之后，失意难耐，生活困顿，建武末年乃上疏自陈，辩白当年交结阴氏的原因——"卫尉阴兴，敬慎周密，内自修敕，外远嫌疑，故敢与交通"。然而，冯衍自从回到故郡，再也没有东山再起的机会，永平中郁郁而终。幸运的是，冯衍作品的文学魅力并未随其湮没，《后汉书》本传载，章帝"甚重其文"。揣测其因，或有两条。其一，此事与衍子冯豹有关。冯豹在章帝时举孝廉，拜尚书郎，以"忠勤不懈"很得章帝赏识，后以才谋拜河西副校尉，永元中迁武威太守，声望很好，复征入为尚书，永元十四年卒于官。其二，与章、和时期的文化环境有关。章、和二帝宽宏大度，褒崇才艺之士，对光武、明帝严苛之政也多有矫正，在建武、永平中被压抑禁锢的宗室王侯及其宾客往往得到宽宥，甚至擢用，包括宗室王侯在内

① 见《后汉书·樊宏阴识列传》。

② 《后汉书·马援列传》载光武帝惩治西汉元帝外戚王磐、王肃父子事。其文曰："初，援兄子婿王磐子石，王莽从兄平阿侯仁之子也。莽败，磐拥富资居故国，为人尚气节而爱士好施，有名江淮间，后游京师，与卫尉阴兴，大司空硃浮、齐王章共相友善。……后岁余，磐果与司隶校尉苏鄴、丁鸿事相连，坐死洛阳狱。而磐子肃复出入北宫及王侯邸第。……及郭后薨，有上书者，以为肃等受诛之家，客因事生乱，虑致贯高、任章之变。帝怒，乃下郡县收捕诸王宾客，更相牵引，死者以千数。"按：光武帝郭后薨于建武二十八年，事见《后汉书·皇后纪上》。

的文士们的文化空间得以扩展，冯衍的作品恰好借此东风顺利传入京都。[①]

杜笃，字季雅，京兆杜陵人。杜笃“游”于中州的时间并不长，却在中州创作了《大司马吴汉诔》和《论都赋》，引起文坛轰动。《后汉书·文苑列传·杜笃传》载，杜笃交游美阳县令，因多次请托未成怀恨在心，被美阳县令押送至京都，“会大司马吴汉薨，光武诏诸儒诔之，笃于狱中为诔，辞最高，帝美之，赐帛免刑”。此事发生在建武二十年。[②] 可以推想，光武帝在群臣面前赞美杜笃的诔文并予以褒奖之时，这段文坛佳话便很快传播开来。光武帝很少关注文学，杜笃以美文得到光武奖赏非常难得，甚至有点撞运的味道，他似乎受到很大激励，不久，就以饱满的热情论议迁都之事，作《论都赋》上奏朝廷。《论都赋》一出，两京为之震动：“西土耆老，咸怀怨思，冀上之眷顾，而盛称长安旧制，有陋洛邑之议。”[③] 一批关于迁都、论都的赋作由此产生。

傅毅，字武仲，扶风茂陵人。《后汉书·文苑列传》有传。永平中，傅毅长时间游于洛阳太学，以文才著称。这在《后汉书》中有多处记载。如《崔骃传》：“少游太学，与班固、傅毅同时齐名。”时在永平初。《宗室四王三侯列传》曰：“临邑侯复好学，能文章。永平中，每有讲学事，辄令复典掌焉。与班固、贾逵共述汉史，傅毅等皆宗事之。”《论衡·杂说》：“永平中，神雀群集，孝明诏上爵颂，百官颂上，文皆比瓦石，唯班固、贾逵、傅毅、杨终、侯讽五颂金玉，孝明览焉。”据《后汉书·显宗孝明帝纪》知，神雀群集京师发生在永平十七年。同年八月，明帝崩，章帝即位，傅毅作《显宗颂》、《明帝诔》，文名由此显于朝廷，拜兰台令史。建初三年春，马

① 元和元年十二月，章帝颁诏蠲除禁锢，说：“《书》云：‘父不慈，子不祗，兄不友，弟不恭，不相及也。’往者妖言大狱，所及广远，一人犯罪，禁至三属，莫得垂缨仕宦王朝。如有贤才而没齿无用，朕甚怜之，非所谓与之更始也。诸以前妖恶禁锢者，一皆蠲除之，以明弃咎之路，但不得在宿卫而已。”见《后汉书·肃宗孝章皇帝纪》。

② 《后汉书·吴汉传》载，大司马吴汉薨于建武二十年。

③ 班固：《两都赋序》。

防为车骑将军，辟傅毅为军司马，待以师友之礼。建初八年，马氏败，傅毅免官归故郡。和帝永元元年，入窦宪幕府，先为主记室，后为大将军司马。从现存有关史料看，傅毅永平初已在洛阳，直到建初八年免官回扶风，期间一直在洛阳生活。永元元年，傅毅再度入仕，为车骑将军、大将军窦宪幕府掾属。总之，傅毅在洛阳至少二十几年，常与班固、崔骃、贾逵、杨终、侯讽等著名文士同题作文，在京师文坛享有盛誉。在洛期间正是傅毅创作的盛年，他的《显宗颂》、《明帝诔》、《洛都赋》、《反都赋》、《窦将军北征颂》、《西征颂》、《北海王诔》，均为在洛之作。《舞赋》所写为盛大宴会上的歌舞表演，除了在京师，傅毅恐怕很难见到这样的场景，该文很可能也是仕于洛阳时所作。

杨终，蜀郡成都人，活跃于明、章、和时期，著名东观文士。晋常璩《华阳国志》对杨终的学问与文学成就记述较详。其文曰："（杨终）年十三，已能作《雷赋》，通屈原《七谏》章。明帝时，与班固、贾逵并为校书郎，删《太史公书》为十余万言。作《生民诗》。后作太守，徙边（指章帝元和中徙北地事），作《孤愤诗》。章帝东巡，又上《符瑞诗》十五章。制《封禅书》。免归乡里。著《春秋外传》十二卷，《章句》十五万言，皆传于世者。"① 据《后汉书·杨终传》载，杨终十三岁为郡小吏，太守奇其才，遣诣京师受业，习《春秋》。永平后期（十二年以后）征诣兰台，拜校书郎。建初四年，参加了白虎观会议。永元十二年，征拜郎中，不久病卒。杨终今存奏疏及《春秋外传》十二篇、《春秋章句修定》，都是在洛阳任校书郎时所作。杨终在中州，自永平后期到永元十二年，历三帝，前后长达二十余年。

王逸，南郡宜城人。《后汉书·文苑列传》载：安帝元初中，王逸以上计吏除校书郎。顺帝时，迁侍中。著《楚辞章句》十二卷，其赋、诔、书、论及杂文凡二十一篇，又作《汉诗》百二十三篇。

① 常璩撰，任乃强校注：《华阳国志校补图注》，上海古籍出版社 1987 年版，第 535 页。以下同书版本同。

王逸自为校书郎后，安、顺时期都在宫中任职，兼著作东观。《隋书·经籍志四》："后汉校书郎王逸集屈原已下迄于刘向，逸又自为一篇，并叙而注之。今行于世。"据此可知，王逸编著的《楚辞章句》是在宫中任校书郎时所作。结合王逸仕宦经历和编著《楚辞》情况看，他的文学创作主要在洛阳完成。

广汉二李 李尤，字伯仁，广汉雒人。李尤是和、安时期著名的东观文士。《后汉书·文苑列传》云："（李尤）少以文章显。和帝时，侍中贾逵荐尤有相如、扬雄之风，召诣东观，受诏作赋，拜兰台令史。稍迁，安帝时为谏议大夫，受诏与谒者仆射刘珍等俱撰《汉记》。后帝废太子为济阴王，尤上书谏争。顺帝立，迁乐安相。年八十三卒。所著诗、赋、铭、诔、颂、《七叹》、《哀典》，凡二十八篇。"从本传可以看出，李尤入仕后，跨越和、安、顺三朝，一直在洛阳做官。《华阳国志》云："和帝诏诣东观，作《辟雍》、《德阳》诸观赋、《怀戎颂》、《百二十铭》，著《政事论》七篇，帝善之。拜谏大夫，乐安相。后与刘珍等共撰《汉记》。孙充，有文才。"① 李尤今存作品都是赋颂、铭文，写的都是宫观及宫廷之物，应是在洛所作。尤郡人李胜，亦有文才，为东观郎，著赋、诔、颂、论数十篇，皆亡佚。常璩称赞李尤、李胜说"两李丽采，文藻可观"②。

王符，字节信，安定临泾人。王符与安顺时期的文学名家马融、窦章、张衡、崔瑗等人相友善。以上诸人都是长年活跃在洛阳的人物。可以推断，王符在安帝、顺帝时曾在洛阳生活过，时间不会很短。《后汉书·王符传》记载，王符隐居本郡时，曾拜谒过解官回乡的乡人度辽将军皇甫规。皇甫规解官回乡在桓帝延熹五年冬，不久又被朝廷征释。王符谒皇甫规应该就在延熹五年冬天。王符著有子书《潜夫论》，"指评时短，讨谪物情，足以观见当时风政。"

赵壹，字元叔，汉阳西县人。赵壹入洛，实乃匆匆过客，却名动京师，留文弘农，给汉末文坛留下一段奇闻。据《后汉书·文苑列

① 常璩撰，任乃强校注：《华阳国志校补图注》，第564页。

② 同上。

传·赵壹传》载，灵帝光和元年，赵壹以汉阳郡上计吏身份到京师洛阳。这次入京，赵壹拜访了司徒袁逢和河南尹泰山羊陟，二人为之延誉，“（壹）名动京师，士大夫想望其风采”。返回途中，赵壹路过弘农，去拜见弘农太守皇甫规，门吏没能及时禀告，壹即刻离去，皇甫规闻之大惊，令属下带着亲笔信追壹，赵壹于途中作书以答，冷嘲热讽，狂傲之气溢于纸表。赵壹《报皇甫规书》作于弘农郡治弘农县。该文很快传遍各地，州郡（并州、汉阳）及洛阳公府竞相辟除，赵壹皆不应征，终老故土。赵壹作于汉阳的《刺世疾邪赋》最为著名，而《报皇甫规书》与之文风一致，均是汉末个性张扬的讽世之文。

高彪，字义方，吴郡无锡人。《后汉书·文苑列传》载，高彪青年时游于太学，时间约在桓帝时。期间，他曾打算向马融请问经义，马融未及时召见，彪因作《复刺马融书》。该文遒劲雅练，风骨凛然。灵帝时，高彪拜郎中，校书东观。数奏赋、颂、奇文，因事讽谏，深得灵帝赏识。出任外黄令时，灵帝敕同僚送行于东门，并诏东观画高彪像以励诸生。高彪在洛，作有《督军御史箴饯赠第五永》，得到了蔡邕等人高度赞许。高彪创作在中州，文名也是在中州成就。

祢衡，字正平，平原般人。《后汉书·文苑列传》载，兴平中，祢衡避难荆州。建安初，游于许都。当时，许都新建，贤士大夫四方来集。少府孔融上疏推荐祢衡，又多次在丞相曹操面前称赞祢衡。祢衡后被曹操送给荆州刺史刘表，衡乃流寓襄阳。刘表又将祢衡送给江夏太守黄祖，衡从此离开中州。祢衡《吊张衡文》应该是游荆州，过南阳时所作。

“散游”中州且创作于中州的著名文士还有很多，如涿郡卢植、会稽韩说、武威段颎、安定皇甫规、扶风鲁恭与鲁丕兄弟、鲁国曹褒、东海卫宏、扶风苏竟等，限于篇幅不再一一考述，如其他篇章涉及相关问题再兼而论之。除了常见的游学、游宦之外，还有一些客居中州教授学问的文士，如江夏刘焉曾居阳城山教授，还有到中州交游的，如太原郭泰遍游中州以奖拔人才，这些文士虽然博学有才，与文坛名士也多有交游，但是，他们在中州没有文学作品留下，在此亦不予论述。不过，大批散游文士的到来也是中州文化繁荣的一个重要因素。

第七章

东汉外戚幕府文学：
一个特殊文士群落的创作

两汉士人入仕尽管有多种途径，但最普遍的，是进入二千石以上的高官（即公卿郎将、郡国守相）的幕府。当然，位居“三公”或相当于“三公”的中央官吏的幕府最有吸引力，这些中央高官包括司马、司徒、司空、大将军、车骑将军、骠骑大将军及不常设立的太傅，府第均在洛阳。除世家子弟外，入三公幕府者主要是“经明行修”的名士或吏干才能杰出者，文学之士入幕几乎全部集中在外戚所开的大将军府或车骑将军府。终东汉一朝，辅政的外戚都是内干朝政、外掌兵权，平时主要在京都洛阳活动，遇到重大战事，往往率军出征。所以，外戚幕府集团的活动空间非常辽阔，外戚幕府士人比一般公府士人也更容易获得开阔的视野。大批文学名士进入外戚幕府，使得外戚幕府与朝廷设立的东观一样成为文人实现功业梦想的理想园。章帝、和帝之时，国力鼎盛，外戚受倚重，车骑将军马防、大将军窦宪先后开府纳士，杜笃、傅毅、班固、崔骃等大批文学之士应召入幕，希图建金石之功，外戚幕府文学由此而兴，且很快达到鼎盛。安帝之后，国力渐衰，外戚和宦官交替执政，朝纲失常，文人进入外戚幕府的激情也随之减退，汉末何进幕府虽然名士济济，却人心涣散，难尽其才。幕府文学作为外戚政治的附属产物，与东汉外戚政治共兴衰，也与东汉国势盛衰相呼应。

既往的汉代外戚研究，罕见着眼于文学者；既往的汉代文学研究，又罕见涉及外戚幕府。为此，本文选择了三个视角：一是文学之士与外戚的关系，二是外戚幕府辟率士人的特点，三是外戚幕府的文学创作。希望以此为汉代文史研究增加一个小视窗。

第一节 东汉外戚幕府文学的兴起与繁荣

东汉文学史上有一突出现象：大多数文学名士曾就职于外戚幕府，未入幕者也多与外戚幕府文士有交往，外戚幕府几乎成了文学名士驰骋才志的胜场。章帝、和帝之世，外戚幕府文学尤为兴盛。其时，车骑将军马防、大将军窦宪先后开府，广召名士，杜笃、傅毅、班固、崔骃等文学名家纷纷入幕，典掌文章，谋议军事，创造了汉代外戚史上罕见的文化景观——“（窦）宪府文章之盛，冠于当世”。①从这个意义上说，东汉外戚幕府文学值得关注。

本节着重论述东汉外戚幕府文学兴起与兴盛的内在逻辑。文章先从政治传统和文化认同的角度切入对东汉外戚的正面研究，以展现外戚幕府文学产生的历史环境和文化基础；然后，以文士和外戚的关系演变为线索，考察东汉外戚势力的发展轨迹，勾勒外戚幕府文学的成长脉络；接下来，从秦汉文学环境的演变论述东汉外戚幕府文学兴盛的原因；最后，以解读马防幕府和窦宪幕府的文学作品的方式展示东汉外戚幕府的部分文学贡献。

一 功高亲宠，声隆望重：东汉士人对外戚的文化认同

东汉外戚幕府文学的兴盛以外戚幕主的强盛为前提，也以文士对外戚的文化认同为基础。东汉外戚家族要想发达，必须具备三项要素：功高，亲宠，有良好文化素养和社会声望。三者实涉及士人对传统的功臣政治、宗法政治和贤能政治的认同。

功臣政治是中国传统政治形态的基本特色之一。其实质是功臣与王室共享政治利益。② 受宗法观念的深刻影响，功臣政治一开始就带有很强的宗法色彩，形成了诸如“官有世功，则有世禄”、“官有世功，则有世族”这样的宗法政治观念。周秦以后，王室和外戚几乎一

① 《后汉书·窦宪传》，第2613页。

② 参见王子今《中国古代的功臣政治及其文化背景》，《学术界》1990年第2期。

直保持着政治联盟和存亡与共的关系，或因血缘宗亲走向政治联盟，或因政治联盟需要走向血缘结合，二者在宗法政权体制下结成了稳固的利益共同体。

保留着浓厚封建宗法意识的汉代社会也是如此。较之西汉，东汉更为典型，因为东汉政权正是在诸外戚的鼎力支持下建立起来的。[①] 东汉外戚家族主要有两个来源：一是世居南阳的光武旧姻亲，二是建国之后新结的关中姻戚。旧姻亲从光武起兵而建功业，新姻亲以功高德美而受亲宠。“内有贵亲之固，外有功业之重”[②] ——这正是东汉外戚发达的坚实根基。东汉外戚在东汉建国、政治稳定及边境安宁等方面都建立了赫赫功勋，积累了雄厚的政治资本，也获得了很高的社会声望。

光武帝起兵，多得南阳姻亲之助，这些姻亲也因功德而继续与刘氏联姻。当初，刘秀兄弟率宗族起兵，母族湖阳樊氏、妻族新野阴氏、姊夫族新野邓晨家族与宛李通家族、姑族新野来歙家族等，皆誓死追随，休戚与共，文治武功，各有建树。光武登极，这些姻亲功臣继续与皇室联姻，本非姻亲而追随光武的南阳士族，如邓禹、贾复、冯鲂、朱祐等，也因功高忠义与皇室结亲。南阳功臣外戚与光武帝声气相应，建国之后，他们主动隐退，敦励儒学，教养子孙，带动功臣群体成功实现了文化转型。南阳外戚不仅与皇族结为政治同盟，甚至结成了精神同盟和文化同盟。终东汉一代。南阳外戚在士大夫中享有很高声望。[③] 更始帝时，光武统一河北，其中一个重要因素就是得到了河北士族大姓（上谷寇恂、巨鹿刘植、巨鹿耿纯、魏郡冯勤等）及仕于河北的扶风耿弇家族的支持。后来，这些家族俱以功勋成为

① 参见余英时《东汉政权之建立与士族大姓之关系》，余英时《士与中国文化》，上海人民出版社 2003 年版，第 193—243 页。

② 朱穆劝大将军梁冀语，载于袁宏《后汉纪》二十（中华书局 2005 年版《两汉纪》本下册，第 389 页）。

③ 南阳外戚在士大夫中享有很高德望，邓禹家族最有代表性。患难之际最见公道人心。安帝永宁二年，和熹邓后崩，邓氏因遭诬陷而罹祸。大司农京兆朱宠上书为之诉冤，说：“兄弟忠孝，同心忧国，宗庙有主，王室是赖。功成身退，让国逊位，历世外戚，无与为比。”公卿众庶皆为邓氏称枉。事见范晔《后汉书·邓禹列传》。

外戚。

光武平定陇、蜀，关中的马援、窦融、梁统等人屡建功勋，三家也借此成为显贵外戚。两汉之际，陇右为隗嚣控制，蜀中为公孙述占领，河西则为窦融、梁统等人所统治。建武五年，窦融率河西五郡太守归顺光武帝，并协助光武帝平定陇、蜀，窦融、梁统也因此成为功臣。光武帝感念窦、梁忠信功高，遂与两家联姻。后来，窦家又出了章德窦后、桓思窦后；梁家则诞生了章帝梁贵人（和帝生母）、顺烈梁后、桓帝懿献梁后。窦、梁两家在章帝、顺帝、桓帝时皆贵盛无比，对政坛、文坛产生了深刻影响。在和平分化并最终平定隗嚣势力的过程中，马援的斡旋与参谋也发挥了重要作用。建国后，马援北击匈奴，南征交阯，戎马一生，功勋卓著。永平初，马援女被明帝立为皇后，马氏遂成皇室外戚。

就外患而言，东汉的主要威胁在北境之匈奴与西北之羌族。明、章、和之世，西北与北部边境能够安宁，外戚马氏、窦氏、邓氏多有贡献。建武中，光武帝对西域实行羁縻政策，又派名将镇守长城，北境与西北边境总的来说比较安定。明帝即位，沿袭光武外交旧制，但是，势力强大的匈奴对西域诸国拉拢打击、恩威并施，致使汉朝西北边境频频变乱。永平末，国力渐强，明帝决定出击匈奴，威慑西域，遂命奉车都尉窦固（窦融从子）为将，以扶风耿恭（耿弇从子）为副，北击匈奴，窦固又派军司马班超镇抚西域。永平十七年，汉廷设西域都护。西域自王莽时脱离汉廷，六十五年之后又重新归附。章帝建初中，西羌叛乱，马太后兄马防行车骑将军率军平定，羌人归附，西北遂安，马家因此更得宠信。和帝幼主继位，窦太后掌权，兄弟辅政。永元二年至四年间，窦宪两度率军出击匈奴，扶风耿秉（耿恭从弟）、南阳邓训与邓鸿（邓禹二子）也随窦宪出征。汉军径扫北漠，至燕然山刻石纪功，声威远播，震慑八方，汉朝北境遂得长期安宁。汉廷的文德武威盛极一时，国际声望臻于鼎盛。

在光武建国与东汉前期的边境安定方面，诸外戚以其功业德望赢得了皇室亲宠，也获得了社会认可。不过，外戚政治势力也在功德与新宠的助推之下悄然壮大，渐渐滋生出后世近百年外戚干政的痼疾。

不仅如此，东汉著名外戚家族几乎都有良好的文化素养，是清一色的文化之家。从这个意义上说，东汉文士投靠外戚也是对传统贤能政治的某种认同。建武、永平中，外戚以“四姓小侯”（樊、阴、郭、马）最著名。四姓中，除郭氏文化声誉不显外，其余皆以学传家，代有英才。南阳樊宏是光武帝娘舅，宏子樊儵是著名学者。永平元年，樊儵与公卿杂定郊祠礼仪，以谶记正《五经》异说，所删定的《公羊严氏春秋》章句被称作“樊侯学”。樊宏族曾孙樊准，少修儒术，乃一代名臣，所作《上疏请兴儒学》被明杨士奇收入《历代名臣奏议》。南阳阴氏是光武帝阴皇后娘家。阴皇后自小熟读书传，兄阴识曾与光武帝同在长安太学习经。阴氏世尚道家，早期道教著名学者阴长生就是阴皇后族人。汉明帝马皇后博学能文，她的《明帝起居注》是现存最早的“起居注”。马后之父马援乃东汉名将，文韬武略闻名遐迩，他的《与隗嚣将杨广书》和《诫兄子严敦书》都是汉代名作。援子孙，如马防、马严、马续等，都是饱学之士，熟谙经史，善于著述。严子马融是著名经学大师与文学大家，既有数十种经学著作，又有文集传世。东汉以大将军开过幕府的外戚还有扶风窦氏、南阳邓氏、安定梁氏及南阳何氏。窦氏子孙虽不以学问著称，但对经学、史传、文学都有涉猎，窦融、窦固、窦宪、窦武悉有文章留存，窦融的《与隗嚣书》、窦宪的《上皇太后疏请桓郁刘方入侍讲》、窦武的《谏党事疏》都很有名，顺帝朝东观文学名士窦章也是窦融之后，有《集》二卷。和帝皇后邓绥是邓禹之孙，邓禹家族是东汉外戚功臣家族的文化典范，文武彬彬，俊才济济，在政坛文坛享有崇高声望。[①] 安定梁氏也是文化名族。梁统、梁松父子精通刑律之学。松博通经书，明习故事，是建武中参与礼制建设的重要人物。松弟竦“少习《孟习易》，弱冠能教授”，著有《七序》数篇，另有沉郁悲怆的《悼骚赋》传世。顺帝朝大将军梁商通达政事武略，商子不疑“好经书，善待士”。惟商子大将军梁冀不学无术，怙恶不悛。灵帝

① 参见拙文《东汉邓禹家族的文德教育与文学成就》，《中国社会科学院研究生院学报》2012 年第 3 期。

何皇后家虽是屠户出身，但后兄何进曾师从大儒杨赐习经，在士人中也颇有清誉。何进之孙何晏还是魏晋玄学的宗师。总之，东汉皇后家族都是文化世家，其余外戚之家也罕有不尚学问者。①

东汉外戚干政的重要凭借之一就是——具有良好的文化素养，并且得到士阶层广泛认可。大将军窦武甚至被天下名士推为党人领袖“三君”之一。良好的文化素养也使东汉外戚幕主深知人才的重要，幕府既开，“欲辟天下奇伟之士以匡不逮”，“征辟海内，并延英俊”，外戚幕府也因而成为文学名士竞逐才华的舞台。② 东汉之世，不论是外戚本人，还是士大夫阶层，他们对外戚文化身份的认知是一致的——外戚也是文学之士。这种文化认同正是东汉外戚幕府文学得以产生的重要基础。

二　从疏离到亲附：东汉前期文士与外戚的关系演变

外戚幕府文学的生长既以外戚雄厚的政治实力为前提，也以文士与外戚的和洽关系为基础，光武帝和汉明帝抑制外戚，打压其政治权力，限制其人际交往，造成了文士和外戚不敢过于亲近的局面。章帝尊宠外戚，母族马氏，妻族窦氏先后崛起，两外家在扩张权势的同时，还广交名士，延揽声誉，文士和外戚的交往不仅不受限制，甚至得到章帝的鼓励。和帝初，窦宪兄弟内干朝政，外典兵权，既建军功，又好文雅，朝野为之承风，文士对外戚更加亲附和倚重。自建武到永元初，外戚势力从潜滋暗长发展到恣意膨胀，文士对外戚从疏离渐转为亲附，外戚幕府文学也从萌芽生根发展到蓬勃兴旺。

光武中兴，以西汉为鉴，严防外戚干政，明帝亦承此制。建武与永平年间，舅氏官不过卿，“不令在枢机之位”③，一直处于被抑制状态。他们为人处世普遍矜重内敛，礼贤下士，但大多数文学名士却不肯亲

① 本段所叙东汉史实和引文均出自范晔《后汉书》诸人本传，中华书局1965年版。本文所涉东汉文章题目一律采用严可均《全后汉文》所题，中华书局1958年影印本。

② 前句是大将军邓骘之语，后者是黄忠《与申屠蟠书劝诣何进》之语，分别见范晔《后汉书》之《邓骘传》、《申屠蟠传》。

③ 《后汉书·皇后纪上》，第411页。

附，不远不近地保持着相对友善而安全的距离。[①] 南阳之樊儵父子、阴识兄弟、李通、邓禹、贾复等新老外戚，无不如此。关中外戚，窦融最得光武帝信任，融却“自以非旧臣”而“恂恂循道”，“容貌辞气卑恭已甚”，处事非常谨慎。这一时期，外戚和名士之间的相处以不即不离为主。如班彪、王隆两位文学名士曾在河西窦融幕府，窦融奏章几乎都经班彪之手，入洛之后，窦融官至司空，班、王既未入其幕府，也未与窦氏过从亲密。建武、永平之世，诸外戚中，贵显又亲信者莫过于南阳樊、阴两家，然而，樊宏、樊儵父子以“谨约”著称，阴兴“虽好施接宾，然门无侠客”，故范晔赞曰“樊氏世笃，阴亦戒侈”[②]。当时，士人与贵戚交往也颇为审慎，许多有识之士都与外戚保持距离。南阳朱晖与阴识同乡，父亲和光武帝还是旧友，朱晖却拒绝交结阴氏。史载，“永平初，显宗舅新阳侯阴就慕晖贤，自往候之，晖避不见。复遣家丞致礼，晖遂闭门不受”。[③] 名儒京兆乐恢，“信阳侯阴就数致礼请恢，恢绝不答”。[④] 经学名家扶风井丹也拒绝攀附阴氏兄弟。阴就“善谈论，朝臣莫及”，谦卑好士，朱晖、乐恢、井丹却拒绝与之私下结交，时间都在建武后期至永平初。可见，这一时期的外戚势力还处于打压状态。文士与外戚交游，稍有不慎，很可能引来杀身之祸，文学名家冯衍就是典型。范晔《后汉书·冯衍传》曰：“后卫尉阴兴、新阳侯阴就以外戚贵显，深敬重衍，衍遂与之交洁，由是为诸王所聘请，寻为司隶从事。帝惩西京外戚宾客，故皆以法绳之，大者抵死徙，其余至贬黜。衍由此得罪，尝自诣狱，有诏赦不问，西归故郡，闭门自保，不敢复与亲故通。”[⑤]。章帝曾言及明帝抑制外戚的情况，说：“昔永平中，常令阴党、阴博、邓叠三人更相纠察，故诸豪戚莫敢犯法者，而诏书切切，犹以舅

① 蓝旭认为，东汉前期（光武、明、章、和帝初），包括外戚名士在内的士人阶层普遍趋于“谨固自守”的处事风格。见蓝旭《东汉士风与文学》，人民文学出版社2004年版，第75—78页。

② 《后汉书·樊宏阴识列传》，第1119—1133页。

③ 同上书，第1457页。

④ 同上书，第1477页。

⑤ 同上书，第978页。

氏田宅为言。"[1] 汉明帝为中兴功臣画像于云台，马援以皇后父亲之故不得入围。在这样的人文环境中，外戚纵有幕府，也不可能让幕府文士大展其才。

章帝即位，既推崇经术，又爱好文学，朝野盛行尚文之风，文学之士也开始受到重视。同时，章帝尊显舅氏，重用后族，外戚权势骤增，文学之士与外戚的关系也开始变得亲密。马防一开府，外戚幕府文学随之勃发。建初二年，"马防行车骑将军，位同九卿，班同三府"[2]，率军平定西北羌乱。次年，马防因功加封，拜车骑将军，位在九卿之上，兄弟封侯，满门显贵。马防、马廖、马光兄弟，以舅氏而贵宠，以军功而骄纵，豪奢虚荣，延揽声誉，杜笃等文学之士乃亲之附之。《后汉书·第五伦传》曰："帝以明德太后故，尊崇舅氏马廖，兄弟并居职任。（马）廖等倾身交结，冠盖之士争赴趣之。"同书《马防传》亦曰："防兄弟贵盛……宾客奔凑，四方毕至。京兆杜笃之徒数百人，常为食客，居门下。刺史、守、令多出其家。岁时赈给乡闾，故人莫不周洽。"[3] 文士亲附马防，还有一个重要原因：章帝有意推高马防在文士中的声望。范晔《后汉书·贾逵传》载，章帝好古文经学，尊崇《左传》学大家贾逵，"逵母常有疾，帝欲加赐，以校书例多，特以钱二十万，使颍阳侯马防与之"。当时，贾逵弟子遍天下，在太学生和京师文士圈中威望特高。章帝借马防之手赏赐贾逵，显然是有意增进马防和文士的关系。后来，马氏势动朝野，引起章帝不满，马氏渐衰，车骑将军马防幕府文学也随之凋零——从事中郎杜笃早在建初三年就战死疆场、军司马傅毅则因马防败而免官，攀附马防的"冠盖之士"各作鸟兽散。

代马氏而起的外戚势力是扶风窦氏。此时，"雅好文章"[4] 的汉章帝春秋正盛，制礼作乐，巡狩四方，奖掖文学之士，朝野尚文好文

① 章帝诏书语。见范晔《后汉书·窦宪传》，又见袁宏《后汉纪》十一。

② 华侨：《后汉书》，周天游《八家后汉书辑注》，上海古籍出版社 1986 年版，第 528 页。

③ 《后汉书》，第 857 页。

④ 同上书，第 819 页。

之风愈加强劲。建初三年，章帝立窦贵人为后，诸窦皆贵。窦宪兄弟依恃功臣之后，依凭外戚之势，骄纵张扬，恢张声誉，礼遇贤俊，文学之士也乐于投其麾下，文学名士崔骃、崔琦等人在窦宪幕府如鱼得水，汉章帝又推波助澜。窦氏的政治势力和文化声望迅速扩张。和帝年幼即位，窦太后临朝，窦氏家族权倾朝野。史载，窦宪既平匈奴，“威名大盛，以耿夔、任尚等为爪牙，邓叠、郭璜为心腹。班固、傅毅之徒，皆置幕府，以典文章。刺史、守令多出其门。尚书仆射至陟、乐恢并以忤意，相继自杀。由是朝臣震慑，望风承旨”。[①] 章、和之际，窦宪先后以车骑将军、大将军开府，班固、傅毅、崔骃等文学名家应征入幕，副将耿秉、耿夔等也通晓文学，文化名流马防、宋由等人也在窦宪左右。一时间，窦宪幕府文章华茂，称雄天下。东汉外戚幕府文学也达到了最为繁盛的阶段。

三　从冷遇到看重：秦汉文学环境在章和之际的新变

秦汉文士才高人微，壮志难酬，“士不遇”之怨时显笔端。秦始皇焚书坑儒，留给士人挥之不去的梦魇。汉初，高祖、吕后、惠、文、景诸帝后，不好诗赋，文学名家枚乘、司马相如、邹阳等只得游走于诸侯之门。贾谊才华横溢，文帝与之促膝长谈，夜半虚席，却“不问苍生问鬼神”。汉武帝独尊儒术，好文，能赋，在他主政的半个世纪中，文学才俊几乎尽在朝廷，文学生态环境似乎好转很多。《汉书·严助传》记录汉武帝时文学家的生存状况说：“其尤亲幸者，东方朔、枚皋、严助、吾丘寿王、司马相如。相如常称疾避事。朔、皋不根持论，上颇俳优畜之。唯助与寿王见任用，而助最先进。”[②] 表面上，汉武帝似乎特别喜欢和亲近东方朔等文学名士，事实并非如此。汉武帝把文学家当作宫廷里逗人欢笑的戏子，文学家也心知肚明，备感压抑。汉宣帝也号称爱好文学，然而，文学在他眼中也不过是“博弈”之类的娱乐小艺。在最高统治者看来，文学不过是辉煌

① 《后汉书·窦宪传》，第819页。

② 同上。

帝国的雅致点缀。晚年的扬雄不屑于作赋，原因正在于文士的边缘化处境。

光武汉明之世，明君主政，百废待兴，宏才文士依旧屈居下僚，抑郁失志。东汉开国伊始，桓谭、冯衍文名最盛。然而，桓谭非谶，冯衍结交外戚，二人触犯了光武、汉明的忌讳，郁郁而终。文士自恃才华，往往桀骜不驯，藐视权贵，甚至放言无忌。自古“贵者负势而骄人，才士负能而遗行”[①]。晋人华峤认为，桓谭、冯衍的不幸都是因为这个原因，范晔也深为认同。明达政事的班彪，仕途也同样暗淡，“彪以通儒上才，倾侧危乱之间，行不逾方，言不失正，仕不急进，贞不违人，敷文华以纬国典，守贱薄而无闷容”。[②] 按理说，班彪逢光武明君，理应官运亨通，然终其一生，位不过郎中，只能默默埋头于著史作文。班固也是通儒鸿才，永平中拜兰台令史，在兰台和东观著史校书，直到迁为郎官，才开始参议政事。班固才高位卑，难尽其才，《幽通赋》抑郁之叹源于此也。长期受压抑的文学生态正在寻机突变。

章帝即位，文学的生长环境发生了质的改变。章帝采取“左右艺文”的文化平衡政略，既推崇经学又重视文学，诏令优先选拔“文章可采”的俊彦入仕。一大批永平中不受重视甚至遭到排挤、压制的文士应时而起，大量“岩穴之士”也积极加入参政议政的行列，东汉王朝首次出现了文才济济的局面。[③] 班固、傅毅、崔骃就是受器重的文学之士的代表。良好的政治文化环境提高了文学之士的政治地位，文学创作在国家文化体系中获得了前所未有的发展机遇。乘此东风，马防幕府和窦宪幕府广开纳贤之门，礼请大批文学名士入幕。

东汉外戚绝大多数出身儒士，以姻亲居尊显之位，惶恐不安也是常情，这就促使他们寻求士人的认同和支持。章、和之际，外戚马氏、窦氏权势大增，得以开府纳士，压制已久的外戚势力迅速膨胀，

---

① 华峤：《后汉书》，见周天游《八家后汉书辑注》，第533页。

② 《后汉书·班彪列传》，第1329页。

③ 关于章帝的文化平衡政略，参见第八章第二节。

他们结交才子，招募鸿儒，举荐高士，借此扩大政治势力，提高社会声望。一向才秀位卑、希冀政治上有所作为的文学名士正好符合外戚的需要。于是，外戚礼遇文士，文士倚重外戚，外戚与士人的合作成了不可阻挡之势。同时，汉章帝雅好文章，尊崇文学之士。他亲宠马防和窦宪的方式不只是富之贵之，还亲自向他们推荐文学名士贾逵、崔骃等人。[1] 有此背景，我们这才有机会看到章和之世马、窦幕府文学盛极一时的景象。

东汉文士与外戚间的相互需求与合作始于冯衍与阴识兄弟之间的短暂交往。冯衍因阴识兄弟的举荐而出仕，虽未及有所作为，但他对阴识兄弟感恩不尽，自言“猥蒙明府天覆之德，华宠重迭”。东汉文士与外戚间的知遇与感恩、荐才与尽才的交往，从此拉开序幕。

马防请杜笃、傅毅入幕再次展示了外戚与文士间惺惺相惜的情怀。杜笃献作《大司马吴汉诔》之后，仕郡为文学掾，“二十余年不窥京师”。建初三年，马防以车骑将军击西羌，礼请杜笃为从事中郎，还“多赐财帛”。杜笃则甘愿为马防效命，“战殁于射姑山”[2]。杜笃“二十余年不窥京师”，可见抑郁失志之深，马防一“请”，杜笃应声而出，战死疆场而无怨无悔。由此可见，杜笃与马防之间，知遇与感恩之情非同一般。车骑将军马防又请傅毅为军司马，“待以师友之礼”。马防幕府向文学之士展示了一幅文士与外戚共建千秋功业的诱人画卷。

东汉文士与外戚以“文章”为媒介而建立合作关系，并取得辉煌的文学业绩和外在事功，当以班固、傅毅、崔骃三大文豪与窦宪的合作最为著名。永元元年七月前后，窦宪以车骑将军北击匈奴，礼请众文雄入幕，以班固行中郎将事，请傅毅主记室，任崔骃为主簿。永元三年，窦宪拜大将军，西征匈奴，再请三大文豪入幕，班固以中护军参议军政，傅毅任军司马管理军务，崔骃再任主簿。窦宪幕府的军旅生活扩大了帐下文士的视野，幕主的器重激发了他们建功立业的雄心，也激发了他们的创作活力，上下联手，共同铸就了窦宪幕府文学

---

① 事见《后汉书》之《贾逵传》、《崔骃传》。

② 《后汉书·文苑列传·杜笃传》。

雄冠当世的辉煌。

四 文雄荟萃、佳作频出：马、窦两幕府文学繁盛

马防以车骑将军开府纳贤，请杜笃与傅毅入幕，时在章帝建初三年（78年），窦宪以外戚拜将，请傅毅、班固、崔骃为掾，时在和帝永元元年至永元三年之间（89—91），这十三四年是东汉一代文士与外戚的合作最为紧密也最见文学成效的时段。关于马防幕府和窦宪幕府的文学活动，史无详录，幕府之作也流传不多。不过，从现存史料看，幕府生活拓宽了文士的视野，使他们亲身感受到了大汉的盛威广德，也体验到了一展才华的自信与快意。

马防幕府文章，今天可以见到的有马防《奏上迎气乐》、杜笃《通边论》与《展武论》、傅毅《西征赋》、耿恭《上言镇抚西羌事》。杜笃《通边论》有这样的句子："匈奴请降，毾㲪罽褥。帐幔氊裘，积如丘山。""亲录译导，缓步四来。"前几句写匈奴降汉、上呈贡品无数，侧面烘托大汉之强盛；后两句写受降时从容自如的步态，其自信与骄傲之情跃然纸表。杜笃《展武论》只存两句："文越水震，乡风仰流"，似是讴歌汉廷的声威教化。从题名看，这篇文章应是就对外用兵而言。没有在马防幕府的得意生活，没有边关军营生活的经历，杜笃恐怕很难大谈"展武"问题。杜笃的边关军旅经历仅有一次，即跟随马防西征，上述两文所论与此行紧密相关。傅毅《西征颂》只存四句："愠昆夷之匪协，咸矫□于戎事。干戈动而后戢，天将祚而隆化。""昆夷"指的是西羌。[①] 傅毅两任幕主，唯马防曾西征羌胡。马防平西羌，既以大军威慑，又"开以恩信"。此文颂幕主既威既恩的安羌策略，当作于马防幕府。马防副将耿恭也是才略之士，史称"慷慨多大略，有将帅才"[②]。建初中，耿恭从车骑将军马防再度出征西羌，于军中作《上言镇抚西羌事》，文辞赅要雅洁。

---

① 《毛诗·小雅·采薇》"小序"云："文王之时，西有昆夷之患，北有猃狁之难。"郑玄笺："昆夷，西戎也。"十三经注疏本。

② 《后汉书·耿恭传》，第720页。

马防也通晓经义，任车骑将军期间，章帝请问食举乐，马防作《奏上迎气乐》。该文依经立意，委婉平实，娓娓道来，马防的文心才情可见一斑。

东汉外戚幕府文学之盛，莫过于窦宪北征匈奴、西镇凉州之时。班固、傅毅、崔骃在太学时已齐名，此时齐集窦宪幕府，逐鹿北漠，驰骋西疆，各展才华，在同题竞作中相互激发，在履艰制胜之际激扬文字，创作活力发挥到了极致，创作了一批反映边塞军旅生活的豪迈篇章。在雍容典雅的宫廷文风主导文坛之际，窦宪幕府文章为文坛吹进了一股清新劲健的边塞雄风。

班固是窦宪心腹，在窦宪幕府的生活是他一生中最为得意的日子。班固在窦宪幕府所作，今存五文。《封燕然山铭并序》，描述汉军飞越关塞、凌绝大漠、以所向披靡之势克敌制胜的情形，简短整练，气势豪纵，描绘了大汉王朝威临天下的形象。《窦将军北征颂》与《涿邪山祝文》一脱其宫廷文章的雍容华贵之气，而以俊逸奔放取胜。《与窦宪笺》作于凉州张掖，文章提到窦宪赏赐了很多珍贵物品与贴身饰物，可见二人关系甚密。《与陈文通书》仅存“奉国威灵，信志方外”一句，似是从塞外寄书，也应是在窦宪幕府所作。上述文章从不同角度反映了班固永元初的边塞幕府生活，自信而快意。

在窦宪幕府的生活也给傅毅和崔骃的文学创作带来了别样精彩。傅毅在窦宪幕府所作仅存《窦将军北征颂》一篇，全文以六言结篇，时空广阔，气势恢宏，工整而不失舒畅。窦宪幕府文士中，崔骃的文学创获最为丰赡，所作赋颂有《大将军西征赋》、《武都赋》、《武赋》、《北征颂》、《大将军临洛观赋》等，铭文有《仲山父鼎铭》、《刀剑铭》、《冬至袜铭》、《六安枕铭》等，[①] 又有数十篇作于北征途中的奏记，今存《献书诫窦宪》、《奏记窦宪》及《与窦宪笺》三文。

---

① 窦宪降服北匈奴，北单于献“中山父鼎”，窦宪将其献于朝廷。崔骃《中山父鼎铭》的创作或因此而作。《刀剑铭》写到了金错刀及珍稀宝剑，这些均非寻常人所能见。崔骃只是一介书生，他的系列铭文中所写到的珍稀之物，很可能是在窦宪府中所见，这些铭文也极有可能作于在窦宪幕府之时。

崔骃的“征赋”很有气势。如《大将军西征赋》曰：“跨雍梁而远踕，陟陇阻之峻城，升天梯以高翔。旗旐翼如游风，羽毛纷其覆云。金光皓以夺日，武鼓铿而雷震。”以骈偶化的六言行文，注重动感与气势，给人以声势煊赫、兵行如风之感。《武都赋》仅存四句，却以征战地点的快速转换给人以钲鼓萧萧、军情紧张而稳步推进之感，豪放大气，迥别于宫廷文学奢华浮艳的作风。

窦宪及帐下将领耿秉、耿恭、邓训、邓鸿等也是智谋通文之士。窦宪今存《上皇太后疏请一桓郁刘方入侍讲》，征圣宗经，援引史典，措辞温雅大方，也是比较典型的奏疏文。结合有关史料看，这篇文章应是窦宪本人所写。耿秉“博通书记，能说《司马兵法》，尤好将帅之略……数上言兵事”。永平中曾随窦固出征，章和中，拜征西将军，为大将军窦宪副将，同登燕然山。邓训通晓羌胡方略，永元二年从大将军窦宪镇抚武威。邓鸿“好筹策”，永平中常预议边事，永元中与大将军窦宪同击北匈奴，有功，拜行车骑将军。另外，邓训之子邓骘也少为大将军窦宪所辟。惜史料有缺，窦宪帐下其他文士在幕府期间的文学活动皆无记载，只好付之阙如。

章、和之世，国力强盛，皇帝好文章，将帅有文才，外戚幕府英贤群集，金戈铁马，鼓角钲鸣，以强者姿态雄视天下，幕府的文学创作被涂上了鲜明的时代特色和整体风格：以颂美为主，兼及劝诫与感恩，显示出君臣之间协力同心的和谐关系，那些表现边塞征伐题材的作品最为突出，也最有特色，自由洒脱，清新劲健，表现出一种昂扬向上的进取精神与盛世气象，不仅拓展了汉代文学的叙事空间，还以其豪迈俊朗的风格独树一帜。

第二节　殇帝以后外戚幕府辟举对象的变迁

窦氏败后，外戚权势非但没有受到抑制，反而威权日增。自殇帝至桓帝，除顺帝由宦官拥立外，殇帝、安帝、北乡侯、冲帝、质帝、桓帝六位皇帝均为外戚所立。冲、桓之际，梁冀独霸朝纲，炙手可热，外戚势力登峰造极。延熹二年，宦官单超等族灭梁氏，东汉政治进入宦官专权时代，历灵帝、少帝，至董卓入京。此后，曹操挟天子以令诸侯，东汉政权名存实亡。自殇帝至灵帝，先后有邓骘、阎显、梁商、梁冀、窦武、何进等外戚开府，但辟举士人不再注重文学才能，而是经历了从“经明行修”到“惟名望是瞻”的变迁。

一　邓骘幕府、梁氏幕府以名儒为主

邓骘所辟所举多为“经明行修”的名德之士。殇帝、安帝之际，和熹邓后掌控朝政十几年，外戚邓骘先后以车骑将军、大将军身份开设幕府。《后汉书·邓骘传》称：“骘等崇节俭，罢力役，推进天下贤士何熙、祋讽、羊浸、李郃、陶敦等列于朝廷，辟杨震、朱宠、陈禅置之幕府，故天下复安。”[①] 邓骘幕府所辟尚有张皓、马融，邓骘向朝廷举荐的士人还有鲁丕等。上述诸士多谙熟经学。杨震“明经博览，无不穷究”[②]，诸儒誉为“关西孔子”。朱宠“笃行好学，从桓荣受《尚书》”[③]，后开门授徒于三辅。陈禅曾“仕郡功曹，举善黜恶，为邦内所畏。察孝廉，州辟治中从事”。[④] 禅既为孝廉，当为儒士出身。张皓少游学京师。马融拜名儒挚恂为师，博通经籍，一代名儒文士。李郃父为名儒，“郃袭父业，游太学，通五经”[⑤]。鲁丕“兼通五经，以《鲁诗》、《尚书》教授，为当世名儒”[⑥]。东汉所谓“贤士”，主要是指经学修明、忠孝仁义且通达政务之士。据此可知，邓骘向朝廷推荐的何熙等人也是“经明行修”者。邓骘所辟举的士人，在被辟举之前都颇有德望，后大多为朝廷股肱，李郃、杨震、朱宠、张皓、陈禅皆至公卿，为东汉名臣。

梁商幕府所辟同样是以才德著称的儒士为主。顺帝阳嘉四年四月，梁皇后父商为大将军，永和六年八月去世，开府约六年半。《后

---

① 《后汉书》，第614页。
② 同上书，第1759页。
③ 同上书，第1256页。
④ 同上书，第1684页。
⑤ 同上书，第2717页。
⑥ 同上书，第883页。

汉书》本传称："商自以戚属居大位，每存谦柔，虚己进贤，辟汉阳巨览、上党陈龟为掾属，李固、周举为从事中郎，于是京师翕然，称为良辅，帝委重焉"。[①] 这里提到的四位士人都是贤士，除巨览生平不详外，其他三人皆入传《后汉书》。陈龟"家世边将，便习弓马，雄于北州"[②]；李固为名公李郃子，少好学，"杖策驱驴，负笈追师三辅，学五经，积十余年"[③]，为海内名儒；周举为名儒周防子，博学洽闻，为儒者所宗。梁商幕府所辟尚有马融、杨伦，所推荐者有王畅。杨伦，陈留人，名儒司徒丁鸿弟子，精《古文尚书》，曾"讲授于大泽中，弟子至千余人"，名列《后汉书·儒林列传》；[④] 王畅为名臣王龚子，当世名儒。上述梁商举荐辟召的士人都是当世贤俊。《后汉书·顺帝纪》赞论曰："孝顺初立，时髦允集。"唐李贤注曰："《尔雅》曰：'髦，俊也。'郭璞注曰：'士中之俊，犹毛中之髦。'时张皓、王龚、庞参、张衡、李郃、李固、黄琼之俦也。"[⑤] 庞参、李郃曾为大将军邓骘所举荐，张皓、王龚、李固则入梁商幕府，天下名德才俊，半数为幕府所得。邓骘幕府一开，人心由惊扰而复归安定，梁商幕府一辟举，京师齐称"良辅"。邓骘、梁商两大幕府虽乏文采，但其聆听民声，关注民意，对安、顺时期的朝廷起了积极辅助作用。

梁冀幕府所辟名士，亦多名儒，且富吏才。梁冀幕府历时十几年，为维系幕府正常运转，他还是辟举了不少名贤，姓名可考者有朱穆、周景、刘宽、杨赐、崔寔、赵岐、吴祐、张奂、应奉九人。朱穆、周景、刘宽、杨赐、张奂皆谙习五经，位至公卿，为一代名臣。朱穆少以好学著称，"兼资文武，海内奇士"[⑥]；周景来自汝南名儒世家；刘宽为通儒；杨赐为名公杨震孙，杨秉子，"少传家学，笃志博

---

① 《后汉书》，第1175页。

② 同上书，第1692页。

③ 谢承：《后汉书》，亦载于《后汉书·李固列传》（李贤注引），第2073页。

④ 《后汉书》，第2564页。

⑤ 同上书，第282页。

⑥ 《后汉书·朱穆传》，第1462页。

闻。常退居隐约，教授门徒，不答州郡礼命"。[①] 崔寔"明于政体，吏干有余"[②]，吴祐出自世儒之家；赵岐"少明经，有才艺"[③]，著名儒家学者；张奂"少游三辅，师事太尉朱宠，学欧阳尚书"[④]，著名儒将；应奉博通文史，亦富将才吏才。

梁冀幕府之士，以文学著称者不少。朱穆诗赋兼擅，有文集传世。张奂文才炳焕，辞赋文章，当世称善，有文集二卷。崔寔著有《政论》，赵岐著有《三辅决录》，应奉著有《洞序》九卷，这些著作虽称不上文学名著，但文学意味还是很强的。然而，梁冀并不看重这些文学名士的文才。诸文学之士中，朱穆最受器重，然而，朱穆打动梁冀的不是出类拔萃的文学才能而是善于治乱的非凡吏才，梁冀"使（穆）典兵事，甚见亲重"。文学、经术兼善的赵岐入梁冀幕府后，"为陈损益求贤之策，冀不纳。举理剧，为皮氏长"[⑤]。梁冀开府十六年，虽有朱穆、崔寔、赵岐等文学大家在其幕下，但未有宾主弄赋高歌的雅聚，也无闻同题作文的才气角逐，更乏迎来送往的喜悦忧愁之作。对于梁冀而言，文学不过是附庸风雅的点缀而已。

二　窦武幕府、何进幕府名士云集

大将军窦武、何进所辟举之士几乎都是"慨然有澄清天下之志"[⑥] 的名士。汉末所谓名士，并不以学问著称，更非专精经学者，主要是以政治清望闻名。

灵帝建宁元年正月，窦太后父窦武为大将军，九月，为宦官诛杀，共历八个月。窦武幕府所辟之士，可考者仅陈寔、羊续、胡腾、张敞四人，但窦武向朝廷推荐的名士甚多，可考者有刘猛、李膺、栾巴、荀昱、刘瑜、尹勋。这些名士，几乎都是自觉抗拒宦官势力的党

① 《后汉书·杨震列传》，第 1775 页。

② 《后汉书·崔寔传》，第 1725 页。

③ 《后汉书·赵岐传》，第 2121 页。

④ 《后汉书·张奂传》，第 2138 页。

⑤ 《后汉书·赵岐传》，第 2122 页。

⑥ 《后汉书·党锢列传·范滂传》，第 2203 页。

人领袖，在士林中享受崇高声望。陈寔出身单微，“平心率物”，乡人服之——“宁为刑罚所加，不为陈君所短”[①]，桓帝时为太丘长。“及后逮捕党人，事亦连寔。余人多逃避求免，寔曰：‘吾不就狱，众无所恃。’乃请囚焉。遇赦得出。灵帝初，大将军窦武辟以为掾属。”[②]泰山羊续，家世冠族，忠臣子孙。胡腾师事窦武，以忠孝闻于士林。南阳张敞，献帝时太尉张温之弟，王畅为南阳太守，敞为功曹，以吏才闻名。中山刘猛，桓帝时宗正，灵帝初尚书令，因党锢之祸免官禁锢，窦武、陈蕃辟之。李膺为桓帝时河南尹，最富声望的党人领袖“八俊”之一。栾巴精通道术，顺帝时任豫章太守，颇有政声，因得罪梁皇后而免官，赋闲二十余年，窦武、陈蕃征拜为议郎。广陵刘瑜，西汉皇族后裔，窦武“引瑜为侍中，又以侍中尹勋为尚书令，共同谋画”[③]。荀昱“与大将军窦武谋诛中官，与李膺俱死”。河南尹勋，党人领袖“八顾”之一。窦武举荐名士中，除栾巴为前朝耆老外，其余全为声誉极高而又受第一次党锢之祸牵连受难的名士。窦武辟举士人，不拘出身，不唯学问，亦不拘泥于德望，但凡“清流名士”，皆欲招纳麾下，旨在壮大政治实力，以对抗贪权浊秽的宦官势力。

灵帝中平元年至少帝时，何进为大将军，幕府大开，辟举名士之多，凌越此前任何外戚。何进幕府所辟有边让、刘表、孔融、王朗、陈琳、王谦、袁绍、王匡、韩卓、王允、荀爽等。诸人中，边让为文坛大家，孔融、陈琳乃崭露头角的文学俊彦，而刘表为清流名士，王朗为儒士能吏，王匡以轻财重施闻名，王谦、袁绍皆为名公子孙。何进推荐擢升者有郑玄、贾琮、赵岐、丁原、董扶、郑太、袁绍、王允等。贾琮为清能吏，由议郎迁为冀州刺史；赵岐乃文儒耆老，由议郎迁为敦煌太守；名儒董扶由布衣擢为侍中；以豪侠闻名的郑太由布衣拜尚书侍郎，加奉车都尉；丁原为武将，勇猛仗义，由骑都尉迁执金

① 《后汉书·陈寔传》，第2066—2067页。

② 同上书，第2066页。

③ 《后汉书·刘瑜传》，第1857页。

吾；袁绍由中军校尉迁司隶校尉；王允出身世家，灵帝中平初为豫州刺史，有高名，何进欲诛宦官，辟为从事中郎，旋迁河南尹。何进幕府所辟十人，无一例外全在灵帝之时。灵帝卒后，何进所荐举的人才，不再入幕，而是直接到朝廷担任要职。自灵帝中平元年至五年，何进所荐士人可考者仅贾琮、赵岐，二人外任郡国，均为党人。何进不遗余力拔擢名士，各类人才都有，有文学名士、经学宗师、智谋名士、道术之士、侠义之士、治政能吏、勇猛武将等，袁绍、刘表则为汉末诸侯，只要是愿共诛宦官的清流名士，何进皆欲招至帐下，或结为朝中同盟。何进幕府实为汉末名士群体的政治文化同盟。

第三节　东汉关中外戚幕府“关中色彩”的盛衰

地域意识，尤其是故土意识，是一种普遍的带有地域倾向性的文化心理。地域意识往往会外化成某些带有地域倾向性的行为，历史上常见的地域势力几乎都是依托地域意识而产生。作为重要政治力量的东汉外戚，主要由两大地域集团组成——关中士族、南阳士族，这两大地域集团对政治、文化产生了非常重要的影响。既往的东汉外戚研究往往集中在政治经济方面，文化方面很少关注。其实，东汉外戚几乎都是文化世家，当时大多数文学名士也和外戚有着千丝万缕的联系。从文学名士的密集度与文化交流的活跃程度而言，东汉外戚幕府是仅次于东观的文学活动场所，其重要性不言而喻。

关中外戚，自建武五年（29 年）窦融归顺光武帝始，至建宁元年（168 年）大将军窦武被宦官所杀，预政长达近 140 年。关中外戚常举家迁居洛阳，遭遇重大政治变故时，往往又被遣回故郡，这种生存状况使得他们对关中社会和中州社会产生了双重依赖性，也迫使他们在关中士族和中州士族之间必须保持某种平衡。关中外戚幕府的“关中色彩”也因此发生与时推移的变化。

东汉关中的窦、马、梁三大外戚曾以车骑将军或大将军身份组建幕府，他们有权自行辟除掾属，有权向朝廷举士，个别外戚甚至干预各级官府用人，他们的“地域意识”在选用幕僚、荐举人才、人际交往及幕府文化活动中均有比较明显的表现。在不同历史阶段，受多种因素的制约，东汉关中外戚幕府的“地域倾向”各有侧重：或钟情于关中，或倾向于中州。大体而言，窦融、马防、窦宪三大幕府的“关中意识”很强——辟除僚属或举荐人才皆以关中士为主、以关中士为先；从顺帝朝始，关中外戚幕府“关中色彩”逐渐弱化——梁商、梁冀、窦武辟除幕僚、荐举士人，皆以中州士为主，关中士人不仅少且不受器重。任职于关中外戚幕府的关中文学家班彪、杜笃、班固、马融、赵岐等，在创作中所表现出的“关中色调”也呈现前强后弱的走势，与其幕主的地域倾向相一致。关中外戚幕府“关中色彩”的衰变，实为关中政治文化地位变迁的一个缩影。

一　河西窦融幕府：关中名士组成的文化集团

两汉之际，成立于河西的窦融幕府既是一个以关中名士为主的地方军事集团，又是一个有浓厚关中色彩的文化集团。

窦融，扶风平陵人，汉文帝窦皇后弟广国七世孙，自高祖父起，累世仕于河西。更始帝时，窦融任张掖属国都尉，他联合敦煌、酒泉、武威、张掖、金城五郡长官安定梁统等人，组成了一个割据河西的军事集团，并被推选为河西大将军，统率五郡兵马。河西大治，安定富庶。建武五年，窦融以“先后戚属”身份归顺光武帝，光武欣然认亲，命窦融等继续镇守河西。建武十二年，陇、蜀平定，窦融率河西守令入洛，拜官封爵，窦融幕府也完成了历史使命。但是，关中外戚幕府在河西开场的文化大戏才刚刚启幕，并将在更广阔的空间持续上演一百余年。

河西窦融幕府成员几乎都是关中名士。秦汉时的关中，地理范围较后世广阔，“自函谷关以西总名关中”[①]，包括扶风、京兆、冯翊、陇西、天水、安定等郡。窦融幕府中，籍贯清楚的有10人，即扶风5

---

① 班固：《汉书》卷一《高帝纪上》颜师古注，中华书局1959年版，第17页。

人（窦融、融弟窦友、张掖太守史苞、[①] 从事班彪、议曹掾孔奋），安定3人（武威太守梁统、统兄梁巡、从弟梁腾），左冯翊1人（左护军王隆），河内1人（蔡茂），其中9人籍属关中。当时在河西的还有上述诸人的家属，包括窦融子穆、窦友子固、梁统子松、孔奋弟奇等。窦融幕府中，籍贯不详者有酒泉太守竺曾、敦煌太守辛肜、金城太守厍均、长史刘钧、司马席封，这几位应该都是关中大姓。试考述如下：

窦融"家长安中，出入贵戚，连结闾里豪杰，以任侠为名"，又"累世在河西"，熟知关中与河西的名士。窦融一到张掖，就主动结交五郡长官，因为他知道他们"并州郡英俊"。"是时，武威太守马期、张掖太守任仲并孤立无党，乃共移书告示之，二人即解印绶去。"[②] 这说明，马、张既非河西人，亦非世宦关中者。结合前文，即可推出这样的结论：厍均、竺曾、辛肜、梁统、史苞均是关西豪杰。

辛肜等人的籍贯还可做进一步的稽考推测。西汉时，关西辛氏以辛武贤、辛庆忌最为知名。班固《汉书·辛庆忌传》载，庆忌父辛武贤，陇西氐道人，宣帝时为酒泉太守、破羌将军，曾征乌孙至敦煌。辛庆忌也常年活动在西北，历仕金城、张掖、酒泉诸郡长官，弟辛汤、长子辛通均曾任护羌校尉。陇西辛氏多出名将，世仕河西，宗族支属至二千石者十余人，威行州郡。元帝时，辛庆忌以将军徙居长安，宗亲仍居陇西。[③] 根据两汉任官回避制及边郡长官常选边将子弟担任的惯例，可以推测，辛肜不是敦煌人，而是世仕河西的将帅之后。西汉关西将帅中，唯辛庆忌族世仕河西，那么，辛肜当出自陇西辛氏，很可能是迁居长安的辛庆忌族属。秦汉时期，金城一直是羌人聚居区，先零羌、烧当羌都活跃在这一带。史载，唐时羌人中有姓厍

① 挚虞《三辅决录注》曰："（史）苞，字叔文，茂陵人。"见《后汉书》（李贤注），第797页。本文所涉东汉人物史实，除注明外，一律出自范晔《后汉书》。

② 《后汉书·窦融列传》，第797页。

③ 事见班固《汉书》，第2996—2998页。

的，自言是汉厍均之后。[①] 厍均应是金城羌人著姓。竺姓得姓于孤竹君。西周初，孤竹君之子伯夷与叔齐卒于首阳山，此山就在陇西境内。竺曾即伯夷、叔齐之后，当世名贤。[②] 竺曾既是关西俊杰，就极可能出自陇西。长史刘钧和司马席封谙熟河西地理与风俗，深受窦融倚重，很可能与班彪、孔奋一样，都是窦融同乡。

河西窦融幕府还是一个气氛融洽的以关中名士为主的文化集团。窦融官至大司空，自言育子之法——“朝夕教导以经艺”[③]，经学修养应该不错。严可均所辑《全后汉文》中，窦融有三篇作于河西的文章，即《复遣长史刘钧上书归诚》、《与隗嚣书》、《上书请隗嚣》。三文分析局势，表陈心迹，皆意深情笃，颇具感染力。而《与隗嚣书》最佳，至令光武帝大赞说：“将军所让隗嚣书，痛入骨髓。叛臣见之，当股栗惭愧，忠臣则酸鼻流涕，义士则旷若发蒙。非忠孝悫诚，孰能如此？”[④] 在河西时，窦友常与兄融共定大事，必是有见识之人。友子固当初随父在河西，谙熟边事，好览书传，喜兵法，汉明帝时经常参议兵事。看来，在河西时的窦氏已是文化家族。梁统“性刚毅而好法律”，“统在朝廷，数陈便宜”[⑤]。统今存文四篇，三篇论议刑法，另一篇是书信。这些文章，引经述典，赅要温雅，整饬之中有一气贯通之感。这说明，梁统是个很有学识的人。统子梁松青少年时代跟随父亲在河西度过。史称“松博通经书，明习故事，与诸儒修明堂、辟雍、郊祀、封禅礼仪，常与论议，宠幸莫比。光武崩，受遗诏辅政”。[⑥] 看来，在河西时的梁统不仅谙熟法家之学，并且注重子弟的经学教育。河西幕府中，蔡茂、孔奋均为一代名儒，班彪出身儒学世家，又是文学名家。两汉之际，彪先游隗嚣，后投窦融，作有《王命论》、《北征赋》等，两文皆为萧统《文选》收录。在河西时，

---

① 《后汉书·窦融列传》（李贤注），第797页。

② 见《资治通鉴》（卷四十胡三省注），中华书局1956年版，第1289页。

③ 《后汉书·窦融列传》，第807页。

④ 同上书，第803页。

⑤ 《后汉书·梁统列传》，第1165页。

⑥ 同上书，第1170页。

窦融所上章奏多经班彪之手润色，事见范晔《后汉书·班彪列传》。王隆也是文学名士，范晔称其“能文章，所著诗、赋、铭、书，凡二十六篇”①，但悉数亡佚。刘钧多次奉命向光武帝“口陈肝胆”②，必是擅长辞令之士。辛肜、厍均、竺曾的文化状况虽乏记载，但他们既然是“州郡英俊”，又是正式任命的官吏，至少会有一定的经学修养。

汉武帝以后，儒学逐渐普及，士之为官者，大都读过一些经学著作，能写一般公文。关中作为全国政治文化中心，整体文化水平大幅提升，到西汉后期，关中就涌现出了很多本土文化名士。从已知成员的文化素养看，窦融幕府那些姓名不详的关西名士也应该具有较高文化素质。

窦融幕府称雄河西，不仅聚合了一大批当时名士，还培养了三大通晓西北边事的文化家族——窦氏、梁氏、班氏。永平末，奉车都尉窦固率军从河西出击匈奴，以班彪次子班超为假司马。稍后，窦固又派班超出敦煌使西域。班超长达四十年经营西域的生活从河西迈开了第一步。和帝初，班固两度随大将军窦宪击匈奴，并创作了惊世名篇《燕然山铭》，窦、班三度联手，共同谱写河西华章。阳嘉中，大将军梁商从容指挥西北战事，也得益于家族对河西土俗的了解。河西窦融幕府为汉王朝孕育了数代驰骋西北的风流人物，留给了青史一道永恒的亮彩。

二　马防幕府与窦宪幕府的关中色彩

作为秦汉京畿，关中腹地繁华了二百余年，关中衣冠的地域优越心理积累已深，即使他们成了东汉王朝的高官贵戚，即使他们合族迁居中州已过数十年，这种地域情愫仍纠结于心，挥之不去。马防、窦宪就是典型。当他们因外戚而贵显时，强烈的关中意识便彰显无余，其突出表现就是广交关中士族。

扶风马氏本是人脉深广的三辅著姓。马援文韬武略，早在两汉之

① 《后汉书·文苑列传》，第2609页。

② 《后汉书·窦融列传》，第800页。

际就“腾声三辅”，后又南征北战，建立赫赫功勋，在关中社会享有很高威望。永平三年，汉明帝立马援女为后，即明德马皇后，关中又一外戚豪族闪亮登场。明帝对外戚防范甚严，马氏虽贵，却并非权高位重。然而，章帝自小为马皇后所养，情意甚笃。章帝即位，马后家族开始迎来政治生命的春天。

马廖、马防、马光兄弟以皇舅之尊，官至九卿，泛揽声誉，广散钱财，极力笼络关中士族。司空扶风第五伦奏劾说：“卫尉（马）廖以布三千匹，城门校尉防以钱三百万，私赡三辅衣冠，知与不知，莫不毕给。又闻腊日亦遗其在洛中者钱各五千。”[①] 建初二年，马防以行车骑将军出击西羌，有功，建初三年十二月拜车骑将军，明年五月罢。马防建功，兄弟升官封爵，满门荣宠。章帝甚至“令史官作颂，颂其功伐”。[②] 马防“贵宠最盛，与九卿绝席”，“数言政事，多见采用”。《后汉书·马防传》云：“防兄弟贵盛，奴婢各千人已上，资产巨亿，皆买京师膏腴美田。……宾客奔凑，四方毕至，京兆杜笃之徒数百人，常为食客，居门下。刺史、守、令多出其家。岁时赈给乡闾，故人莫不周洽。”马防兄弟宾客满门，京兆杜笃最受宠幸；赡给人物众多，却是清一色关中人，尤其是“三辅衣冠”。马家贵宠之时，在洛阳的关中士族几乎都被马氏涂上了“关中色彩”。

马防幕府也是关中文学名士的得意场。车骑将军马防不仅明晓边事，且有文才，曾上疏论迎气，章帝纳之，其文今存。马防辟除的幕府文士，姓名可考者只有两人：从事中郎杜笃、军司马傅毅，都是关中名士。马防聘请僚属，关中色彩太强，对品行有缺的杜笃宠重太过，引起了朝臣的弹劾。司空第五伦上言：“闻防请杜笃为从事中郎，多赐财帛。笃为乡里所废……今来防所，议者咸致疑怪，况乃以为从事，将恐议及朝廷。今宜为选贤能以辅助之，不可复令防自请人，有损事望。”[③] 马防待傅毅也很尊崇，史称“车骑将军马防，外戚尊重，

① 《后汉书·第五伦传》，第1398页。

② 刘珍等著，吴树平校注：《东观汉记校注》，中华书局2008年版，第443页。

③ 《后汉书·第五伦传》，第1399页。

请毅为军司马，待以师友之礼。及马氏败，免官归”。军司马乃是军府重要武职，而傅毅最擅长的只是文学，没有任何史料显示傅毅有军事才能。那么，马防请傅毅为军司马，应当主要出于尊崇之意。杜笃对马防也很是感激。杜笃以目疾二十年不窥京师，马防一请，立即入府，以身殉职，战死疆场。杜笃今存《通边论》、《展武论》，以边俗和军事生活为内容，应是在马防幕府所作。马防交游的文士还有扶风大儒兼文学家贾逵。章帝爱贾逵才学，特以钱二十万令颍阳侯马防与之。看来，章帝也知道马防喜好交游关中名士。

建初三年，章帝立窦融曾孙女为皇后，窦氏外戚更加尊宠，兄弟亲幸，并侍宫省，赏赐累积，宠贵日盛，自王、主及阴、马诸家，莫不畏惮。和帝即位，太后临朝，兄弟皆在亲要之地。后兄窦宪，好树朋党，交游、荐士、用人，毫不避嫌，对亲附自己的关中士族，更是不遗余力予以拉拢，对异己则予以排挤甚至迫害。

窦宪幕府，文学名士虽多，唯关中士人最受尊崇。和帝立，窦宪拜车骑将军，又迁大将军，为揽声誉，广召名士，班固、傅毅、涿郡崔骃三大文豪齐齐入幕，窦宪幕府文学一时名扬四海。《后汉书·窦宪传》：“宪既平匈奴，威名大盛，以耿夔、任尚等为爪牙，邓叠、郭璜为心腹。班固、傅毅之徒，皆置幕府，以典文章。”同书《文苑列传》云：“永元元年，车骑将军窦宪，复请毅为主记室，崔骃为主簿。及宪迁大将军，复以毅为司马，班固为中护军。宪府文章之盛，冠于当世。”窦宪幕府，关中士最受器重。窦宪“爱班固而忽崔骃”[①]，连章帝都感到不公允。窦、班固然世代交好，但窦宪重班轻崔另有原因。班、傅都是亲附窦氏的关中望族，崔骃不过是河北寒士，对窦宪而言，关中士族的支持可以直接壮大政治实力、提升家族在故土的声望，势单力薄的崔骃无足轻重。[②] 据范晔《后汉书》载，

---

① 《后汉书·崔骃列传》，第1719页。

② 班固为窦宪亲党，事见范晔《后汉书·班固传》。崔骃常年游学洛阳，家境贫寒，要靠友人周济，以《四巡颂》为章帝所知，章帝特向窦宪荐举，崔骃因此被窦宪辟为掾属。事见《后汉书·崔骃列传》。《孔丛子卷下》说“崔骃学于太学而粮乏”。

大将军窦宪出征，扶风耿秉为副将，班固为中护军，傅毅为司马，三人皆可与窦宪同谋军政，而崔骃只是管文书的主簿；登燕然山，随行者还有名将南阳邓鸿等人，然而，范晔书惟载副将耿秉与窦宪一同登山；三大文雄同行，窦宪单让班固撰文纪功；在凉州，窦宪代汉廷接纳北单于归附，他却让班固行中郎将之职与司马梁讽同往。崔骃数十次上奏记劝谏窦宪矜持自律，窦宪不以为忠，反认为是异己，找个借口就把崔骃逐出幕府，打发到偏僻小县任职。窦宪幕府多俊才，将帅也能著文。扶风耿氏也是外戚，儒将名族，与窦氏交好。耿夔、耿秉兄弟为一代名将。史称耿秉“博通书记，能说《司马兵法》，尤好将帅之略”。[①] 耿秉今存议兵事文三篇。

永元四年，窦宪被诛，因党附而受牵连者甚众，可考者有班固、傅毅、扶风耿氏（夔、秉、冲）、扶风马氏（防、光、棱）、京兆宋由、京兆廉范、北地梁讽、南阳邓叠与邓磊、真定郭举及子璜等，邓、郭与窦为姻亲，余皆关中人。故吏受株连是当时规制，马防、宋由却完全是因党附窦氏所致。[②] 窦宪幕府的关中色彩由此可见一斑。

三 从梁氏幕府到窦武幕府：“关中色彩”自弱化而销匿

顺帝时，梁商以大将军身份开府招贤，所纳名士在籍贯分布上扩大了范围，但关中人大幅减少。梁冀继任大将军，关中色彩更加弱化。梁冀对三辅士人似乎心存芥蒂，三辅士也不大情愿入其幕府，即使入幕或与之交游，也多迫于其淫威。到了窦武以大将军开府之时，辟除掾属和举荐士人均以中州名士为主，几乎见不到关中士的影子，“关中色彩”在窦武幕府的政治文化活动中非常淡薄。

梁商开府约六年半，掾属众多，姓名可考者有七人，分布在七个郡，来自关中的只有马融。《后汉书·梁商传》：“商自以戚属居大位，每存谦柔，虚己进贤，辟汉阳巨览、上党陈龟为掾属，李固、周

① 《后汉书》，第716页。

② 《后汉书·宋意传》：“永元初，大将军窦宪兄弟贵盛，步兵校尉邓叠、河南尹王调、故蜀郡太守廉范等群党出入宪门，负势放纵。”

举为从事中郎，于是京师翕然，称为良辅，帝委重焉”。李固是汉中人，周举来自汝南。扶风马融和陈留杨伦也曾入梁商幕府。《后汉书·马融传》云：“阳嘉二年，诏举敦朴，城门校尉岑起举融，征诣公车，对策，拜议郎。大将军梁商表为从事中郎，转武都太守。”《后汉书·儒林列传·杨伦传》：“阳嘉二年，征拜太中大夫。大将军梁商以为长史。谏诤不合，出补常山王傅，病不之官。”梁商举荐的士人，可考者只有山阳王畅。《后汉书·王龚传附王畅传》：“大将军梁商特辟举（畅）茂才，四迁尚书令，出为齐相。”

梁商在辟举士人这件事上，没有表现出对关中的倾向性，表面上看，似乎是避嫌，实际上，这与梁商对关中的“疏远”有很大关系。

梁商是梁竦之子，梁统之孙。梁统的远祖本安定人，高祖父梁子都先居河东，后迁北地，子都之子梁桥以豪富迁徙茂陵。西汉末年，梁氏家族迁回安定。安定梁氏与三辅士族之间，无论是地理空间、地域文化归属，还是社会心理，似乎都存在天然距离。从家族渊源上说，梁统和窦融曾为河西五郡首领，后来一同归附，又同时入洛，两家以功臣封爵拜侯，政治地位不差上下。但是，在同为功臣、同是外戚的马、窦、梁三家中，马、窦两家世代交好，在关中社会享有崇高声望，而梁氏不仅与马、窦两家都有仇怨，与关中士族也比较疏远，目前还没有史料证明：梁松以后梁氏家族与关中士族关系亲善。

另一方面，梁氏子孙世居京城，很少与故土联系，对关中缺少感情。永平四年，梁统子松以诽谤罪下狱死，国除，家族远徙九真。后来，汉明帝令梁氏回故郡，这是入洛后梁家唯一一次回关中。梁氏对关中缺少“故乡”情感，梁竦就是典型。史载：“（梁）竦生长京师，不乐本土，自负其才，郁郁不得意”。①

梁冀幕府历顺、冲、质、桓四帝，共十几年，是东汉外戚幕府中历时最久的。梁冀幕府辟用的名士，姓名可考者有南阳朱穆、汝南周景、弘农刘宽、弘农杨赐、涿郡崔寔、京兆赵岐、陈留吴佑、敦煌张奂、河南种暠，梁冀向朝廷举荐的士人有汝南应奉、议郎魏郡栾巴。

① 《后汉书·梁统列传》，第1172页。

上述11人，分布在九9郡，其中8人都是中州名士，来自关中的只有赵岐。赵岐在梁冀幕府时间很短，“为陈损益求贤之策，冀不纳。举理据，为皮氏长”。[①] 据此推断，赵、梁二人关系平平。赵岐是名儒，有《孟子章句》流传，官至太仆，在关东士中颇有德望。献帝初平四年，天子遣太仆赵岐和解关东，使各罢兵。

梁冀心胸褊狭，不能容人。《后汉书》本传载，冀弟不疑，“好经书，善待士，冀阴疾之……”[②] 冀宠惮妻子孙寿，“用寿言，多斥夺诸梁在位者，外以谦让，而实崇孙氏宗亲。”梁冀对宗亲尚且忌恨，也就很难真心对待关中名士了。

进入梁冀幕府的名士，多是为权势所迫。梁冀专权跋扈，很难相处，“在位二十余年，穷极满盛，威行内外，百僚侧目，莫敢违命，天子恭己而不得有所亲豫”。[③] 府掾之中，唯南阳朱穆为梁冀所亲重，朱穆有吏才和军事才能，图谶学造诣也令梁冀感到敬畏。梁冀对文学不感兴趣，也就不看重幕府士人的文才。涿郡崔琦少游学京师，以文章博通著称，举孝廉为郎。河南尹梁冀闻其才，请与交。冀行多不轨，琦数引古今成败以戒之，冀不能受。乃作《外戚箴》。梁冀为大将军后，崔琦又作《白鹄赋》讽谏，冀不能容，派人杀了崔琦。从现有史料看，梁冀幕府没有组织过集体性文学活动。

当世文士唯马融作赋歌颂梁冀，甚至替他作文章诬陷太尉李固。马融看似与梁冀很亲密，实则不然。史载：“初，融惩于邓氏，不敢复违忤势家，遂为梁冀草奏李固，又作大将军《西第颂》，以此颇为正直所羞。”[④] 马融还遭到过梁冀陷害。《后汉书·梁冀传》：“南郡太守马融、江夏太守田明，初除，过谒不疑（梁冀弟），冀讽州郡以它事陷之，皆髡笞徙朔方。融自刺不殊，明遂死于路。”从马融与梁冀的交往可以推断，梁冀幕府的“关中色调”即使存在，也是微弱而

---

① 《后汉书·赵岐传》，第2122页。

② 同上书，第1185页。

③ 同上。

④ 《后汉书·马融列传》，第1972页。

虚幻的假象。

窦武幕府辟用的名士，姓名可考者仅四人：颍川陈寔、泰山羊续、桂阳胡腾、南阳张敞，无一来自关中。窦宪推荐的名士，姓名可考者有琅邪刘猛、颍川李膺、魏郡栾巴、颍川荀昱、广陵刘瑜、河南尹勋，俱为中州名士。窦武幕府人员构成有浓厚中州色彩，却不见关中士人影子。

窦武少以经行著称，“常教授于大泽中，不交时事，名显关西”。窦武虽为关中名儒，但“在位多辟名士，清身疾恶，礼赂不通”，与党人领袖汝南陈蕃、颍川李膺、河间刘淑等互为知音，是最负盛誉的士林领袖“三君”之一。[①] 当时，以中州本土士为主的关东士人是政治文化领域最有实力最为活跃的群体，名士领袖大都是中州本土人。这就不难理解，窦武辟举的何以是清一色的关东名士。

洛阳成为京都之后，关中世族多迁居京畿。安帝以后，三辅频遭羌乱，本土士族因避难而移居中州的现象更加普遍，三辅境况江河日下，关中士族对中州士人力量的依赖性也愈来愈强。在这样的政治文化背景之下，窦武幕府的“地域色彩”自然是关中微弱而中州强烈。

四　关中外戚幕府文士笔下的“关中色调”

东汉时，关中有六位文学名家仕于关中外戚幕府，即班彪、杜笃、班固、傅毅、马融、赵岐，他们都写过有关关中地域风情的文章。班彪的《北征赋》描述了故秦之地的历史沧桑，描写关中动乱中的苍凉景象，流露出深沉的故土情怀。杜笃的《论都赋》给予关中全方位的热情讴歌，班固的《两都赋》和《终南山赋》表现出了对西都长安及关中深深的眷恋之情。马融对关中的感情却比较淡漠，这流露在他的《长笛赋》等文中。赵岐原名嘉，后避难，“故自改名字，示不忘本土也。岐少明经，有才艺”[②]，作有《三辅决录》，然而，该书却是以批判的眼光描述三辅风土人情。“关中情调”在关中

① 本段引文见范晔《后汉书·窦武传》，第2239页。

② 《后汉书·赵岐传》，第2121页。

外戚幕府文士笔下也呈“衰减”走势：从强到弱，从赞美、眷恋到疏离以至批判。

东汉前期，关中士人对洛阳作为国家政治文化中心的“认同”经历了从排斥到接受的过程。杜笃《论都赋》和班固《西都赋》都蕴含着较强的“西都情结”，这既是三辅士族旧有的京都地理优势心理的延续性表现，也是尚未完全认同洛阳政治文化地位的情感流露。

建武二十年前后，光武帝修缮长安陵庙殿宇，引起一场关于迁都的争议。杜笃《论都赋》即为此而作。该赋勾起了“关中耆老”的故土情思。这些关中士德高望重，谙熟朝章典制，深受朝廷倚重。范晔《后汉书·循吏列传》载当时情况说：“先是杜陵杜笃奏上《论都赋》，欲令车驾迁还长安。耆老闻者，皆动怀土之心，莫不眷然伫立西望。（王）景以宫庙已立，恐人情疑惑，会时有神雀诸瑞，乃作《金人论》，颂洛邑之美，天人之符。”显然，文中提到的“耆老”是指在洛阳的关中士大夫，他们对长安旧都，或者说，是对世代生活的三辅故土，深怀眷恋，如果他们依托雄厚的政治实力广散迁都舆论，势必引起以中州功臣为代表的关东士大夫的反对，政局可能因此不安。杜笃《论都赋》问世数年之后，迁都之议仍在继续。这说明：迁都问题触动了很多人的心思，尤其是中州功臣和关中士大夫；《论都赋》在关中人中激起强烈共鸣，在关东人中引起高度警觉——谁都想争取京都优势。

表面上看，杜笃是很客观地描述了关中各种地理形便，说它成就了秦汉王霸之业。实际上，杜笃是以礼赞和仰望“大汉旧京”的姿态运转全文，这不仅很容易触动潜伏在关中世家心中的情结——想起昔日的辉煌，进而产生重建辉煌的梦想，而且，赋文描绘的前汉盛世图景，如“文景之治”的祥和、汉武之世的繁华、宣元之世的富庶，留给了太多人挥之不去的记忆，很容易引起人们对“先帝旧京”的盲目崇拜；其次，大汉“世居雍州之利”的历史经验也很容易引起东汉帝王对西汉先帝成功智慧的深入思考。王景担忧的“人情疑惑”当在于此。

班固《两都赋序》以描述东汉盛景开篇，借关中耆老之口展开对两都的比较："海内清平，朝廷无事，京师修宫室……西土耆老，咸怀怨思，冀上之眷顾，而盛称长安旧制，有陋洛邑之议。"① 首先，《西都赋》以"极众人之所眩耀"的方式行文，极力描绘西汉长安令人倾心眩目的盛世繁华，"威戎夸狄"而君临天下的宏伟气象，士、农、商、工"粲乎隐隐，各得其所"的美好生活，这美好的景象带给人强烈的心理震撼：西都，美哉！西汉，壮哉！《东都赋》则以"折以今之法度"的方式展开，把各种礼乐仪式描述得雍容肃穆，端庄大雅，合规合距，但这种景象很容易带给读者这样的心理感受：东都太庄严、太拘迫！在《两都赋》中，"客"作为西都繁华的描述者，充满了活力和激情，对描述对象充满了热爱和眷恋；"主"作为东都礼仪的描述者，冷静而克制，对描述对象怀着敬畏之情。两相比较，西都更容易引起读者神往。班固深蕴于心的"关中情"就这样流注于笔端。

关中山川在班固笔下总是美丽而亲切的。终南山是关中名山，秦岭高峰所在地。班固《终南山赋》中，高峻的终南山"固仙灵之所游集"，美丽而有神韵，令人向往。这终南山实为班固心中的关中，是他情感化的故乡记忆。

杜笃和班固，作为章、和之世外戚幕府文学的杰出代表，不管他们的作品是否作于幕府期间，他们笔下的"关中情调"都反映了那个时代关中士的故土情结，反映了关中士的文化自信与地域自豪感。

到了东汉顺、桓时代，关中的政治文化优势早已风华不再，安定梁氏父子与关中的关系也并不"亲密"。梁商幕下的关中文士马融心理上早已"疏远"乃至"逃离"了关中，在他的笔下，关中不再亲切，甚至有点沉寂落寞。安、顺之时，马融两度回扶风，每次都生活数年。在关中期间，马融创作了《长笛赋序》、《琴赋》、《樗蒲赋》等，然其"关中色调"却灰暗而孤寂。

《长笛赋序》叙作赋缘起说："为督邮，无留事，独卧郿平阳邬中。有洛客舍逆旅，吹笛为《气出》、《精列》相和。融去京师，逾

① 萧统：《文选》，上海古籍出版社1986年版，第4页。

年，暂闻，甚悲而乐之。……故聊复备数，作长笛颂。”[①] 可知，此赋作于马融仕为扶风督邮时，当时，他很闲散，心有孤独，忽听有人吹奏熟悉的相和曲，不由勾起对京师的思念，悲喜交加，感而作赋。洛阳人与《气出唱》曲，这都是常年生活在京师的马融非常熟悉的，是他心中的“洛阳生活印记”。官场失意之凄凉，远离京师之悲怨，“相逢旧相识”之欢乐，一起涌上心头，故而“悲而乐之”。赋正文说，制笛的竹子生长于“终南之阴崖”，“托九成之孤岑兮，临万仞之石磎。”[②] 将制笛之竹的生长环境设在险峻孤寂的终南山北崖，实寄予着马融自命清高又孤寂落寞的情怀。马融身在关中而心在洛阳，故土没有抚平马融心中愁怨，反加重了落寞孤寂之感。马融笔下的关中是生疏而冷寂的。

《琴赋》流露出的写作心境与《长笛赋》相似。该赋说：“惟梧桐之所生，在衡山之峻陂。于是遨闲公子，中道失志，居无室庐，罔所自置。”[③] 梧桐生长于高山峻陂，自然也是孤独的，这应是作者“居无室庐”的漂泊感的象征。生活在故土的马融却有漂泊异乡之感，这恰恰反映了马融和关中之间的心理隔膜。

《樗蒲赋》也同样表露了对京都洛阳与洛阳生活的眷恋之情。该赋把拥有樗蒲的生活描述得非常轻松快乐，令人陶醉，然而，这是“玄通先生（自比）”昔日“游于京都”的所好。显然，这篇赋是马融离开洛阳且生活得相对悠闲时的作品。马融常居洛阳为官，中间几度出京：一次是因久不升迁而辞官回乡，时在元初、永宁间；一次是顺帝初仕于郡中数年；一次是由大将军梁商推荐外任武都太守数月；一次是梁冀为大将军时外任南郡太守；一次是桓帝时流放朔方。综合来看，马融仕为扶风郡掾的这段时间相对悠闲，与该赋的写作心境比较吻合，《樗蒲赋》很可能是在扶风所作。这篇作于故土的辞赋描述的却是他乡生活的快乐。马融对关中，不仅生疏，且想“逃离”。

---

① 萧统：《文选》，上海古籍出版社1986年版，第807—808页。

② 同上。

③ 《艺文类聚》卷四十四，上海人民出版社1982年版。

在晚年所作的《自叙》里，马融写到早年一段生活："大将军邓骘召为舍人。弃游武都，会羌虏起，自关以西道断。融以古人有言：'左手据天下之图，而右手刎其喉，愚夫不为。'……因往应之，为校书郎。"① 安帝永初中，西羌自河西侵扰至三辅，关中因之破败。《自叙》流露出的情感，是对关中饥饿动乱生活的恐惧和急于逃离的心情，看不到马融对故土的眷恋、同情或是惋惜。

同是关中，在班固笔下是壮美富庶的，在马融笔下是混乱破败的；同是终南山，在班固笔下美丽而亲切，在马融笔下冷寂而隔膜。我们固然可以从宦海沉浮或是一时感受来理解，不过，若结合二人笔下一贯的"关中色调"，这迥异的感受就具有普遍的象征意味了。

赵岐曾作《三辅决录》，今仅存其序。《三辅决录序》描述三辅风俗说："五方之俗杂会，非一国之风。不但系于《诗》（之）《秦》、《豳》也。其士好高尚义，贵于名行。其俗失则趣势进权，唯利是视。余以不才，生于西土。耳能听而闻故老之言，目能视而见衣冠之俦，心能识而观其贤愚。尝以玄冬，梦黄发之士，姓玄名明，字子真，与余寤言，言必有中，善否之闲，无所依违，命操笔者书之。"可以看出，写《三辅决录》时，生长于三辅的赵岐对三辅的评价"无所依违"，冷静，理智，审慎，这是"国士"对"国土"的态度，不偏不倚，不亲不疏，既别于杜笃和班固的热爱，也异于马融的生分。

关中外戚幕府文士用文笔描绘了关中在汉世四百年间的沧桑变迁，其浓浓淡淡的关中情调隐约透出关中士族曾为京都人的豪迈与自信，也流露出了他们对关中沦为明日黄花的沉重叹息。

两汉动荡之际，凭借地利人和之便，窦融、梁统等人在河西自发结成了以关中士族为核心的地域集团，关中外戚从此登上东汉政治文化舞台。章帝、和帝之世，以关中阀阅自居的马氏、窦氏先后干政，声威显赫，似有复兴关中之意。马防和窦宪辟用掾属皆以关中士人为

① 余嘉锡：《世说新语笺疏》，上海古籍出版社1993年版，第189页。

主，以关中人为先，最为器重和信任的也是关中士；马、窦幕府中的关中文士在作品中也寄予了浓厚的关中情怀。从顺帝朝梁商开始，关中外戚幕府的关中色调明显淡化。梁氏父子辟举的关中士人寥寥无几，而窦武所辟举的士人竟无一来自关中。马融几番仕于故郡，在作品中流露的地域倾向却是疏远关中而思念京洛。赵岐的创作虽然关注三辅风俗，却持以客观冷静的批判眼光。关中外戚幕府“关中色调”的弱化，与关中外戚自小生长京师有直接关系，也与关中的严重衰落分不开。东汉关中外戚幕府“关中色调”的变化，正是关中在两汉四百年间兴衰演变的真实写照。

东汉外戚所开的车骑将军幕府、大将军幕府有两个突出特点。其一，外戚位高权重，内干朝政，外领兵事。马防拜车骑将军，位同大司空；窦宪拜大将军，位居三公之上。后世车骑将军、大将军都依准马、窦之例。文士入外戚幕府，可能会比在其他幕府拥有更多建功扬名的机会。其二，外戚幕府活动空间大，视野开阔，大多数外戚将军幕府都有过边关军旅生活。文学创作需要新奇事物激发灵感，从征边关的外戚幕府文士远比活动在内地的文士更能感受到大汉的威德盛势，也更能真切体验到雄才释放的自信与快意。这也是诸多文学名士愿意投入外戚将军幕府的原因之一。

终东汉一朝，外戚活动范围主要在京都洛阳。大批文人应聘进入外戚幕府，使得外戚幕府与朝廷设立的撰史校书的东观一样成为文人荟萃之所，几可与之比翼争辉。光武、汉明抑制外戚，文学之士不敢轻易结交外戚，但是，尊贵的外戚渴望文学名士为其延揽声誉，身份低微的文学名士渴望因外戚的提携而一展才华，两者间的相互需要悄然酝酿着外戚幕府文学的诞生。章、和之际，国力强盛，外戚受倚重，礼请文学名士入幕，历来不为朝廷所重、政治上鲜有作为的文士纷纷投入外戚麾下，希图建金石之功。安帝之后，外戚宦官交替执政，内忧外患，国力渐衰，除南阳邓氏外，诸外戚的政治觉悟、文化素养与道德品格都难以得到士林认同，而邓氏重名儒而轻文学之士，文学名士入外戚幕府的激情亦随之减退，外戚幕府文学自然随之式微。汉末大将军何进幕府虽然汇集了众多文学名士，但何进社会威望不足，幕府上下人心不齐，集体性文学活动不少，却没有产生多少有影响力的文学著作。

东汉外戚幕府文学作为外戚政治的产物，与外戚势力的兴衰相伴随，也从一个侧面反映了东汉国势的强弱变化及文士功业追求的起起落落。

第八章

东汉皇帝的文学导向与文化政略

在中国古代文学史上，东汉文学最富风教意味，自诗赋颂铭至于章奏书传，无不“依经立义”；而东汉前期文学的“风教”以“颂德”为基色，出现了大量颂扬汉德、赞美忠孝节义的诗文，理论主张也是如此。班固《两都赋序》明确提出“舒下情而通讽喻，宣上德而尽忠孝”的诗赋观，这似乎是那个时代的文学宣言。不过，班固和同时期作家杜笃、傅毅等人的作品明显倾向于“宣上德”而不是“舒下情”，王充在《论衡》中也反复强调文学应该颂扬汉德、劝善惩恶，以东观文士为主导的文学家也遵奉这样的原则——“竭思于补缺，俾有汉休烈，比久长于天地，并光明于日月”①。在这些极具时代特质的文学思想背后，除了国家意识和经学思潮的影响之外，政治的力量，特别是来自帝王和上层统治者的政治文化合力，如朝廷的文教观，帝王的文学思想与文学导向，帝王对待文士的态度与采取的相应文化政略，以及由此而来的文士的政治与社会地位的变迁，等等，这些因素自是铸造文学时代特质的强劲推手。

从创作方式上说，东汉文学家的创作几乎都要“熔经式典”，其主流文学也因此包蕴了浓厚的经学气质。至于这种文风形成的原因，刘勰认为与东汉帝王的文化态度关系密切，他说：“及明、章叠耀，崇爱儒术，肄礼璧堂，讲文虎观……帝则藩仪，辉光相照矣……然中兴之后，群才稍改前辄，华实所附，斟酌经辞，盖历政讲聚，故渐靡儒风者也。”②

---

① 张衡著，张震泽校注：《张衡诗文集校注》，上海古籍出版社 1986 年版，第 372 页。

② 刘勰著，范文澜注：《文心雕龙注》，人民文学出版社 1958 年版，第 673 页。

刘勰之论，的确抓住了皇权时代文学发展的重要规律。在东汉文学发展史上，引导和促成主流文风形成的关键因素正是明、章二帝“崇爱儒术”及皇族的示范作用（“帝则藩仪”）。二帝相比，明帝偏重经术，继光武帝着力推高经学地位之后，进一步将经学推向高潮，营造了“全民习经”的文化氛围；章帝偏重“文章”，以“文学”取士，平衡了经学和文学在国家政治文化体系中的比重，提高了文学之士的地位，激发了文士的创作活力，促成了章、和之世的文学繁荣。汉灵帝爱好短小有趣、新异俗丽的辞赋小说，为擅长俗文艺的文士特置鸿都门学，并以俗文艺取士，这对汉末文风转变影响不浅。

第一节　汉明帝的文学导向

汉明帝刘庄为东汉文化发展作出了重大贡献，关于他的研究大都集中在经学方面，文学方面唯邵毅平的《汉明帝诏书与班固》有所论述。[①] 明帝对文学创作有明确导向，对永平晚期文学尤其是章帝朝文学产生了直接而深刻的影响。

文学的发展与人们对文学价值的认识密切相关。汉魏之际，人们对文章价值的认识空前提高，“文章乃经国之大业，不朽之盛事”（曹丕《典论·论文》）成为天下共识。然而，这种认识早在汉明帝那里已经相当明确，他在《诏班固》等诏书中对文学于作者本身的“不朽”意义及政教功能发表了看法，而且，明帝自身的著述创作也体现了同样的文学思想。[②]

一　汉明帝对文学思想倾向的引导：应颂述功德，不宜贬损当世

班固《典引序》载，永平十七年，汉明帝召班固、贾逵、傅毅、杜矩、展隆、郗萌等到云龙门，小黄门赵宣持《秦始皇帝本纪》问

---

① 邵毅平：《汉明帝诏书与班固》，《复旦学报》（社会科学版）1985 年第 6 期。

② 汉明帝的诏书可以分为两类，一是亲自所作，一是他人代作。本节所引诏书均为明帝自作之文。

道："太史迁赞语中，宁有非耶?"班固对曰："此赞贾谊《过秦篇》云：'向使子婴有庸主之才，仅得中佐，秦之社稷未宜绝也。'此言非是。"明帝即召班固入内，问道："闻此论非邪?将见问意开寤邪?"并下诏说：

> 司马迁著书，成一家之言，扬名后世。至以身陷刑之故，反微文刺讥，贬损当世，非谊士也。司马相如污行无节，但有浮华之词，不周于用。至于疾病而遗忠，主上求取其书，竟得颂述功德言封禅事，忠臣效也，至是贤迁远矣。①

放在两汉文学发展史上，汉明帝的这番评论实有其不同寻常的意义。汉魏时期，"文史"尚未分离，史传文通常被看做文学作品，汉明帝对司马迁《史记》的看法也可以视为对文学的看法。②

汉明帝这道诏书，把文学按思想倾向分作两类：一是"颂述功德"者，一是"贬损当世"者；颂述功德则"有周于用"，刺讥朝廷、贬损当世不过是"浮华之词"。当然，明帝所谓"颂述功德"即西汉刘向所说的"宜弘汉家之德，崇刘氏之美"③。显然，汉明帝的文学观具有很强的政治功利性，但这并不是他个人的偏见，他只是将汉代辞赋的"颂美"传统进一步明确化，并提升到了政教的高度。

两汉文学批评大体分为"美"、"刺"两途，前者为颂扬圣君贤

---

① 萧统：《文选》，上海古籍出版社 1986 年版，第 2518 页。

② 班固《汉书·公孙弘卜式兒宽传第二十八》曰："汉之得人，于兹为盛。……文章则司马迁、相如……孝宣承统，纂修洪业，亦讲论六艺，招选茂异……刘向、王褒以文章显。"司马迁以史传最为知名，司马相如以辞赋著称，刘向和王褒亦以赋颂闻名，因此，班固时代的"文章"泛指文史，甚至包括"六艺"经学著作在内。汉魏之际的刘劭在《人物志·流业》中说："能属文著述，是谓文章，司马迁、班固是也。"又说："文章之材，国史之任也。"可见，三国时所谓"文章"依旧包含文史著作。

③ 班固：《汉书·楚元王传附刘向传》，中华书局 1962 年版，第 1956 页。以下版本同。

臣的美德为主，后者以讽刺时弊为主。[①] 不过，汉文之“讽谏”并不是“微文刺讥”，而是以“劝美”为主，通过正面的肯定，引导对负面问题的反思，实际上是以“颂美”为“劝谏”。这种“颂美”模式在汉赋创作中体现得尤为充分，可以说，颂美、颂德一直是汉大赋创作的主流。

司马相如是西汉大赋的典型代表。相如大赋，形式上“合綦组以成文，列锦绣而为质”，具有“闳侈巨衍”的特点，当世谓之“淫丽”；思想倾向上以颂美为主，卒章归于讽谏，时人谓之“劝百讽一”。[②] 显然，用汉人所说的“美”、“刺”标准，司马相如的辞赋是倾向于“颂美”的。但史家司马迁看重的是文章的政教功能，在评论司马相如辞赋的时候，他硬是要往“刺”上引导。《史记·司马相如列传》就说：“相如赋虽多虚辞滥说，然其要归引之节俭，此与《诗》之风谏何异？”[③] 扬雄早年追慕效仿司马相如的华丽赋风，中年以后转向反思式的批评，甚至夹杂着无法明言的愤世情绪，他批评司马相如赋诱导汉武帝追求神仙之术，进而否定赋的劝谏价值，说：“往时武帝好神仙，相如上《大人赋》，欲以讽，帝反飘飘有凌云之志。由是言之，赋劝而不止，明矣。”[④] 在扬雄看来，相如赋“淫丽”过当，容易从“讽刺”转向“劝美”，大丈夫不当为，所以，他不再作赋，而是转向研究和创作能体现人生不朽价值的经学子学。扬雄文学思想的转变恰恰说明了汉赋的讽谏功能已非常微弱，而且呈式微趋势。

西汉辞赋创作以“颂美”“颂德”为主。司马相如、扬雄如此，

---

① 两汉之际的《毛诗序》的文学观很能代表西汉人的主流看法，其文曰：“正得失，动天地，感鬼神，莫近于诗。先王以是经夫妇，成孝敬，厚人伦，美教化，移风俗。”汉末经学大师郑玄也认同《毛诗序》的观点，他在《诗谱序》中进一步阐发汉代人的诗教观，说：“论功颂德，所以将顺其美；刺过讥失，所以匡救其恶。”郑玄所说的“美”和“刺”二字正是对汉代文学教化观的精辟概括。

② 本句引文均出自司马迁《史记·司马相如列传》，中华书局 1959 年版。

③ 司马迁：《史记》，中华书局 1959 年版，第 3073 页。

④ 班固：《汉书》，第 3575 页。

王褒则过犹不及。宣帝时，王褒的辞赋创作几乎都是在“颂大汉之美”，褒大汉之德，汉赋的讽谏功能更加衰微。班固《汉书·王褒传》载：“上令褒与张子侨等并待诏，数从褒等放猎，所幸宫馆，辄为歌颂，第其高下，以差赐帛。议者多以为淫靡不急。”① 这一史料表明：宣帝时的文学界存在两种创作倾向的对峙，一是以丽文美词“颂美”，一是反对浮华、主张“讽谏”，前者占据上风，因为它有皇权政权的支持，后者只能是台下“私议”。

两汉之际，“美”“刺”两种辞赋观仍在继续较量，但辞赋以颂美颂德为主仍旧是不争的事实。桓谭是“讽谏”派的代表，他倡导文章要“实核”、“要约”、“丽文高论”，反对“浮华”、“众多”、“美而无采”，换句话说就是，桓谭反对文辞繁复而缺少现实讽谏意义的文章，肯定讽谏现实、有真知灼见而言辞简练的文章，比如刘歆与扬雄之文，它们能使人“常辄有得”②。桓谭批评西汉晚期辞赋繁复空洞，这说明繁复空洞的作品在当时比较常见。正因如此，桓谭与晚年扬雄的辞赋观在当世没有产生多大反响。光武建武中，桓谭非谶，质文讽谏，几乎遭遇灭顶之灾，朱浮等人的阿附“劝美”之作反收到了较好的劝谏效果。看来，试图干预政治的宫廷文学创作不得不走以“颂述功德”为主的道路。

综合来看，汉明帝批评司马相如辞赋“浮华”，既合乎史实，又是对两汉辞赋“颂美”潮流的顺势利导，只不过他更强调文章的社会功用，政治伦理色彩更加鲜明罢了。

二　汉明帝对文学之士人品的引导：忠义文士颂汉德

汉明帝认为，与文章“有周于用”联系最为密切的是作者的忠义之节。在他看来，《史记》之所以“微文刺讥，贬损当世”，原因在于司马迁因遭受宫刑而愤懑当世，有损忠义之德；司马相如的文章浮华过度，根源于相如“污行无节”，换句话说，“两司马”的文章各

① 班固：《汉书》，第2829页。

② 参见孙少华《桓谭论赋与汉赋的讽谏传统》，《复旦学报》2012年第3期。

有不足，却都是因为作者的忠义之德有所污损。这种文学批评隐含着一个理论前提，即德行与文章互为表里，忠义之士才能创作出承载忠义之道的作品。这种德行为本的思维渊源有自。孔子曾有“有德者必有言”之论。扬雄亦言：“威仪文辞，表也；德行忠信，里也。”实际上，在儒家看来，著述创作和作者的德行是不可分离的。与汉明帝同时代的王充也是这样认为的。《论衡·书解篇》说：“德弥盛者文弥缛，德弥彰者文弥明。”可以说，汉明帝从文学批评角度引导文士忠于朝廷、义于当世，虽不免褊狭之嫌，却也反映了严重儒化的汉代社会对文士德行的普遍要求。

汉明帝引导文学“颂述功德”，也与两汉文士普遍的政教责任感相一致。两汉文士多关心政化，或批评时弊，或颂述汉德，或明辨是非，但都指向“兴治”①。班彪作《王命论》称述汉承尧德，不过是为劝隗嚣归汉，以实现国家统一。《论衡·须颂篇》认为，自古帝王建功立德，皆须鸿笔之臣，“褒颂记载，鸿德乃彰，万世乃闻”，“夫古之通经之臣，纪主令功，记于竹帛，颂上令德，刻于鼎铭。文人涉世，以此自勉”。②《论衡》的大部分内容完成于汉章帝之世。当时，王充退居家乡，以著述为业，《论衡》的写作并未承受政治压力，书中却充满了“宣汉”思想。班固《两都赋序》说汉赋的功用在于“或以舒下情而通讽喻，或以宣上德而尽忠孝”，与王充褒扬汉世思想并无二致。汉大赋“劝百讽一”，以颂扬汉朝威德为主旨，一方面来自普遍存在的国家自豪感与时代自信心，另一方面或因出于仕进需要而有奉迎帝意之意，但无论哪一方面，都是文士“王化”情结的体现。在《典引序》中，班固描述自己接受明帝诏书以后的创作心理，说：“臣固常伏刻诵圣论，昭明好恶，不遗微细，缘事断谊，动有规矩，虽仲尼之因史见意，亦无以加。”有学者指出，班固《典

---

① 司马谈论阴阳、儒、墨、名、法、道德六家之要旨，指出其共性在于“务为治者也”。见《史记·太史公自序》。桓谭《新论·本造》自叙创作动机说：“余为《新论》，术古正今，亦欲兴治也。”

② 王充：《论衡》，上海人民出版社 1974 年版，第 307—308 页。

引》“虽淫辞献谄，要以避祸”①。此乃推测之辞，有待考量。《典引》作于章帝即位不久。章帝好文章，优崇褒励文士，班固创作《典引》时正是得志之时，谈不上政治高压。完成于建初年间的《汉书》也大体遵循了“缘事断谊，动有规矩”的著史原则。班固的创作，与其说是“谄媚”汉王朝，不如说是他自觉将儒家忠义观，或者说“国家意识”奉为写作的基本原则。联系《论衡》的“宣汉”思想，结合张衡著史“竭思于补缺，俾有汉休烈，比久长于天下，并光明于日月”的想法，可以说，东汉文章颂述汉德，实为文士经世致用思想的某种客观呈现。汉明帝对文学的政教伦理倾向的期望，或可谓之因势利导。当然，我们并不否认，汉明帝诏书或许会对班固等人的创作产生一定的负面影响。

三　汉明帝对文学创作价值的引导：“成一家之言，扬名后世”

汉明帝《诏班固》的文学意义还有很重要的一点：肯定文学创作可以“成一家之言，扬名后世”。这等于认同了以《史记》为代表的文史著作独立存在的“不朽”价值。两汉之际，桓谭力推扬雄《法言》，说它会像“五经”一样“不朽”，当时并未得到广泛认同。《史记》在汉明帝时代流传不广，也很少有人从“文章”角度肯定它对于作者的“不朽”意义。汉明帝以帝王之尊予以品评，从某种程度上提高了文学在国家政治文化体系中的地位，其意义不言而喻。

汉明帝著述作文，也有“成一家之言，扬名后世”的自我期许。汉明帝自小接受过系统的“五经”教育。曾师从博士桓荣治《尚书》长达十余年，“兼通四经，略举大义，博观群书”。即位后，明帝常请名儒侍讲，常与诸儒论难，甚至亲自登台讲经，具有深厚的经学造诣与良好的文学修养。他亲自撰写了《五家要说章句》，并且令桓郁为之校订，② 又作了《光武本纪》等史传。永平十五年，明帝巡狩至东平国，“以所作《光武本纪》示苍（东平王），苍因上《光武受命

---

① 王仲荦：《历史论丛》（第一辑），齐鲁书社1980年版，第182页。

② 《后汉书·桓荣列传》，第1254—1255页。

中兴颂》。帝甚善之，以其文典雅，特令校书郎贾逵为之训诂”。汉明帝让臣子阅读、注释自己的作品，说明他不仅有很强的著述意识，并且似乎有意通过注释的方式让自己和刘苍的著作流传开来、流传后世。汉明帝的文章也确实流传了下来，而且得到了明代著名文学家王世贞的赞美。①

汉明帝常自作诏书。他的自作诏很有个性，典雅，简劲，不掩真思想、真性情，这或许是他躬践“成一家之言”的另种努力。

汉明帝的文章，往往本经立义，熔铸“六经七纬”之语以为己用，而其引用经典，常用其要义，很少直引原文。试看引经较多的《幸辟雍行养老礼诏》。其文曰：“升歌《鹿鸣》，下管《新宫》。八佾具修，万舞于庭。朕固薄德，何以克当？《易》陈负乘，《诗》刺彼已。永念惭疚，无忘厥心。三老李躬，年耆学明；五更桓荣，授朕《尚书》。诗曰：‘无德不报，无德不酬。’”这里直引经典的只有一句，其他各处或用其要义，或点到为止。《鹿鸣》和《新宫》出自《诗经·小雅》，用以表达天子尊礼重臣。“八佾舞于庭”出自《论语·八佾》，指天子的舞乐典礼。“《易》陈负乘”用《易·解卦》爻辞“负且乘，致寇至”，原指乘车时不肯将珍贵的东西放下，而是背在身上，故而招致盗贼。“《诗》刺彼已”用《诗经·扬之水》之典，原是讽刺不当处其位而处其位。宋叶适《习学记言》卷二十四论汉明帝此文说：“孝明行养老礼，意既笃实，文亦叮咛，可谓三代之后，旷千载而一遇也。”汉明帝又有《即位恩赦诏》，诏中的“协和万邦”出自《尚书·虞书·尧典》，“怀柔百神”出自《诗经·周颂·时迈》，该诏用此二典赞颂光武中兴与尧舜并肩，熔铸经诰之词而不着痕迹。他的《日食求言诏》（永平三年作）既化用刘向《说苑》讲到的楚庄王戒惧灾异的典故，又活用纬书《春秋感精符》天降日食以警告鲁哀公之典，自我警示，点到为止，简净明练而意味深

① 王世贞《艺苑卮言》卷八云：“自三代而后，人主文章之美，无过于汉武帝、魏文帝者，其次则汉文、宣、光武、明、肃……凡二十九主。”罗仲鼎：《艺苑卮言校注》，齐鲁书社 1992 年版，第 365 页。

厚。《手诏东平王国傅》表达君臣相互倚重之情，暗引《诗经·采薇》，镶嵌无痕，语短情长。诸如此类既遵奉经义又活用经典的例子，明帝自作诏比比皆是。明帝用典，不务繁引而求精到，不重章句而重大义，语句简短而含蕴不尽。于此可知他的文学追求：典雅之外，力求凝练与简净。这样自觉的文学追求，很难说不是为了“成一家之言，扬名后世”。

四 汉明帝对公文写作的引导：疾虚浮

汉明帝诏书还对奏疏文提出了崇真黜伪的要求。如《获宝鼎诏》说：“先帝诏书，禁人上事言圣，而间者章奏颇多浮词。自今若有过称虚誉，尚书皆宜抑而不省，示不为谄子嗤也。”① “浮词”即浮华之词，谄媚之词。章奏过称虚誉即是谄媚君主。明帝要求坚决杜绝这种浮华现象。这种在他的诏书里反复出现。如《日食求言诏》（永平三年）说：“古者卿士献诗，百工箴谏。其言事者，靡有所讳。”永平八年的《日食求言诏》要求“群司勉修职事，极言无讳”。永平十三年的《日食下三公制》云：“将有司陈事，多所隐讳，使君上壅蔽，下有不畅乎？”明、章时期的章奏普遍务实切用，极少浮辞滥调，不能说没有汉明帝的影响。

汉明帝自作诏书亦尚真疾虚。永平十三年，明帝作《巡行汴渠诏》，先说到兖、豫之人对修汴渠的几种看法，而后描述自己的心理说：“议者不同，南北异论，朕不知所从，久而不决。”朴实诚恳，毫不掩饰自己曾经犹豫不决。每遇灾异，或是大臣言事，在回复的诏书中，明帝总是躬身反省，坦然认错。永平八年，明帝因日食诏令群臣各陈得失，“帝览章，深自引咎，乃以所上班示百官，且下诏说：‘群僚所言，皆朕之过。人冤不能理，吏黠不能禁；而轻用人力，缮修宫宇，出入无节，喜怒过差。昔应门失守，《关雎》刺世；飞蓬随风，微子所叹。永览前戒，竦然兢惧。徒恐薄德，久而致怠耳。’”这些文章，因

① 本文所引汉明帝文章，除注明外，均出自严可均《全后汉文》卷三，中华书局1958年版。

事立论，坦诚自然，和他对奏疏的要求是一致的。在情感表达上，明帝文章也有崇尚率真的倾向。如《即位恩赦诏》曰："方今上无天子，下无方伯，若涉渊水而无舟楫。夫万乘至重，而壮者虑轻，实赖有德左右小子。"当时，汉明帝春秋正盛，却说出"上无天子"之类放言无忌的话。如此率真之文，正见其率真之性。与此相类的自作诏还有不少。如《以东平王苍为骠骑将军诏》（即位初）云："东平王苍，宽博有谋，可以托六尺之孤。"明帝自作诏常有自谦语。《诏骠骑将军三公》："朕以暗陋，奉承大业……素性顽鄙，临事益惧，故'君子坦荡荡，小人长戚戚'。"以"暗陋"、"素性顽鄙"写其性情学识，引用"小人长戚戚"描述自己对国事的忧虑与恐慌，典雅而谦恭。无论这些言辞是否有矫情作秀，都不难看出汉明帝豁达直率的个性。再如《赐执金吾冯鲂诏》，从"复道多风寒"说起，言及帷帐、塞窗等细节，体贴入微，足可见汉明帝对老臣的仁爱体恤之情。他的《手诏东平王国傅》抒写兄弟离别之怅惘，深情动人。汉明帝之文，事真，情真，描述亦真。读其文，可想见其性情为人。

五　汉明帝的文学导向对当世文学的影响

需要注意的是，汉明帝的文学思想成熟较晚，约在永平最后三五年。我们的主要依据是，当时著名文士大都在永平十五年前后才受到明帝的重视，或得宠进，或被召入东观。明帝的主要著作，如《光武本纪》等文，也作于永平十五年或此前不久。[①] 上引《诏班固》作于永平十七年，几个月后，明帝去世。明帝在位十八年，何以到最后几年才重视文学创作呢？可能的原因是，明帝继承了光武帝的文化思想，尊崇经术，笃信谶纬，致力于完善礼乐典制的建设，尚无暇顾及文章之事。《论衡·佚文篇》载，永平中，蜀郡杨终为上计吏，见三府作《哀牢传》不能成，归郡作之上奏，明帝非常欣赏杨终的文才，遂征拜杨终为兰台令史。哀牢郡是永平十二年设置，杨终入兰台应在

① 刘跃进先生认为，《五家要说章句》作于永平十四年。见刘跃进先生《秦汉文学编年史》，商务印书馆 2006 年版，第 400 页。

其后一两年或更晚一些。贾逵献《左传解诂》与《国语解诂》及作《神雀颂》，都在永平十七年。贾逵《神雀颂》是奉明帝诏而作，群臣同题并作，但只有贾逵、班固、傅毅、杨终、侯讽五人的文章美如金玉，百官之作皆如瓦石。由此可知，直到永平最后几年，朝中能文之士仍很缺乏。或许，是作《哀牢传》之事触动了明帝，促使他开始征召众多著名文士进入东观，以便校书，著史，或者随侍左右。马严、贾逵、傅毅、班超等人均在永平十五年前后以“能文”被征入兰台或东观。《论衡·须颂篇》记载这段历史说：“明帝世好文人，并征兰台之官，文雄会聚。”这种情况应是就永平晚期而言。

汉明帝对当世文学的影响，或有如下几点：

（一）永平十二年以后的几年，出现了不少颂扬汉德的文章，如班固《两都赋》、傅毅等《神雀颂》、杜抚等的《汉颂》（见《论衡·须颂篇》）、崔骃《西巡颂》及刘苍的赋颂歌诗等，这些作品的出现与汉明帝的褒励奖导应有一定关系。

（二）明帝尊经崇儒，大力推广经学，经学至永平而大盛，“全民习经”的文化氛围更加浓厚，这对文学发展是十分有利的。安帝时，南阳樊准言及汉明帝君臣论学议政之事，说：“每宴会则论难衎衎，共求政化。详览群言，响如振玉。”① 光武好经术，每每参与群儒论经，明帝承父业而加以恢弘，章帝亦用心光大父祖志愿。可以说，东汉文士“历政讲聚，渐靡儒风”的传统肇始于光武，定型于明、章，此后不过传衍而已。

（三）永平年间的奏疏务实切用，典雅朴实，少有浮辞。如刘苍的《上疏归职》与《上疏谏猎》、钟离意的《谏起北宫疏》与《因变异上疏》、樊儵的《上言选举》与《奏正经义》等文，皆针对时弊，引经典，明道义，实为明帝君臣“创业垂统”思想在政治行为中的体现。

（四）永平晚期，明帝征集大批能文之士入宫校书著史，不仅直接促进了宫廷文学的较快发展，也为章帝朝文学的繁盛奠定了良好基础。其实，汉明帝文学思想的最大影响恐怕应是这一条：汉章帝接受

---

① 《后汉书·樊准传》，第1125页。

且光大了明帝的文学思想，并落实为一系列的文化举措。举例言之，章帝“博召文学之士”，应是对明帝征能文之士进入东观的接续；明帝首创《汉记》修撰，章帝以后诸帝又精选鸿儒文彦予以续修；章帝好文章，作歌诗，自作诏，恐怕也与其父的教导和垂范分不开。

第二节　汉章帝的文学爱好与文学取士

在皇权至上的时代，帝王的文学态度对当世文坛的影响往往是显著的，特别是那些才学富赡又有魄力的帝王，他们甚至会影响一代文风演变，左右一代文学兴衰。东汉文学的鲜明特色是“本经立义”、“斟酌经辞”，明、章二帝正是引导和促成这“典雅”文风的关键人物。二帝相比，明帝偏重经术，将经学发展推向高潮；章帝则偏重“文章”，以“文学”取士，平衡了经学和文学在国家政治文化体系中的地位，提高了文学之士的地位，激发了文士的创作活力，将东汉文学推向繁荣。因此，研究东汉文学，不能不关注章帝的文学态度和文学政略以及对文学的影响。然而，这个问题尚未引起学界足够的重视，也未见到专题论述的成果。

一　汉章帝“雅好文章”

两汉皇帝中，如果说武帝是对西汉文学影响最大的，章帝则是对东汉文学影响最大的。汉武帝好楚辞，能歌诗，所作诏策辞赋影响很大，亦开汉代文学取士先河。[①] 汉章帝以“雅好文章”载诸史册，

① 《汉书·武帝纪赞》曰：“号令文章，焕焉可述。”《隋书·经籍志四》载《汉武帝集》一卷，萧梁时有二卷。关于汉武帝的文学影响可以参见龙文玲的《汉武帝与西汉文学》（社会科学文献出版社 2007 年版）。《汉书·严朱吾丘主父徐严终王贾传》：“王褒字子渊，蜀人也。宣帝修武帝故事，讲论六艺群书，博尽奇异之好，征能为《楚辞》九江被公，召见诵读，益召高材刘向、张子侨、华龙、柳褒等待诏金马门。神爵、五凤之间，天下殷富，数有嘉应。上颇作歌诗，欲兴协律之事，丞相魏相奏言知音善鼓雅琴者渤海赵定、梁国龚德，皆召见待诏。……褒既为刺史作颂，又作其传，益州刺史因奏褒有轶材。上乃征褒。既至，诏褒为《圣主得贤臣》颂其意。”

《后汉书》有两次记载。其一在《班固传》，曰："及肃宗雅好文章，固愈得幸，数入读书禁中，或连日继夜。"其二在《崔骃传》，曰："帝雅好文章。自见骃《颂》后，常嗟叹之。"这种情况在东汉诸帝中是唯一的。

章帝博学多识，尤好文学。《东观汉记·章帝纪》云："既志于学，始治《尚书》，遂兼五经，周览古今，无所不观。于是上敬重之，每事咨焉。"[①]《后汉书·肃宗孝章帝纪》亦载："少宽容，好儒术，显宗器重之。"在章帝的学问体系中，经学之外，"文章"造诣实非一般。比较一下明、章二帝的受学情况即可知晓。《后汉书》载，明、章二帝皆自小从经师受学，有趣的是，除了同受《欧阳尚书》外，二帝所学各有偏好。明帝从楼望和钟兴习《严氏春秋》，从刘昆和刘轶父子习《施氏易》，从包咸习《论语》；章帝从召驯习《韩诗》，从魏应习《鲁诗》，因特好《古文尚书》和《左传》，又令通儒贾逵和马严侍讲《左传》。[②] 据孟祥才统计：明帝诏书引《诗》1次，未引《左传》；章帝诏书引《诗》10次，引《左传》1次。[③] 综而论之，明帝长于《春秋》和《易》，侧重于经世之学；章帝长于《左传》和《诗》，偏重于文学。章帝不只好经学，还喜欢文采烂漫的《庄子》。元和二年，章帝作《诏三公》，诏中"日计不足，岁计有余"就引自《庄子·庚桑楚》。

章帝对文学造诣不错，所历文学活动也相当丰富。概而言之，主

① 刘珍等著，吴树平校注：《东观汉记校注》，中华书局2008年版，第76页。

② 章帝从诸儒受学事，分别见《后汉书》之《儒林列传》、《贾逵传》、《马援传附马严传》。贾逵通古今学，尤明《左传》，本传曰："贾逵字景伯，扶风平陵人也。九世祖谊，文帝时为梁王太傅。……父徽，从刘歆受《左氏春秋》，兼习《国语》、《周官》，又受《古文尚书》于涂恽，学《毛诗》于谢曼卿，作《左氏条例》二十一篇。逵悉传父业，弱冠能诵《左氏传》及《五经》本文，以《大夏侯尚书》教授，虽为古学，兼通五家《穀梁》之说。……尤明《左氏传》、《国语》，为之《解诂》五十一篇，永平中，上疏献之。显宗重其书，写藏秘馆。……肃宗立，降意儒术，特好《古文尚书》、《左氏传》。建初元年，诏逵入讲北宫白虎观、南宫云台。帝善逵说，使发出《左氏传》大义长于二传者。"

③ 孟祥才：《从秦汉时期皇帝诏书称引儒家经典看儒学的发展》，《孔子研究》2004年第4期。笔者按：明、章二帝诏书引《诗》，直接引用次数多于孟先生的统计，暗用者更多。

要表现在以下几方面：

其一，章帝常作诏令、书信、歌诗等。两汉帝王、皇太后多有自作诏书者。王应麟《困学纪闻》说："汉诏令，人主自亲其文。光武诏曰：'司徒，尧也。赤眉，桀也。'明帝诏曰：'方今上无天子，下无方伯。'岂代言者所为哉？"[①] 清赵翼《廿二史札记》卷四也有"汉帝多自作诏"一条，他依据史传所记及诏书用语情况，列举了武帝、哀帝、光武帝、明帝、章帝、明德马皇后自作诏的例子，其中言及明帝、章帝自作诏，说："明帝《登极诏》曰：'今上无天子，下无方伯。实赖有德，左右小子。'章帝诏亦有云：'上无明天子，下无贤方伯。'按：二帝方在位，而诏云'上无天子'，人臣代草，敢为此语耶？不特此也。"[②] 笔者研究了严可均《全后汉文·章帝文》，结果发现，《全后汉文》辑录章帝文 70 篇，基本可以确定为自作诏的有 37 篇，占章帝现存诏书总数的 54%，其中，手诏或口谕共 11 篇。[③] 虽不敢说这组数字十分准确，但至少可以说明：章帝的大多数诏书都是自己创作的。章帝还作有歌诗。刘昭补注的《后汉书·祭祀志中》载，元和二年四月，章帝"为灵台十二门作诗，各以其月祀而奏之"。南宋王应麟《玉海》卷二九"圣文·御制诗歌"条云：章帝作有《灵台十二门诗》和《歌诗四章》。沈约《宋书·乐志一》载，东汉章帝所作歌诗四章是食举乐，即《思齐皇姚》、《六骐驎》、《竭肃雍》、《陟叱根》。章帝歌诗早已全部亡佚。

其二，章帝欣赏典美之文。建初中，章帝博召文学之士，傅毅"以能属文为兰台令史"[④]，献奏《显宗颂》十篇。《显宗颂》"文与

---

① 王应麟：《困学纪闻》卷十三中，四库全书本。

② 赵翼：《廿二史札记》，中华书局 1984 年版，第 86 页。

③ 严可均：《全后汉文》中，属于手书或口谕的章帝文章有：《手诏赐东平王苍》（建初七年），《赐策罢太尉邓彪》（元和元年），《赐东平王苍书》（初即位），《复报东平王苍》（建初元年），《报东平王苍书》（建初元年），《赐东平王苍及琅邪王京书》（建初三年），《东平宪王哀策》（建初八年），《特诏责张鸣》、《得铜器又获白鹿诏》（建初七年），《切责窦宪诏》（建初元年），《切责李邑》等。

④ 班固：《与弟超书》，见张溥辑，白静生校注《班兰台集校注》，中州古籍出版社 1991 年版，第 63 页。

周颂相似，而杂以风雅之意”[①]。章帝对富于思辨色彩的学术论难也很感兴趣。建初四年，章帝亲临白虎观经学大会，“（丁）鸿以才高，论难最明，诸儒称之，帝数嗟美焉”。[②] 元和、章和中，章帝巡狩四方，班固、崔骃、丁鸿、傅毅、杨终等人“辄献赋颂”。这些作品歌仁德，颂祥瑞，“文辞斐炳”[③]，很受章帝赞赏。东汉巡狩文以崔骃《四巡颂》最为著名，其文境界开阔，句式灵活，赋、骚并用，以清雅之辞抒写普通士民的淳朴情怀，兼廊庙之高华与山林之清新，是东汉前期难得的清丽典雅之作。《后汉书·崔骃列传》曰：“辞甚典美，文多，故不载。帝雅好文章，自见骃颂后，常嗟叹之。”[④] 连珠体的兴起也与章帝的爱好分不开。[⑤] 晋傅玄《叙连珠》曰：“所谓连珠者，兴于汉章帝之世，班固、贾逵、傅毅三子受诏作之。”在奏议体中，连珠文学性最强，“辞丽而言约，不指说事情，必假喻以达其旨，而览者微悟，合于古诗讽兴之义”。章帝诏群臣作连珠，必是喜欢这种短小隽永的文体。从接受角度看，章帝似乎特别欣赏文辞富丽而义兼风雅的“典美”之作，他自己的文章亦有此特点。

其三，章帝诏令收藏、整理和编纂了汉代某此文学名家的文集，开别集编纂之先河。《后汉书·光武十王列传》载，建初八年，东平王刘苍去世，章帝诏“封上苍自建武以来章奏及所作书、记、赋、颂、七言、别字、歌诗，并集览焉”。这是迄今发现的最早收集整理当代文人全集的记录。《后汉书·冯衍传》载，“所著赋、诔、铭、说、《问交》、《德诰》、《慎情》、书记说、自序、官录说、策五十篇，肃宗甚重其文”。同书《桓谭传》亦载：“初，谭着书言当世行事二十九篇，号曰《新论》，上书献之，世祖善焉。《琴道》一篇未成，肃宗使班固续成之。所著赋、诔、书、奏，凡二十六篇。”由此可知，

---

① 晋人挚虞语。见刘勰著，范文澜注：《文心雕龙·颂赞》，人民文学出版社 1958 年版，第 169 页。

② 《后汉书·丁鸿传》，第 1264 页。

③ 王充：《论衡》，上海人民出版社 1974 年版，第 440 页。

④ 《后汉书》，第 1718 页。

⑤ 《文选》卷五十五李善注引傅玄《叙连珠》，上海古籍出版社 1986 年版，第 2383 页。

刘苍、冯衍及桓谭的作品能够保存得相对完整，章帝功不可没。章帝之后，编纂文集渐成常事。班昭文集就是由其儿媳丁氏编成。建安文人自编文集或亲友为其编纂文集的现象更加普遍。《隋书·经籍志》说“别集之名，盖汉东京之所创也”。宋晁公武《郡斋读书志》卷十七亦云：“盖其（别集）原起于东京，而极于有唐。”《四库全书总目·别集叙》也认为“集始于东汉”。在文集编纂史上，章帝有先导之功。

其四，章帝文章有温雅朴厚的风格。首先，章帝文章有淳朴深厚的抒情意味，感叹抒情之语随处可见。如“于戏诫哉”（《贬阜陵王延诏》），“于戏，其勉之哉”（《使诸儒共正经义诏》），“朕甚厌之，甚苦之”（《诏三公》）等，一方面带有强烈的情感色彩，另一方面又语气温厚，节奏舒缓，给人以温慈和惠之感，与章帝温和宽厚的性情与勤政亲民的作风相契合。① 其次，章帝文章，能融情韵醇厚与朴实亲切为一体。如《复报东平王苍》云：“仰见榱桷，俯视几筵。眇眇小子，哀惧战栗，无所奉承。爰而劳之，所望于王也。”用“仰见”、“俯视”的视点转换将父亲去世引起的哀伤、忧思、期待等种种情思述诸笔端，哀婉悱恻，情景如历历在目。《敕侍御史司空》曰：“车可以引避，引避之；騑马可辍解，辍解之。《诗》云：‘敦彼行苇，牛羊勿践履。’《礼》：人君伐一草木不时，谓之不孝。俗知顺人，莫知顺天。”两用两个“引避”和“辍解”，这样形象可感的动作描写平易亲切，如对面而语；所征引《诗》、《礼》关于农事的用语亦形象浅易，这就塑造了一个可视可感、温厚宽仁、平易亲民的仁君形象。再次，章帝文章之温雅朴厚还表现为“矜严方厉，威而不猛”的风格。如《诏三公》赞“安静之吏，悃愊无华”，斥俗吏“矫饰外貌，似是而非”，用词雅净，好恶分明而语气平和。《切责窦宪》之“国家弃宪，如孤雏腐鼠耳”等语，辞气虽厉，却以比喻行文，愤怒

① 《东观汉记》卷二《肃宗孝章皇帝》云：“壮而仁明谦恕，温慈惠和，宽裕广博，亲爱九族，矜严方厉，威而不猛。”《后汉书·肃宗孝章皇帝纪论》：“魏文帝称‘明帝察察，章帝长者’。章帝素知人厌明帝苛切，事从宽厚。”

之中蕴含激励之义。章帝文章温雅朴厚的第四个表现是：对经典词语灵活变通，自铸新意。如《诏赐贾贵人》之“中心依依，昊天无极”，《手诏赐东平王苍》之“中心恋恋，恻然不能言”，《改元元和诏》之“中心悠悠，将何以寄”，皆源自《诗经·黍离》，然而，文章对《黍离》原文“中心摇摇”、“中心如噎”、“中心如醉”及“悠悠苍天”等语做了变通活用，使之成为完全个性化的表达，故而真切自然，情韵醇厚。袁宏评汉章帝说：“章帝尊礼父兄，敦厚亲戚，发自中心，非由外入者也。”① 《论衡·超奇篇》论章帝诏书，说：“诏书每下，文义经传四科，诏书斐然，郁郁好文之明验也。”② 章帝之文，如其为人，尚真贵情，风、雅兼存。当然，由于引经繁博，章帝文亦难免板滞之累。

二 汉章帝以文学取士

章帝以“守文之主”③ 自居，对光武帝以来的文化政略作了重大调整，范晔谓之“左右艺文，斟酌律礼”④，大意是：既重经学，也重文史，既完善律令历法，又改创礼乐之制。章帝“斟酌律礼”，

---

① 《两汉纪》下册，中华书局2002年版，第219页。

② 王充：《论衡》，上海人民出版社1974年版，第215页。

③ 《后汉书·肃宗孝章帝纪》。“守文”，指遵循先王法度，补裨阙政，弘扬帝道。

④ 《后汉书·肃宗孝章帝纪赞》。李贤注“艺文”曰：“谓诸儒讲五经同异，帝亲称制论决也。”笔者按：李贤的注释值得商榷。“艺文”与“律礼”对举，各有所指，此处之“艺文”主要指学问与诗文。汉魏六朝时的“艺文”包括经学、史学、文学、艺术各科。班固《汉书·艺文志》依本刘向《七略》，而“七略剖判艺文，总百家之绪”，《汉书·淮南王刘安传》说“武帝方好艺文”，《典引》说章帝“苞举艺文”，这几处所用“艺文”一词，皆包含各科。《后汉书》亦常用“艺文”一词，如《刘恺传》之“薄于艺文”，《张曹郑列传论》之“汉兴诸儒，颇修艺文”，《儒林列传》之“自安帝览政，薄于艺文”，《孔融传》说祢衡“初涉艺文”等，皆包括经史传记、诸子百家及诗赋文章等。又，《三国志·吴志二十》载东观令华核奏疏，中有“陛下既垂意博古，综极艺文”语；同篇载吴主孙皓报华核书，曰：“以东观儒林之府，当讲文艺，处定疑难，汉时皆名学硕儒乃任其职……以卿研精坟典，博览多闻，可谓悦礼乐敦诗书者也。当飞翰骋藻，光赞时事，以越扬、班、张、蔡之畴……”其中，“文艺”与“艺文”同，涵盖学问、诗文、书画艺术等。

推行宽和之政，蠲除“妖恶之禁”，大大释放了包括宗室王侯在内的文人的文化生存空间，促进“士人群体自觉意识滋长”；[①] 他让文士参与国家礼乐建设，如制定宗庙礼乐，随同巡狩郡国，诏曹褒改作汉礼等，这些举措激活了文士关心国事的热情，也使得郡国风俗民情进入上层文士的文化视野，有利于文学良性发展。不过，在艺、文、律、礼的整体结构中，“艺”（经学）和“文”的关系最密切。为此，我们重点论述章帝“左右艺文”对文学发展的影响。

章帝即位，针对建武以来一味推重经学而忽略文学发展的情况，采取了“左右艺文”的文化平衡政略，开始“博召文学之士”，重启文学取士制度。汉武帝好辞赋，征司马相如、枚乘、严助等辞赋家，肇启以文学征士先河，此后，宣帝亦效法武帝，征能为楚辞者。然而，东汉光武帝不好文学，甚至“颇略文华”，汉明帝对“微文刺讥，贬损当世”的文士又心存芥蒂，“求贤不笃，士多隐处”[②]，因此，朝中能文之士一直比较缺乏。值得注意的是，永平十二年前后，明帝转变了对文学之士的态度，开始“并征兰台之官”，尹敏、班固、贾逵、陈宗、杨终、马严等文学名士陆续进入兰台和东观，这为章帝文学取士拉开了序幕。

章帝今存取士诏四篇，其中，有三道诏书表现出“文学取士”的导向：建初元年的《地震举贤良方正诏》，建初五年的《日食举直言极谏诏》，建初五年的《以直士补任外官诏》。《地震举贤良方正诏》曰：“每寻前世举人贡士，或起畎亩，不系阀阅。敷奏以言，则文章可采；明试以功，则政有异迹。文质彬彬，朕甚嘉之。”“敷奏以言，明试以功”出自《尚书·舜典》，意思是说，王公大臣既要善于奏报

① 章帝诏令整顿吏治，选良吏，黜俗吏，禁止酷刑，诏令解除建武以来因诸侯王犯事、楚王刘英狱案等连坐所及的禁锢者，发布胎养令等宽厚之政，宽和的政治环境一定程度上释放了士人的文化压力，有利于激发士人投身国家建设的热情。王健《楚王刘英之狱初探》（《两汉文化研究》第二辑）认为，刘英之死，“强化了君主的专制权威，进一步挤压了诸侯王的政治文化生存空间”，“楚王之狱事件恰为旧传统崩解，士之群体自觉意识滋长的历史转折点”。

② 《后汉书·文苑列传·傅毅传》，第2613页。

治政得失，又要有执政才干，两句原本相连，章帝却在中间加入“文章可采”一语。显然，章帝对被举者的表达能力提出了更高标准，要求奏疏“补公家之阙”[①]，有思想，有辞采，应该是“文章”而不只是“言语”，这在光武帝和汉明帝的诏书中不曾有过。《以直士补任外官诏》说：“朕思迟直士，侧席异闻。其先至者，各以发愤吐懑，略闻子大夫之志矣，皆欲置于左右，顾问省纳。”所举之士能够“发愤吐懑”，各言其志，如此“文章可采”，方可“顾问省纳”。《日食举直言极谏诏》要求“以岩穴为先，勿取浮华”，对文学发展也有特别意义。“岩穴之士”大多是淡泊名利、笃志艺文之士，与浮华之人迥然不同：岩穴之士隐处乡野，往往出身寒微；浮华之人争居都邑，往往来自阀阅之家；岩穴之士不慕荣名，多修“为己”之学；浮华之士争名夺利，常营“为人”之术。章帝取士“以岩穴为先”，不拘身份贵贱，不囿经学一门，表现出宽容多元的文化导向，不仅给中下层文士以进取的希望，也促使文学迈出宫廷，走到乡野，为东汉中后期平民文士的崛起开启了制度绿灯。总而言之，章帝对选取官僚士大夫提出了“文质彬彬”的要求：“经明行修”，可备皇帝咨询；有执政能力，可以胜任职守；有文学才能，可以各言其志。

章帝的文学爱好渗透进政治领域，催生了“左右艺文”的文化政略，一个对文学影响最直接最有力的文化举措因此诞生，此即“博召文学之士”。于是，一大批在永平中不受重视甚至遭到排挤、压制的文士应时而起，大量在野的“岩穴之士”也积极加入到参政议政的行列，东汉王朝首次出现了文才济济的景象。章帝起用或重用的在朝文学名士有班固、傅毅、贾逵、马严、丁鸿、曹褒等，征召的在野文士有孔僖、淳于恭、崔骃、王充、梁鸿等，章帝还着意培养文学新秀黄香等人，事见《后汉书》诸人本传及《儒林列传》、《文苑列传》。

班固于永平五年拜兰台令史，后迁为郎，“遂见亲近”，然而，终明帝之世，未得升迁，班固为此郁闷难释，作《幽通赋》自遣，作

① 章帝：《报朱晖诏》之语，见《后汉书·朱晖传》，第1460页。

《答宾戏》自嘲。[①] 章帝即位，班固迁玄武司马，政治文化地位快速上升，“朝廷有大议，使难问公卿，辩论于前，赏赐恩宠甚渥”[②]。傅毅和崔骃的命运在明、章两朝也发生了重要转折。永平中，傅毅和崔骃都在太学，与班固齐名，傅毅还参与了永平十七年集体创作《神雀颂》的活动，其作与班固、贾逵等人之作并称“珠玉”，然而，傅毅和崔骃并未因文采出众受到明帝重用，二人终明帝之世也未入仕。章帝即位，博召文学之士，傅毅以“能属文”[③] 拜兰台令史，且以《显宗颂》而“文雅显于朝廷”，傅毅的创作活力由此迸发，文学创作进入旺盛期，多数名篇都作于章帝之世。[④] 崔骃和章帝之间因文遇合之事成就了一段文坛佳话。涿郡崔氏，世为儒宗却仕宦不达。元和中，崔骃作《四巡颂》上奏章帝，章帝读其文，数嗟叹之，就示意窦宪辟召崔骃，又欲令崔骃随侍左右，未及施行而崩。[⑤] 明人张溥感叹说：“汉肃宗好崔亭伯文章，称于窦宪，有真龙之目。自古文人遭时遇主，未或无因而前。”[⑥] 扶风贾逵，贾谊之后，精通《左传》、《毛诗》，兼通“五经”古今文学和谶纬，且“能附会文致”[⑦]，永平十七年前后进入兰台。章帝即位后，贾逵备受尊崇。《后汉书·贾逵传》：“肃宗

① 班固：《汉书·自叙传上》：“弱冠而孤，作《幽通》之赋。”又述《答宾戏》创作之由，说“永平中为郎，典校秘书，专笃志于博学，以著述为业。或讥以无功，又感东方朔、扬雄自喻以不遭苏、张、范、蔡之时，曾不折之以正道，明君子之所守，故聊复应焉”。这是班固自记己事，应是可靠的。《后汉书·班固传》将《答宾戏》系于永平中，有误。

② 《后汉书·班固传》，第1373页。

③ 班固《与弟超书》云：“傅武仲（毅）以能著文为兰台令史。”见《全后汉文》卷二十五《班固文》。

④ 傅毅文章系年，可参见陆侃如《中古文学系年上》与刘跃进先生《秦汉文学编年史》。

⑤ 《后汉书·崔骃列传》云：“帝雅好文章，自见骃颂后，常嗟叹之，谓侍中窦宪曰：‘卿宁知崔骃乎？’对曰：‘班固数为臣说之，然未见也。’帝曰：‘公爱班固而忽崔骃，此叶公之好龙也。试请见之。’骃由此候宪。宪屣履迎门，笑谓骃曰：‘亭伯，吾受诏交公，公何得薄哉？’遂揖入为上客。居无几何，帝幸宪第，时骃适在宪所，帝闻而欲召见之。宪谏，以为不宜与白衣会。帝悟曰：‘吾能令骃朝夕在傍，何必于此！’适欲官之，会帝崩。”

⑥ 张溥撰，殷孟伦注：《汉魏六朝百三家集题辞注》，人民文学出版社1981年版，第36页。

⑦ 《后汉书·贾逵传论》，第1241页。

立，降意儒术，特好《古文尚书》、《左氏传》。建初元年，诏逵入讲北宫白虎观、南宫云台。帝善逵说，使发出《左氏传》大义长于二传者。逵于是具条奏之，云云。书奏，帝嘉之……令逵自选《公羊》严、颜诸生高才者二十人，教以《左氏》，与简纸经传各一通。”后来，“（章帝）皆拜逵所选弟子及门生为千乘王国郎，朝夕受业黄门署，学者皆欣欣羡慕焉”。贾逵和班固、崔骃一样，“艺文”皆佳，成为章帝“左右艺文”政略的受益者。

如果说，章帝对在朝文学名士的器重是对文学家“质”的提升的话，那么，博征在野文学名士则是对文学家“量”的扩展，而由质到量的发展又是将文学空间从京邑向郡国的拓展，是对全国文学发展的推动。

“岩穴之士”往往是闻名一方的鸿儒通才，出于多种原因，他们与政治中心保持着地理和心理上的双重距离，他们应诏入仕实有某种微妙的象征意味。比如，北海淳于恭善说《老子》，不慕荣名，客隐琅邪黔陬山数十年。建武、永平中，多次拒绝征辟。建初元年，章帝下诏表彰淳于恭清望素德，遣诣公车，淳于恭这才出仕。建初四年，白虎观经学大会上，淳于恭以侍中身份上奏诸儒论议，成为列名中国经学史的人物。章帝时，吴会地区远离京都，经济、文化和交通都还不够发达，吴越士人入仕不多。从这个意义上说，章帝征王充之事似乎象征着朝廷对吴会文化发展及人才问题的重视。另一方面，王充被征理由也值得玩味。《后汉书·王充列传》云：“友人同郡谢夷吾上书荐充才学，肃宗特诏公车征，病不行。”李贤注引《谢承书》曰：“夷吾荐充曰：‘充之天才，非学所加，虽前世孟轲、孙卿，近汉扬雄、刘向、司马迁不能过也。’”孟轲、孙卿是先秦儒家诸子中富于文采者，扬、刘、司马则是西汉文章名家，谢夷吾以诸人比王充，正是把文才作为举荐理由。如此看来，章帝征召王充，看重的不是明经济世的才学，而是他的文学天才！王充一生，仅作过郡县吏，《论衡》也作于会稽。然而，《论衡》对“皇汉”充满了虔诚的敬畏与赞美，而且，王充自言心志说：“今上即命，未有褒载。《论衡》之人，为此毕精。故有《齐世》、《宣汉》、《恢国》、《验符》。”章帝之征对王充的影响由此可以管窥一二。

章帝取士“岩穴为先”还有更深层的文化意义。章帝征召的在野文士多来自社会中下层：崔骃、曹褒非阀阅，王充、高凤家门寒微，[①]淳于恭乃久隐之士。章帝为何征用这样的文士呢？个中缘由，从曹褒受器重之事或可看出端倪。元和、章和之际，章帝欲改制礼乐，博士曹褒上书支持，太常巢堪和班固等官僚群儒却强烈反对，章帝只好全权委任曹褒，令其“于南宫、东观尽心集作”。曹褒完成《汉礼》，章帝却突然辞世。和帝永元初，太尉张酺和尚书张敏等仍然极力反对新制汉礼，他们抨击曹褒“擅制《汉礼》，破乱圣术，宜加刑诛”，新礼最终没能施行。[②] 可以推测，《新汉礼》必然有触犯官僚世家的既得利益的内容。那么，章帝博召中下层文士，或有这样的动因：欲为官僚体制注入新生力量，以抗衡守旧门阀势力。章帝令曹褒改作汉礼的政治文化意义可谓意味深长。[③]

“博召文学之士”只是章帝推行其文学政略的第一步，更重要的是，章帝还采取多种方式提高文学之士的政治文化地位，发挥其经世才干。略述如下：

培养勉励文学之士，为文学持续发展储备人才。章帝即位后，班固“数入读书禁中，或连日继夜”，黄香得章帝夸赞而名动天下，丁鸿受章帝奖拔而由“经”入“文”。《后汉书·文苑列传上》云：“元和元年，肃宗诏香诣东观读所未尝见书。香后告休，及归京师，时千乘王冠，帝会中山邸，乃诏香殿下，顾谓诸王曰：‘此“天下无双江夏黄童”者也。’左右莫不改观。”[④]《后汉书·丁鸿传》载：建初四年，章帝亲临白虎观经学大会，“鸿以才高，论难最明，诸儒称

① 《后汉书·逸民列传》：“高凤，字文通，南阳叶人。少为书生，家以农亩为业，而专精诵读，昼夜不息。……其后遂为名儒，乃教授于西唐山中。”建初中，将作大匠任隗举凤直言，公车征。

② 事见《后汉书·曹褒传》，第1203页。

③ 在《后汉书·曹褒传》中，范晔论及骸曹褒制礼的意义，说：“汉初天下创定，朝制无文，叔孙通颇采经礼，参酌秦法，虽适物观时，有救崩敝，然先王之容典盖多阙矣，是以贾谊、仲舒、王吉、刘向之徒，怀愤叹息所不能已也。……孝章永言前王，明发兴作，专命礼臣，撰定国宪，洋洋乎盛德之事焉！”

④ 《后汉书·文苑列传·黄香传》，第2614页。

之，帝数嗟美焉”。丁鸿很快被擢徙校书，升任少府。章帝还用赐手书的方式奖励文士。汝南郅寿，善文章，官至尚书仆射，与尚书令韩棱、尚书陈宠俱以才能著称。章帝赐诸尚书剑，唯此三人，“特以宝剑手署其名”，郅寿以“明达有文章”得“蜀汉文”剑。[①] 班氏、黄氏、郅氏正是东汉著名文学家族。班氏家族的文学成就自不必说，黄香家族的发迹正在章帝时，香子黄琼、琼孙琬都是东汉中后期文学名士。

优容宽恕文学之士。章帝爱士，“体之以忠恕，文之以礼乐”[②]。建初四年，诸儒集会白虎观，杨终因事在狱，贾逵等人以杨终精通《春秋》为由奏请宽恕，终也上书自讼，即日得赦，并参加了这场经大会。元和二年，杨终因事坐徙北地，章帝东巡狩，凤凰黄龙并集，终赞颂嘉瑞奏上，即日获赦。建初中，孔僖与崔骃同在太学，无意间得罪邻舍生梁郁。“郁怒恨之，阴上书告骃、僖诽谤先帝，刺讥当世。事下有司，骃诣吏受讯。僖以吏捕方至，恐诛，乃上书肃宗自讼……帝始亦无罪僖等意，及书奏，立诏勿问，拜僖兰台令史。”[③] 当然，崔骃也得到了宽恕。又《后汉书·逸民列传》载，梁鸿曾作《五噫歌》，叹宫室崔嵬而“民之劬劳”，章帝“闻而悲之，求鸿不得”[④]。永平中，傅毅作文讥讽明帝“求贤不笃”，章帝非但没有怪罪，反以其文才出众拜为兰台令史。如此种种，不必一一枚举。章帝宽容待士是一贯的，因为他懂得直言之士的可贵有史为证。司徒袁安论国事与大臣发生争执，遭司隶弹劾，章帝报诏说：“訚訚衎衎，得礼之容；寝嘿抑心，更非朝廷之福。”南阳朱晖以刚直著称，屡忤帝意，但章

① 吴树平：《东观汉记校注》，第78页。

② 《后汉书·肃宗孝章帝纪论》，第159页。

③ 《后汉书·孔僖传》，第2560—2561页。

④ 王先谦：《后汉书集解》引惠栋曰：“《御览》、郭茂倩《乐府》引《三辅决录》皆云：‘肃宗闻而悲之。’今作‘非’，乃传写之误。”广陵书社影印虚受堂本2006年版，第931页。沈德潜《古诗源》引《后汉书》，也作“肃宗闻而悲之”，见中华书局本2006年版，第48页。笔者按：章帝对孔僖与崔骃“诽谤案”尚无责罚意，梁鸿之诗不过是真实的感喟。据理而推，王先谦之说可从。

帝每每优容，还赞美他是“补公家之阙”的“善美之士”[①]。章帝蠲除“妖恶之禁”，不仅使那些遭遇禁锢的文士获得政治自由，也使得天下士人对宽和之政多了一层心理认同，这自然有益于文学的良性发展。

发挥文学之士的经世才能。章帝擢用的文学名士，大多学识渊博，通达政体。章帝让他们讲学论经，参政议政，荐举名贤，制礼作乐，随侍顾问，在“历政讲聚”中成就了文士经时济世的理想。马严、淳于恭、班固、曹褒、丁鸿等就是其中的佼佼者。《后汉书·马严传》说：“肃宗即位……令劝学省中……严数荐达贤能，申解冤结，多见纳用。”《淳于恭传》：“引见极日，访以政事。迁侍中骑都尉，礼待甚优。其所荐名贤，无不征用。”[②]《班固传》：“朝廷有大议，使难问公卿，辩论于前。”丁鸿和黄香都是章帝着意培养的有政治头脑的文学家，他们在和帝朝政坛发挥了重要作用。[③] 当然，文学家的擅场还在文化建设领域。章帝朝正定经义、推进古文经学、创作巡狩文等，都对东汉文学文化影响很大，班固、贾逵、杨终、丁鸿等东观文士正是其领军人物。

三　汉章帝对东汉文学的影响

汉章帝的文学爱好与文化政略融合在一起，既产生了立竿见影的当代效应，也对东汉中后期文学发展产生了深远影响。

章帝爱好文学，带动了中州文学快速发展，且通过京都文化平台对国民尚文之风产生了积极影响。章帝好经学，好文章，尤爱研读文采斐然的《左传》、《诗》等经籍，亲自撰写诏令书信，参与集体文学创作与文学交流，督导宫中士人向学，[④] 在文学活动中随

① 《后汉书·朱晖传》，第1460页。

② 《后汉书·淳于恭传》，第1301页。

③ 永元四年，丁鸿借日食上疏，劝谏和帝抑制外戚。不久，丁鸿帮助和帝诛除了窦宪势力。事见《后汉书·丁鸿传》。

④ 章帝特诏责让虎贲将军张鸣：“于殿中交通轻薄”，“此皆生于不学之门所致”。见《东观汉记校注》卷二。

时奖励慰勉文学之士，如此等等，都可见章帝爱好文学、扶持文学之心。章帝躬亲文学，引领和带动了宫廷文士、在洛文士对学问文章的自觉追求，激发了他们的创作热情，催生出大批名家名作，以京洛为中心的中州地区出现了文学繁荣的景象。受此良境滋养，中州本土文士快速成长。崛起于东汉中期的中州文学名家张衡、刘珍、刘騊駼等人正是在章帝之世度过了青少年时代。皇帝就是“国家”（汉帝常自称“国家”），皇帝好文即国家好文。章帝对文学的爱好逐渐转变成了国家性质的文学导向，它通过京都这个文化集散中心传播到全国各地，又在一定程度上引导促进了全民尚学的社会风尚。班固《典引》热情赞美章帝尊儒尚文——“是时圣上固已垂精游神，包举艺文，屡访群儒，谕咨故老……”[①] 王充感叹“（章帝）诏书斐然，郁郁好文”[②]，均可证章帝好文对士民文化心理的积极影响。

章帝雅好文章，左右艺文，博召文学之士，强力调动了文士阶层以才学济时、以文章济世的积极性，促使东汉文学快速繁荣。章帝朝文学繁盛有三个明显标志：

其一，名家名作众多。章帝朝富于创造力和影响力的文学家人数明显多于光武帝和明帝时期。《文心雕龙》论及的光武、明、章三朝文士有 15 人，即杜笃、班彪、冯衍、桓谭、刘秀、马援、尹敏、沛献王刘辅、东平王刘苍、班固、贾逵、傅毅、崔骃、王充、黄香。前 5 人活跃于光武朝，尹敏与刘辅的创作高峰在明帝朝，刘苍以下 7 人的主要文学活动都发生在章帝、和帝之世。据笔者统计，《后汉书》全文收录的文士作品篇数，章帝朝远较前两朝多。光武朝文士作品，《后汉书》全文收录的有杜笃、班彪、冯衍、桓谭、马援之作，合计 18 篇，其中为《文选》收录的只有班彪的《北征赋》和《王命论》。明帝时期的作品，有傅毅、班固、刘苍之作，合计 6 篇。作于章帝时期的作品，《后汉书》全文收录的有

① 《文选》卷四十八，上海古籍出版社 1986 年版，第 2165 页。

② 王充：《论衡·超奇》，上海人民出版社 1974 年版，第 215 页。

班固、崔骃、贾逵、杨终、马严、刘苍、孔僖、曹褒、丁鸿、黄香、梁鸿的诗文，合计20篇。另外，作于永元前十年的有5篇，也可视为章帝朝文学的延伸。《后汉书》收录的章帝朝名作数量几乎与光武、明两朝的总数相当，《后汉书》立传的著名文学家人数也是如此。这说明，尽管有的文学家的文学活动跨越了明章两朝，其创作高峰却在章帝时代，章帝朝文坛可谓生机勃勃。东观文士的创作也反映了同样的文学生态。东汉文士的集体性创作始于永平末，鼎盛阶段却出现在章、和之际。据《后汉书》载，跨越明章两朝的东观文士至少有尹敏、陈宗、孟异、刘复、杜抚、班固、贾逵、马严、杨终、傅毅、孔僖、丁鸿、黄香、曹褒等14人，杜抚以下10人的文学创作在章帝朝最为活跃。

其二，文学名家地理分布广，结构立体化，在野文士和远郡文士明显增多。据刘跃进先生《秦汉文学编年史》研究，有诗文保存者，光武朝37人，分布在16个郡国，南阳—颍川地区的人数最多，三辅与齐鲁次之，作者以开国元勋和经师居多；明帝朝15人，分布在9个郡国，“文章之士”明显增多，这些文士大都是永平最后几年入京；章帝朝39人，分布在18个郡国，除了三辅、齐鲁、中原、梁沛几个文化发达区域之外，巴蜀、会稽、江夏等僻远地区的文士明显增多。光武朝文学家不少，但绝大多数是成名于西汉末的三辅文士。明帝朝文学之士不仅数量少，地理分布也无多少扩展。这暴露了一个问题：建武以后文学发展迟缓，积久成患。王充《论衡》也反映了这一问题，《佚文篇》曰：“杨子山（终）为郡上计吏，见三府为《哀牢传》不能成，归郡作上。孝明奇之，征在兰台。”杨终入兰台在永平十二年以后，当时，“三府”竟无人能作《哀牢传》，一则因为哀牢地处偏僻，北方人足迹罕至，二则三府的确严重缺乏能文之士。章帝朝文化政略的调整大大改变了这种状况，能文之士骤增，在朝、在野，京畿、远郡，都涌现了大批文学名家。章帝征召的文学之士，远郡有广汉李尤、蜀郡杨终、会稽的王充、赵晔、郑弘、谢夷吾等，在野的有善说《老子》的北海淳于恭、微言讥讽朝廷的扶风梁鸿、不苟仕进的安平崔骃、出身寒微的江夏黄香等。自社会身份言，章帝朝文士来自平民、掾史、郎官、公卿、王侯等各个社会阶层，形成了较为合理的立体结构。另外，章帝朝文体创作也出现了鲜活的新气象——梁鸿五言诗妙绝一代，班固、傅毅、贾逵等人的连珠盛极一时。

其三，两汉巡狩文创作在章帝朝达到高潮，连珠体也是在章帝之世开始兴盛。从现存文献看，东汉巡狩文创作以元和、章和年间最为活跃。东汉诸帝中，章帝出巡最多，一共 8 次，每次出行，在京都的文学名士“辄献作赋颂”，班固、傅毅、崔骃、丁鸿、杨终等人之作流传至今，崔骃《四巡颂》尤为著名，严可均《全后汉文》均有辑录。这些巡狩题材的文章，不一定是章帝授意所作，但多数文章都得到了章帝的褒奖。章帝以后，巡狩郡国的汉帝有和、安、桓三帝，这一时期的巡狩文唯存安帝时马融、刘珍和张衡的作品，三人当时都在东观。章帝之前，两汉皇帝，如汉武帝、光武帝、明帝等，都曾多次巡狩，却很少有文士创作巡狩文。[①]

章帝以文学取士的影响更为深远：它从制度上保证了东汉士大夫阶层较高的文学素养，班、傅、三崔、张、蔡等文学大家正是士大夫文士的代表。两汉常规的文官选拔是以经学取士，章帝打破常规，“博召文学之士”，这意味着取士制度开始转向兼容众科的“艺文取士”，用当时的“文学”观念，就是“文学取士”，它要求士人既要明晓经史，又要能够写作奏议书疏等公文。自此，“文学取士”成了东汉文官选用常制。东观著作的选拔尤重“艺文”，他们几乎都是当

---

① 从巡狩文衍变出另一题材的文章，即出征颂。章帝以后（自和帝初到灵帝末），外戚常以大将军（或车骑将军）身份掌权，汉末，丞相曹操“挟天子以令诸侯”，又将女儿嫁于汉献帝，也成了外戚。这些外戚执掌兵权，“代天子”征伐四方，文士们也常常献作赋颂，歌颂其声威功德，主题和写法均与巡狩文相近。这类文章留存不少，如史岑的《大将军西征颂》（颂邓骘）；班固、傅毅各有《窦将军北征颂》（颂窦宪），崔骃有《大将军西征颂》（颂窦宪）；称颂曹操出征的赋颂更多，有王粲《浮淮赋》、陈琳《武军赋》、阮瑀《纪征赋》、徐干《西征赋》等：这些作品与巡狩文在主题、题材、写法上都很相似，不妨视为巡狩文的变体。

世文学名家，而东观文士是东汉中后期中央官吏的重要候选对象。[1]唐刘知几说："但自世重文藻，词宗丽淫，于是沮诵失路，灵均当轴。每值西省虚职，东观储才，凡所拜授，必推文士。……举世共以为能，当时莫之敢侮。"[2] 该书《序》称"昔马融三入东观，汉代称荣"。刘知几所论正是章帝以后中央官吏选拔的通常情况。《后汉书·孝和帝纪》说："永元十三年，帝幸东观，览书林，阅篇籍，博选术艺之士以充其官。""术艺之士"即艺文之士，班昭也在其中。和帝还效法章帝利用东观培育人才：拜十三岁的马融为太子舍人，入东观从班昭受读《汉书》，让后妃从班昭受学，和熹皇后邓绥就是班昭在东观的弟子之一。[3] 后来，邓绥临朝，继续以文学取士。如果说章帝、和帝、和熹邓后对文学才能的要求还主要表现在对中央官吏或宫廷士大夫的选用上，那么，顺帝朝的取士制度则对所有入仕者提出了明确的写作能力要求。阳嘉中，顺帝采纳尚书仆射左雄的建议，改革察举制，要求"诸生试家法，文吏课笺奏"[4]。"课笺奏"即考察公文写作能力。灵帝时，"文学取士"甚至偏执一端，"孝廉杂糅，试之以文，而并以书疏小文，一介之技，命臣下超取选举"[5]。

汉章帝取士政策的重要导向之一即"岩穴为先"，这意味着对在野郡国文士、中下层文士的特别关注。这种取士思想得到了广泛认同，贯穿了东汉中后期的官吏选拔，于文学发展意义非常。通过和帝以后的诏令奏疏，我们可以清晰地看到这种取士政略的影响。和帝举贤良方正，特重在野文士，诏令"昭岩穴，披幽隐，遣诣公车"，还

---

① 东观著作，即在东观从事校书著史等文化工作的文士，通常由通晓经史、擅长著文的名儒兼任。永元中，李尤《东观铭》赞东观著作"列侯弘雅，治掌艺文"。刘知几《史通·外篇·史官建制》："自章、和以后，图籍盛于东观。凡撰《汉记》，相继在乎其中，而都为著作，竟无它称。"《通典·职官八》："汉之兰台与后汉东观，皆藏书之室，亦著述之所。多当时文学名士，使雠校于其中，故有校书之职。"

② 浦起龙：《史通通释》卷九，上海古籍出版社 1978 年版，第 250—251 页。

③ 邓绥从班昭受学，载于《后汉书·皇后纪上》，第 424 页。

④ 左雄：《上言察觉孝廉》，《后汉书·左雄传》，第 2020 页。

⑤ 蔡邕：《对诏问灾异八事》，见（明）张溥《汉魏六朝百三家集》卷十八《蔡邕集》，吉林出版集团有限责任公司 2005 年版，第一册，第 520 页。

特地扩大缘边州郡的孝廉比例。[①] 延光元年，安帝诏选刺史以下郡县贤良官吏，范围涉及刺史、郡守、国相、县令长，明确要求“勿取浮华”。实际上，和、安二帝如此取士也是重视中下层郡国文士的重要表现。因为，章帝以后，凡经正常察举征辟而入仕的州郡官吏及其掾属大都是有才学的儒士。安帝、顺帝、灵帝都多次下诏征召处士，如安帝征琅邪郎宗、南阳李昺与孔乔等，顺帝征南阳樊英、陈留杨伦、南郡黄琼等，灵帝征荀爽、陈纪、郑玄等，[②] 这些人几乎个个通晓艺文，其子孙后代大多成为汉晋间文学名士。

“文学取士”作为一种制度性导向，通过官学、私学教育渗透到了社会各个阶层，引导着士人及士族家族自觉追求文学修养。其主要表现有二。一是东汉文士构成体系发生变化。从现存东汉诗文的作者看，章帝以前，除了杜笃、冯衍、崔篆等在西汉末已经成名的作者外，几乎是清一色的公卿守相或宫廷文士，章帝以后，作者群中出现了县令长、郡县掾属、处士乃至闺阁女子等各阶层作者，愈往后，立体多元结构愈丰富。二是文学的家族式发展模式逐步成型。章帝以后，在士族内部，父子兄弟皆能属文现象愈来愈普遍。[③]

第三节　汉灵帝的文艺好尚及俗文艺取士

在东汉诸帝中，唯灵帝刘宏偏好流俗：好流俗之物，好流俗之习，好流俗之文艺。帝王的地位，帝王手中的皇权，无可避免地让汉灵帝的这些偏好渗入到了国家政治文化生活中，随之而来的，是设在

---

① 永元六年，《举贤良方正诏》说：“思得忠良之士，以辅朕之不逮。……昭岩穴，披幽隐，遣诣公车，朕将悉听焉。”永元十三年，《缘边举孝廉诏》云：“幽、并、凉州户口率少，边役众据，束修良吏，进仕路狭。抚接夷狄，以人为本。其令缘边郡口十万以上举孝廉一人，不满十万二岁举一人，五万以下三岁举一人。”均见《后汉书·孝和帝纪》。

② 见严可均《全后汉文》诸帝诏书。

③ 陈君认为：“和帝以后，东汉文学的发展主要表现在两个方面：一是文学重心的东移，即逐步由关中向关东转移；二是文学重心的下移，即由宫廷下移至家族，由中央下移至郡国。”陈君《东汉社会变迁与文学演进》之“内容简介”，具体论述见第8—13页，中国社会科学出版社2012年版。

宫廷的鸿都门学开办了，市井文艺随之批量进入宫廷，紧接着，大批鸿都门生被接引到各级政治文化机构，于是，试图保持士大夫阶层纯粹、高雅、正统之传统的儒士大夫们不约而同地开始抨击和排挤鸿都门学及从鸿都门学走出的官吏群体，宫廷文坛也因此出现了流俗文艺与正统文艺之间的较量。然而，有些正统文士却在不知不觉间创作起了俗文艺作品。汉灵帝对俗文艺的爱好就这样热热闹闹又悄无声息地影响到了汉末文坛。

一　汉灵帝偏好新异流俗之物

汉灵帝刘宏是汉章帝的玄孙，曾祖刘开封河间孝王，自祖父刘淑起，世封解渎亭侯。亭侯是汉代侯爵中最低的一等。桓帝无子，灵帝以解渎亭侯入宫即位，低微的出身对汉灵帝性格影响极深。政治地位陡然飞升，导致汉灵帝的心理结构发生了巨大改变。即位之后，他和母亲董夫人一起想方设法聚敛私财，不惜卖官鬻爵；另一方面，灵帝似乎对一切新鲜事物都怀有强烈好奇心，尤其是来自异域的奇特之物和来自市井的新鲜玩物。上行下效，京师风气为之转移。史载，“灵帝好胡服、胡帐、胡床、胡坐、胡饭、胡空侯、胡笛、胡舞，京都贵戚皆竞为之”。“灵帝于宫中西园驾四白驴，躬自操辔，驱驰周旋，以为大乐。于是公卿贵戚转相放效，至乘辎軿以为骑从，互相侵夺，价与马齐。”[①]“（灵帝）熹平中，省内冠狗带绶，以为笑乐。”[②]“数游戏于西园中，令后宫采女为客舍主人，身为商贾服。行至舍，采女下酒食，因共饮食以为戏乐。”[③] 灵帝对乡野市井的粗俗之物如此偏好，不由令史家感叹唏嘘——“驴乃服重致远，上下山谷，野人之所用耳，何有帝王君子而骖服之乎！”[④] 在特别注重“汉官仪”的汉代社会，灵帝贵为帝王，却偏偏喜好来自北方蛮荒之地的胡俗胡物，喜

---

① 《后汉书·五行志一》，第 3272 页。

② 同上。

③ 同上书，第 3273 页。

④ 同上书，第 3272 页。

好下层社会的粗俗庸俗之物，甚至亲自体验世人眼中最为低贱的商人生活，以及市井地痞走鸡斗狗的游戏。这说明，汉灵帝对流俗的爱好并非一时好奇，而是受到了市井生活的深重浸染，接受了市井文化风习及其价值观。从上面所引的史料可知，汉灵帝对流俗玩乐的追逐，引得京师贵戚阶层竞相效尤，刘汉王朝的衰败也就此加速。《后汉书·五行志》所载的种种怪异现象都被时人视为以汉灵帝为首的末世贵族阶层淫靡生活的投射。

二 汉灵帝爱好新奇娱乐文艺

灵帝多才艺，好文学，但他并不像汉明帝、汉章帝那样喜欢典雅庄重的正统文艺，而是偏重于新奇的娱乐文艺。谢承《后汉书》说，汉灵帝“善鼓琴，吹洞箫”[①]。卫恒《四体书势序》称“汉灵帝好书，世多能者”[②]。在东观文学名士中，灵帝对吴郡高彪特别尊宠。史载，“（高彪）后迁外黄令，帝敕同僚临送，祖于上东门，诏东观画彪像以劝学者”。灵帝对高彪特别赏识，其中一个重要原因恐怕就是高彪擅长创作“奇文”。《后汉书》说“（高彪）数奏赋、颂、奇文，因事讽谏，灵帝异之”。[③] 灵帝的辞赋创作也明显倾向于任情适性、新鲜好玩。《后汉书·蔡邕列传》云：“初，帝好学，自造《皇羲篇》五十章，因引诸生能为文赋者。本颇以经学相招，后诸为尺牍及工书鸟篆者，皆加引召，遂至数十人。侍中祭酒乐松、贾护，多引无行趣势之徒，并待制鸿都门下，喜陈方俗闾里小事，帝甚悦之，待以不次之位。”汉灵帝的辞赋作品全部亡佚，不过，从他的创作动机和玩赏习惯看，《皇羲篇》很可能是赋颂远古羲皇的神异故事，不大可能是“匡国理政”、“义尚光大”传统大赋。说汉灵帝偏好娱乐文艺，还有佐证。王嘉《拾遗记》卷六载，灵帝晚年，常游乐于裸游宫，奏《招商之歌》以为乐。逯钦立《先秦汉魏晋南北朝诗》辑录此歌。歌

① 《太平御览》卷五八一引。

② 陈寿：《三国志》卷一《魏武帝纪》注引。

③ 《后汉书·文苑列传》，第2650页。

辞描述裸游宫的田渠景象，清新浅丽，与俗赋和市井轶闻的娱乐功效并无二致。

汉灵帝对新奇娱乐文艺的喜欢，正是他猎奇好新心理在文艺上的反映。因为，不论胡俗胡物，还是书画琴艺，或是“奇文”“文赋”、闾里奇闻，共同点都是新鲜好玩，悦人耳目。灵帝生活在沉闷堂皇的皇宫，那些来自异域或市井的新奇悦人的俗丽文艺，好比黑夜中划破天际的道道星光，一下子吸引了他的眼球，勾起了他的猎奇欲。汉灵帝也许根本意识不到，他的个人爱好正不知不觉地吸引着京师贵戚跟风追星，他们疯狂地追逐那淫靡颓废、悦人感官的文艺享乐。

京师贵族以流俗舞乐为娱的情况在顺、桓之世已不罕见。《后汉书·梁商传》载，顺帝永和六年，大将军梁商在上巳节大会宾客于洛水，酒阑倡罢，继以《薤露》之歌，坐中闻者，皆为掩涕。《后汉书·五行志一》说：“桓帝元嘉中，京都妇女作愁眉、啼妆、堕马髻、折要步、龋齿笑。所谓愁眉者，细而曲折。啼汝者，薄拭目下，若啼处。堕马髻者，作一边。折要步者，足不在体下。龋齿笑者，若齿痛，乐不欣欣。始自大将军梁冀家所为，京都歙然，诸夏皆放效。”《薤露》本为民间挽歌，“愁眉”等原是畸形妆饰，这些流行在京师贵戚间的娱乐方式，引得京畿贵族为之效尤。灵帝对新奇流俗文艺的追逐，对新异风习的好尚，或许正是从京师贵戚的熏染开始，或者说是直接从宫中承袭而来。灵帝之前的汉桓帝就是新异事物和娱乐文艺的爱好者。《后汉书·孝桓帝纪论》云：“前史称桓帝好音乐，善琴笙。饰芳林而考濯龙之宫，设华盖以祠浮图、老子，斯将所谓‘听于神’乎!”按学界通行的说法，浮屠（佛教）是汉明帝时从西域传来，当世视为异域方技，祭祠老子是汉末兴起的道教仪礼。灵帝父祖偏居一隅，爵位低微，在汉灵帝的成长经历中，诸如宫廷、皇权、华贵之物、异域奇珍、贵戚们享受的一切，似乎都是“天上掉下来的馅饼”，一切都来得太突然太容易，尽情体验，尽情享受也就成了他心中的自然情理。

三 汉灵帝以俗文艺取士

帝王的兴趣爱好往往会渗入他的政治决策。汉灵帝自己的文学兴趣转变成了国家取士的标准：以“能为尺牍辞赋及工书鸟篆”招收擢用鸿都门生。汉明帝因欣赏班固史才而拜之为郎中，汉章帝因叹赏崔骃赋颂“欲官之”，灵帝也爱屋及乌，想方设法让创作流俗文艺的鸿都文士随侍左右。汉灵帝的“个人爱好”转化成了“国家意志”，起初偶然的、小批量的举用开始转变成大规模的制度性选拔——设置鸿都门学，并敕令公卿辟召才艺突出的鸿都门生。《后汉书·蔡邕传》载：“光和元年（178 年），灵帝遂置鸿都门学，画孔子及七十二弟子像。其诸生皆敕州郡三公举用辟召，或出为刺史、太守，入为尚书、侍中，乃有封侯赐爵者，士君子皆耻与为列焉。”李贤注曰：“时其中诸生，皆敕州、郡、三公举召能为尺牍辞赋及工书鸟篆者相课试，至千人焉。”这些史料显示，大量选用鸿都门生为官引起了士大夫阶层的强烈抵触，但权柄在握的灵帝仍然一意孤行。自光和元年至灵帝去世的中平六年（189 年），共十余年，灵帝经常擢用鸿都门诸生，且每次选用人数不少，朝野震动，时论哗然，儒士大夫的抵触情绪升级成了抵抗性政治行为：上呈奏疏，公然要求灵帝不再选用甚至罢黜“鸿都之选”。

在反对灵帝举用鸿都门生的士大夫中，蔡邕、杨赐、阳球最为著名。时，妖异数见，人相惊扰。《后汉书·蔡邕列传》载，灵帝“以（蔡）邕经学深奥，故密特稽问”，对以经术。蔡邕乃上书言政事，论议汉代“取士”制度说：

> 孝武之世，郡举孝廉，又有贤良、文学之选，于是名臣辈出，文武并兴。汉之得人，数路而已。夫书画辞赋，才之小者，匡国理政，未有其能。陛下即位之初，先涉经术，听政余日，观省篇章，聊以游意，当代博弈，非以教化取士之术。而诸生竞利，作者鼎沸。其高者颇引经训风喻之言；下则连偶俗语，有类俳优；或窃成文，虚冒名氏。臣每受诏于盛化门，差次录第，其未及者，亦复随

辈皆见拜擢。既加之恩，难复收改，但守俸禄，于义已弘，不可复使理人及仕州郡。昔孝宣会诸儒于石渠，章帝集学士于白虎，通经释义，其事优大，文、武之道，所宜从之。若乃小能小善，虽有可观，孔子以为“致远则泥”，君子故当志其大者。①

可以看出，蔡邕对灵帝的取士制度最不满的一点就是：以娱乐性质的通俗文艺作为取士标准。杨赐和阳球反对选用鸿都门生的意见与蔡邕基本一致，稍有不同的是：蔡邕肯定了书画辞赋之才的价值，而杨赐和阳球则完全否定其存在意义。杨赐认为，鸿都“群小”以“虫篆小技”“并各拔擢”，挤占了以经术为业的士大夫阶层的政治生存空间（“而令搢绅之徒委伏田亩”），强烈要求“斥远佞巧之臣（鸿都门生），速征鹤鸣之士（经术之士）”②。阳球甚至以出身低微为由，指责鸿都门生“依凭世戚，附托权豪”，“妄窃天官”。于是，阳球以忧伤“圣化”为名，要求“罢鸿都之选，以消天下之谤”③。以蔡邕、杨赐、阳球为代表的士大夫之所以如此强烈地反对灵帝擢用鸿都门生，概而言之，理由或有三条：鸿都门生擅长的只是悦人耳目而不能“匡国理政”的“小道”文艺，挑战了儒士阶层的文化地位；鸿都门生凭借俗文艺才能快速超迁，高居禄位，挤占了自小习经的儒士们的政治生存空间，挑战了儒士阶层的政治地位；鸿都门生出身低微，却

① 《后汉书·蔡邕列传》，第1996—1997页。

② 《后汉书·杨震列传》载杨赐之文，说：“又鸿都门下，招会群小，造作赋说，以虫篆小技见宠于时，如驩兜、共工更相荐说，旬月之间，并各拔擢，乐松处常伯，任芝居纳言。郄俭、梁鹄俱以便辟之性，佞辨之心，各受丰爵不次之宠，而令搢绅之徒委伏田亩，口诵尧、舜之言，身蹈绝俗之行，弃捐沟壑，不见逮及……惟陛下慎经典之诫，图变复之道，斥远佞巧之臣，速征鹤鸣之士，内亲张仲，外任山甫，断绝尺一，抑止槃游，留思庶政，无敢怠遑。”

③ 《后汉书·酷吏列传·阳球传》载阳球奏章，说：“松、览等皆出于微蔑，斗筲小人，依凭世戚，附托权豪，俯眉承睫，徼进明时。或献赋一篇，或鸟篆盈简，而位升郎中，形图丹青。亦有笔不点牍，辞不辩心，假手请字，妖伪百品，莫不被蒙殊恩，蝉蜕滓浊。是以有识掩口，天下嗟叹。臣闻图像之设，以昭劝戒，欲令人君动鉴得失。未闻竖子小人，诈作文颂，而可妄窃天官，垂像图素者也。今太学、东观足以宣明圣化。愿罢鸿都之选，以消天下之谤。”

凌驾在高贵的士族之上，挑战了儒士阶层的社会地位。一句话，鸿都门生以俗文艺小才超居高位，背离了汉廷经学取士传统，侵犯了儒士阶层的既得利益。

四 汉灵帝以俗文艺取士的影响

灵帝以俗丽文艺取士，对文学而言却很有价值。俗文艺创作才能成了朝廷取士的重要依据，这意味着底层市井文学公然以合法身份进入国家文化体系，其影响难测其深。“尺牍辞赋”当与汉代《神乌赋》一类的俗赋一样浅俗活泼，“方俗闾里小事”即流传在闾里街巷间的生动鲜活的轶闻趣事。这些俗赋俗文，原初作者应是市井小民，以生动有趣、新艳猎奇为旨归，在掌握主流话语权的儒士大夫眼中，鄙夷是难免的。但是，无论时人如何看待鸿都门文士，有一种事实却无可否认：生动有趣、面目新艳的流俗文学为当世文坛所“热炒”——“诸生竞利，作者鼎沸”，“或窃成文，虚冒名氏”①。

作为当世文坛执牛耳的文学大家，蔡邕就创作了《青衣赋》之类的“文赋”，当时文坛为之惊讶，颇有文学声望的河间张超就针对性地作了一篇《诮青衣赋》讽刺蔡邕。蔡邕《青衣赋》的主要内容写的是一位士大夫爱上了漂亮侍女，两相情悦，甚至有过夜间媾会。蔡赋写道：“叹兹窈窕，产于卑微。盼倩淑丽，皓齿娥眉。……精慧小心，趋事如飞。中匮裁割，莫能双追。……宜作夫人，为众女师。”赋写两人相爱很深，说“我思远逝，尔思来追”。在注重门第与尊卑的汉代社会，士大夫和婢女的相爱是为人不齿的。所以，张超针锋相对作赋嘲讽，说：“彼何人斯，悦此艳姿？丽辞美誉，雅句斐斐。文则可嘉，志卑意微。凤兮凤兮，何德之衰。高冈可华，何必棘茨？”显然，张超之所以讥刺蔡邕，主要是认为赋作背离了儒家伦理道德，脱离了汉代的“美”“刺”教化观。杨赐将作“尺牍小赋”“虫书鸟篆”的鸿都门生比作俳优，也不是用艺术水准来衡量，而是用儒家道德作标尺。对于鸿都门赋，蔡邕的态度比较温和，称为“小善小

① 《后汉书·蔡邕列传》，第1996页。

能”，远不像杨赐、阳球那样激烈，这应与蔡邕对鸿都门赋艺术价值的肯定有关。从东汉中期以后的文学创作实际看，竞“奇”好“雕丽”在顺帝时已蔚然成风。王符《潜夫论·务本篇》云：“今学问之士，好语虚无之事，争著雕丽之文，以求见异于世，品人鲜识，从而高之，此伤道之实。今赋颂之徒，苟为饶辩屈蹇之辞，竞陈诬罔无然之事，以索见怪于世，愚夫戆士，从而奇之，此悖孩童之思，而长不诚之言者也。”经由灵帝时代，虚诞奇丽的创作风气愈演愈烈。

鸿都篇赋为掌握话语权的儒士所鄙睨，几乎没有什么作品留传下来，我们也就难以看到鸿都门文学的真面目。但是，从蔡邕、杨赐对鸿都篇赋的驳斥看，这些作品必然没有多少风教意味。但是，有不少来自下层社会的文学之士着力追捧这类文艺，极力为之，数量可观，大有与雍容华贵的典雅文学抗衡之势。灵、献时期，誉满天下的党人名士颍川陈寔作有《异闻记》，大抵记述闾里传闻与神异故事。看来，当时的儒士大夫并不完全排斥闾里传闻之类的俗文艺。刘勰《文心雕龙·时序》说鸿都门辞赋文章“盖蔑如也”，可以推测，刘勰很可能看到过鸿都门生的作品，只是他也同样以宗经征圣文学观蔑视这类作品，故而没作更多的记录和评价。

汉灵帝以俗文艺取士的影响是深远的。对此，王夫之《读通鉴论》卷八“灵帝条”（五）说：“灵帝好文学之士，能为文赋者，待制鸿都门下，乐松等以显……自隋炀帝以迄于宋，千年而以此取士，贵重崇高，若天下之贤者，无逾于文赋之一途。”从文学艺术发展史的角度看，“鸿都门生”是历史上第一个真正意义上的文学艺术群体，这是文学艺术自觉的一个标志。[①]

五　汉灵帝对雅文学传统的继承

其实，灵帝并不排斥“颇引经训讽喻之言”的典丽文学，甚至相当尊重它们。不论是灵帝本人所习，还是诏令东观继续校书著史，依

① 参见王永平《汉灵帝之置“鸿都门学”及其原因考论》，《扬州大学学报》1999年第5期。

然是以经学为主导的，就连鸿都门学最初的招生原则也是“颇以经学相招”。灵帝好学，曾师从杨赐和张济学习《尚书桓君章句》，常规学习之外，灵帝还经常让儒臣给自己讲论经学。《后汉书·刘宽列传》云：“灵帝颇好学艺，每引见宽，常令讲经。”灵帝对经学也是很尊重的，在位期间，东观的校书著史工作坚持得很好。熹平中，灵帝还为普及和发展经学建下一桩千秋功业——立“石经”于太学门前。《后汉书·蔡邕列传》载：“建宁三年，辟司徒桥玄府，玄甚敬待之。出补河平长。召拜郎中，校书东观。迁议郎。邕以经籍去圣久远，文字多谬，俗儒穿凿，疑误后学。熹平四年，乃与五官中郎将堂谿典，光禄大夫杨赐，谏议大夫马日磾，议郎张驯、韩说，太史令单飏等，奏求正定《六经》文字。灵帝许之，邕乃自书丹于碑，使工镌刻立于太学门外。于是后儒晚学，咸取正焉。及碑始立，其观视及摹写者，车乘日千余辆，填塞街陌。”灵帝时，东观文士有蔡邕、卢植、马日磾、杨彪、韩说、高彪等，他们都是灵帝信任和欣赏的文学名士，蔡、卢、高文名尤盛。蔡邕的多数诗文，尤其是碑文，都是本经立义的典雅之作，历来读者都“觉得他是典重文章的作手”①。卢植于灵帝末入东观，“性刚毅有大节，常怀济世志，不好辞赋”。卢植今存文章皆依经立义，典雅高华。高彪今存三文，即《覆刺遗马融书》、《督军御史箴饯赠第五咏》及《清诫》，亦熔铸经训的讽谏规劝之文。综观灵帝朝东观文士之作，典雅繁丽仍是主流，灵帝对雅文化传统的尊奉亦可于此管窥一二。

灵帝之后，典雅的正统文学依然是皇家文学和宫廷文学的主流。少帝和献帝的作品可以作证。董卓弑少帝，帝悲歌道：“天道易兮我何艰，弃万乘兮退守藩。逆臣见迫兮命不延，逝将去汝兮适幽玄。”少帝虽是即兴而歌，却词兼骚雅，悲痛绝欲，却不失君王之仪。少帝唐姬起舞而和，歌曰：“皇天崩兮后土颓，身为帝王兮命夭摧。死生路异兮从此乖，奈我茕独兮心中哀。”这些歌诗依然是典雅幽怨的屈

① 鲁迅语，见《鲁迅全集》第六卷《且介亭杂文二集·题未定草六》，人民文学出版社2005年版。

骚遗风。献帝的《又手诏》和《赐士燮玺书》也是以儒家德义为本，与整个东汉一代的诏书的行文风格并无大别。

东汉皇族的文学观始终以典雅为主，新异、浅俗的流俗文学只是偶为玩物而已。不过，在皇权衰微、礼乐崩坏的形势下，蔓延于闾里街巷的俗文艺在灵帝时公然入驻皇宫和国家学府，这或许正是汉魏文风转变已如箭在弦的标识之一。

余　论

中州在东汉崛起的意义

中州地区是华夏文明的主要发源地，南宋以前一直是黄河中下游政权的政治文化中心。如果说，中州是中国古代文明的喜马拉雅山，那么，东汉时期的中州就是这喜马拉雅山的珠穆朗玛峰。自东汉兴起的中州士族引领了汉魏六朝的文化主流，深刻影响了这一时期的历史节奏。不仅汉魏文坛的创作主力来自中州，汉唐间的文学领袖也多是东汉崛起的中州文学家的后代。中州在东汉的崛起，确立了中州在汉宋千百年间政治文化史上的重要地位。

一　中州在东汉的崛起标志着中古政治文化基本格局的形成

中州在中古政治文化基本格局中的地位是在东汉确立的。

史前时代，是部落时代，本无所谓政治文化中心。夏商周始有“国家”形态，期间，王城的位置虽多有变动，但始终未出中州范围，大体在“三河”[①]之间。夏、商、周三个政权在相当长时期内是同时并存的，北方的政治文化中心自然不止一个，而且，长江中下游也有不止一个区域性文化中心。可以说，“三代”只是为中州成为“中国”的政治文化中心奠定了基础。春秋战国时期，中州各诸侯国长期在周边强国齐、楚、秦、晋的夹缝中谋求生存，中州虽然文化发达，作为文化精英的中原诸子如商鞅、韩非子、吕不韦、李斯、苏秦、张仪等，却都是“离心式”向外寻求发展，大多成为周边强国的“客卿”。

秦始皇统一天下，京都开始成为国家唯一的政治中心。然秦人重

---

① 司马迁《史记·货殖列传》曰：“昔唐人都河东，殷人都河内，周人都河南。夫三河在天下之中，若鼎足，王者所更居也。”中华书局1959年版，第3262—3263页。

刑法，轻文治，统治时间短，政治中心在关中，文化中心却在关东，国家的政治中心和文化中心未能统一到同一区域。西汉的政治中心也在关中，自汉武帝“独尊儒术”实现文化大一统后，国家的政治中心和文化中心开始合二为一，稳居关中。西汉末年，王莽掌权，关中的政治文化中心地位发生动摇，同时，中原的政治经济地位逐步上升，洛阳成了京都长安之外最为富庶的五都之一，时号“中都”，新莽政权甚至有迁都洛阳的打算。①

汉光武帝的出现，彻底改变了中州的地位。光武帝刘秀发迹于南阳，定都于洛阳，中州第一次成为全国政治中心。随着东汉政权不断巩固，政治中心的地理优势开始为中州带来前所未有的文化优势——集人才优势、图书优势、教育优势于一体，独领风骚，首度成为全国的政治中心和文化中心。自此，以洛阳为中心、以中州所在的黄河中下游为轴线的政治文化格局基本定型且保持了二百六十多年。西晋末年，中原衣冠南渡，文化中心南移至长江中下游地区。此后南北政权对峙，但中州依然是黄河中下游的北魏、东魏、北齐政权的政治文化中心。隋唐统一南北，建都长安，洛阳成为陪都，以黄河中下游为轴线的政治文化格局再度形成，洛阳和长安成为这个轴线上东西并峙的两座政治文化高峰，这种格局又延续了近三百年。五代十国，天下分崩离析，黄河中下游地区的政权也频频更迭，但中州在北方的政治文化地位并未发生根本性动摇。北宋建都汴梁（今开封），汴梁和洛阳成了东西二京，中州三度集政治文化中心于一身，雄视天下，这样的格局又延续了一百六十余年，直到宋室南迁。

概而言之，秦与西汉之时，黄河犹如一座天平的杠杆，统一帝国的政治中心（关中）和文化中心（齐鲁）就是其两端的砝码盘，洛阳则是其并不坚固的中心支点，这种两端强、中间弱的政治文化格局

① 班固《汉书·王莽传中》载王莽曾下书说：“其以洛阳为新室东都，常安（长安）为新室西都。邦畿连体，各有采任。”同书《食货志下》云：“（王莽）遂于长安及五都立五均官，更名长安东西市令及洛阳、邯郸、临菑、宛、成都市长皆为五均司市师。东市称京，西市称畿，洛阳称中，余四都各用东、西、南、北为称，皆置交易丞五人，钱府丞一人，工商能采金银铜连锡登龟取贝者，皆自占司市钱府，顺时气而取之。”

持续了二百余年，中州仿佛是齐鲁文化与关中文化交流回旋的转换平台。公元25年，东汉光武帝定都洛阳，统一帝国的政治中心与文化中心合二为一，政治文化格局呈现出以洛阳为中心的圆形辐射状结构，彻底改变了秦汉东西延伸的线形杠杆结构，从此，京都集国家的政治中心与文化中心于一体。洛阳成了名副其实的“天下之中”，直到公元1127年南宋建都江南。这一千一百年间，中州或为京畿，或为陪都，一直是全国腹心所在。从这种意义上说，中州在东汉的崛起具有里程碑意义。

二　兴起于东汉的中州士族主导了汉晋历史节奏

汉晋时期，中州既是政治经济中心，又是文化中心，“中州士的活动影响着历史的节奏”①，它主导了时代政治文化主流，从东汉发展而来的中州门阀士族是魏晋南北朝士族阶层的主干。史学家唐长孺认为，东汉晚期的大姓名士处于左右政局的地位，在经济上、政治上广泛地控制农村，文化上几乎处于垄断地位，东汉王朝瓦解后，他们又成为各个割据政权的骨干，三国政权的上层统治者正是从东汉晚期的大姓名士中选拔出来的，他们是构成魏晋士族的基础。② 唐先生未对东汉晚期大姓名士做地域分布考察，但论述中往往以中州名士为例。这说明，唐先生看到了中州士在东汉魏晋史上的重要地位。东汉晚期的大姓名士不仅以中州士最多，领袖亦在中州，自东汉成长起来的中州士族实为此后四五百年间主导文化主潮的核心力量。

两汉之际，经济中心已从关中转移到了关东，这为政治文化中心的东移奠定了经济基础。东汉建国，政治中心和文化中心以不可逆转之势定位在以洛阳为中心的中州地区。在此历史转换关口，中州士发挥了扭转乾坤的作用。东汉开国元勋多为中州本土士。光武帝云台32位功臣，其中13位出自南阳，8人来自颍川，这些中州功臣多是

① 参见胡宝国《汉唐间史学的发展》，商务印书馆2003年版，第229页。

② 唐长孺：《唐长孺文存》，上海古籍出版社2006年版，第1—25页。原载《魏晋南北朝史论拾遗》，中华书局1983年版。

尊重儒学、爱好儒学的名士。笔者曾统计过光武、明、章三朝的“三公”，仅南阳士就占30%以上。和帝去世，和熹邓后南阳邓绥执政，邓氏兄弟辅政，长达15年。经历东汉一百余年的发展壮大，至邓氏政治时代，中州本土士族已经成为政坛文坛上的骨干。

桓、灵之际，东汉历史进入晚期，汉魏文化也进入转型期。当时，发端于京都洛阳的清议之风左右社会舆论。不少学者看到了这一文化现象所产生的巨大影响。卢云指出：东汉中后期，南阳、颍川、河南、陈留、汝南为天下腹心，是品评清议的发端与盛行之地，并由此导致了大批名士的涌现，且对全国士风的改变产生了重大影响。[①]桓灵之际，与宦官斗争的党人力量正是由汝南陈蕃、颍川李膺领导的，史籍所载的党人名士集中分布在兖、豫及“三河”地区。

这里，我们以党人领袖及汉末掌权人物（何进、董卓、曹操）所用名士为例，即可看出中州士对汉末政治文化的主导作用，而汉晋士族发展之端倪亦可管窥一二。

汉晋时期，“中州”是个习称，通常指以豫州、兖州为主体，包括周边的弘农、河内、南阳、襄阳等地在内的中原地区。[②]泰山和鲁国在东汉同属兖州刺史部，同属东夷齐鲁文化体系，而齐鲁文化在春秋战国时代就与中原夏文化相通，两汉时，齐鲁文化又与中原文化高度融合，因此，泰山士与鲁国士也可视为广义的中州士。《后汉书·党锢列传》提到党人名士共35人，其中，中州士25人，即汝南的陈蕃、范滂、蔡衍、陈翔，颍川的李膺、荀翌、杜密、贾彪，山阳的王畅、张俭、刘表、度尚、檀敷，陈留的夏馥、秦周，泰山的胡母班、羊陟，南阳的宗慈、岑晊、何顒，东郡的刘儒、张邈，以及河南尹勋、鲁国孔昱、东平王考。即使不算胡母班、羊陟、孔昱三人，中州党人名士也有22人。可见，中州是党人领袖最为集中的地区。灵帝

---

① 参见卢云《汉晋文化地理》，陕西人民教育出版社1991年版，第63—97页。

② 参见胡宝国《汉代政治文化中心的转移·中州士与汉晋历史》：“兖、豫所在地区按汉晋人的习惯常常被称为‘中州’。所谓‘中州’，是指以洛阳为中心，以兖州、豫州为主体的中原地区。当然，这只是一种大致的划分，从文化区域的角度来看，一些邻近兖、豫的地区很可能也应归属中州。”胡宝国：《汉唐间史学的发展》，商务印书馆2003年版，第221页。

中平中，大将军何进辅政，辟召天下“智谋之士”二十余人，有名可考者共13人，其中中州士10人，即颍川之荀攸与陈纪，南阳何顒，河南郑太，泰山之王匡和鲍信，汝南伍琼，山阳之刘表与王谦，襄阳蒯越。这同样说明，中州乃汉末名士最为集中的区域。

汉末诸侯争霸，但基本上是中原士之间的内部斗争。献帝初，董卓专权，为笼络民心，广招天下名士，所辟名士仍以中州士为主。据《三国志·许靖传》载，董卓令汉阳周珌与汝南名士许靖共谋议，“进退天下名士”，二人荐举的中央官吏有颍川的荀爽、韩融、陈纪及陈留蔡邕，董卓的幕僚有河南郑太、南阳何顒、汝南伍琼，这些名士清一色生长中州；董卓所拜牧守也多是中州名士，其中著名者有冀州牧颍川韩馥、南阳太守颍川张咨、豫州刺史陈留孔伷、陈留太守东郡张邈、陈相汝南许玚、渤海太守汝南袁绍、河内太守泰山王匡、济北相泰山鲍信等；起兵讨伐董卓的郡守还有东郡太守梁国乔瑁、山阳太守汝南从兄袁遗、广陵太守东郡张超等，这些人也都是中州士。因董卓而起的诸侯争霸，起初乃是关东群士与关西军阀之间的斗争。所以，曹操用“关东有义士，兴兵讨群雄”描述这一史实。董卓被诛之后，曹操、袁绍、袁术、刘备、孙权等争霸天下，不论是幕主，还是文臣武将，曹、袁、刘三大集团的核心力量都是由中州士组成的，东吴孙氏集团亦不乏中原名俊。三国鼎立的形成实乃中原士相互博弈的结果。

从籍贯分布看，曹操帐下名士以颍川、汝南、南阳三郡最多、最著名，颍川的荀彧、荀昱、荀攸、荀悦、郭嘉、戏志才、陈群、钟繇，南阳的许攸、韩嵩，河内司马懿等，都是曹魏集团的决策人物。对此，各种《后汉书》及《三国志》都有记载。蜀国高层人才，也半数来自中原。蜀国名将河东关羽、南阳黄忠、南阳魏延，都是中州人，卿相诸葛亮、李严、邓艺、宗预等来自南阳。东汉南阳是帝乡，经学快速发展，出现了众多经学名家，所以，胡宝国先生说：“南阳士也是中州士。”荆州北部的南郡、江夏郡与南阳接壤，东汉时受帝乡经济文化带动，快速发展，成为帝乡文化圈的一部分，东汉中后期，这一地区名士泉涌，出现了“冠盖云集”的文化景观。蜀国高层的荆州士人几乎都是来自帝乡文化圈。

总之，汉末掌控政治、军事、文化的重要人物都集中在中州，中州士的活动主导着汉魏之际的政治文化走向，制约着汉晋之际的历史节奏。

魏晋处于上层的门阀士族大多是从汉末名士发展而来，而汉末名士集中在中州，以致有“汝颍固多奇士”[①]、“豫州人士常半天下”[②]的说法。举例言之：曹魏政权有颍川荀、钟、陈、韩四大望族，汉晋南朝的弘农杨氏、汝南周氏（周举家族）、安众刘氏（光武帝宗族）、安众宗氏（宗资家族）、河内司马氏等，皆是从东汉起家的中州望族。这些门阀士族跨越魏晋六朝，在学术文艺上各有建树：颍川钟氏精通律法和书法；颍川陈氏兼擅儒法；荀氏以智谋和音乐著名；安众宗氏（宗均家族，南朝有宗悫、宗炳等）在经术纬学、武略、绘画等方面皆有很深造诣；陈留阮瑀家族则为魏晋南朝玄学与文学方面的名望世族。魏晋六朝高门如陈郡谢氏、颍川庾氏等，亦肇兴于汉末，其家族创基者往往受益于故郡在政治文化方面的地理优势。[③] 祖籍琅邪的诸葛亮也以“南阳诸葛亮”著称，因为，他少年时即定居南阳，后经颍川名士司马徽和徐庶等中州士的推举而“闻达于诸侯”。

汉晋六朝的中州士族，不论是留居中原，还是迁徙他地，就整体而言，他们是真正的引领时代文化潮流的主要力量。

三　中州文士是东汉中期以后汉魏文坛的主力

文化需要较长时间的积淀，某个地区突然出现了文学家群体，那就意味着该地区已经有了足够深厚的文化积淀，厚积薄发的力量必然培育出无数后来者。建武二十年前后，皇室诸王和宗室王侯多已成人，他们中出了不少博学好文之士，如太子刘庄、东海王刘强、沛王刘辅、东平王刘苍、临邑侯刘复、北海敬王刘睦等，于是，天下智谋

① 陈涛：《三国志·魏志·郭嘉传》。

② 房玄龄等：《晋书》卷六十九《周顗传》。

③ 参见第三章《中州本土文学家族与东汉文学发展》。

之士、才艺之士纷纷集其门下。《后汉书·光武十王列传》载建武中事："时，禁网尚疏，诸王皆在京师，竞修名誉，争礼四方宾客。"同书《宗室四王三侯列传》亦云："中兴初，禁网尚阔，而（北海敬王刘）睦性谦恭好士，千里交结，自名儒宿德，莫不造门，由是声价益广。"皇族文人群体的成熟，实有更深层的意味，即以南阳皇族文人为代表的中州文士群体即将崛起。建武中，活跃于文坛的中州本土文学名士还有南阳尹敏、左传学宗师河南郑兴与郑众父子、河内蔡茂等。

汉明帝永平中，关中文学家的政治地位有所提升，但仍有比较沉重的压抑感，以皇族文人为代表的中州文学家的实力则崭露头角。范晔《后汉书》载，永平中，班固颇感屈才，作《幽通赋》慰勉己志，傅毅亦抑郁不平，以"显宗求贤不笃，士多隐处，故作《七激》以为讽"。① 当时，朝廷文事由宗室刘复典掌，东平王刘苍以骠骑大将军辅政，在洛三辅文学名士都主动攀附他们。《后汉书·宗室四王三侯列传》曰："初，临邑侯复好学，能文章。永平中，每有讲学事，辄令复典掌焉。与班固、贾逵共述汉史，傅毅等皆宗事之。"班、贾、傅皆三辅人。贾逵能以《神雀颂》一举成名，得益于刘复的推举。东平王刘苍通经博学，爱好文章，永平初以骠骑大将军辅政，班固作奏记向刘苍荐举李育、晋冯、郭基等三辅文化名士。永平中比较活跃的中州文学名士还有沛王刘辅、下博侯刘张、河南郑众、颍川丁鸿、沛郡谯人桓郁、汝南张酺等。刘辅，"矜严有法度，好经书，善说《京氏易》、《教经》、《论语》传及图谶，作《五经论》，时号之曰《沛王通论》"。刘张"善论议"，永平十六年以骑都尉随奉车都尉窦固出征匈奴，"后进者多害其能，数被谮诉。建初中卒，肃宗下诏褒扬之"。郑众是左传学名家郑兴之子，少传父业，精通古文经学，达于政事，曾出使匈奴，今存《春秋左氏传条例》九卷、《孝经注》二卷及奏疏若干篇。其《上疏谏遣使报单于》一文，气势充沛，言辞生动洗练。丁鸿，年十三从桓荣受《欧阳尚书》，三年而明章句，善

① 事见《后汉书》之《班固传》、《文苑列传·傅毅传》。

论难，是一代大儒。丁鸿博学能文，永平十年，以经学高明拜为侍中，甚得明帝赏识，永平中一直任职宫中，很可能参加了永平十七年百官同作《神雀赋》的文学盛会。不过，丁鸿文学创作的丰收阶段是在章帝、和帝之际。桓郁，汉明帝经师桓荣之子，少以父任为郎。敦厚笃学，传父业，以《尚书》教授，门徒常数百人。汉明帝作有《五家要说章句》，令桓郁校定之。永平十五年，入宫授皇太子（章帝刘炟）经。永元初，桓郁再次入宫，为和帝讲授经学。桓郁今存一文，作于永平中，即《上疏皇太子》。汝南张酺是章帝为太子时的经师，以精于《欧阳尚书》著名，永平中曾上书荐丁鸿为太子侍从。概而言之，永平年间，皇族文士以其在经、史、文诸领域的创作实绩赢得了尊重，中州本土文士的整体实力已明显提高。

汉章帝为人宽厚，似不拘囿于地缘之近、血缘之亲，班固、傅毅、贾逵、蜀郡杨终、涿郡崔骃、鲁国孔僖等著名文士都受到尊重和优待，然而，王侯、宗室、南阳士对文坛的干预力度却非这些文士可比。白虎观经学大会是东汉最为盛大的文雄大集会，参会的宗室王侯就有汉明帝子陈敬王刘羡。永平、建初中，朝廷致力于礼乐典章的建设，尽管有众多来自全国各地的鸿儒名臣参议，但东平王刘苍的观点往往是最后的决议。章帝时，中州文士群体逐渐活跃，著名者有东平王刘苍、临邑侯刘复、颍川丁鸿、汝南张酺、沛国陈宠、鲁国孔僖、鲁国曹褒等。张酺在章帝时为东郡太守，《上疏辞典郡》就作于章帝即位之初。张酺曾为帝师，为人耿直，虽外任郡守，但威望不减，章帝巡狩时还特意拜访了他。陈宠于永平中辟于司徒府，章帝初为尚书，和帝时出为郡守，入为九卿，永元十六年官至司空，是一代名臣，今存奏议三篇。孔僖乃孔子之后，世传《古文尚书》、《毛诗》，与文学名家崔骃友善，章帝时，先为兰台令史，后为东观著作，是当世文学名士，今存《上书自讼》一文，大约作于章帝建初末或元和初。曹褒之父曹充精通《庆氏礼》，褒少传父业，“博雅疏通”，章帝元和初征拜博士，全力支持章帝改革礼乐，是元和、章和时最受章帝器重的文士，受命在东观全力创作新汉礼。曹褒文章多亡佚，严可均《全后汉文》辑得三篇，其中两篇不完整。章帝时，中州本土文学力量已蓄势待发，并且，中州本土文士的政治地位已不容小觑，如张酺、丁鸿、曹褒等人，虽然官秩不高，但很受章帝器重。

汉和帝以后，中州文士群体崛起，不仅成为文学创作主力，并且接连不断地出现领袖人物。张衡、蔡邕、曹操三位中州士相继成为文坛宗师。章和之际，班固、傅毅等三辅文学名士先后去世，以南阳邓氏为首的中州文士轰轰烈烈登上历史前台。安帝时期，东观文事由南阳刘珍、刘騊駼、刘毅等宗室文士典掌，而东观是京师地区文士最集中、创作最活跃、最令文士向慕的文化乐园。这一时期，南阳张衡"艳发于东京"，"文以情变，绝唱高踪，久无嗣响"，《二京赋》、《四愁诗》等名篇佳作横空出世。顺帝时期，东观文事先后由刘珍、张衡典掌。桓帝之世，京都文坛以南阳延笃为中心，身边汇聚了弘农张奂、安定皇甫规、南阳邓嗣、南阳朱穆、陈留边韶等著名文章家。[①]桓帝时期，继张衡而起陈留蔡邕初露锋芒，到了灵帝以后，蔡邕以"旷世奇才"、"经学渊奥"成为京师文坛最引人注目的创作先锋，又以好奖掖后进成为汉末无可替代的文坛宗师。众多建安文学名家如吴郡高彪、沛部曹操、陈留阮瑀与边让、山阳王粲、颍川路粹等，都得到过蔡邕的指教、荐举或奖掖。建安时期，沛郡谯县曹操叱咤政坛，网罗贤才，万马丛中横槊赋诗，以其绝世英才挂帅文坛，汉末文风为之转易。当时，曹丕、曹植、山阳王粲、陈留阮瑀、汝南应玚、东平刘桢、陈留边让、弘农杨修等中州文士驰骋文场，名冠天下，追随曹氏父子的流寓文学家广陵陈琳、北海徐干、鲁国孔融、平原祢衡等人也活跃在中州文坛，其名篇佳作多在中州所作，黄河北岸的邺城成了建安后期整个北方地区的文学创作中心。可以说，建安文学就是中州士人与"在中州的士人"联手谱写的华章。

东汉时期崛起的中州文士群体不仅是汉魏六朝文坛的引领者，也是唐宋间文学创作的主力军。据卢云《汉晋文化地理》及胡阿祥《魏晋本土文学地理研究》研究，汉晋时期，中州一直是学术文化最

① 笔者在博士论文《东汉文化演进中的南阳文学研究》中曾考述了延笃在桓帝朝文坛的领导地位。

为发达的地区，文学、艺术、学术上的领袖人物大多出自中州，其他地区的文化精英的成长也每每得中原文化之滋养。中州士人在汉晋文学史上的主导地位也为各种中古学术文学编年论著所关注，陆侃如《中古文学系年》、刘跃进先生《秦汉文学编年史》、刘汝霖《汉晋学术编年》等均可见其踪迹，王永宽等编著的《河南文学史》（古代卷）、曾大兴《中国历代文学家的地理分布》也有较为详细的论述。

总之，中州在东汉的崛起，改变了战国以来以关中为政治中心的整体格局，建立了以洛阳为中心的政治文化局面，也确立了中州在整个中古时代政治文化基本格局中的“重心”地位。东汉崛起的中州士族成了此后千百年间汉唐文坛的主力。仅此而言，中州在东汉的崛起在整个中国文化史上也具有非常重要的意义。

主要参考书目

（清）阮元校刻：《十三经注疏》（上下册），上海古籍出版社 1997 年版。

（汉）班固撰，（清）陈立疏证：《白虎通疏证》，中华书局 1994 年标点本。

（宋）朱熹：《诗经集传》，台湾商务印书馆影印文渊阁本。

（元）朱公迁：《诗经疏义会通》，四库全书本。

杨伯峻注：《春秋左传注》，中华书局 1990 年版。

王均林、周海生译注：《孔丛子》，中华书局 2009 年版。

许道勋、徐洪兴：《经学志》，上海人民出版社 1998 年版。

陈启云：《荀悦与中古儒学》，辽宁大学出版社 2000 年版。

何成轩：《儒学南传史》，北京大学出版社 2000 年版。

［日］安居香山、中村璋八辑：《纬书集成》，河北人民出版社 1994 年版。

（汉）司马迁：《史记》，中华书局 1959 年标点本。

（汉）班固：《汉书》，中华书局 1962 年标点本。

（清）王先谦：《汉书补注》，中华书局 1983 年版。

陈直：《汉书新证》，中华书局 2008 年版。

（刘宋）范晔著，（唐）李贤注：《后汉书》，中华书局 1965 年标点本。

（清）王先谦：《后汉书集解》，中华书局 1984 年影印本。

周天游辑注：《八家后汉书辑注》，上海古籍出版社 1986 年版。

（汉）刘珍等著，吴树平校注：《东观汉记校注》，中华书局 2008 年版。

（汉）荀悦：《前汉纪》，中华书局（《两汉纪》本）2005 年版。

（晋）袁宏：《后汉纪》，中华书局（《两汉纪》本）2005 年版。

（晋）袁宏撰，李兴和集校：《后汉纪集校》，云南大学出版社 2008 年版。

（宋）徐天麟：《西汉会要》，中华书局 1955 年版。

（宋）徐天麟：《东汉会要》，上海古籍出版社 2006 年版。

（汉）扬雄著，汪荣宝义疏：《法言义疏》，中华书局 1987 年版。

（晋）陈寿著，裴松注：《三国志》，中华书局 1962 年版。

（北魏）郦道元著，陈桥驿注：《水经注》，浙江古籍出版社 2001 年版。

（北魏）郦道元著，陈桥驿校证：《水经注校证》，中华书局 2007 年版。

（梁）沈约：《宋书》，中华书局 1974 年标点本。

（唐）姚思廉：《梁书》，中华书局 1973 年标点本。

（唐）房玄龄等：《隋书》，中华书局 1973 年标点本。

《二十五史补编》，开明书店 1936 年版。

（汉）宋衷注，（清）秦嘉谟辑补：《世本八种》，商务印书馆 1957 年版。

常璩撰，任乃强校注：《华阳国志校补图注》，上海古籍出版社 1987 年版。

常璩撰，刘琳校注：《华阳国志校注》，巴蜀书社 1984 年版。

（汉）应劭著，王利器校注：《风俗通义校注》，中华书局 1981 年版。

（汉）应劭著，吴树平校释：《风俗通义校释》，天津人民出版社 1980 年版。

（汉）刘熙：《释名》，上海古籍出版社 1989 年影印清疏四种合刊本。

（汉）许慎著，（清）段玉裁注：《说文解字注》，上海古籍出版社 1988 年版。

（宋）司马光：《资治通鉴》，中华书局 1956 年版。

（晋）葛洪：《神仙传》，四库全书本。

荀子著，梁启雄释：《荀子简释》，中华书局 1983 年新编“诸子集成”本。

（汉）王充著，黄晖校释：《论衡校释》，中华书局2006年新编“诸子集成”本。

（汉）王充：《论衡》，上海人民出版社1974年版。

（汉）王符著，汪继培笺，彭铎校正：《潜夫论笺校正》，中华书局1997年版。

（唐）刘知几著，程千帆笺：《史通笺记》，武汉大学出版社1980年版。

（唐）刘知几著，（清）浦起龙释：《史通通释》，上海古籍出版社1978年版。

（唐）张彦远：《历代名画记》，人民美术出版社1963年版。

（宋）李刚：《梁谿集》，四库全书本。

（宋）晁公武：《郡斋读书志》，上海古籍出版社1990年版。

（宋）陈振孙：《直斋书录解题》，上海古籍出版社1987年版。

（元）陈栎：《历代通略》，四库全书本。

（元）马端临：《文献通考》，中华书局1986年版。

（宋）张栻：《癸巳孟子说》，四库全书本。

（宋）钱时：《两汉笔记》，四库全书本。

（宋）沈枢：《通鉴总类》，四库全书本。

（宋）叶适：《习学记言》，四库全书本。

（宋）洪迈：《容斋随笔》，上海古籍出版社1996年版。

（明）谢肇淛：《滇略》，四库全书本。

（明）凌迪知：《万姓统谱》，四库全书本。

（清）纪昀等：《四库全书总目提要》，中华书局1965年版。

（清）王夫之：《读通鉴论》，中华书局1975年版。

（清）唐晏著，吴东民点校：《两汉三国学案》，中华书局1986年版。

（清）皮锡瑞：《经学历史》，中华书局1959年版。

（清）赵翼，王树民校证：《廿二史札记校证》，中华书局1984年版。

（清）赵翼：《陔余丛考》，商务印书馆1957年版。

（清）顾炎武著，黄汝成集释：《日知录集释》，上海古籍出版社2006年版。

（清）何焯：《义门读书记》，中华书局 1987 年版。
（清）钱大昕著：《廿二史考异》，上海古籍出版社 2004 年版。
（清）钱大昕著：《潜研堂文集》，江苏古籍出版社 1997 年版。
（宋）乐史著，王文楚等点校：《太平寰宇记》，中华书局 2007 年版。
郑炳林：《敦煌地理文书汇辑校注》，甘肃教育出版社 1989 年版。
刘纬毅辑：《汉唐方志辑佚》，北京图书馆出版社 1997 年版。
（清）顾祖禹：《读史方舆纪要》，中华书局点校本。
（明）李贤等撰：《大明一统志·南阳府》，四库全书本。
《江南通志》，乾隆二年修，四库全书本。
（清）潘守廉修，张嘉谟纂：《南阳县志》，书目文献出版社 1991 年影印光绪三十年刊本。
严耕望：《两汉刺史太守表》，上海古籍出版社 2007 年版。
（清）严可均编：《全上古三代秦汉三国六朝文》，中华书局影印本 1958 年版。
费振刚等辑校：《全汉赋》，北京大学出版社 1993 年版。
费振刚等：《全汉赋校注》，广东教育出版社 2005 年版。
龚克昌等：《全汉赋评注》，花山文艺出版社 2003 年版。
（宋）林虙、楼昉编：《两汉诏令》，北京图书馆出版社 2005 年版。
（明）黄淮、杨士奇编：《历代名臣奏议》，上海古籍出版社 1989 年版。
（明）梅鼎祚编：《东汉文纪》，四库全书本。
（汉）王逸注，洪兴祖补注：《楚辞章句》，明嘉靖影宋刻本。
逯钦立：《先秦汉魏晋南北朝诗》，中华书局 1983 年版。
（梁）萧统等：《文选》，上海古籍出版社 1997 年版。
（梁）萧统等编，（唐）李善等注：《六臣注文选》，中华书局 1987 年版。
（宋）章樵注：《古文苑》，台湾商务印书馆中华民国七十五年（1986 年）版。
（明）张溥编：《汉魏六朝百三家集》四卷本，吉林出版集团有限公司 2005 年版。

（元）陈仁子：《文选补遗》，四库全书本。

（唐）许敬宗编，罗国威整理：《文馆词林校证》，中华书局 2001 年版。

（汉）张衡著，张震泽校注：《张衡诗文集校注》，上海古籍出版社 1986 年版。

（汉）蔡邕著，邓安生校注：《蔡中郎集编年校注》，河北教育出版社 2002 年版。

（汉）蔡邕著：《琴操》，《丛书集成初编》本（据《平津馆丛书》校注本排印）。

郑鹤声：《汉班孟坚固先生年谱》，王云五主编《新编中国名人年谱集成》第 9 辑，台湾商务印书馆中华民国六十九年（1980 年）版。

钟兆鹏：《王充年谱》，齐鲁书社 1983 年版。

《后汉马季长先生融年谱》，陈邦福撰，王云五主编《新编中国名人年谱集成》第 8 辑，台湾商务印书馆中华民国六十九年（1980 年）版。

《后汉贾景伯先生逵年谱》，陈邦福撰，王云五主编《新编中国名人年谱集成》第 8 辑，台湾商务印书馆中华民国六十九年（1980 年）版。

《许慎年谱》，王云五主编《新编中国名人年谱集成》第 8 辑，台湾商务印书馆中华民国六十九年（1980 年）版。

王利器：《郑康成年谱》，齐鲁书社 1983 年版。

（汉）曹操：《曹操集》，中华书局 1962 年版。

（魏）曹植著，（清）丁晏纂，叶菊生校订：《曹集铨评》，文学古籍刊行社 1957 年版。

（魏）曹植著，赵幼文校注：《曹植集校注》，人民文学出版社 1998 年版。

张克礼：《三曹年谱》，齐鲁书社 1983 年版。

邓永康：《魏曹子建先生植年谱》，王云五主编《新编中国名人年谱集成》第 16 辑，台湾商务印书馆中华民国七十年（1981 年）版。

（梁）刘勰著，范文澜注：《文心雕龙注》，人民文学出版社 1958

年版。

刘永济：《文心雕龙校释》，中华书局 2007 年版。

刘勰著，詹瑛义证：《文心雕龙义证》，上海古籍出版社 1982 年版。

（晋）干宝著，李剑国辑校：《新辑搜神记》，中华书局 2007 年版。

（刘宋）刘义庆著，余嘉锡笺疏：《世说新语笺疏》，中华书局 1983 年版。

（梁）钟嵘著，曹旭集注：《诗品集注》，上海古籍出版社 1994 年版。

（北周）庾信撰，（清）吴兆宜笺注：《庾开府集笺注》，四库全书本。

《全唐诗》，中华书局 1960 年版。

（唐）瞿昙悉达编著：《开元占经》，中央编译出版社 2006 年版。

（隋）虞世南编，（清）孔广陶校注：《北堂书钞》，四库全书本。

（唐）欧阳询编，汪绍楹校：《艺文类聚》，上海古籍出版社 1982 年版。

（唐）徐坚编：《初学记》，中华书局 2004 年版。

（宋）李昉等编，汪绍楹校点：《太平御览》，人民文学出版社 1959 年版。

（宋）楼昉编：《文苑英华》，四库全书本。

（宋）洪适：《隶释隶续》，中华书局 1985 年版。

（宋）郭茂倩编著：《乐府诗集》，中华书局 1979 年版。

（宋）王应麟编著：《玉海》，《四库全书》本。

（明）闵日斯等编著：《秦汉文钞》，万历刻本，中国社会科学院文学研究所藏书。

（明）钟惺辑评：《秦汉文归》，中国社会科学院文学研究所藏书。

（清）李兆洛编：《骈体文钞》，中州古籍出版社 1990 年版。

（唐）司空图：《司空图诗品》，四库全书本。

（明）胡应麟：《诗薮》，四库全书本。

（明）王世贞：《艺苑卮言》，四库全书本。

（明）张溥著，殷孟伦注：《汉魏六朝百三家集题辞注》，中华书局 2007 年版。

（清）爱新觉罗·玄烨：《圣祖仁皇帝御制文》第三集，四库全书本。

（清）蔡世远：《古文雅正》，四库全书本。

（清）沈德潜：《古诗源》，四库全书本。

（清）何文焕：《历代诗话》，中华书局 1981 年版。

（清）刘熙载撰，袁津琥校注：《艺概注稿》，中华书局 2009 年版。

高文：《汉碑集释》，河南大学出版社 1997 年版。

王水照主编：《历代文话》，复旦大学出版社 2008 年版。

赵万里：《汉魏南北朝墓志集释》，广西师范大学出版社 2008 年版。

鲁迅：《鲁迅全集》第六卷，人民文学出版社 2005 年版。

吴树平：《秦汉文献研究》，齐鲁书社 1988 年版。

吕亚虎：《战国秦汉简帛文献所见巫术研究》，科学出版社 2010 年版。

瞿蜕园：《汉魏六朝赋选》，上海古籍出版社 1979 年版。

陆侃如：《中古文学系年》，人民文学出版社 1985 年版。

逯钦立：《汉魏六朝文学论集》，陕西人民出版社 1984 年版。

萧涤非：《汉魏六朝乐府文学史》，人民文学出版社 1984 年版。

曹道衡：《汉魏六朝文学论文集》，广西师范大学出版社 1999 年版。

曹道衡、沈玉成：《中古文学史料丛考》，中华书局 2003 年版。

曹道衡：《中古文史丛稿》，河北大学出版社 2003 年版。

刘汝林：《汉晋学术编年》，中华书局 1987 年版。

刘跃进：《秦汉文学编年史》，商务印书馆 2006 年版。

刘跃进：《秦汉文学论丛》，凤凰出版社 2008 年版。

龚克昌：《汉赋研究》，山东文艺出版社 1990 年版。

袁行霈：《中国文学概论》，高等教育出版社 1990 年版。

赵敏俐：《周汉诗歌综论》，学苑出版社 2002 年版。

赵敏俐：《中国古代歌诗研究》，北京大学出版社 2005 年版。

胡旭：《汉魏文学嬗变研究》，厦门大学出版社 2004 年版。

孙明君：《汉魏文学与政治》，商务印书馆 2003 年版。

于迎春：《汉代文人与文学观念的演进》，东方出版社 1997 年版。

葛晓音：《八代诗史》，中华书局 2007 年修订版。

王琳：《诗赋论丛》，中国文联出版社 2002 年版。

谢荣娥：《秦汉时期楚方言区文献的语音研究》，高等教育出版社 2011 年版。

陈垣：《史讳举例》，上海书店 1997 年版。

白寿彝：《中国交通史》上海书店 1984 年版。

田余庆：《秦汉魏晋史探微》，中华书局 1993 年版。

田余庆：《东晋门阀政治》，北京大学出版社 1989 年版。

吕思勉：《秦汉史》，上海古籍出版社 1983 年版。

顾颉刚：《秦汉时代的方士与儒生》，上海古籍出版社 1998 年版。

于迎春：《秦汉士史》，北京大学出版社 2000 年版。

［英］崔瑞德、鲁惟一编：《剑桥中国秦汉史》，中国社会科学出版社 1992 年版。

金春峰：《汉代思想史》，中国社会科学出版社 1987 年版。

陈启云著，高专诚译：《荀悦与中古儒学》，辽宁大学出版社 2000 年版。

陈启云：《儒学与汉代历史文化》，广西师范大学出版社 2007 年版。

王子今：《秦汉区域文化研究》，四川人民出版社 1998 年版。

王子今：《秦汉交通史稿》（增订版），中国人民大学出版社 2013 年版。

王子今：《中国文化节奏论》，陕西人民教育出版社 1998 年版。

王子今：《秦汉边疆与民族问题》，中国人民大学出版社 2011 年版。

陈苏镇：《汉代政治与〈春秋〉学》，中国广播电视出版社 2001 年版。

崔向东：《汉代豪族研究》，崇文书局 2003 年版。

陈江风主编：《汉文化研究》，河南大学出版社 2004 年版。

陈江风：《三榆堂论集》，河南人民出版社 2012 年版。

葛剑雄等：《中国移民史》第二卷，福建人民出版社 1997 年版。

［日］谷川道雄著，马彪译：《中国中世社会与共同体》，中华书局 2002 年版。

顾颉刚：《汉代学术史略》，东方出版社 2005 年版。

胡宝国：《汉唐间史学的发展》，商务印书馆 2005 年版。

黄宛峰等：《河南汉代文化研究》，河南人民出版社 2000 年版。

谭其骧：《长水集续编》，人民出版社 1994 年版。

胡阿祥：《魏晋本土文学地理研究》，南京大学出版社 2003 年版。

翦伯赞：《秦汉史》，北京大学出版社 1983 年版。

[韩] 具圣姬：《汉代人的死亡观》，民族出版社 2003 年版。

姜广辉主编：《中国经学思想史》第二卷，中国社会科学出版社 2003 年版。

卢云：《汉晋文化地理》，陕西人民教育出版社 1991 年版。

周振鹤：《西汉政区地理》，人民出版社 1978 年版。

李晓杰：《东汉政区地理》，山东教育出版社 1999 年版。

劳干：《古代中国的历史与文化》，中华书局 2006 年版。

刘太祥：《南阳汉文化》，河南大学出版社 2003 年版。

缪钺：《读史存稿》，三联书店 1967 年版。

毛汉光：《中国中古社会史论》，上海书店 2002 年版。

毛汉光：《中国中古政治史论》，上海书店 2002 年版。

马彪：《秦汉豪族社会研究》，中国书店 2002 年版。

钱穆：《两汉经学今古文平议》，商务印书馆 2005 年版。

瞿兑之：《汉代风俗制度史》，上海文艺出版社 1991 年版。

瞿同祖：《汉代社会结构》，上海人民出版社 2007 年版。

史念海：《河山集》第 1 辑（1963 年）、第 6 辑（2006 年），三联书店。

施雅风等：《中国自然灾害灾情分析与减灾对策》，湖北科学技术出版社 1992 年版。

王仲荦：《历史论丛》（第一辑），齐鲁书社 1980 年版。

[英] 李约瑟：《中国科学技术史》，科学出版社 1975 年版。

徐光无：《谶纬文献与汉代文化构建》，中华书局 2003 年版。

王永平：《中古士人迁移与文化交流》，社会科学文献出版社 2005 年版。

戴伟华：《唐代幕府与文学》，现代出版社 1990 年版。

戴伟华：《地域文化与唐代诗歌》，中华书局 2006 年版。

后　记

这本小书是我主持的国家社会科学基金项目《中州士人与东汉文学嬗变研究》（10BZWO33）的最终成果，也是我的第一本学术专著，承载着我的学术梦想，寄予着我的文化情结。

我长于南阳，读硕士研究生于开封河南大学，毕业后在郑州工作，一直在中原文化的浸润里生活。中原是中华文明的主要发祥地，有着深厚的文化积淀，历史文化遗存遍布各地。任教于高校之后，常与从事中原历史文化研究的专家学者交往，开会研讨，田野考察，参与文化产业、文化遗产保护的策划，等等，就连平素三五友人小聚，谈话中也总会冒出关于中原文化的话题，不知不觉间，我对中原历史文化，尤其汉唐间的中原文化，产生了浓厚的兴趣，也不知何时起，身边竟有了一大群从事中原文化研究的良师益友。

2008 年，我有幸进入中国社会科学院研究生院攻读博士研究生，师从文学所刘跃进先生专攻先唐文献学。做博士论文选题时，刘老师建议我做汉代中原文化方面的题目。这正是我的兴趣所在，不由心中潜喜。虽然此前我已关注汉代中原文化多年，也写过几篇小文，但我深知，要做博大精深的汉代中原文化研究，实非当时学力所及。我的故乡南阳在东汉时是闻名天下的“帝乡”，俊才云蒸，文化兴盛，两千年以来，尚文传统历久弥新。我想从东汉南阳做起，慢慢积蓄力量，也许可以做得更扎实一些。刘老师欣然认可了我的想法，指导我说：“做地域文学研究也要有大视野，要‘大处着眼，小处着手’，并且，做古代文学研究要有清醒的‘历史意识’。”依此思路，我的博士论文便定名为《东汉文化演进中的南阳文学研究》。中国社科院研究生院的生活总是忙碌而充实，不知不觉，两年就过去了。这期间，我得到了京华诸多名师的指点，自我感觉学业进步很快。2010

年春天，忽又想起刘老师建议我做汉代中原文化的事，便尝试着以如今这个题目申报了国家社会科学基金项目。课题虽然幸运立项，但做博士论文的日子实在心无旁骛，直到毕业以后，我才把全部的学术精力投入到该项目的研究之中。

在完成这个项目的过程中，我用心思最多的，是寻找恰切的研究思路和新颖的研究视角，以期能更好地呈现东汉中州士人文学的时代特色和地域特色。冥思苦想了许多时日，有一天，我忽然明白：以故乡意识为本的“地域意识”是人最本真的社会意识之一，它正是文学的地域特色的根，而汉代有识之士无不深知故土意识和故土情结对于人们社会活动的意义。汉代人认为，“安土重迁，黎民之性”（汉元帝诏书语，见《汉书·汉元帝纪》），“安土重迁，必生异志”（虞诩语，见《后汉书·虞诩传》）。由此，课题的基本论述思路确定了下来，即以“地域意识”为内在主线，从地域意识的外化行为切入对东汉中州士人文学地域特色的研究。至于中州诸郡文学地域特色的发掘和论述，我采纳了胡宝国老师（中国社科院历史所）给我博士论文所提的建议：抓住区域间文化传统的差异，在对比中突现其地域特色。这就是关于汝南、颍川、南阳三郡文学家族研究的基本方法。比较的方法还用在了对文学家族内部文学创作特色的研究中。东汉世家大族的文学创作因为家学家风的原因，家族共性比较明显，但是，如弘农杨氏、汝南应氏一类的文化世家，跨越数代，经历了汉王朝的繁荣稳定，经历了汉魏易代的时势变化，经历了汉魏之际的文化转型，异代成员的创作带有各自时代的印记，个性也比较明显。这部分内容，书中虽然没有展开，但对文学家族内部共性与个性的比较研究却贯穿始终，如果同一地域不同家族的文学创作各有特色，行文中也有简要的对比，这也是为进一步的纵深研究做些储备。

这个课题的完成，要特别感谢我的博导刘跃进先生和硕导陈江风先生。没有两位导师这些年的精心指导和关怀鼓励，我很难一路蹒跚走到今天。他们对我的影响，不只是学业的进步，更是做人做事的志向、襟怀、眼光和笃定的精神。小书要出版，两位导师又在百忙中惠赐书序，鼓励，鞭策，期待，殷殷师恩，如三春之晖。何以为报？强勉而已矣。

一个人的进步和成功，往往由很多正能量聚合而成。我今天的小小进步也是如此。在十几年求学治学路上，我受恩于诸多良师益友的指教和帮助。河南大学文学院的王立群先生、华锋先生，中国社会科学院文学研究所的张国星先生、杨镰先生、蒋寅先生、王达敏先生等，中国社会科学院历史研究所的胡宝国先生，国家图书馆的詹福瑞先生，中国人民大学的王子今先生，清华大学的孙明君先生，北京大学的张鸣先生，北京语言大学的方铭先生，首都师范大学的邓小军先生，河南省社科院文学所的王永宽先生、卫绍生先生，都曾给予我受益终生的教导和鼓励，师恩殷厚，铭刻于心。河南教育学院的蔡明先生、刘宏先生、郭富华先生、韩丽霞先生、李云峰先生等，在我十几年的教学和科研中，都曾给过我贴心的关怀和帮助。我的同门兄弟姐妹孙少华、白云娇、尹玉珊、龙文玲、王晓彬、马宗昌等，或垂教，或切磋，或帮我校订修改文稿，高情厚谊，实难言表。在此，一并向诸位先生深致谢忱！

这本小书的完成，还应感谢我乐观豁达的慈母和善解人意的儿子，以及默默助我的亲友。是他们，用宽厚的爱包容着我，支持着我，鼓励着我，一路陪我走过那艰苦的爬坡岁月。小书的出版，还应感谢我的师兄“文学遗产”编辑部的孙少华先生和中国社会科学出版社的宫京蕾女士。少华兄审读全稿并提出了修改建议，甚至帮我订正讹误、修改文句。在小书的审批、编校和整个出版过程中，宫老师热诚相助，付出了很多辛苦。此情此谊，永难忘怀！

2014 年 5 月记于郑州龙子湖小屋